HEYNE <

Das Buch

Erika Holland ist verzweifelt: Ihr Mann hat sich mit einer Jüngeren abgesetzt und weigert sich, die gemeinsame Tochter zu ihr nach New York kommen zu lassen. Nicht einmal einen Flug zu ihrem Kind kann sich Erika leisten, denn sie hat keine Ausbildung und weiß nicht, wie sie zu Geld kommen soll. Als Stuart, ein Geschäftspartner ihres Ex-Mannes, ihr anbietet, gegen Bezahlung einen Kunden zu einem Geschäftsessen zu begleiten, ist sie zunächst schockiert. Dennoch willigt sie ein und bald ist sie durchaus zu mehr bereit, als sie sich je zugetraut hätte. Ihre Leidenschaft scheint keine Grenzen zu kennen und aus der braven Ehefrau wird eine lustvolle Edelhure. Ihre Tochter ist wenig begeistert, als sie erfährt, dass ihre Mutter zur reichen und begehrten Bordellbesitzerin geworden ist. Doch sie wird erkennen, dass das Geschäft ihrer Mutter nichts Verwerfliches ist.

Die Autorin

Joan Elizabeth Lloyd, geboren 1941, schrieb 1990 ihr erstes Buch »Nice Couples Do«. Seither hat sie mehrere erotische Romane verfasst, in denen sie ihren sexuellen Fantasien freien Lauf lässt. Joan Elizabeth Lloyd lebt mit ihren Kindern in der Umgebung von New York City.

Im Heyne Verlag erschienen:
Liebesspiele
Das Erwachen

JOAN ELIZABETH LLOYD

Haus der Verführung

Roman

Aus dem Amerikanischen
von Joachim Pente und Michael Koseler

WILHELM HEYNE VERLAG
MÜNCHEN

Titel der Originalausgabe
THE PRICE OF PLEASURE

Umwelthinweis:
Dieses Buch wurde auf
chlor- und säurefreiem Paper gedruckt.

Deutsche Erstausgabe 10/2004

Printed in Germany 2004
Umschlagillustration: mauritius-images/age
Umschlaggestaltung: Nele Schütz Design, München
Satz: Wilhelm Heyne Verlag, München
Druck und Bindung: GGP Media GmbH, Pößneck
http://www.heyne.de

ISBN: 3-453-87819-1

1. Kapitel

Erika Holland schaltete ihren Föhn aus und strich ein letztes Mal mit dem Kamm durch ihr schulterlanges mittelbraunes Haar. Sie hatte kurz erwogen, es hochzustecken, aber sie wusste, dass Clay Williamson es offen liebte. Schließlich hatte er ihr oft genug gesagt, wie gern er es durch seine schlanken Finger gleiten ließ. Außerdem zahlte er für diesen Abend.

Sie schloss die Augen, die die Farbe von altem Brandy hatten, und lächelte in Erinnerung an den letzten Abend mit Clay. Vor zwei Monaten hatte seine Firma im Silicon Valley ihn nach New York geschickt, damit er an einer Sitzung der Führungskräfte teilnahm.

»Erika, meine Süße«, hatte er sie nach der Sitzung angerufen. »Ich weiß, es ist spät, aber ich brauche jetzt jemanden zum Reden, jemanden mit klarem Kopf. Ich bin im Plaza. Kannst du herkommen?«

Erika, die eine Stunde vorher zu Bett gegangen war, bemühte sich, nicht allzu verschlafen zu klingen. »Natürlich.« Sie hatte Clays Kreditkartennummer gespeichert, morgen würde sie das Geschäftliche regeln. Clay mochte ein Freund sein, doch beide wussten, dass er auch ein Kunde war.

Telefonisch bestellte sie eine Limousine mit Chauffeur, der in einer Viertelstunde vorfahren sollte. In der Zwischenzeit wählte sie voller Bedacht eine Garderobe, die einem guten und sympathischen Kunden wie Clay angemessen war:

einen langen geblümten Seidenrock und eine pfirsichfarbene Bluse aus weicher Baumwolle, die ihrer hellen Haut und ihren hellbraunen Augen schmeichelte. Sobald sie sich sorgfältig geschminkt hatte, schlüpfte sie in einen schwarzen Regenmantel aus Seide. Als Erika durch die schwere Glastür, die der uniformierte Portier ihr aufhielt, trat, wartete vor dem Haus am Riverside Drive bereits eine schwarze Limousine auf sie.

Eine halbe Stunde später klopfte sie an die Tür von Clays Hotelzimmer. Er öffnete ihr mit einem breiten Lächeln, zog sie in die große Zweizimmer-Suite und umarmte sie so fest, dass ihr fast die Luft wegblieb. »Ach, Süße, du weißt ja gar nicht, wie wunderbar du aussiehst, dich anfühlst und riechst.« Liebevoll küsste er sie und fuhr ihr mit den Fingern durchs Haar. »Und wie gut du erst schmeckst!« Er legte ihr die Hand kurz überm Hintern auf den Rücken und presste sie an sich. »Mir geht's schon gleich besser. Viel besser.«

Mit einem zufriedenen Seufzen nahm Clay Erika den Mantel ab und warf ihn über einen Stuhl. »Es gibt hier im Hotel einen fantastischen Rotwein, einen 94er Shiraz. Ich hab Kaviar kommen lassen und diese Cracker, die du so gern isst.« Arm in Arm gingen sie zu dem Teewagen, den der Zimmerservice hereingeschoben hatte. Mit geübten Bewegungen schenkte Clay zwei Gläser ein. Obwohl sie selbst eins siebzig war, überragte Clay sie noch um einen Kopf. Er hatte schokoladenbraunes Haar, das an den Schläfen von silbernen Fäden durchzogen war. Seine Nase war etwas zu lang, als dass man ihn im klassischen Sinne als schön bezeichnen konnte, doch die sanften grauen Augen und der volle Mund machten ihn zu einem extrem sinnlichen Mann. Während er einen Cracker mit dem schwarzen Fischrogen belegte und eine Scheibe hart gekochtes Ei und ein paar Kapern dazutat, genoss Erika den Anblick seiner langen Finger. Als sie die Hand hob, sagte er: »Keine Zwiebeln, ich weiß.«

Er hielt ihr den Cracker hin, und sie umfasste sanft sein Handgelenk, um die Hälfte davon abzubeißen und seine Finger zu küssen, bevor er die andere Hälfte des Crackers aß. Als sie sah, wie er sich langsam mit der Zunge über die Lippen fuhr, um die Krümel aufzuschlecken, spürte sie, wie sie feucht wurde. Gott, war der Mann sexy! Vermutlich hätte sie es ihm sogar gratis gemacht, doch von irgendwas musste sie ja schließlich leben. »Du verwöhnst mich wirklich«, schnurrte sie. »Am liebsten würde ich mich auf der Stelle revanchieren, aber ich weiß, du möchtest zuerst reden.«

»Stimmt, ich muss erst mal Dampf ablassen und möchte, dass du mir zuhörst und mir sagst, ob ich total daneben liege.«

Während der nächsten halben Stunde erzählte ihr Clay bei mehreren Gläsern Shiraz von seinem beruflichen Frust. Erika stellte zwischendurch immer wieder gezielt Fragen.

»Du hast Recht«, sagte er schließlich. »Es würde nichts bringen, meine perfiden Gedanken schriftlich festzuhalten. Und gegenüber den Aktionären kann ich sie auch nicht erwähnen.« Er hatte die Ellenbogen auf die Armlehnen seines Louis-quatorze-Sessels gestützt. »Damit käme ich kein Stück weiter. Aber dein Vorschlag, ein Gespräch unter vier Augen mit dem Vorstandsvorsitzenden zu führen, scheint mir klug. Vielleicht hört er mir ja zu.«

Sie saß auf dem französischen Bett, den Rücken gegen das Kopfende gelehnt, die langen Beine auf der Steppdecke aus Satin ausgestreckt. »Wenn du es richtig angehst, hast du wenig zu verlieren, und wenn alles gut läuft, bedankt er sich am Ende ja vielleicht sogar bei dir.«

»Danke, dass du vorbeigekommen bist, Erika«, meinte Clay seufzend. »Du hast mir wie immer gut getan. Nicht nur, dass du mir hilfst, kühlen Kopf zu bewahren, du zwingst mich auch dazu, alles von Anfang bis Ende zu durchdenken. Du verstehst zwar nicht viel von Siliziumchips, aber du verstehst eine Menge von Menschen.«

Nach und nach verwandelte sich ihr verständnisvolles Lächeln in ein sinnliches. »Zumindest von dir versteh ich etwas«, sagte sie, wobei sie mit den Zehen ihre schwarzen Pumps abstreifte. Langsam streichelte sie mit dem Ballen des linken Fußes den Spann des rechten. Gebannt folgte sein Blick den rhythmischen Bewegungen.

»Du bist wirklich ein scharfes Luder!« Clays Ton hatte jede Sachlichkeit verloren. »Du verstehst es hervorragend, das Thema zu wechseln, einfach so, mit deinem herrlichen Körper.«

»Ich weiß«, erwiderte sie, immer noch einen Fuß mit dem anderen streichelnd. »Und ich mach das mit Absicht. Wir sollten mit der Arbeit Schluss machen, um uns anderen Dingen zuzuwenden.«

»Ich weiß nicht, was ich mehr an dir liebe, deinen Geist oder deinen Körper.« Mit einem anzüglichen Grinsen fuhr er fort: »Komm her, Frau, finden wir's heraus!«

Sofort stand Erika vom Bett auf. Dabei ließ sie ihren Seidenrock so hochrutschen, dass Clay einen ungehinderten Blick auf ihre nackten Waden erhaschte. Dann stellte sie im Radio auf dem Nachtschränkchen einen Sender ein, der angenehme Hintergrundmusik spielte. Als Clay sich lächelnd erhob, sank sie in seine Arme. Er drückte sie sanft an sich und bewegte die Füße nur ganz leicht im Rhythmus der Musik. Sie legte ihm die Hände um den Nacken, presste ihre Brüste gegen seine Brust und fuhr ihm mit der Zunge über die Lippen.

»Du weißt einfach immer, was du tun musst«, stöhnte er. Dann nahm er ihr Gesicht in beide Hände, um sie leidenschaftlich zu küssen.

»Und jetzt weiß ich sogar noch was Besseres«, meinte sie schließlich, während sie ihre Bluse aufknöpfte und zu Boden gleiten ließ, um ihm dann das Hemd auszuziehen. Mit geübten Handgriffen entledigte sie sich ihres Spitzen-BHs und schlang ihm sogleich wieder die Arme um den Hals. Wie eine Katze rieb sie sich an ihm. Kaum strichen ihre Brüste über seine behaarte Brust, wurden ihre Brustwarzen hart.

»Du machst mich verrückt, Erika«, keuchte Clay mit heiserer Stimme.

»Das will ich doch hoffen. Warum sollte es dir anders ergehen als mir?« Ihr Blut geriet immer stärker in Wallung. Manchmal war Sex bloß ein Job, aber mit Clay war er das reine Vergnügen.

»Ich bring dich aber auch gern auf Touren!« Er legte die Hände auf ihre Pobacken und hob sie leicht an, dann rieb er seinen hart gewordenen Schwanz an ihr. »Und du? Spürst du, wie verrückt du mich machst? Glaub mir, ich schwör mir jedes Mal, mir mehr Zeit zu lassen, aber mein Körper macht mir einfach einen Strich durch die Rechnung.« Er vergrub sein Gesicht in ihrer Nackenbeuge und biss ihr sanft in die festen Muskeln. »Ich könnte dich glatt fressen.«

»Nur zu«, erwiderte sie mit einem sinnlichen Lächeln. »Ich liebe es, wenn du mich frisst.« Sie fuhr mit ihren langen, tiefrot lackierten Fingernägeln gerade so fest über seinen Rücken, dass er eine wohlige Gänsehaut bekam, aber nicht blutete. Sie selbst hätte nichts gegen eine härtere Gangart gehabt, doch sie wusste genau, wie Clay es am liebsten hatte.

Mit einer Hand umfasste er ihre Brust und fing an, an ihrer Brustwarze zu saugen, während er mit der anderen Hand ihren Hintern knetete. Gleichzeitig rieb er seinen in der Unterhose mächtig drängenden Schwanz an ihrem Venushügel. Als er schließlich mit weit geöffnetem Mund über ihre Brust herfiel, benahm es ihr fast den Atem. Er saugte daran und grub die Zähne in das feste, heiße Fleisch, um anschließend mit der Zunge über ihr Schlüsselbein zu fahren. »Ah, das ist gut!«, gurrte sie und warf den Kopf zurück, damit er ihren Hals küssen und belecken konnte, während er ihre Brustwarzen zwischen Daumen und Zeigefinger zwirbelte. »Gott, du bist fantastisch!«

Als sie beide vor Begierde zitterten, führte Clay sie zum Bett und legte sie behutsam auf die Steppdecke. Flugs zog er ihr den Rock aus. Gierig starrte er kurz auf das winzige Dreieck ihres Spitzenslips, bevor er ihn herunterzog und über ihre Füße streifte. Während sie Clay mit Blicken verschlang, zog er seine Hose aus, hakte die Daumen in den Bund seiner Shorts und streifte sie ab. Voller Verlangen schaute Erika auf seinen steifen Schwanz, der keck aus seinem Nest aus gelockten Haaren ragte. Da sie genau wusste, womit sie ihn noch schärfer machte, legte sie eine Hand auf ihren Bauch, um dann die rot lackierten Fingernägel in ihren sorgfältig gestutzten Busch zu versenken.

»Zeig's mir, Baby«, stöhnte Clay und streckte sich neben ihr aus. »Ja, zeig mir, wo du mich haben willst.« Er legte die Hand auf ihre.

»Hier, Darling«, schnurrte sie und genoss es, mit ihren Fingern in ihrer glitschigen, vor Lust geschwollenen Muschi zu spielen, bevor sie Zeige- und Mittelfinger tief in sich hineinsteckte. »Hier will ich deinen harten Schwanz. Genau hier.« Sie umfasste seinen Schaft und drückte ihn, wobei sie mit dem Daumen über die bereits feuchte Schwanzspitze streichelte. »Und ich weiß, dass du es auch willst.«

»Noch nicht.« Er ging zu seinem Koffer und entnahm ihm ein kleines, in goldenes Geschenkpapier eingeschlagenes Päckchen. »Ich habe dir eine Kleinigkeit mitgebracht.«

»Das brauchst du doch nicht«, sagte Erika.

»Ich weiß, aber ich habe es in einer Zeitschrift gesehen und dabei sofort an dich gedacht. Kurz vor meiner Abreise habe ich es anfertigen lassen.« Erika öffnete das Päckchen. Zum Vorschein kamen etliche dünne Goldketten. »Komm, ich zeig dir, wie man sie trägt.« Er entwirrte das Knäuel und befahl: »Steh auf!«

Nachdem sie sich erhoben hatte, schlang Clay eine Kette um ihre Hüften. Von ihr hing eine zweite Kette herab, die er von hinten zwischen Erikas Beinen und ihren nassen Schamlippen hindurch zog, bevor er sie in der Mitte der Hüftkette befestigte. »Wie fühlt sich das an?«, fragte er.

»Hmm«, sagte Erika. »Es sitzt jedenfalls genau an der richtigen Stelle.« Sie wackelte mit den Hüften. »O ja! Echt geil!«

»Und es sieht fantastisch aus auf deiner Haut. Ich bin gespannt, wie es sich anfühlt, wenn ich dich vögele.«

»Das lässt sich gleich feststellen.« Sie streckte sich auf dem Bett aus und spreizte die Beine, damit er die goldene Kette zwischen ihren Schamlippen blitzen sehen konnte. Dann fuhr sie sich mit den Fingern durch ihr Schamhaar und ließ sie an der Kette entlanggleiten, bevor sie einen Finger unter das Kettchen schob und daran zog. Als das Metall gegen ihr erregtes Fleisch drückte, heizte sie das noch weiter auf.

»Mein Gott, ich kann's kaum noch abwarten, in dich einzudringen«, keuchte Clay.

»Es wird dir aber nichts anderes übrig bleiben«, erwiderte Erika und grinste, als sie nach ihrer Handtasche griff. Sie holte ein Kondom heraus, riss die Packung auf und setzte den noch aufgerollten Gummi auf seine Schwanzspitze. »Geduld, mein Lieber. Du musst lernen, dich in Geduld zu üben.« Dann streifte sie das Kondom unendlich langsam über seinen harten Schwanz.

»Baby, du machst mich verrückt«, ächzte er.

Erika kicherte. »Wär das so schlimm?«

Clay lachte. »Überhaupt nicht.« Dennoch zog er jetzt ihre Hand weg, rollte das Kondom vollständig herunter und drehte sie auf den Rücken. Mit einem kurzen, harten Ruck stieß er seinen Schwanz tief in sie hinein. »Ich kann die Kette an meinem Schwanz fühlen.« Da Erika nicht glaubte, dass die Kette das Kondom einreißen würde, bewegte sie die Hüften, damit das Metall an seinem Schwanz entlangstrich. Wie gebannt verharrte Clay völlig regungslos.

Selbst als Erika ihre Scheidenmuskeln anspannte und sich noch fester gegen ihn presste, rührte er sich nicht. Sie fing an, mit den Hüften zu kreisen, um ihn zu provozieren. »Komm schon, Clay«, stöhnte sie, als er sich standhaft weiter verweigerte. »Du machst mich fertig.«

»Geduld, meine Liebe«, spöttelte er. »Du musst lernen, dich in Geduld zu üben.« Dann zog er seinen Schwanz ein Stück heraus, um ihn langsam tief in ihre enge, nasse Scheide hineinzuschieben.

»Wo ich genau weiß, wie gut du dich anfühlst?!« Als sie die Beine um ihn schlang, spürte sie, dass er kurz davor war zu kommen.

»Scheiße.« Außerstande, auch nur eine Sekunde länger an sich zu halten, zog Clay seinen Schwanz kurz zurück, um dann mit aller Kraft ein paar Mal zuzustoßen, bis er mit lautem Stöhnen kam. Ohne seinen Schwanz herauszuziehen, tastete er mit den Fingern nach ihrer geschwollenen Klitoris und massierte sie mit der Kette. »Ja!«, schrie sie. »Mach weiter! Das ist gut! Genau so! Genau ... SOOO!« Eine Welle der Lust jagte durch ihren Körper, während ihre zuckende Scheide seinen Schwanz melkte. Bei Clay brauchte sie den Höhepunkt nie zu spielen. Im Unterschied zu anderen Kunden sorgte er stets dafür, dass sie auf ihre Kosten kam.

»Weiß Gott, es gibt nichts Besseres, als in dir zu sein, wenn du kommst«, stöhnte er. »Wenn ich mich nicht rühre, spüre ich noch das kleinste Beben.«

Lächelnd legte Erika jetzt den Föhn in die Schublade ihres Badezimmerschranks. Der heutige Abend würde gewiss mit einem ebensolchen Höhepunkt enden. Bei dem Gedanken musste sie schmunzeln: Wie vielen Frauen war es schon vergönnt, heißen Sex mit reichen Männern wie Clay zu haben und dafür auch noch fürstlich bezahlt zu werden? Ein Blick auf ihre Armbanduhr sagte ihr, dass es fast halb sechs war. Um sieben musste sie im Waldorf sein.

Während sie noch überlegte, was sie anziehen sollte, klingelte das Telefon ihres Privatanschlusses. Sie zog den Gürtel ihres alten blauen Bademantels, einem Überbleibsel aus längst vergangenen Zeiten, fest und ging durch das Schlafzimmer. Ihre nackten Zehen versanken in dem dicken perlgrauen Teppichboden. »Hallo«, meldete sie sich mit einer Stimme, die darauf geschult war, sanft und melodisch zu klingen.

»Hi, ich bin's.« Als Erika die Stimme von ihrer besten Freundin Brook Torrance erkannte, entspannte sie sich.

»Hi, Brook.« Sie klemmte sich das schnurlose Telefon zwischen Ohr und Schulter und ging zu dem kleinen Kühlschrank in einer Ecke des Zimmers. »Was gibt's?«, fragte sie, während sie eine halb volle Flasche Weißwein herausnahm, die sie geschickt mit den Zähnen entkorkte.

»Nichts Besonderes. Ich mach mich gerade für heute Abend fertig. Ich treff mich mit Howard.«

Leise lächelte Erika in sich hinein, während sie sich ein halbes Glas Fumé Blanc einschenkte, das Höchste, was sie sich vor der Arbeit gestattete. »Ist er wirklich so langweilig, wie du immer behauptest?«

»Ich fürchte, ja.« Erika konnte Brooks Seufzer hören. »Unter einem tollen Abend versteht er ein tellergroßes Steak, eine Flasche Rotwein und eine genaue Schilderung all der großen Deals, an denen er gerade bastelt. Wenn ich es darauf anlegen würde, könnte ich mit dem, was er mir erzählt, ein Vermögen machen. Und eins schwör ich dir, Erika, wenn sein Handy noch einmal klingelt, während wir beim Essen sitzen, ramm ich ihm das verdammte Ding in den Rachen. Stundenlang darf ich ganz intensiv auf meinen Teller glotzen, während er quatscht und quatscht und wie wild gestikuliert, so dass die Leute um uns herum völlig sauer werden und um Ruhe bitten.«

»Während des Essens?«

»Ständig. Sogar am besten Tisch im feinsten Restaurant der Stadt. Er heckt immer gerade ein neues Riesending aus. Bei meinen Preisen wäre er finanziell gesehen besser dran, wenn er mich nicht mehr buchen, sondern einfach die ganze Nacht ungestört telefonieren würde. Den Sex würde er wahrscheinlich auch nicht vermissen, fürchte ich. Der ist nämlich ziemlich fad. Rein mit dem Ding, ein bisschen hin und her zuckeln bis er befriedigt ist, und das war's. Eine aufblasbare Puppe würde es ebenso gut tun. Aber aus irgendeinem Grund will er mich.«

Kichernd machte Erika es sich auf dem Bett bequem. »Natürlich will er dich. Ich frag mich bloß, warum du immer wieder mit ihm ausgehst.« Erika kannte die Antwort. Fünfzehnhundert Dollar waren ein mehr als ausreichendes Schmerzensgeld für einen Abend mit einem Langweiler.

»Auf das Geld möchte ich nun wirklich nicht verzichten. Außerdem ist er im Großen und Ganzen pflegeleicht und harmlos. Irgendwas Neues bei dir?«

»Nur die übliche Hektik. Hank Talbott hat angerufen. Er

hat noch einen zweiten Mann für nächsten Donnerstagabend. Irgendein Vorstandstyp bringt einen Vizepräsidenten mit, und er braucht noch eine Frau mehr für die Party. Zum Glück ist Carolyn bereit, noch einen weiteren Kunden zu übernehmen. Wie ich vorausgesagt habe, hat Greg Haslett für nächsten Monat abgesagt. Wenigstens habe ich nicht so viele Termine mit ihm vereinbart.«

Brooks Seufzer klang durch den Hörer. »Mir ist schleierhaft, wie du bei dem ganzen Organisationskram überhaupt noch durchblickst.«

Erika nahm einen großen Schluck Wein. »Ich würde mich ja gern beklagen, aber du weißt genauso gut wie ich, dass ich das genieße. Außerdem verdiene ich ein hübsches Sümmchen damit.« Sie ließ den Blick durch das geräumige Schlafzimmer ihres luxuriösen Apartments schweifen, das sie in einem Haus angemietet hatte, dessen Eingang rund um die Uhr bewacht wurde. Darüber hinaus stand tagsüber ein Hausmeister zur Verfügung, der beispielsweise die Zeitung vor die Tür legte oder mit dem Hund Gassi ging. Wenn sie spät in der Nacht nach Hause kam, informierte der Nachtwächter den Hausmeister darüber, so dass am nächsten Morgen zwei frische Croissants und eine große Tasse dampfenden Cappuccinos auf dem kleinen Tischchen neben der Aufzugstür auf sie warteten.

Ein prominenter Innenarchitekt hatte die Möbel ausgesucht. Dabei hatte er darauf geachtet, dass die neuen Stücke zu denen aus ihrem alten Apartment passten. Besonders ihr Schlafzimmer mit dem riesigen Messingbett liebte sie. Die bunte Steppdecke bildete einen hervorragenden Kontrast zum Grau der Chaiselongue und zu den zartgrauen Gardinen, die meistens zurückgezogen waren, damit sie die Sicht auf den Hudson River und die Palisades am anderen Ufer genießen konnte. Die neu erworbene Frisierkommode mit dem breiten

Spiegel und der winzigen Bank rundete das Gesamtbild perfekt ab.

Ihr Blick wanderte zu den Spiegeltüren des Wandschranks des Ankleidezimmers. Sie liebte Designerkleider und hatte genug Geld, um dieser Leidenschaft nach Herzenslust zu frönen. In ihrem Schrank fand sich für jede Gelegenheit etwas Passendes. Ja, räumte sie unumwunden ein, sie liebte ihr angenehmes Leben ebenso wie den Sex, der ihr dieses Leben ermöglichte.

Ihr Begleitservice Courtesans, Inc. beschäftigte mittlerweile mehr als dreißig Mitarbeiter, die allesamt die Sehnsüchte von Männern und Frauen stillten, die es sich leisten konnten, für ihr – freilich exquisites – Vergnügen ein- bis dreitausend Dollar pro Nacht hinzublättern. Abermals nippte Erika an ihrem Wein. »Und denk doch bloß an all die Frauen und Männer, die arbeitslos würden, wenn ich aufhören würde.«

»Ist mir ja klar. À propos Mitarbeiter – wie ist denn das Bewerbungsgespräch heute Nachmittag gelaufen?«

Erika verzog das Gesicht. »Ms. Kallinski wird nicht bei uns anfangen.«

»Warum nicht?«, fragte Brook. »Paula war ganz begeistert von ihr, und ich weiß doch, wie gut du noch jemand gebrauchen könntest. Es klang so, als sei sie genau die Richtige für dich.«

Erika dachte an die gut aussehende Blondine zurück, mit der sie sich am Nachmittag fast eine Stunde unterhalten hatte. »Das Vorstellungsgespräch hat den Eindruck bestätigt«, antwortete Erika. »Sie hat in Cornell einen Abschluss in Betriebswirtschaft gemacht und vier Jahre bei einer internationalen Großbank gearbeitet. Angeblich braucht sie Geld, um ihrem Vater zu helfen, der Schwierigkeiten mit dem Finanzamt hat. Eine Geschichte, wie wir sie alle schon mal gehört haben, aber irgendwie klang sie mir eine Spur zu perfekt. Für meinen Geschmack hat sie entschieden zu viele Fragen bezüglich Courtesans, Inc. gestellt.« Sie leerte das Glas und stellte es dann auf den Nachttisch. Sue Kallinski hatte einen schlechten Nachgeschmack hinterlassen. »Sie redete permanent von Prostitution. Als ich ihr versicherte, dass wir lediglich ein Begleitservice sind, hatte ich nicht das Gefühl, dass sie mir glaubte, was mir am Ende aber ziemlich egal war. Ich hatte einfach ein ungutes Gefühl bei ihr.«

»Glaubst du, sie war ein Cop?«

»Vielleicht. Oder eine Freundin von Sean Fredericks.« Sean Fredericks war ein hoch aufgeschossener, rothaariger Reporter, der seit kurzem für die Klatschspalte beim National Informer zuständig war. Vermutlich war ihm jedes Mittel recht, um etwas über die sexuellen Vorlieben und ungewöhnlichen Praktiken ihrer prominenten Kunden in Erfahrung zu bringen.

»Du meinst, der Informer versucht, jemanden bei dir einzuschmuggeln?«

»Zuzutrauen wär ihnen das. Wie auch immer, womöglich war die Frau ja in Ordnung, aber ich habe in den letzten zehn Jahren gelernt, mich auf meinen Bauch zu verlassen, und mein Bauch hat nein gesagt.«

»Stimmt, auf den solltest du hören.« Da keine von beiden gern über die Gefahren ihres Berufs sprach, wechselte Brook das Thema. »Das Wetter soll heute Abend ziemlich mies werden«, meinte Brook. »Ich überlege schon die ganze Zeit, was ich anziehen soll. Ich will mir weder die Schuhe ruinieren noch nasse Füße kriegen, aber ich mag auch keine Stiefel anziehen.«

»Bestell dir doch ein Taxi oder lass dir eine Limousine mit Chauffeur kommen und setz es einfach mit auf die Rechnung. Nach dem, was du mir erzählt hast, dürfte das Howard nicht wehtun. Und wenn er zu geizig ist, um dir einen Wagen zu spendieren, wär's eh an der Zeit, ihn abzuservieren. Du bist weiß Gott nicht auf ihn angewiesen.« Brook war eine ihrer beliebtesten Begleitdamen. Die meisten Männer, die einen Abend mit ihr verbracht hatten, buchten sie auch beim nächsten Mal. »Was ziehst du denn heute Abend an?«

»Weiß ich noch gar nicht.«

»Wie wär's mit diesem neuen aprikosenfarbenen Wollkleid, das du mir neulich gezeigt hast? Das wird Howard ganz bestimmt gefallen.« Das Kleid hatte einen klassischen Schnitt, der Brooks wohlgeformten Körper auf dezente Weise betonte.

»Falls er es bemerkt.« Sie hielt einen Moment inne. »Aber eigentlich ist das eine gute Idee. Nur welche Schuhe zieh ich dazu an?«

»Haben wir dir nicht letzten Monat ein Paar Goldpumps gekauft? Die würden bestimmt hervorragend zu dem Kleid passen. Und vielleicht tauschst du den aprikosefarbenen Gürtel gegen deinen breiten goldenen. Dann noch dein goldenes Cleopatra-Halsband, und die Sache ist perfekt.«

»Stimmt, das müsste gehen. Dazu große goldene Ohrringe, unsere Glücksbringer vielleicht – das sähe sicher nett aus.«

Erika erinnerte sich an die Zeiten, als sie beide abwechselnd diese großen, goldenen Klunker getragen hatten – Modeschmuck, aber chic und wirkungsvoll. Auch bei ihrem ersten Engagement als Begleitdame hatte Erika sie getragen. »Du wirst umwerfend in dem Kleid aussehen. Vielleicht hast du ja Glück, und er beschließt, an die Westküste zu ziehen oder so was.«

»Wenn er das täte, würde er jeden Monat zurückkommen, bloß um mich zu nerven.« Mädchenhaftes Kichern klang durch die Telefonleitung.

Schließlich gab sich Erika einen Ruck und brachte ein heikles Thema zur Sprache: »Ich habe heute mit Stuart zu Mittag gegessen.« Stuart Dunlop war mittelgroß, hatte ein warmes Lächeln, sorgfältig geschnittenes tiefbraunes Haar mit grauen Strähnen und wunderschöne blaue Augen, die hinter einer randlosen Brille erstrahlten. Mit seinen neunundvierzig Jahren war er fünf Jahre älter als Erika. Seit mehr als zehn Jahren waren sie nun miteinander befreundet. »Er hat mir die neuesten Fotos von seiner Enkelin gezeigt. Kevins Frau ist sogar schon wieder schwanger.«

»Richte ihm meine Glückwünsche aus. Weißt du, wir drei sollten viel mehr zusammen machen.«

»Ich weiß, aber bei unseren vollgestopften Terminkalendern ist das ziemlich schwierig. Wir können nächste Woche ja mal zusammen essen gehen.«

»Ihr zwei seid doch jetzt schon ewig befreundet, und ich weiß, dass ihr auch miteinander schlaft. Habt ihr eigentlich noch nie daran gedacht zusammenzuziehen? Oder vielleicht sogar noch mehr?«

»Du meinst heiraten? Ich bin mir nicht sicher, ob ich das wollen würde.«

»Warum nicht? Obwohl ich ihn so gut nun auch nicht kenne, finde ich, dass er ein toller Typ ist und dass ihr zwei gut zusammenpasst. Er macht dich glücklich.«

»Das tut er in der Tat, aber ich bin mir trotzdem nicht sicher. Er selbst hat noch nie darüber gesprochen, aber ich muss gestehen, dass ich schon darüber nachgedacht habe. Ich könnte Courtesans, Inc. niemals aufgeben, und ich glaube nicht, dass er damit klarkäme, wenn ich weiter arbeiten würde.«

»Ach, komm. Er selbst ist schließlich derjenige, der dich überhaupt erst auf die Idee mit Courtesans, Inc. gebracht hat. Glaubst du wirklich, er hätte was dagegen?«

»Ich weiß nicht. Vielleicht hätte ich ja was dagegen. Eine

Ehe sollte schließlich aus einem Mann und einer Frau bestehen. Nicht aus einer Frau und einem Dutzend Männern. Das wäre Stuart gegenüber nicht fair.«

»Bist du da nicht zu skeptisch?«, fragte Brook. »Hängt das immer noch mit Rick zusammen? Immerhin sind doch nicht alle Männer Arschlöcher.«

»Ich weiß. Ich muss einfach noch darüber nachdenken.«

»Du liebst ihn.« Das war keine Frage.

»Ja, ich liebe ihn. Aber da ist noch viel mehr. Rick, Rena. Ich habe in meiner Ehe so sehr versagt, dass ich mir selbst nicht mehr traue. Nicht, wenn es um was Ernstes geht.«

»Du musst selbst wissen, was das Beste für dich ist, aber das Leben ist verdammt lang, und es kann sehr einsam sein.«

»Du bist nicht einsam, Brook.«

»Noch nicht«, stimmte Brook zu, »aber ich habe mich damit abgefunden, dass nicht allzu viele Männer eine Frau heiraten wollen, die so ein Leben geführt hat wie du und ich. Ich frage mich manchmal, wo ich in zwanzig Jahren sein werde. Du nicht, Erika?«

»Einsamkeit ist jedenfalls kein Grund, Stuart zu heiraten.«

»Kann ich verstehen. Abgesehen davon, geht das ja auch nur dich was an.« Damit wechselte Brook das Thema. »Ruf mich morgen früh mal an. Ich hab da ein neues kleines Dessousgeschäft in den East Fifties entdeckt. Es wird dir gefallen.«

»Mach ich«, versprach Erika. »Einen schönen Abend ... na ja, so gut es geht.«

»Dir auch. Pass auf dich auf.«

»Du auch auf dich.« Seit sie mit dem Geschäft begonnen hatten, beendeten sie jedes Gespräch mit diesen Worten, denen nach wie vor ein ernst gemeinter Unterton anhaftete. Alle unangenehmen Gedanken verscheuchend, warf Erika den Kopf in den Nacken und ließ sich an ihrer Frisierkommode nieder, um sich für den Abend fertig zu machen. Über Stuart konnte sie immer noch nachdenken.

Während sie mit einem braunen Eyeliner ihr Lid nachzog, hörte sie den Anrufbeantworter ihres Geschäftanschlusses ab. »Erika, mein Schatz. Hier ist Andy Kremins.« Beim Tuschen der blassbraunen Wimpern rief sie sich das Bild des Sportagenten, eines langjährigen Stammkunden, in Erinnerung. »In etwa drei Wochen kommt ein Typ in die Stadt. Hast du zufällig ein Mädchen in deiner Truppe, das sich mit Basketball auskennt? Der Mann ist ein Spitzen-Promoter aus Atlanta, der viel für mich tut. Ich möchte ihn bei Laune halten, wenn du verstehst, was ich meine. Gib mir Bescheid.« Er wiederholte seine Telefonnummer und legte auf.

Diane Murray war ein großer Fan fast jeder Sportart und kannte sich entsprechend gut aus. Ein Kunde hatte sie einmal als wandelnde Sport-Enzyklopädie bezeichnet. Während Erika sich eine kurze Notiz machte, lief der Anrufbeantworter weiter. »Erika, hier spricht Marty McDermott. Es geht um die Zockerparty nächsten Monat in Atlantic City. Ich brauche zwei oder drei gut aussehende Burschen. Ich möchte, dass die Ehemänner nach Herzenslust spielen können und brauche deshalb jemanden, der die Frauen in der Zwischenzeit unterhält – wie, ist mir egal. Den Ehemännern vermutlich auch. Ruf mich doch bitte zurück.«

Während Erika ihr Make-up vollendete und sich einen Hauch Rive Gauche hinter jedes Ohr und ins Décolleté tupfte, hörte sie die restlichen Nachrichten. Ab und an notierte sie sich etwas. Am nächsten Tag würde sie alle Hände voll damit zu tun haben, Termine zu planen – aber davon lebte sie schließlich. Bevor sie sich vollständig ankleidete, nahm sie die Ketten, die Clay ihr geschenkt hatte, aus der Schmuckschatulle und befestigte sie an ihren Hüften und zwischen ihren Beinen. Bei der einen oder anderen Tischrede, die sie heute Abend über sich ergehen lassen mussten, würde sie Clay zuflüstern, dass sie die Ketten angelegt hatte. Wenigstens würde er dann die ganze Zeit einen Ständer haben.

Viele Stunden später, nach einem öden Geschäftsessen und einer wunderschönen Stunde in seinem Hotelzimmer, stand Clay Williamson vor dem Waldorf und raffte das Revers seiner Anzugjacke fest vor seiner Brust zusammen, damit sein noch offenes Hemd nicht zu sehen war. »Ein Hundewetter ist das!« In der eisigen Luft bildete sein Atem kleine Wölkchen. »Ich verstehe nicht, warum du nicht nach Kalifornien ziehst. Du könntest dein Geschäft dort genauso gut betreiben.«

Clay hieß den Portier zur Seite gehen, damit er die Taxitür selbst aufhalten konnte, während Erika einstieg. »Ich liebe New York einfach, samt Schnee, Graupel und allem anderen«, erwiderte sie, während sie sich ein paar glitzernde Eiskristalle von den Schultern wischte. Dann beugte sie sich vor und wuschelte Clay ein paar Schneeflocken aus dem Haar.

»Okay. Aber den Versuch war's wert«, gab sich Clay geschlagen. Diese Diskussion hatten sie schon oft geführt. »Nächsten Monat komm ich wieder her. Dann habe ich vor, mir einen ganzen Tag freizuhalten. Ich sag dir noch genau, wann, dann machen wir was aus.« Er schaute sie mit einem vielsagenden Blick an. »Vielleicht verlassen wir sogar mal das Hotelzimmer.« Er beugte sich herunter, um Erika leidenschaftlich zu küssen. »Gott, wie ich diese Abende liebe! Du bist echt heiß.«

»Dito! Schließlich gehören zu einem solchen Abend immer zwei.« Sie blickte ihm einen Moment tief in die rauchgrauen Augen, dann zwinkerte sie. »Gib mir so früh wie möglich Bescheid, wann du wieder in der Stadt bist. Dann halt ich mich für dich frei. Einen ganzen Tag.«

»Mach ich. Komm gut nach Hause.«

Nachdem er die Wagentür zugeschlagen hatte, wandte sich Erika an den Fahrer. »Guten Abend«, meinte sie frohgelaunt.

»'N Abend«, erwiderte der Fahrer mit einem starken indischen Akzent. »Wohin soll's gehen, Lady?«

»Riverside Ecke Achtundachtzigste, bitte«, sagte sie. »Fahren Sie ruhig langsam, wir haben Zeit.« Erika legte ihre Handtasche auf den Sitz neben sich und wollte sich anschnallen, fand aber keinen Sicherheitsgurt. Na, dann eben nicht.

»Alles klar, Lady«, sagte der Fahrer mit einem breiten Grinsen und brauste los. Eigentlich hätte Erika den Fahrer gern noch einmal gebeten, langsamer zu fahren. Da sie jedoch wusste, wie sehr es nervte, wenn die Beifahrer einem ständig hineinredeten, hielt sie den Mund. »Das ist ja wirklich ein scheußliches Wetter. Wie lange geht das denn schon so mit diesem Graupel?«

»Ungefähr seit einer Stunde«, antwortete der Fahrer. Erika warf einen Blick auf die Karte am Armaturenbrett: Ashok Bansal. Tiefdunkle Gesichtsfarbe, dichtes schwarzes Haar, Dreitagebart.

Nervös starrte Erika durch die Windschutzscheibe. Ihr war mulmig zumute, ihr Körper verkrampfte sich immer mehr, ihre Hände ballten sich zu Fäusten. Die glitzernden kleinen Graupelkörner prasselten auf die Fußgänger in der Park Avenue ein, die mit hochgeschlagenem Kragen und eingezogenem Kopf ihrem jeweiligen Ziel entgegenhasteten. »Sind die Straßen sehr glatt?« Bitte, dachte sie, bitte fahr nicht so schnell.

»Ja, Lady, aber Sie brauchen keine Angst zu haben. Ich bin ein sehr guter Fahrer.« Er musterte sie im Rückspiegel und nickte kaum wahrnehmbar. »Wenn Sie möchten, fahre ich gern etwas langsamer.« Als er den Fuß vom Gas nahm, ließ sie sich mit einem Seufzer der Erleichterung gegen die Rückenlehne sinken. »Vielen Dank.« Sie spielte an den Perlen auf dem Ausschnitt ihres Kleides herum. Der Abend war gut verlaufen. Clay und sie hatten das zähe Geschäftsessen geduldig bis zum Ende ertragen, hatten an den richtigen Stellen geklatscht und hinter vorgehaltener Hand über Clays witzige Kommentare zu den Rednern gelacht. Danach waren sie in sein Hotelzimmer übergesiedelt und hatten sich eine Stunde lang heiß geliebt. Jetzt fühlte sie sich wohlig ermattet, und ihre Oberschenkelmuskeln taten ein klein wenig weh, gerade so, dass sie es als angenehm empfand. Sie drehte den Unterkörper leicht zur Seite und streckte die Beine aus. Dann schloss sie die Augen und dachte an den großen Becher Earl Grey und die Kekse, die zu Hause auf sie warteten. Danach würde sie es sich in ihrem Bett gemütlich machen, in ihrem Roman schmökern und so richtig entspannen. Zum Glück konnte sie morgen ausschlafen.

In dem Moment riss der Fahrer das Steuer herum und schrie: »Festhalten!« Voller Panik sah sie einen schwarzen Chevy Suburban von rechts auf das Taxi zuschlittern. Offenbar war er auf der eisglatten Fahrbahn ins Schleudern geraten. Erika war klar, dass der Chevy das Taxi seitlich rammen würde. Der Körper des Taxifahrers wippte auf und ab, als er immer wieder auf die Bremse trat und dabei wild das Lenkrad herumriss, ohne dass es irgendeine erkennbare Wirkung gehabt hätte. »Halten Sie sich fest, Lady!«, schrie er.

Erika starrte in die Scheinwerfer des auf sie zurasenden Chevy. Obwohl sie wusste, das gleich etwas Schreckliches passieren würde, saß sie wie gelähmt da. Dann knallte es. Das ganze Taxi wurde zur Seite geschleudert, die Tür neben ihr eingedrückt. Sie fiel nach vorn. Noch bevor sie gegen die Kopfstütze knallte, meinte sie Stuart zu sehen. Er lächelte sie an. Dann verlor sie das Bewusstsein.

Etwa eine Stunde später stand Brook im Bad gerade vor dem Spiegel und wischte sich die Wimperntusche ab. Der Abend war wie vorhergesehen verlaufen. Immerhin war der Wein außergewöhnlich gut und Howard einigermaßen unterhaltsam gewesen. Sie lächelte, als sie an das zierliche goldene Armband dachte, das er ihr geschenkt hatte, weil sie sich jetzt genau drei Monate kannten. Und dann war da natürlich noch der Scheck über fünfzehnhundert Dollar.

Nachdem sie sich sorgfältig abgeschminkt hatte, cremte sie Gesicht und Hals mit einer teuren Nachtcreme ein und betrachtete sich im Spiegel. Gar nicht so schlecht, dachte sie. Sicher, sie sah nicht umwerfend aus. Wenn sie ehrlich war, noch nicht einmal richtig hübsch. Aber mit den blauen Augen, die so unschuldig dreinblickten, und dem seidenweichen, glatten blonden Haar, das sich in einer sanften Welle um ihren Hals schmiegte und damit ihre hohen Wangenknochen bestens zur Geltung brachte, hatte sie eine unbestreitbare Wirkung auf jeden Mann. Lächelnd dachte sie an den Rest der Woche. Da sie sowohl für Samstag- als auch für Sonntagabend gebucht war, würde sie am Ende der Woche um fast viertausend Dollar reicher sein – nicht übel für eine Neununddreißigjährige aus einer kalifornischen Kleinstadt.

Das Klingeln des Telefons ließ sie zusammenzucken. Da sie sich ziemlich gut auf Telefonsex verstand, bekam sie hin und wieder abends Anrufe. Gelegentlich kam es dabei sogar vor, dass es ihr derartigen Spaß machte, den betreffenden Mann und sich selbst in Stimmung zu bringen und dann gemeinsam zu masturbieren, dass sie es gratis machte. Sie raffte ihren Bademantel fest um ihren Körper und ging zum Telefon, wobei sie automatisch einen Blick auf die Uhr warf. Fast eins. Es konnte auch Erika sein, die ihr von ihrem Abend erzählen wollte.

»Hallo?«

»Spreche ich mit Brook Torrance?«

Brook setzte sich auf die Bettkante. Es war die Stimme einer ihr unbekannten Frau. »Ja.«

»Sie sind mit Erika Holland befreundet?«

Brook presste den Hörer ans Ohr und schluckte schwer. War Erika verhaftet worden? War sie in Schwierigkeiten? »Ja. Ist irgendetwas passiert?«

»Es tut mir Leid, dass ich Sie so spät stören muss«, sagte die Frau. »Ich rufe aus der Notaufnahme an.« Sie nannte den Namen eines renommierten Krankenhauses. »Ich bedaure, Ihnen sagen zu müssen, dass Ihre Freundin einen Unfall hatte. Wir fanden Ihren Namen auf der Notfallkarte in Ms. Hollands Brieftasche. Ms. Holland befindet sich in einem kritischen Zustand und wird gerade operiert.«

Brooks Verstand weigerte sich, das soeben Gehörte aufzunehmen. »Operiert?«

»Sie hat eine schwere Kopfverletzung, und die Ärzte müssen den Druck auf ihr Gehirn verringern. Es geht ihr im Moment den Umständen entsprechend, aber wir können zur Zeit natürlich noch keinerlei Prognose abgeben.«

Brook versuchte sich Erika vorzustellen, ihre lebensfrohe, stets muntere Freundin, wie sie jetzt, bewusstlos auf einer Trage liegend, von einem Pfleger, der sie nicht kannte, einen hell erleuchteten Gang entlanggeschoben wurde. Sie brauchte ihre Freunde. Brook fühlte, wie ihr Verstand wieder anfing zu arbeiten. »Ich komme sofort zu Ihnen. Wie ist es passiert?«

»Jemand ist in ihr Taxi gefahren.«

»Ich habe einen Schlüssel zu ihrem Apartment. Soll ich noch irgendetwas für sie mitbringen?«

»Im Moment braucht sie nichts«, antwortete die Frau mit ruhiger Stimme. »Lassen Sie sich ruhig Zeit. Die Straßen sind spiegelglatt, und Ihre Freundin wird die nächsten Stunden noch im OP sein.«

»Ich muss noch ein paar Leute anrufen«, sagte sie zu der Krankenschwester, »aber dann komme ich sofort. Wo liegt sie?«

Die Schwester gab ihr die Adresse des Krankenhauses und beschrieb ihr den Weg zur Station. »Versuchen Sie, sich keine Sorgen zu machen. Sie ist in guten Händen. Sie wird von unseren besten Neurochirurgen operiert. Glauben Sie mir, wir tun, was wir können.«

»Danke, da bin ich ganz sicher.« Langsam legte Brook den Hörer zurück auf die Gabel. Danach saß sie eine Weile zitternd auf der Bettkante. Verdammt! Erika! Warum jetzt, wo alles so gut lief? Verdammt! Sie atmete tief durch und holte ihr Adressbuch hervor. Dann begann sie zu wählen.

Shara Marques lag auf dem Hotelbett. Ihre milchkaffeebraune Haut glänzte vor Schweiß, ihre kurzen, ebenholzschwarzen Locken waren feucht. Zwei französische Automanager lagen schwer atmend links und rechts neben ihr. Obwohl sie den ganzen Abend miteinander getrunken, getanzt, gelacht und zwei Stunden fantastischen Sex gehabt hatten, wusste Shara immer noch nicht auf Anhieb, wer Georges war und wer André.

Nach einer Weile stand einer der Männer – sie glaubte, dass es André war – auf, ging zum Schrank, nahm einen Packen Reiseschecks aus seiner Brieftasche und drückte ihn ihr in die Hand.

»Vielen Dank für den wunderbaren Abend«, meinte er mit starkem Akzent. »Dürfen wir dich vielleicht noch einmal besuchen, wenn wir das nächste Mal in der Stadt sind?«

»Natürlich. Mit euch würde ich jederzeit wieder einen Abend verbringen, selbst wenn im Moment jeder Gedanke an bestimmte Aktivitäten absurd ist – ihr zwei habt mich ganz schön rangenommen.« Lächelnd stand sie auf, völlig unbefangen in ihrer Nacktheit. »Ihr wisst ja, wie ihr Kontakt zu mir aufnehmt. Über Courtesans, Inc.« Dann ging sie ins Bad – ganz langsam, um den beiden die Möglichkeit zu geben, noch einmal ihren wohlgeformten Körper zu bewundern – und machte sich frisch. Als sie ins Schlafzimmer zurückkam, posierte sie noch für einen Moment in ihrem Spitzenhöschen und ihren bis zu den Oberschenkeln reichenden Seidenstrümpfen, bevor sie sich langsam anzog. Als sie die Reiseschecks in ihre Handtasche steckte, bemerkte sie, dass eine Nachricht in ihrer Mailbox war. Rasch ließ sie die Handtasche zuschnappen, schlüpfte in ihre Schuhe, gab jedem der beiden Männer noch einen Kuss und legte ihre Karte auf den Nachttisch. Courtesans, Inc. Exklusiver Begleitservice. »Ruft einfach an! Ich freue mich auf ein Wiedersehen.«

Kaum zur Tür hinaus, hörte Shara die Nachricht ab. »Erika hatte einen schweren Unfall. Sie wird gerade operiert. Ruf im Krankenhaus an und lass dich mit der Station verbinden.« Es folgte eine Telefonnummer. »Ruf mich nicht auf dem Handy an, es wird wahrscheinlich dauernd besetzt sein. Brook.«

Shara wurden die Knie weich, und sie lehnte sich an die Wand des Hotelflurs. Erika! Unfall! Die zwei Worte schossen ihr immer wieder durch den Kopf. Erika! Unfall! Wenn sie bloß nicht schwer verletzt war. Das durfte nicht sein!

Shara setzte sich auf einen Stuhl neben dem Aufzug, holte ihr Handy aus der Handtasche und tippte mit zitternden Händen die Nummer des Krankenhauses. Erika war immer noch im OP. Sie stellte sich Erikas fröhlich lachendes Gesicht vor. Erika. Einer so lebensfrohen Frau durfte einfach nichts Schlimmes passiert sein!

Langsam stand Shara auf und zog den Mantel eng um sich,

als wolle sie sich vor dem schützen, was ihr bevorstand. Dann rief sie den Fahrstuhl.

Alex Kosta saß einer juwelenbehangenen Frau gegenüber, die etwa zwanzig Jahre älter war als er. Alex war einunddreißig. Es war verblüffend, wie sein mediterranes Äußeres es ihm gestattete, immer so alt oder so jung auszusehen, wie er wollte. Heute Abend, in seinem dunklen Anzug, seinem eleganten weißen Hemd und der dezent gestreiften Krawatte, hätte er locker für fünfundvierzig durchgehen können. »Ich weiß, was Sie meinen, Dorothy«, sagte er und schaute ihr tief in die Augen. »Es ist so schwer, einen zuverlässigen Makler zu finden.«
»Nach Phillips Tod hatte ich absolut niemanden. Da hab ich meine Konten einfach weiter von dem Mann verwalten lassen, der sie immer schon verwaltet hat. Was hätte ich denn sonst tun sollen?«

Alex legte seine Hand auf ihre. Er kannte die Regeln des Spiels genau und liebte jedes Detail. Er hatte bereits zahllose Abende mit reichen Frauen verbracht, die wollten, dass ein Mann ihnen Aufmerksamkeit schenkte, ihnen zuhörte, mit ihnen fühlte und Liebe mit ihnen machte, bis sie vor Wonne höchst undamenhaft schrien. All das und noch vieles mehr konnte er ihnen bieten – und dafür wurde er gut bezahlt. Sein Gespür und seine Erfahrung sagten ihm, dass er und Dorothy heute Abend noch nicht miteinander im Bett landen würden. Sie würde vorsichtig sein, sie würde nicht so ausgehungert erscheinen wollen, wie sie eigentlich war. Nach ein paar Tagen aber würde sie wieder Kontakt zu ihm aufnehmen, um sich für einen weiteren Abend mit ihm zu verabreden. Dinner und ein paar Drinks, nette Konversation – und danach Sex. Alles zusammen für zweitausend Dollar die Nacht.

Alex liebte Frauen. Er liebte es, sich mit ihnen zu unterhalten, mit ihnen zusammen zu sein, die Nacht mit ihnen zu verbringen. Er liebte es, wie sie aussahen, wie sie rochen, wie sie schmeckten. Er liebte es, wie ihre Haut erglühte, wie ihr Nagellack glänzte, wie ihr Haar schimmerte. Sein ganzes Leben lang hatte er Frauen geliebt, und jetzt hatte er lediglich seine Passion zum Beruf gemacht, dank Erika Holland.

Während er Dorothys Hand hielt, fühlte er, wie sein Pager vibrierte.

Mei Lee war gerade mit einem groß gewachsenen Finanzmagnaten mit Adlernase und eckigem Kinn, einem Stammkunden aus Seattle, im Hotelzimmer, als ihr Pager piepte. »Entschuldige, Frank, ich muss vergessen haben, das Ding abzustellen.«

»Es ist schon ziemlich spät. Hoffentlich nichts Schlimmes?« Es war bereits der vierte Abend hintereinander, den sie miteinander verbrachten. »Ich weiß, dass du wundervolle Pläne für den Rest des Abends mit mir hast.«

»Warte, ich stell erst mal dieses Ding ab«, sagte Mei Lee, wobei sie einen Blick auf das Display warf. »Erika. Kritischer Zustand.« Sie wurde blass, überflog hastig den Rest der Nachricht, dann gab sie sich einen inneren Ruck. Schließlich war sie Profi. »Nichts, was nicht warten könnte. Ich werd mich später darum kümmern.« Sie atmete einmal tief durch, setzte ein Lächeln auf und kehrte zu dem Gespräch zurück, als wäre nichts geschehen. Sobald sie hier fertig war, würde sie auf dem schnellsten Wege zum Krankenhaus fahren.

»Wir müssen über dein Benehmen reden.« Sie richtete ihre Aufmerksamkeit voll auf Frank und machte eine unwirsche Handbewegung. Sofort kniete er sich vor sie hin und blickte mit seinen blauen Augen schuldbewusst zu ihr auf. Ihm zuliebe hatte sie eine enge schwarze Lederweste angezogen, die von einem einzigen Knopf über ihren nackten Brüsten zusammengehalten wurde. Dazu trug sie einen knapp sitzenden, kurzen Rock aus schwarzem Leder, unter dem sie ebenfalls nackt war. Ihre kniehohen schwarzen Stiefel glänzten, als sie langsam die Beine spreizte und ein hölzernes schwarzes Paddel vom Tisch nahm. »Du bist heute leider sehr, sehr unartig gewesen.« Lächelnd schlug sie das Paddel einmal so kräftig in die offene Hand, dass es klatschte. Dabei beobachtete sie mit gestrengem Blick, wie er den Kopf senkte und vor gespannter, freudiger Erwartung zu zittern begann. Dass die Frau, die ihn da züchtigte, eine gerade mal eins fünfzig große Asiatin mit einem süßen, unschuldigen Kindergesicht war, turnte ihn noch zusätzlich an.

»Was wäre denn eine angemessene Strafe für dein unartiges Betragen?« Später würde sich Mei dann um Erika kümmern, die für sie da gewesen war, als es ihr besonders dreckig gegangen war.

Stuart Dunlop schlief bereits, als sein Telefon klingelte. Benommen tastete er nach dem Hörer. »Hallo?«

»Stuart, hier ist Brook. Tut mir Leid, dass ich dich mitten in der Nacht wecke, aber Erika hatte einen Unfall. Sie wird gerade operiert. Wir treffen uns alle im Krankenhaus, und ich dachte mir, du wirst sicher auch kommen wollen.«

»Natürlich.« Stuart ließ sich kurz von Brook über die Einzelheiten informieren, dann legte er auf und setzte sich auf die Bettkante, den Kopf auf die Hände gestützt. O mein Gott! Erika. Seine Kehle war völlig ausgetrocknet, seine Unterlippe zitterte. Hey, ein erwachsener Mann weint doch nicht! Und du schon gar nicht!, ermahnte er sich. Als ihm eine Träne über die Wange lief, wischte er sie mit dem Handrücken weg. Sie würde nicht wollen, dass ich mich so gehen lassen, dachte er. Er erhob sich, um sich zu voller Größe aufzurichten.

Erika. So Vieles liegt noch vor uns. So viel Leben, das noch gelebt werden will. Er machte das Licht an und ging zu seinem Kleiderschrank.

In Chicago war es kurz vor halb eins, als das Telefon klingelte. Rena Hughes rieb sich den Nacken und blickte von ihrem Computerbildschirm auf. Genervt starrte sie auf das Telefon. »Komm ja schon«, brummelte sie, während sie einen Packen Blätter auf den Fußboden des kleinen zweiten Schlafzimmers legte, das sie in ein Büro umgewandelt hatte. Als sie ein Modemkabel besorgt hatte, hatte sie die Verlängerungsschnur fürs Telefon vergessen – und das schnurlose war natürlich gerade in der Ladestation. »Ja doch!« Wer konnte das sein, der sie da nach Mitternacht anrief? Ob irgendjemandem etwas passiert war?

Der Anrufbeantworter sprang an. »Hallo, Sie sind verbunden mit dem Anschluss 312-555-1648. Ich kann Ihren Anruf zur Zeit leider nicht persönlich ...« Sie hob den Hörer ab. »Hallo? Nicht auflegen. Ich stell nur rasch dieses Ding ab.« Sie schaltete das Gerät ab. »Hallo?«

»Spreche ich mit Maureen Hughes?«

»Ja. Hier ist Rena Hughes.«

»Sind Sie die Tochter von Erika Holland?«

Als sie den Namen hörte, erstarrte Rena. Seit mehreren Monaten hatte sie nicht mehr mit ihrer Mutter gesprochen, und wenn es nach ihr ging, konnte das auch so bleiben. »Wir haben keinen Kontakt mehr.« Und ihre Probleme interessieren mich nicht.

»Ich habe drei M. Hughes in Chicago angerufen und bin froh, endlich die Richtige erwischt zu haben. Mein Name ist Brook Torrance. Sie kennen mich nicht, aber ich weiß einiges über Sie von Ihrer Mutter. Sie redet häufig von Ihnen. Ich weiß nicht, wie ich Ihnen das schonend beibringen soll, aber Ihre Mutter hatte einen Unfall. Ihr Taxi wurde von einem anderen

Auto gerammt, und sie befindet sich in einem kritischen Zustand.«

Rena war völlig verwirrt. Sie machte den Mund auf, sagte aber keinen Ton. Mutter – das Wort existierte in ihrem Wortschatz gar nicht! Das letzte Mal hatte sie Erika vor zweieinhalb Jahren gesehen. Kurz vor ihrem College-Abschluss hatte Rena ihrer Mutter klar zu verstehen gegeben, dass sie keinen Wert darauf legte, sie zu sehen. Seitdem hatte Erika ein paar Mal angerufen, aber die drei Minuten quälenden Schweigens hatten nicht dazu beigetragen, den Riss zwischen den beiden Frauen zu kitten.

»Ich weiß nicht, ob Sie nach New York kommen wollen, um bei ihr zu sein«, fuhr die Frau am anderen Ende der Leitung fort, »aber für den Fall, dass Sie das vorhaben, gebe ich Ihnen eine Nummer, unter der Sie mich jederzeit erreichen können.« Brook diktierte ihre Handynummer und die Nummer des Krankenhauses, die Rena mechanisch notierte. »Sie können sich entweder bei mir oder bei den Leuten vom Krankenhaus über ihren Zustand informieren. Ich sag denen im Krankenhaus, dass Sie die nächste Verwandte sind, damit sie Sie auf dem Laufenden halten.«

Rena räusperte sich. Ihre Kehle war ganz trocken. Warum ging ihr das jetzt so nahe? »Danke, dass Sie mich angerufen haben.« Nächste Verwandte, schoss es ihr durch den Kopf, als sie auflegte. Das musste wohl stimmen, denn sonst gab es ja niemanden. Ihr Vater Rick kam ganz sicher nicht in Frage. Und hätte es sonst jemanden gegeben, hätte sie vermutlich gar nicht im Adressbuch ihrer Mutter gestanden. Sie redet häufig von Ihnen, ging ihr durch den Kopf. Über mich? Aber was? Was weiß sie denn von mir?

»Verdammt!« Rena schlug mit der Faust auf die Armlehne des Stuhls. Sie ging zurück in ihr Büro und ließ sich auf den

Drehstuhl fallen, war aber außerstande, sich wieder auf ihre Arbeit zu konzentrieren. So was konnte sie nicht brauchen. Sie war eine viel beschäftigte, glückliche und erfolgreiche Frau. Sie brauchte keine Komplikationen. Und was war ihre Mutter je anderes gewesen als eine Komplikation? Beide waren sie füreinander peinliche Überbleibsel einer Vergangenheit, an die keine mehr denken wollte.

Während sie auf den Monitor starrte, erinnerte sich Rena, wie sie ihre Mutter das letzte Mal bei sich erlebt hatte: ausgeglichen, selbstsicher, aufgedonnert. Verdammt noch mal, sie wollte nichts mit alldem zu tun haben, aber sie wusste genau, dass sie am nächsten Morgen nach New York fliegen würde – und sei es nur, um dieser Frau ein letztes Mal zu sagen, was sie fühlte.

Als der Neurochirurg Ira Freed kurz nach vier Uhr morgens in den Warteraum kam, sah er sich etwa einem Dutzend Männern und Frauen gegenüber, viele davon in modischer Abendgarderobe, die Kaffee in sich hineinschütteten und sich leise unterhielten. Als ihn die hübsche Blondine, die nicht nur auf Grund ihres guten Aussehens, sondern auch auf Grund ihres Donald-Duck-T-Shirts und ihrer Jeans herausstach, erblickte, stand sie auf. Die anderen folgten ihrem Beispiel. »Herr Doktor«, sagte sie, »können Sie uns etwas über Ms. Holland sagen?«

»Sind Sie alle wegen Ms. Holland hier?«

»Ja. Ich bin Brook Torrance, und wir sind alle Freunde von Ms. Holland. Man könnte auch sagen, wir sind ihre Familie. Bitte, Herr Doktor, wie geht es ihr?«

Abgesehen von der gut aussehenden Blonden und den anderen Frauen gehörten zu der Gruppe noch ein attraktiver Mann in dunklem Anzug, der ein griechischer Gott hätte sein können, sowie ein zerzauster Mann von Ende vierzig, der etwas von einem Professor hatte. Verblüfft über die bunte Mischung, rieb sich der Neurochirurg den verspannten Nacken und sagte: »Ich bin Dr. Freed und habe Ihre Freundin operiert. Sie ist jetzt aus dem OP raus und wird beobachtet.« Er blickte in die besorgten Gesichter. Obwohl er keine falschen Hoffnungen wecken wollte, hatte er das Bedürfnis, das Gesamtbild nicht allzu düster zu zeichnen. »Sie hat bei dem Unfall ein epidurales Hämatom davongetragen, also ein Blutgerinnsel, das sich auf der Hirnoberfläche bildet. Wir mussten es entfernen, um den Druck aufs Gehirn zu lindern. Es war eine langwierige Operation, aber sie verlief relativ gut. Jetzt können wir nur noch warten und hoffen, dass sie wieder gesund wird.«

»Gesund? Heißt das, dass sie wieder voll hergestellt wird?«, fragte der zerzauste Mann.

»Das zu sagen wäre verfrüht. Sie ist noch nicht aus der Narkose erwacht, und wir können nicht sagen, in welchem Zustand sie sein wird, falls sie das Bewusstsein zurückerlangt.«

»Heißt das, es könnte sein, dass sie nie wieder aus der Bewusstlosigkeit erwacht?«, wollte eine auffallend gut aussehende Schwarze wissen.

»Ich will ehrlich zu Ihnen sein: Wir können Ihnen nichts versprechen, und es wird noch einige Stunden dauern, bevor wir überhaupt irgendetwas sagen können. Eine halbwegs verlässliche Aussage über ihren Zustand dürfte überhaupt erst in ein paar Tagen möglich sein. Gehen Sie also ruhig nach Hause, wir verständigen Sie, sobald wir etwas Genaueres wissen.«

»Vielen Dank, Herr Doktor«, sagte die Blondine. »Wir werden dafür sorgen, dass sich jederzeit einer von uns hier im Warteraum aufhält, so dass Sie einen Ansprechpartner haben, sobald sich irgendetwas tut. Können wir sie sehen?«

»Sobald sie auf der Intensivstation ist – das wird in ein paar Stunden sein – kann einer von Ihnen für fünf Minuten zu ihr.

Sie wird keine Reaktion zeigen, aber vielleicht kann sie Sie hören. Sie können einen positiven Einfluss auf ihre Genesung haben, wenn Sie stark und optimistisch sind.«

»Danke, Herr Doktor. Bitte halten Sie uns auf dem Laufenden, und sei es nur, dass Sie uns sagen, dass sich nichts verändert hat.«

»Entschuldigen Sie, aber ich habe Ihren Namen nicht richtig mitbekommen«, wandte er sich an die Blonde.

»Brook Torrance.«

»Ms. Torrance«, sagte Dr. Freed. Da sie so etwas wie die Sprecherin der Gruppe zu sein schien, ging er davon aus, dass sie Erika Holland am nächsten stand. »Könnte ich Sie wohl einen Moment unter vier Augen sprechen?«

»Natürlich«, erwiderte Brook und folgte ihm auf den Gang. »Nennen Sie mich doch bitte Brook. Gibt es irgendetwas, das Sie vor den anderen nicht sagen wollten?«

»In gewisser Weise schon«, meinte er und blieb vor einem Wäscheschrank stehen. »Ich weiß nicht, ob ich da richtig liege, Brook, aber ich denke, Ms. Holland würde wollen, dass Sie das hier bekommen.« Er zog eine Hand voll Goldkettchen aus seiner Tasche. »Die Krankenschwestern im OP haben mir das gegeben.« Er wurde rot. »Ich ... wenn ich es richtig verstanden habe, waren diese Ketten um ihre Hüften und ... äh ... ihren Intimbereich arrangiert.«

Sofort entspannte sich Brooks Gesichtsausdruck, und der Anflug eines Lächelns kräuselte ihre Lippen. Trotz der dreistündigen Operation und Ms. Hollands kritischem Zustand reagierte Freeds Körper auf dieses Lächeln mit einer Sinnlichkeit, die er schon vergessen zu haben glaubte. Wie konnte er in einer Situation wie dieser erregt sein?, fragte er sich.

»Danke«, sagte Brook. »Sie gehört Erika.« Als sie die Hand ausstreckte, ließ Dr. Freed die Ketten hineingleiten.

»Sie muss eine tolle Frau sein.« Ob Brook wohl auch so eine Kette trug? Sofort verbannte er den Gedanken wieder aus seinem Kopf – das war wahrlich nicht der geeignete Augenblick dafür.

»Ja, das ist sie in der Tat«, versicherte Brook und steckte die Ketten in die Tasche ihrer Jeans. »Danke.« Dr. Freed geleitete sie zum Warteraum zurück, die Hand auf ihrem Rücken, wobei er das Spiel ihrer Muskeln in vollen Zügen genoss. Hör auf!, mahnte er sich. Lass das sein!

Noch einmal ließ er den Blick über die Anwesenden schweifen. Sie schauten alle angespannt und betrübt drein. Einige hielten die Hände verschränkt, andere nestelten nervös an ihren Taschentüchern herum. »Danke für alles.«

»Keine Ursache. Ich bin froh, dass Ms. Holland so viele Freunde hat.«

In tiefer Bewusstlosigkeit lag Erika da. Ihr Kopf war in dicke Verbände gehüllt. Außer dem ständigen Piepen und Summen der Monitore und Maschinen war kein Laut im Zimmer zu hören. Sie wusste nichts von der Außenwelt, nichts von den Menschen, die in diesem Moment für sie beteten und ihr in Gedanken all ihre Liebe sandten. Sie fühlte nur den Sog des Lichts am Ende des langen Weges, auf dem sie dahintrieb.

Hinter ihr lag eine weite, holprige Strecke. Wer hätte vor zehn Jahren gedacht, dass sie heute dort sein würde, wo sie war? So ein weiter, holpriger Weg.

2. Kapitel

Zehn Jahre zuvor

»Erika«, sagte Jarred McKay von Harcourt, Fried, Murray und McKay, »ich wünschte, ich hätte bessere Neuigkeiten.«

Erika saß in dem tiefen Ledersessel vor dem klotzigen Schreibtisch des Anwalts und schlug ihre schlanken Beine übereinander. »Das habe ich befürchtet«, meinte sie mit einem tiefen Seufzer, während sie gegen die Tränen der Verzweiflung ankämpfte. »Trotzdem habe ich natürlich gehofft ...«

In etwa drei Monaten würde ihr das Geld ausgehen. Allein das stattliche Honorar des Anwalts verschlang fast den gesamten Erlös aus dem Verkauf ihres Hauses in Long Island und seiner Möbel. Den teuren Schmuck hatte sie auch schon verkauft, um sich den Umzug in ein winziges Einzimmer-Apartment an der Upper West Side von Manhattan leisten zu können. Das einzige Geld, das sie jetzt noch auf dem Konto hatte, stammte aus dem Verkauf ihres sechs Jahre alten Mercedes. Wenn Jarred keinen Unterhalt für sie herausschlug oder sie nicht wenigstens einen Teil des Zugewinns während ihrer Ehe mit Rick bekam, würde sie demnächst die Stellenanzeigen in der New York Times studieren müssen. Aber was für Fähigkeiten konnte sie schon vorweisen?

Als sie bemerkte, wie ihr Atem schneller ging und ihre Hände feucht wurden, riss sie sich zusammen. Panik bringt nichts, ermahnte sie sich. Ihr würde schon irgendwas einfallen. Ihr musste irgendwas einfallen. Sie versuchte, sich zu beruhigen und strich mit den Handflächen den Rock glatt.

»Ihr Mann hat an alles gedacht«, riss McKay sie aus ihren Grübeleien. »Sie kennen die Geschichte genauso gut wie ich. Das siebenstellige Jahresgehalt, das er in der Schweiz bezieht, stammt offiziell von der Schweizer Tochtergesellschaft und nicht vom Mutterkonzern in New York. Deshalb gibt es keine Möglichkeit, an dieses Geld heranzukommen. Im Scheidungsurteil wird Ihnen natürlich die Hälfte des Zugewinns, den Sie beide während der Ehe erzielt haben, sowie ein Unterhalt in angemessener Höhe zugesprochen, doch leider steht das alles nur auf dem Papier. Solange Ihr Mann nicht in die USA zurückkehrt, haben wir keine Handhabe gegen ihn. Da Sie Ihren Besitz bereits verkauft haben, werden Sie in Zukunft wohl selbst für Ihren Unterhalt aufkommen müssen, so Leid mir das tut.«

Erika ließ sich in den Sessel zurücksinken. Obwohl sie all das im Grunde gewusst hatte, war es erschütternd, als der Anwalt sie mit der nackten Wahrheit konfrontierte. »Was ist mit meiner Tochter?«

Erika brauchte ihre dreizehnjährige Tochter Rena genauso wie umgekehrt, ob das Mädchen das nun wahrhaben wollte oder nicht. Ein Mädchen im Teenageralter sollte einfach bei seiner Mutter sein. Die Schule, die sie besuchte, war zwar wirklich hervorragend, aber eine teure Privatschule in Frankreich kam jetzt natürlich nicht mehr in Frage. Vielleicht konnte sie das Schuljahr dort noch zu Ende machen. Wenn sie dann nach New York zurückkehrte, würde Erika aus dem Gröbsten heraus sein und ihre finanzielle Situation wieder im Griff haben, denn ganz sicher würde sie bis dahin einen Job gefunden haben.

Der Wechsel von der vornehmen Privatschule in einem kleinen französischen Dorf auf eine staatliche Schule in New York City sowie der Umzug von einem Cottage, das sie mit drei Mädchen in ihrem Alter teilte, in Erikas Einzimmer-Apartment in der westlichen siebenundachtzigsten Straße würde für Rena sicher nicht leicht werden. Aber Rick würde doch wohl zumindest für das Kind Unterhalt zahlen, so dass Erika nur halbtags arbeiten brauchte und zu Hause sein konnte, wenn Rena von der Schule kam. Selbst wenn er sie, Erika, ganz offenbar hasste, liebte er doch seine Tochter.

McKay strich sich geistesabwesend mit den Händen über sein sorgfältig geföhntes Haar. »Ihr Mann hat über seinen Anwalt erklärt, dass er die Schule Ihrer Tochter in Frankreich weiterhin finanzieren werde, dass er jedoch jegliche Unterstützung sofort einstelle, sollte Ihre Tochter zu Ihnen zurückkehren.«

»Sie darf nicht nach Hause zurückkommen?« Erika war wie vor den Kopf geschlagen.

»Nicht wenn Sie wollen, dass sie weiterhin diese Privatschule besucht«, bestätigte der Anwalt. »Ihr Mann sagt, Sie beide hätten gemeinsam entschieden, dass diese Schule das Beste für Maureen sei, weshalb er keinen Grund sehe, an dieser Situation etwas zu ändern.« Er räusperte sich. »Er tut das natürlich nur, um Sie zu verletzen, aber wir können wenig dagegen machen.«

»Sie kann also nicht nach Hause?«

»Nur, wenn Sie es schaffen, für den Unterhalt von sich beiden aufzukommen. Wenn Sie Ihre Tochter weiter auf der Schule in Frankreich lassen, ist Ihr Mann bereit, sich während der Schulferien um sie zu kümmern und dafür zu sorgen, dass es ihr an nichts fehlt.«

Erika biss die Zähne zusammen. Sie hatte sich endlich damit abgefunden, dass der Mann, mit dem sie fast vierzehn Jahre zusammengelebt hatte, nicht mehr der war, in den sie sich einst verliebt hatte. Dennoch hätte sie es nicht für möglich gehalten, dass er Rena und sie gegeneinander ausspielen, dass er Rena benutzen würde, um sie, Erika, zu bestrafen. Warum tat er das? Was hatte ihn so wütend gemacht, dass ihm jedes Mittel recht war, um ihr wehzutun? Das konnte doch nicht nur an der Midlife-Crisis liegen. Immerhin war er derjenige gewesen, der fremdgegangen war und sich heimlich eine Wohnung in der Stadt genommen hatte. Er war immer später und immer seltener nach Hause gekommen und hatte Überstunden sowie wichtige Sitzungen vorgeschützt. Und schließlich war er eines Tages mit seiner Geliebten durchgebrannt, wobei er sie zu allem Überfluss solange im Dunkeln hatte tappen lassen, bis sie ein förmlicher Brief von seinem Anwalt erreichte. Doch was sollte sie jetzt bittere Tränen vergießen, da sie die Dinge eh nicht rückgängig machen konnte? »Mir bleibt also nichts: kein Geld, kein Zuhause, kein Unterhalt – rein gar nichts.« Ihre Augen füllten sich mit Tränen. »Nicht einmal meine Tochter.«

»Sie können und Sie werden mit Ihrer Tochter in Kontakt bleiben, Erika«, versuchte McKay sie zu trösten. »Sie werden sie anrufen und ihr schreiben. Sobald Sie finanziell wieder besser gestellt sind, können Sie sie besuchen. Nichts wird so heiß gegessen, wie es gekocht wird.« Er lehnte sich in seinem bordeauxfarbenen Ledersessel vor und stützte sich mit den Ellenbogen auf den Schreibtisch. »Sie sind eine attraktive Frau, und Sie haben jetzt Ihre Freiheit. Nach allem, was ich über Ihren Ex-Mann gehört habe, ist das längst überfällig.«

War es das?, überlegte Erika. Wie lange war ihre Ehe schon schal gewesen? Seit wann hatte es keine echte Zuneigung mehr zwischen ihnen gegeben? In den vergangenen vier Monaten hatte sie viel über diese Fragen nachgedacht, bis sie schließlich zu der schmerzhaften Erkenntnis gelangt war, dass ihre Ehe schon seit vielen Jahren nur noch Fassade gewesen war.

Am Anfang war es wunderbar gewesen. Sicher, sie hatten heiraten müssen, denn sie war mit Rena schwanger gewesen. Doch sie hätten sowieso geheiratet, sobald Rick die Harvard Business School und sie die Universität San Diego abgeschlossen hätten. Seine Karriere hatte unter ihrer überstürzten Ehe indes sicher nicht gelitten, eher im Gegenteil. Von Anfang an war sie ganz in der Rolle der idealen Ehefrau und Mutter aufgegangen. Sie hatte für ihn Bridge, Golf und Tennis gelernt, sich genug Wissen über seinen Beruf angeeignet, um interessante Gespräche mit seinen Geschäftspartnern führen zu können, und schnell herausgefunden, wie die Frau eines Mannes in Ricks Position Gäste zu bewirten hatte. Auf ihre Veranlassung war Rena mit der Tochter des einen Geschäftspartners zur Gymnastikstunde gegangen, mit der Tochter des anderen zum Tenniskurs. Sie selbst nahm den Lunch im Country Club und war Mitglied in mehreren Wohltätigkeitskomitees. In diesen Anfangsjahren, als Rick anscheinend noch an ihr gelegen war, war sie glücklich gewesen.

Als sie jetzt aufschaute, bemerkte sie zu ihrer Verblüffung, dass McKay auf dem Stuhl neben ihr saß. »Erika«, sagte er und nahm ihre Hand, »so schlimm ist es doch eigentlich nicht. Sie haben Charme und sind intelligent. Das Leben liegt noch vor Ihnen. Versuchen Sie doch, das Ganze als Neuanfang, nicht als Schlusspunkt zu sehen.«

»Ich weiß, Jarred«, erwiderte sie, die warme Berührung seiner Hand genießend. Abgesehen von ihrer neuen Freundin Brook hatte sie in den letzten vier Monaten nur selten andere Menschen getroffen. Sobald durchgesickert war, dass Rick in die Schweiz übergesiedelt war und seine Frau wegen seiner Sekretärin verlassen hatte, war Erika in den Kreisen, in denen sie sich bewegte, zur persona non grata geworden – als ob Ehebruch ansteckend wäre. Selbst Rena, die sie jedes Wochenende anrief, wirkte zugeknöpft und wollte mit ihr lediglich über belanglose Dinge ihres Alltags reden.

Und jetzt saß Jarred neben ihr. »Nach allem, was ich durchgemacht habe, auch noch zu erfahren, dass ich nicht einmal Rena bekommen werde ...« Als sie fühlte, wie ihr wieder die Tränen kamen, drehte sie sich weg und schaute aus dem Fenster. »Aber so etwas erleben Sie bestimmt täglich.«

McKay drehte ihr Gesicht herum, damit sie ihn wieder ansah. »Nicht bei jemandem, der so attraktiv ist. Doch Ihr Ehemann ist Teil Ihrer Vergangenheit, und die liegt hinter Ihnen. Wenden Sie sich lieber den Ereignissen zu, die die Zukunft für Sie bereit hält. Erika, Sie sollten sich daran erinnern, dass Sie eine schöne, äußerst anziehende Frau sind.« Seine Finger fühlten sich warm an, als er zärtlich ihre Wange streichelte. »Lassen Sie's mich Ihnen beweisen. Gehen Sie mit mir essen.«

Gehen Sie mit mir essen. Wenn sie ehrlich war, hatte sie diese Einladung fast erwartet. Vom ersten Tag an hatte Jarred McKay ihr zu verstehen gegeben, dass er sie sehr attraktiv fand. Und selbst wenn er es mit seinem etwas öligen Charme manchmal ein wenig übertrieb, war er doch ein gut aussehender Mann. Wenn er sie zum Essen einlud, war klar, dass er sie zum Dessert haben wollte.

Aber warum eigentlich nicht?, dachte sie. Sie war erst fünfunddreißig und wollte sich gern beweisen, dass sie noch auf Männer wirkte. Zur Abwechslung würde sie einmal das tun, was sie wollte. Hatte sie sich nicht genau deshalb so in Schale geworfen?, schoss es ihr durch den Kopf. Rick und sie hatten ein erfülltes und abwechslungsreiches Sexualleben gehabt – das Einzige, was bis zum Schluss geklappt hatte. Noch immer meinte sie seine Finger zu spüren, seinen Mund, seinen Körper. Mein Gott, wie sehr sie ihn in den vier Monaten, seit er sich aus dem Staub gemacht hatte, vermisst hatte. Obwohl sie noch nie mit einem anderen Mann zusammen gewesen war, wünschte sie sich jetzt nichts sehnlicher als das, um nicht auf ewig die verlassene Ehefrau zu bleiben.

Als Erika noch einmal Jarreds perfekt gestyltes Haar und seine leicht gebräunte Haut betrachtete, wusste sie genau, worauf sie sich einließ. Hier ging es nicht um Liebe oder Beziehung, sondern ausschließlich um Sex – worauf ihr Körper sofort ansprang. Sie schlug die Beine übereinander und rieb die seidenbestrumpften Schenkel gegeneinander. Mochte ja sein, dass er sie benutzte, aber sie würde ihn ebenso benutzen. Ein verschmitztes Lächeln kräuselte ihre Mundwinkel, während sie ihm tief in die Augen sah. »Jarred ...«

Er nahm ihre Hand. »Bitte, lassen Sie mich mit Ihnen den Beginn eines neuen Lebensabschnitts von Erika Hughes feiern.«

»Holland. Erika Holland.« Sie senkte den Blick, während sie am nackten Ringfinger ihrer linken Hand spielte. Nein, die Ehefrau Erika Hughes gab es nicht mehr. »Erika Hughes ist Geschichte. Ich möchte meinen Mädchennamen wiederhaben.«

Jarred beugte sich über den Schreibtisch und kritzelte etwas auf seinen Notizblock, den einzigen Gegenstand neben ihrer Scheidungsakte, der auf seinem auf Hochglanz polierten Schreibtisch lag. »Kein Problem.« Dann wandte er sich wieder Erika zu, stützte die Ellenbogen auf die Knie und nahm ihre Hände in seine. »Sagen Sie mir, dass Sie mit mir essen gehen.«

Erikas Lächeln wurde breiter. Rick war fort. Sowohl die Verdrängungsphase wie auch die Trauer lagen hinter ihr. Allmählich freundete sie sich mit dem Gedanken an, dass sie Rick gar nicht mehr zurückhaben wollte. In der Tat, dies war der erste Tag vom Rest ihres Lebens. Von nun an würde es wieder eine Erika Holland geben. »Ich nehme Ihre Einladung gern an, Jarred.«

Am nächsten Nachmittag stand Erika am Spülbecken ihres winzigen Apartments und füllte einen Teekessel mit Wasser. »Weißt du was, Brook«, sagte sie zu ihrer Freundin, »ich fühl mich heute besser, als ich dachte. Zu wissen, dass du pleite bist, ist in gewisser Hinsicht eine Erleichterung. Es kann eigentlich nur noch besser werden.«

Erikas Freundin war das einzig Gute, was bei ihrer Scheidung herausgekommen war. An einem Samstag vor zwei Monaten hatte Brook, die mit ihrer offenen, unverklemmten Art ein echtes Kind der Sechziger war, bei Erika geklopft. »Vor ein paar Tagen hab ich gesehen, wie die Umzugsleute Ihre Kisten hochgetragen haben«, hatte Brook gesagt. »Ich wohne einen Stock über Ihnen, und da hab ich mir gedacht, ich schau mal kurz rein und stell mich bei Ihnen vor.« Diese fröhliche Stimme war der erste Lichtblick in Erikas neuem Leben gewesen und hatte ihr den Anstoß gegeben, wieder aus dem tiefen Loch, in das sie gefallen war, herauszuklettern. Da die beiden sofort gespürt hatten, dass sie auf einer Wellenlänge lagen, wurden sie schnell Freundinnen.

»Der Sex gestern Nacht muss demnach toll gewesen sein«, schlussfolgerte Brook gerade.

»Welcher Sex?«, fragte Erika mit Unschuldsmiene.

»Mir kannst du nichts vormachen, Süße«, sagte Brook, während sie einen Korb mit verschiedenen Beuteln Kräutertee durchkramte. »Ihr habt's letzte Nacht miteinander getrieben, du und der fesche Anwalt. Das steht dir förmlich im Gesicht geschrieben.«

Während sie den Kessel aufsetzte, überlegte Erika, ob sie es einfach abstreiten sollte. Doch in den wenigen Monaten, die

die beiden Frauen sich kannten, waren sie sich so vertraut geworden, dass eine Lüge nicht in Frage kam. »Ja, stimmt, wir haben miteinander geschlafen, und es war wunderbar.« Brook reichte ihr einen Beutel Cranberry Dream, den Erika in ihre Tasse hängte. »Mein Gott, ich hab gar nicht gewusst, wie sehr mir das gefehlt hat.«

Jarred war mit ihr in ein kleines, sehr feines Restaurant gegangen, das auf norditalienische Küche spezialisiert war. Beschwipst von dem köstlichen Cabernet und zum ersten Mal seit Monaten entspannt, hatte Erika Jarreds Zuvorkommenheit und sein offenkundiges Verlangen nach ihr in vollen Zügen genossen. Irgendwann war seine warme Hand langsam ihren Schenkel hochgewandert. Vor lauter Vorfreude hatte sie eine Gänsehaut bekommen. Eine solche Erregung hatte sie schon lange nicht mehr gespürt. Ihr war klar, dass das, was nun kommen würde, etwas sehr Intensives sein würde. Bei ihrem heftigen Flirt hatte ihre Hand irgendwann sein Bein gefunden, um sich langsam zu seinem harten Schwanz vorzutasten. Als sie nass wurde, genoss sie es in vollen Zügen.

Danach waren sie in Jarreds Apartment gefahren, wo sie sich gierig die Kleider vom Leib gerissen hatten, gleich auf dem dicken Teppich im Wohnzimmer, denn bis zum Schlafzimmer hatten sie es nicht mehr geschafft. Zielsicher hatten Jarreds Finger ihre Muschi gefunden, um tief in sie einzudringen. Lustvoll stöhnend hatte sie sich aufgebäumt, bis sie gekommen war. Dann hatte er ihren Saft abgeleckt, während sie seinen harten Schwanz gelutscht hatte. Im Unterbewusstsein hatte sie registriert, dass er sich nicht wie Ricks anfühlte oder roch und dass Jarred ganz anders Liebe machte als ihr Ex, aber das war nicht mehr wichtig gewesen.

Gott, sein Penis fühlte sich so gut an, die Haut war glatt und samtig, doch darunter war er hart wie Stahl. Mit der Zunge umspielte sie die Spitze seines Schwanzes, während er zwischen ihren Beinen saugte und lutschte. Sie küsste seine Eichel und nahm seinen Schwanz in den Mund, um dann mit den Lippen wieder bis zur Schwanzspitze zu fahren und ihn erneut tief in sich hineinzuschieben.

»O Gott, Erika, du bist wunderbar«, stöhnte er. »Aber wart mal kurz.« Er nahm ein Kondom aus seiner Brieftasche, das er mit geübtem Griff überstreifte. Dann drückte er seine Eichel gegen den Eingang ihrer klatschnassen Muschi. »Und jetzt fick ich dir den Verstand aus dem Leib.«

»Ja!«, schrie sie. »Besorg's mir!« Jedem seiner Stöße kam sie gierig entgegen. Ihr Sex war heftig, wild. Sie schlang die Beine um seine Hüften, um ihn noch tiefer in sich hineinzuziehen. Ihr Blut kochte. »Ja!«, schrie sie, während sie sich unter ihm wand, aufbäumte und streckte. »O Gott, ja!« Als er seinen Höhepunkt hatte, kam sie zum zweiten Mal.

»Erde an Erika! Erde an Erika!«, spottete Brook, als das Wasser im Teekessel kochte. »Komm wieder runter!«

Erika blinzelte. »Entschuldige. Ich war mit den Gedanken ganz woanders.«

»War nicht zu übersehen. Du hast sogar gegrinst.«

»Hab ich nicht«, entgegnete Erika.

»Hast du doch. Endlich. Es wurde nämlich langsam Zeit, dass du Sex als notwendigen Bestandteil deines Lebens akzeptierst. So, und jetzt erzähl mal, wie's war, Süße.« Brook nahm einen Beutel English Breakfast Tea und tunkte ihn in ihre Tasse. »Wie ist der sexy Anwalt denn so im Bett?«

Erika bereute kurz, dass sie Brook von Jarred erzählt hatte – aber andererseits machte es auch Spaß, etwas so Aufregendes mit einer Freundin zu teilen. Sie hatte noch nie eine Freundin gehabt, der sie alles erzählen konnte. »Wie er im Bett ist, weiß ich nicht, bis dahin haben wir's gar nicht geschafft. Ansonsten ist er verdammt gut.« Sie rieb sich die Hüften.

»Du hast dir doch wohl nicht den Hintern wund gebumst?«

»Woher weißt du das?«

»Alles schon selbst erlebt«, gab Brook grinsend Auskunft. »Und? War er besser als Rick?«

Erika überlegte. »Jarred war hart und gierig. Rick war kreativ.« Sie wollte den Begriff kreativ nicht näher erörtern und fuhr nach einem kurzen Schnauben fort: »Mich würd interessieren, wie Sandy wohl im Bett ist.« Sandy Braverman war Ricks vierundzwanzigjährige Sekretärin, die es inzwischen zu seiner Mitbewohnerin gebracht hatte.

»Die gute. Sandy mit den kecken Brüsten und dem flachen Bauch.« Erika hatte Brook so oft von Sandy erzählt, dass diese sich gut vorstellen konnte, wie verletzt Erika gewesen sein musste, als ihr Mann sie wegen der Jüngeren verlassen hatte. »Oder auch Sandy, das Flittchen.«

»So sollst du sie doch nicht nennen.«

»Warum nicht? Dann kannst du sie leichter hassen.«

»Ich weiß, aber wenn ich ehrlich bin, bin ich an der Scheidung wohl auch nicht ganz unschuldig.«

»Kann ja sein, aber warum solltest du so ehrlich sein? Und jetzt hör auf, ständig das Thema zu wechseln, und erzähl mir lieber von gestern Nacht. Ich will Einzelheiten.«

»Keine Einzelheiten. Es muss reichen, wenn ich dir sage, dass er geil und hart war und ich voll auf meine Kosten gekommen bin – was ich verdammt lange nicht behaupten konnte.«

»Ich weiß. Du hast gesagt, er ist attraktiv. Sieht er nackt gut aus? Viele Männer sehen angezogen klasse aus, aber wehe, sie ziehen sich aus! Ich war schon mit Männern zusammen, die hätten ihre Klamotten beim Ficken besser angelassen.«

»Brook! Du bist ordinär!«

»Ich bin bloß ehrlich. Und neugierig. Wie sah er aus?«

Widerwillig ließ Erika sich erweichen. »Nackt sieht er genauso gut aus wie in Anzug und Krawatte.« Sie hielt kurz inne. »Mir ist das wirklich peinlich.«

»Muss es nicht.«

»Er hat mir die ganze Zeit erzählt, wie toll und scharf ich aussehe, was irgendwie ziemlich abgedroschen klang. Ich wette, das erzählt er jeder frisch geschiedenen Frau, die in sein Büro kommt. Aber weil ich bloß Sex mit ihm wollte, hat's mir nichts ausgemacht.« Er hat sogar extra eine Wohnung für solche Gelegenheiten, ging es ihr durch den Kopf. Genau wie Rick.

»Wen interessiert schon, mit wem er es treibt? Die gestrige Nacht hat dir jedenfalls gut getan. Zum ersten Mal, seit ich dich kenne, siehst du rundum zufrieden aus. Komm, noch ein paar Einzelheiten.«

Erika kicherte. »Hältst du mich eigentlich für eine Frau, die ihre Liebesgeheimnisse ausplaudert?«

»Das will ich doch hoffen. Wozu hat man denn schließlich eine Freundin, wenn man mit ihr weder Männer noch Liebespraktiken durchhecheln kann?«

»Schluss jetzt damit, Brook!«, sagte Erika, als das Pfeifen des Kessels sie beide zusammenfahren ließ.

»Du machst dir doch aber keinen Kopf wegen gestern Nacht, oder?«

»Eigentlich nicht. Gestern habe ich erfahren, dass ich mir für das Scheidungsurteil nichts kaufen kann und in absehbarer Zeit pleite bin. Im Grunde müsste ich völlig fertig sein, aber ich bin's nicht. Ich fühl mich eher irgendwie befreit.«

Und das stimmte. Sie war frei, frei und unabhängig – auch wenn die Möbel, die sie von der Vormieterin übernommen hatte, nicht mehr allzu viel vom Sperrmüll trennte. Außerdem war sie heute glücklicher als gestern. Das Leben ging weiter. Der Gedanke an Rena schoss ihr durch den Kopf, doch sie verdrängte ihn. Sie würde sich so gut es ging um ihre Tochter kümmern, aber Rena würde auf der Schule in Europa bleiben, während sie sich in New York ein neues Leben aufbaute.

»Das Wichtigste ist, dass ich mir jetzt einen Job suche«, fuhr sie fort, »und mir überlege, wie es weitergeht. Und ich muss mit Rena sprechen. Sie soll wissen, wie sehr ich es bereue, dass ich sie auf die Schule in Europa geschickt habe, auch wenn ich sie im Moment nicht zurückholen kann. Ich weiß jetzt, dass ich eine Menge falsch gemacht habe, und ich möchte, dass sie mir die Chance gibt, es wieder gutzumachen.« Sie spürte, wie ihr die Tränen kamen.

»Wirst du ihr sagen, dass ihr Vater nur solange für sie zahlt, wie sie in Frankreich bleibt?«

»Wozu?«, fragte Erika. »Dann wär sie bloß sauer auf ihn. Außerdem ist es wirklich das Beste für sie. Sie braucht die Stabilität, die ihr die Schule bietet, und Rick wird auch für sie da sein. So sehr ich sie liebe, je mehr ich darüber nachdenke, desto klarer wird mir, dass ich ihr im Moment nicht das geben kann, was sie braucht.«

»Das solltest du ihr sagen. Und auch, dass du sie gern bei dir hättest.«

Wieder kamen Erika die Tränen. »Ich weiß. Natürlich hätte ich sie gern hier. Aber ich muss auch herausfinden, wer ich bin, und ich bezweifle, dass ich das kann, wenn sie hier ist.« Sie wischte sich die Tränen ab. »Oder sollte ich sie doch holen?«

Brook drückte Erikas Hand. »Du hast diese Entscheidung einmal getroffen, jetzt hör auf, sie wieder in Frage zu stellen.«

»Ich werd's versuchen.« Erika zupfte ein Papiertuch aus der

Schachtel auf dem Tisch. In den letzten Monaten hatte sie eine Menge davon verbraucht.

»Es bringt schließlich nichts, über Dinge zu weinen, die du nicht ändern kannst«, sagte Brook. »Wir sollten uns lieber überlegen, wie wir dir eine Reise nach Europa finanzieren können. Wenn ich dir doch bloß helfen könnte! Meine Ersparnisse sind zwar nicht viel größer als deine – aber alles, was mir gehört, gehört auch dir.«

Erika nahm ihre Freundin fest in den Arm. »Ach, Brook, das könnte ich nie annehmen. Ich werde schon einen anderen Weg finden.«

»Fürs Erste rufst du Rena halt weiter jede Woche an, damit sie weiß, dass du an sie denkst. Hast du irgendeine Ahnung, warum Rick das tut? Männer sind ja oft wirklich gemein, wenn es um Unterhalt geht, aber dass er dir deine Tochter quasi vorenthält ...«

Erika schluckte schwer, dann nippte sie an ihrem Tee. »Ich verstehe das auch nicht. Midlife-Crisis vielleicht. Vielleicht hat er mich auch nie geliebt und mich bloß wegen des Babys geheiratet. Letztendlich ist das doch egal. Jarred wird den ganzen Papierkram regeln, und wenn Rick in Zukunft auch nur einen Fuß auf US-Boden setzt, haben sie ihn sofort am Wickel. Aber solange er in der Schweiz bleibt, kommen wir nicht an ihn ran.«

»Wie schlimm steht es eigentlich wirklich um deine Finanzen?«

»Ziemlich schlimm. Ein paar Monate kann ich mich vielleicht noch über Wasser halten, aber dann brauch ich unbedingt einen Job.«

Nachdenklich sah Brook Erika an. »Okay, dann lass uns mal überlegen, was für dich in Frage kommt.«

»Darum brauchst du dich doch wirklich nicht auch noch zu

kümmern, Brook. Ich bin schon froh, dass ich dich als Freundin hab.«

Brook reckte ihre üppigen Brüste vor. »Genau dafür sind Freundinnen ja wohl da. Ich werd mal versuchen, ob ich dich bei Juskowitz unterbringen kann«, schlug sie vor. Juskowitz war die Werbeagentur, bei der sie arbeitete.

»Das wird nicht leicht werden«, gab Erika zu bedenken. »Ich kann dir zwar genau sagen, welchen Wein man wozu trinkt oder wie man zwanzig Leute bewirtet – aber wen interessiert das?«

Brook schaute sie plötzlich hoffnungsvoll an. »Wie wär's mit einem Job bei einem Catering-Service?«

»Mir hat's schon nicht so recht gefallen, für Rick ein Geschäftsessen zu planen, da würde es mir bei Fremden wahrscheinlich noch weniger gefallen. Natürlich würd ich's machen, aber dafür bräuchtest du Kontakte, und die zu meinen Bekannten von früher sind so gut wie eingeschlafen.« Sie nippte an ihrem Tee.

»Okay«, sagte Brook, »mit den Kontakten hast du Recht. Das können wir also vergessen. Aber du bist eine kluge Frau und kannst eine Menge. Uns wird schon irgendwas einfallen.«

»Ich kenne mich ganz gut in Kunstgeschichte aus. Was ich nicht kann, sind solche Sachen wie Tippen oder Steno. Ich kann nicht mal mit einem Computer umgehen.«

»Es muss Dinge geben, die du kannst. Uns wird schon was einfallen.« Ihre Augen leuchteten auf. »Ich hab noch ein paar Lernprogramme, die ich zusammen mit meinem Computer gekriegt habe. Damit könntest du dir vielleicht die Grundlagen selbst beibringen. Wenn ich das kann, kannst du das auch.«

»Danke. Das würde mir wahrscheinlich wirklich helfen. Vielleicht reicht's am Ende ja doch zu mehr, als bloß dazu, bei Dinnerpartys die Honneurs zu machen.«

»Morgen nehmen wir uns die Stellenanzeigen vor.«

Als Brook am nächsten Morgen um zehn Uhr bei Erika klingelte, klemmte die dicke New York Times unter ihrem Arm.

»Wie schaffst du das bloß?«, fragte Brook, als Erika ihr in ihrer schwarz-hellbraun karierten Hose die Tür aufmachte. »Du bist einfach immer super gekleidet.« Sie legte die Zeitung auf den Couchtisch.

Auf Brooks T-Shirt prangten die Gesichter von Donald und Daisy Duck sowie die Worte *So viele Enten und so wenig Zeit.* »Und du kannst die verrücktesten Sachen tragen und siehst dabei immer noch toll aus.« Sie führte Brook ins Schlafzimmer und öffnete die Türen ihres Kleiderschranks. »Was meine Garderobe anbetrifft, brauch ich wohl so schnell kein Geld für Arbeitskleidung auszugeben.«

»Wahnsinn!«, rief Brook, als sie die Unmengen von Kleidern in Erikas Schrank sah. »Ich hätte nie gedacht, dass jemand so viele Klamotten haben kann.«

»In meinem früheren Leben habe ich einen großen Teil meiner Zeit mit Einkaufen verbracht.« Erika machte ein verlegenes Gesicht. »Ich hab noch mehr unten im Keller. Ich hab zwar immer gedacht, wenn ich wirklich mal in die Bredouille geraten würde, könnte ich vielleicht ein paar von den Dingern an Secondhandshops verkaufen, aber ich glaube nicht, dass sie gebraucht viel bringen würden.« Sie lächelte wehmütig. »Ich muss gestehen, ich hab ein Faible für schöne Sachen. Wenn ich erst ein paar von den Pfunden, die ich verloren habe, wieder drauf habe, kann ich sie auch wieder tragen.« Sie strich mit der Hand über ein blaues Satinkleid und schaute Brook an. »Weißt du was? Wir haben ungefähr die gleiche Größe. Du kannst dir also was von mir leihen.«

»Komm ich bestimmt mal drauf zurück«, sagte Brook, während sie mit der Hand über ein grünes Wollkostüm strich. Sie schloss den Kleiderschrank, und die beiden Frauen gingen zurück ins Wohnzimmer. Brook suchte die Seiten mit den Stellenanzeigen aus der Zeitung heraus. »Krieg ich einen Tee?«

Später rief Erika wie jeden Sonntagnachmittag Rena an. »Wie geht's dir, Kleines?«, fragte sie.

»Gut«, antwortete Rena. Ihre Stimme klang beherrscht.

»Was macht die Schule?«

»Alles in Ordnung.«

Wie sprach man mit einer Dreizehnjährigen? Da sie nur einmal pro Woche miteinander telefonierten, hatten sie sich kaum etwas zu sagen. »Ich habe mich jetzt auf Jobsuche begeben. Es wird nicht leicht sein, was zu finden, aber ich lerne gerade, wie man mit einem Computer umgeht. Ich tu mich noch ein bisschen schwer damit.«

»Ach, Mom, das kann doch jeder. Sogar du.«

Sogar du. »Hast du in der letzten Zeit irgendwelche Klassenarbeiten geschrieben?«

»Klar. Jede Woche. Waren alle okay.«

»Und die Lehrer? Keine Probleme?«

»Nö, die sind auch alle okay.«

»Was willst du in den Sommerferien machen? Magst du vielleicht für ein paar Wochen nach Hause kommen?«

»Ich flieg schon für sechs Wochen mit Dad nach Japan. Sandy kommt auch mit.«

Der hässliche Ton in Renas Stimme gefiel Erika überhaupt nicht. Hatten sie sich schon so sehr voneinander entfremdet? »Für mich bleibt da wohl keine Zeit mehr übrig?«

»Komm schon, Mom. Ich hab doch nur ein paar Wochen, und die Japanreise dauert eh länger, als die Ferien sind, so dass ich die erste Woche in der Schule versäume.«

»Ausgerechnet die erste Woche? Wo ihr die neuen Stundenpläne bekommt?«

»Dad hat gesagt, dass das in Ordnung geht, also mach ich's.«

In Renas Stimme war kein Zögern zu hören. Die Entscheidung war demnach bereits von den einzigen Menschen gefällt worden, die ihr wichtig waren: von ihrem Vater und ihr selbst.

»Na ja, vielleicht komm ich dich ja bald mal in Frankreich besuchen.«

»Ja. Ich muss jetzt los. Julie wartet schon.«

»Wer ist Julie?«, fragte Erika, aber die Leitung war schon tot.

In den nächsten Wochen verbrachte Erika Stunden an Brooks Computer. Sie kaufte sich ein Programm, mit dem sie solange tippen übte, bis ihre Finger fast immer die richtigen Tasten fanden. Danach stieg sie in die Textverarbeitung ein. Nach sechs Wochen intensiver Jobsuche und zahllosen Bewerbungsgesprächen fand sie schließlich einen Job als Sekretärin des Vizepräsidenten der Proxmeyer Versicherungsagentur. Obwohl sie schnell merkte, dass sie im Grunde nicht mehr als ein weiblicher Laufbursche war, der für Dave Proxmeyer die Anzüge von der Reinigung holte und Geburtstagskarten für seine Kinder besorgte, reichte der wöchentliche Gehaltsscheck, um über die Runden zu kommen. Allein.

Inzwischen lernten sich Erika und Brook immer besser kennen, indem sie sich gegenseitig zum Essen einluden oder in einer kleinen Bar etwas tranken. Brook war als Kind freigeistiger Eltern aufgewachsen. Sie hatte stets tun und lassen können, was sie wollte, solange ihre Schulnoten stimmten, denn ihre Mutter, die vor der Ehe als Lehrerin gearbeitet hatte, hatte darauf bestanden, dass ihre drei Kinder eine gründliche Schulbildung erhielten.

Als Teenager hatte Brook sich nur für zwei Dinge interessiert: Bücher und Sex. Ihr unstillbarer Lesehunger sowie ein nahezu fotografisches Gedächtnis hatten ihr einen verblüffenden Fundus an Wissen beschert, der so unterschiedliche

Gebiete wie die französische Geschichte des 17. Jahrhunderts und die Treibhausgase auf der Venus umfasste.

Ihr Interesse an den Angehörigen des anderen Geschlechts hatte sich zum ersten Mal gemeldet, als sie dreizehn geworden und von Highschool-Boys auf die Yuppies der Wall Street umgestiegen war. Diese Affären dauerten mal eine Nacht, mal ein paar Wochen, selten länger. »Ich schätze, ich habe im Laufe der Jahre mit Hunderten von Männern geschlafen«, teilte Brook Erika eines heißen Sommerabends bei einem Bier im Gerald's mit. »Aber ich kann immer noch nicht genug davon kriegen. Meinst du nicht, dass du allmählich auch wieder mitmischen solltest? Ich find's echt schade, dass du deinen Abend mit dem scharfen Anwalt nicht wiederholt hast.«

»Jarred war bloß ein One-Night-Stand, das wussten wir beide. Sicher, es war wunderbar und in dem Moment genau das Richtige für mich, aber letztendlich war er doch bloß ein geiler Scheidungsanwalt, der die Gunst der Stunde genutzt hat.«

»Aber der Sex war gigantisch«, sagte Brook und schüttelte verblüfft den Kopf. »Wie kannst du da mit diesem einen Mal zufrieden sein? Brauchst du das denn wirklich nicht regelmäßig?« Sie nahm einen Schluck von ihrem Bier.

»Offenbar nicht. Wenn ich mir die Typen angucke, die du so aufgabelst, war jedenfalls noch keiner dabei, der mich irgendwie gereizt hätte.«

»Weißt du, wenn ich eine Zeit lang ohne auskommen muss, fange ich auch an, das Interesse zu verlieren. Was du brauchst, ist ein heißes Date, das mit richtig scharfem Sex endet, damit du endlich wieder auf den Geschmack kommst.«

Erika zog eine Braue hoch. »Und was ich nicht brauche, ist Druck. Irgendwann ergibt sich das schon von allein.«

»Schnickschnack! Du kannst nicht glücklich sein ohne guten Sex! Das ist Tante Brooks erstes Gebot.«

»Hör zu, Tante Brook«, sagte Erika mit einem warmen Lächeln, »mir geht's prächtig. Wirklich.«

»Was ist mit Stuart? Er ist doch süß, ein richtig guter Typ. Wie wär's mit ihm?«

Stuart Dunlop. Er und seine Frau hatten drei Jungen, von denen der mittlere in Renas Alter war. Stuart war einer von Ricks Geschäftspartnern gewesen. In den letzten Monaten hatte er sie nach Kräften bei ihrem Neustart unterstützt. Er hatte ihr geholfen, das Apartment zu finden, in dem sie jetzt wohnte, hatte ihr Jarred empfohlen, hatte ihr wertvolle Tipps gegeben, wie sie mit ihren begrenzten finanziellen Mitteln am besten haushaltete, und vor allem hatte er sich ihr gegenüber stets wie ein guter Freund verhalten.

Erika hatte Stuart kaum gekannt, bevor Rick sich aus dem Staub gemacht hatte, aber schon eine Woche danach hatte Stuart bei ihr vor der Tür gestanden und seine Hilfe angeboten. Ohne Umschweife hatte er ihr zu verstehen gegeben, was er von Ricks Verhalten hielt. Und den Schaden, den Rick angerichtet hatte, wollte er irgendwie wieder gutmachen. »Ich hab ihm damals, als er in die Firma eintrat, gesagt, wir würden über Seitensprünge hinwegsehen, wenn er es diskret macht«, hatte Stuart ihr gestanden. »Heute ärgere ich mich darüber, aber es war – und ist – ein Prinzip unserer Firma. Etliche Kollegen haben ein Verhältnis.« Er hatte geseufzt. »Dieser Ratschlag erschien mir damals richtig, aber ich habe nie darüber nachgedacht, dass dabei ja auch jemand verletzt wird. Wenn Ich Ihnen jetzt helfe, sehe ich das in gewisser Weise als Wiedergutmachung meinerseits.«

Seitdem waren Erika und Stuart ungefähr jede Woche einmal zusammen essen gegangen. Hatte sie anfangs vor allem in finanziellen Dingen seinen Rat gebraucht, so trafen sie sich nun, da Erika das Gefühl hatte, ihre Angelegenheiten wieder selbst regeln zu können, aus freundschaftlicher Verbundenheit und weil sie sich hervorragend miteinander unterhalten konnten. Erika räumte gern ein, dass sie ihn attraktiv fand, aber er war glücklich verheiratet und von daher absolut tabu. »Er wird nicht in meinem Bett landen. Er ist nicht interessiert, ich bin nicht interessiert, und außerdem hat er eine fantastische Frau. Ende der Diskussion.«

Im ersten Moment wirkte Brook fast gekränkt. »Okay, ich lass dich jetzt zufrieden, aber von heute an stehst du auf meiner Dringlichkeitsliste. Ich werde nicht zulassen, dass du den Rest deines Lebens bloß arbeitest, ohne dir wenigstens hin und wieder was Gutes zu gönnen.«

Erika langte über den kleinen Tisch nach Brooks Händen. »Danke. Du bist wirklich eine gute Freundin. Irgendwann werde ich sicher wieder zu heißem, schweißtreibendem Sex bereit sein. Dann bist du die Erste, die es erfährt, das versprech ich dir.«

Als sie schon fast fünf Monate in New York City wohnte, traf Erika sich eines Abends nach der Arbeit mit Stuart im Pagoda Palace, einem chinesischen Restaurant gleich um die Ecke von ihrem Apartment. Es war ein ungewöhnlich warmer Spätseptemberabend. Während Erika recht lässig gekleidet war, trug Stuart wie üblich Anzug, Hemd und Krawatte.

Sie trafen sich vor dem Restaurant, umarmten sich, gaben sich einen Kuss auf die Wange und begannen sofort über Gott und die Welt zu plaudern. »Wie geht's denn Rick in Zürich so?«, fragte Erika schließlich, als die Vorspeise kam. Sie war selbst verblüfft, dass sie seinen Namen erwähnen konnte, ohne dass es ihr allzu wehtat.

»Eigentlich«, erwiderte Stuart zwischen zwei Bissen, »ganz gut.«

»Und was ist mit Sandy? Sind sie immer noch zusammen?« Warum sie das wissen wollte, hätte sie nicht sagen können.

»Ich fürchte, ja. Keine Ahnung, was er an ihr findet. Du bist eine Klassefrau, schlimm genug, dass er das mit den Jahren vergessen hat. Immerhin nehme ich durch diese Geschichte wieder wahr, wie wunderbar Lorraine ist.«

»Danke für das Kompliment, Stuart. Du bist wirklich ein echter Freund. Ich weiß nicht, was ich ohne dich gemacht hätte.«

»Du wärst auch ohne mich klargekommen«, sagte Stuart. »Manches hätte vielleicht etwas länger gedauert, aber so oder so hättest du dich zusammengerissen, die Ärmel hochgekrempelt und dich am eigenen Schopf aus dem Sumpf gezogen. Du bist eine Überlebenskünstlerin, Erika. Was du dir vornimmst, setzt du auch in die Tat um.«

»Danke, Stuart.« Stuart schien immer genau das Richtige zu sagen.

Als die Glückskekse kamen, öffnete Erika ihren und las laut vor: »Neue und wunderbare Dinge stehen Ihnen bevor.«

»Das könnte durchaus zutreffen, Erika«, sagte Stuart. »Ich möchte etwas mit dir besprechen und wäre froh, wenn du erst mal nur zuhörst, ohne vorschnell zu urteilen.«

Verblüfft kaute Erika auf ihrem Keks. »Klar doch. Schieß los.«

»Cadmire«, nannte er die Investmentbank, für die Rick und er arbeiteten, »gibt eine sehr wichtige Dinnerparty für zwei europäische Banker. Greg Wolfe und Mark Harris kommen jeweils mit ihrer Frau, ich bringe Lorraine mit. Es wäre schön, wenn du auch kämst, damit die Männer nicht so ein Übergewicht haben.«

»Ich weiß nicht, Stuart. Es ist lange her, dass ich das letzte Mal an so einem Essen teilgenommen habe, und ich bin nicht sicher, ob ich Lust habe, mit Greg und den anderen nett zu plaudern. Ich habe noch etliche strittige Punkte mit Cadmire zu klären. Nachdem Rick mich ohne einen Pfennig hat sitzen lassen, haben sie sich nicht gerade nobel verhalten.«

»Es könnte aber etwas für dich dabei herausspringen.«

»Wie bitte?«

»Wir würden dich für den Abend bezahlen. Cadmire engagiert oft Frauen für solche Dinnerpartys. Sie sind intelligent, haben Charme und werden für ihre Tätigkeit als Gesellschaftsdame gut bezahlt.«

Erika sog scharf die Luft ein und warf ihre Serviette auf den Tisch. »Bezahlte Gesellschaftsdamen?«, stieß sie hervor. »Du meinst Nutten. Willst du mir allen Ernstes vorschlagen, Prostituierte zu werden?« Vor Wut am ganzen Körper bebend, sprang sie auf.

»Setz dich und hör mir zu!«, fuhr Stuart sie an, als sich alles nach ihnen umdrehte. »Du müsstest mich eigentlich besser kennen«, fuhr er mit gesenkter Stimme fort.

Zögernd setzte sich Erika wieder hin. »Okay, dann erklär's mir.«

»Ich rede hier von einer bezahlten Gesellschaftsdame und nicht von einer Sexualpartnerin. Du selbst entscheidest, wie weit du mit einem Mann gehen möchtest, aber das ist nicht im Preis inbegriffen. Wir zahlen diesen Frauen fünfhundert Dollar für einen Abend. Wohlgemerkt, für einen Abend, nicht für eine Nacht.«

»Fünfhundert Dollar?«, japste Erika.

»Ganz genau.«

»Okay, wofür werden sie dann engagiert, wenn sie nicht mit den Männern ins Bett gehen sollen? Fünfhundert Dollar sind eine Menge Geld für ein bisschen nettes Geplauder am Abend.«

»Sie sollen unterhaltsam, bezaubernd und intelligent sein, wie die Kurtisanen im alten Italien oder die japanischen Geishas. Du warst doch selbst schon auf solchen Dinnerpartys. Oft genug standen da auch professionelle Gesellschaftsdamen auf der Gästeliste. Ich glaube nicht, dass du irgendeinen Unterschied bemerkt hast, oder?«

Sie erinnerte sich an viele Dinnerpartys, auf denen sie anregende und interessante Gespräche mit intelligenten Menschen geführt hatte. Rick hatte immer ihre Fähigkeit gepriesen, ein Gesprächsthema zu finden, das sowohl sie wie auch ihren Tischnachbarn interessierte. Als sie im Geiste die weiblichen Gäste der letzten Partys durchging, fiel ihr keine ein, die wie eine bezahlte Gesellschaftsdame gewirkt hätte. »Du machst Witze. Bezahlte Frauen? Bei Ricks geliebten Geschäftsessen?«

»Ganz genau.«

Erika schüttelte sich innerlich. Zuerst hatte sie geglaubt, Stuart habe den Verstand verloren, und nicht gewusst, ob sie wütend oder beleidigt sein sollte. Als sie sich den Gedanken jetzt noch einmal in Ruhe durch den Kopf gehen ließ, begriff sie, dass er sie tatsächlich um etwas ganz anderes bat. Sie versuchte sich an die Frauen beim letzten Dinner dieser Art, das sie und Rick besucht hatten, zurückzuerinnern. Drei der sechs gehörten zu den Geschäftspartnern, die anderen drei waren ihnen als Freundinnen von irgendjemandem vorgestellt worden. Sie hatte sich nichts weiter dabei gedacht, und die Frauen waren in keiner Weise unangenehm aufgefallen. Bezahlte Kurtisanen? Sie konnte es immer noch nicht glauben. »Warum gibt die Firma Geld dafür aus?«

»Es macht sich einfach nicht gut, wenn bei solchen Anlässen mehr Männer als Frauen anwesend sind. Das gibt den Kunden das Gefühl, irgendwie überflüssig zu sein, obwohl uns natürlich daran gelegen ist, dass sie sich wohl bei uns fühlen. Sehr wohl. Früher haben wir in solchen Fällen unsere Ehefrauen gefragt, ob sie nicht eine Freundin hätten, die wir einladen könnten. Das funktionierte auch, bis dann irgendjemand – ich weiß nicht mehr, wer – herausfand, dass gegen ein bescheidenes Honorar ...«

»Du nennst fünfhundert Dollar ein bescheidenes Honorar?«, fragte Erika halb entsetzt.

»Für uns, ja. Schließlich stehen diese Männer für Profite in Millionenhöhe, und Profite sind nun mal alles. Wir sind ja kein Wohltätigkeitsverein.«

»Okay, erzähl weiter.«

»Wir haben also angefangen, Frauen für unsere Veranstaltungen zu engagieren. Für die Weihnachtsfeiern, die Sommerpartys und auch für Dinnerpartys wie die am nächsten Mittwoch. Als ich von diesem Essen erfuhr, dachte ich aus verschiedenen Gründen sofort an dich.«

»Ich bin allein stehend und damit wahrscheinlich geil«, schnaubte Erika verächtlich.

»Das ist unter deiner Würde, Erika, und auch mir gegenüber nicht ganz fair.«

»Tut mir Leid, Stuart. Entschuldige.«

Er nahm ihre Hand. »Schon gut. Ich kann ja irgendwie nachempfinden, dass du schockiert bist. Ich habe an dich gedacht, weil du eine Klassefrau bist, die hundertprozentig zu dem Dinner passen würde, das wir veranstalten. Als Ricks Ex-Frau hast du alle Empfehlungen, und ich kann dich als eine Freundin mitbringen, die gerade aus einer Art selbstgewähltem Exil zurückkehrt.« Er hielt inne. »Und es gibt noch einen Grund: Das scheint mir ein wunderbarer Weg zu sein, um es den Seniorpartnern heimzuzahlen. Die Vorstellung, dich mit einem Teil – und sei er auch noch so klein – von Ricks Profiten zu bezahlen, gefällt mir. Aber wenn ich dir damit zu nahe getreten bin, tut mir das aufrichtig Leid.«

Erika schwieg lange. Die Gründe, die Stuart genannt hatte,

hatten etwas Verlockendes. Allein die Vorstellung, mit Ricks Geld bezahlt zu werden! »So wie du es darstellst, klingt es ganz vernünftig.« Ihr Gesichtsausdruck wurde sanfter. »Und der Gedanke, der Firma eins auszuwischen, gefällt mir natürlich auch. Ich weiß aber nicht, ob ich inzwischen nicht aus der Übung bin.«

»Ich bitte dich, Erika«, sagte Stuart, »du hast doch nicht vergessen, wie man sich benimmt. Das ist ein Teil von dir. Wenn du dich darauf einlässt, wirst du es perfekt machen, wenn du nicht willst, ist das auch in Ordnung.«

»Wissen die Männer, um die es geht, dass die Frauen dafür bezahlt werden?«

»Manchmal ja, manchmal nein.«

»Wenn sie wissen, dass wir bezahlte Gesellschaftsdamen sind, erwarten sie dann nicht auch Sex?«

»Wenn sie es überhaupt wissen, ist ihnen vollkommen klar, dass sie einer Frau, bei der sie gut ankommen, vorschlagen können, was immer sie wollen. Aber es gehört nicht zu den Aufgaben, für die die Damen bezahlt werden. Unter uns gesagt, glaube ich, dass die meisten Frauen sich noch ein paar Dollar extra verdienen, sobald unser Abend zu Ende ist, aber das ist allein Sache der Beteiligten.«

»Was mach ich also, wenn einer denkt, er könne mich zum Nachtisch vernaschen?«

»Du machst das, wonach dir der Sinn steht, aber es wird weder von dir erwartet, noch bist du dazu verpflichtet. Ein schlichtes, freundliches Nein wird genügen.«

»Das klingt alles irgendwie illegal und unmoralisch.«

»Ich glaube, wenn er und sie nach dem Essen Geld gegen Sex tauschen, ist das zwar eigentlich ungesetzlich, aber es ist eine Sache, die allein die beiden Beteiligten etwas angeht. Und was die Moral anbetrifft: Was ist der Unterschied, ob du dich zum Essen oder ins Kino einladen lässt und dafür mit einem Mann ins Bett gehst oder gleich das Geld nimmst?«

Erika holte zum zweiten Mal tief Luft. »Stuart, du hörst dich an, als wolltest du eine Lanze für die Prostitution brechen. Das hätte ich nie von dir gedacht.«

»Ich bin nur ehrlich. Lorraine und ich führen eine wundervolle Ehe, und ich käme nicht im Traum auf die Idee fremdzugehen. Es gibt jedoch eine Menge Leute auf dieser Welt, die einfach jemanden haben wollen, der bei ihnen ist oder mit dem sie Liebe machen können. Was ist daran schlimm? Wem schadet es? Den beteiligten Parteien gewiss nicht.«

Erika war verwirrt. Stuart stellte einige der Dinge in Frage, an die sie immer geglaubt hatte. Prostitution war etwas Schlimmes. Punkt. »Es schadet der Gesellschaft. Es setzt die Frauen herab. Es schadet den Ehefrauen der betreffenden Männer, weil ihnen dadurch etwas weggenommen wird, weil sie einen Teil von ihren Männern verlieren.«

»Das Letztere stimmt wahrscheinlich, und ich bin ganz sicher nicht dafür, dass Männer ihre Frauen betrügen. Wenn du die Sache jedoch genauer betrachtest«, fuhr er fort, »wäre die Legalisierung der Prostitution durchaus sinnvoll. Wenn ein Mann es sowieso macht, dann ist es vielleicht besser, er macht es mit einer Professionellen, die weiß, wie der Hase läuft, statt dass er in einer Bar irgendeine Unschuld vom Lande aufliest, die sich später verletzt fühlt. Wenn zwei Menschen Sex für Geld haben möchten, wieso werden dadurch die Frauen herabgesetzt? Diese Frauen tun es aus freien Stücken, und viele der Spitzen-Callgirls leben fantastisch davon. Im Übrigen ist das, was ich dir vorschlage, keine Prostitution.«

Sie schüttelte langsam den Kopf. »Stuart Dunlop, der Mann mit den radikalen Ansichten. Diese Seite an dir ist mir ganz neu.«

Sein Gesichtsausdruck entspannte sich. »Ich darf dem entnehmen, dass du nicht allzu wütend auf mich bist.«

Allmählich beruhigte Erika sich wieder. »Natürlich nicht. Es ist ein interessantes Angebot, über das ich nachdenken werde. Kann ich dir in ein oder zwei Tagen Bescheid geben?«

»Ich muss es bis Freitag wissen, damit ich etwas anderes planen kann, falls du es nicht machst. Überleg's dir aber gut. Es ist schließlich nur ein Abend.«

»In Ordnung«, sagte Erika.

Nur ein Abend. Erika konnte kaum noch an etwas anderes denken, nachdem Stuart sie nach Hause gebracht hatte. Nur ein Abend mit angenehmer Konversation, wie sie und Rick es im Laufe der Jahre häufig erlebt hatten. Und Stuart hatte ihr versichert, dass sie mit niemandem ins Bett zu gehen brauchte. Fünfhundert Dollar. Erika wollte Rena in Frankreich besuchen, hatte es bisher aber nicht geschafft, auch nur einen Teil des Geldes zusammenzusparen, das sie für das Flugticket brauchte. Ein solcher Abend würde sie ihrem Ziel ein gewaltiges Stück näher bringen. Schluss damit!, rief sie sich zur Ordnung. Du suchst doch nur eine Ausrede. Wenn du es willst, sag zu, ansonsten sag ab, aber lass Rena dabei aus dem Spiel! Und gib schon zu, dass es dich reizt. Sie beschloss, Brook nach ihrer Meinung zu fragen.

»Ich brauch jemanden zum Reden«, sagte sie, als Brook ans Telefon ging. »Kann ich raufkommen?«

»Ja sicher. Ich setz schon mal Teewasser auf.«

Brooks und ihr Apartment waren vom Schnitt identisch, aber da hörte die Ähnlichkeit auch schon auf. War Erikas Wohnzimmer sauber und aufgeräumt, so war Brooks vollgestopft mit Büchern, Zeitungen und Zeitschriften. Ihr Computer stand auf einem Schreibtisch in der Ecke, auf dem sich Disketten, CDs und Handbücher diverser Programme türmten. Zwei Wände waren voll mit Bücherregalen, die von Liebesromanen bis hin zu dicken Wälzern über europäische Geschichte alles enthielten. Die Kleider, die Brook an diesem Tag getragen hatte, lagen auf dem Sofa, das Geschirr vom Abendessen stand immer noch auf dem Kartentisch neben dem Sofa. Eine alte Klimaanlage brummte in der Ecke vor sich hin und kämpfte tapfer gegen die abendliche Schwüle an.

Wie gewöhnlich hob Erika mehrere Kleidungsstücke auf, faltete sie zusammen und legte sie über die Armlehne eines abgewetzten buttergelben Ledersessels. Die Unterschiede zwischen ihr und Brook fielen ihr wieder ein. Erika hielt sorgfältig jeden Cent, den sie ausgab, in einem Notizbuch fest. Brooks Scheckbuch war eine derartige Katastrophe, dass sie irgendwann selbst nicht mehr durchgeblickt und Erika um Hilfe gebeten hatte. Erika war stets dezent und perfekt geschminkt und zog sich mehrmals am Tag die Lippen nach. Brook hatte, obwohl sie aus Kalifornien stammte, die Frische eines Mädels aus dem Mittleren Westen und brauchte daher kaum Make-up. Wie die beiden so gute Freundinnen geworden waren, war ihr ein Rätsel. Erika machte es sich auf dem Sofa bequem.

»Ich hab mir gedacht, ein schöner heißer Tee ist trotz der Wärme okay«, sagte Brook, als sie aus der kleinen Küche kam und zwei dampfende Tassen auf den Tisch stellte. »Also, was ist passiert? Hat Stuart dich angemacht?« Sie trug weite orangefarbene Shorts und ein ausgeblichenes grünes T-Shirt mit einem Bild von Pu dem Bären. Ihre Lesebrille klemmte auf dem Kopf, das lange Haar hatte sie mit einem violetten Tuch zu einem Pferdeschwanz gebunden.

»Keine Chance. Er ist glücklich verheiratet und total monogam.«

»Wie langweilig. Wo brennt's denn dann?«

Erika legte ihr mit wenigen Worten Stuarts Vorschlag dar. »Keine direkte Prostitution, aber es riecht irgendwie danach.«

Die ganze Zeit hatte Brook geschwiegen. »Es gibt also keinen Sex, wenn du und er keinen wollen, richtig?«

»Richtig, aber es kommt mir trotzdem irgendwie unanständig vor.«

»Wenn es dir unanständig vorkommt, dann sag einfach nein und das war's dann. Wozu brauchst du mich da eigentlich noch?«

Erika starrte auf ihre Hände. Fast ein wenig verschämt sagte sie: »Ein Teil von mir ist von der Vorstellung fasziniert.«

»Bravo!«, rief Brook aus. »Es ist also doch noch Leben in der Frau. Ich hätte dich ja zu nichts gedrängt, aber wenn du schon selbst glaubst, es könnte dich interessieren ...«

»Klingt so, als fändest du die Idee gut.«

»Tu ich. Mach das, geh da hin, hab einen tollen Abend und lass dich von der Firma bezahlen, die dich so fröhlich verarscht hat. Von dem Geld kaufst du dir dann was richtig Tolles. Oder du besuchst deine Tochter.«

»Und was mach ich, wenn der Typ mehr von mir will? Wenn er mir Geld anbietet, damit ich mit ihm ins Bett gehe?«

»Das entscheidest du, wenn es so weit ist. Mach einfach, was du für richtig hältst. Wenn er dir nicht gefällt, sag nein. Wenn er attraktiv ist, geh mit ihm tanzen und warte ab, wie sich der Abend entwickelt. Wenn er dich vom Stuhl haut, fick ihn bis zum Umfallen, aber vergiss dabei nicht, vorher das Geld einzustecken. Und nimm für alle Fälle Kondome mit.«

Erika schnaubte. »Ich soll es also machen. Einfach so.«

»Du weißt, dass ich gern Männer abschleppe«, sagte Brook, und ihre Stimme klang fast wehmütig. »Ich liebe Männer. Wo ist der Unterschied zwischen dem, was ich mache, und dem, was du in Erwägung ziehst? Ich mache es, weil es Spaß macht, aber ich würde meine linke Hand dafür geben, wenn ich auch noch Geld dafür kriegen würde.«

»Dann geh du doch hin!«

»Würd ich ja sofort«, sagte Brook, »aber ich bin nun mal nicht eingeladen.«

»Im Gegensatz zu mir«, sagte Erika und machte ein sehr selbstzufriedenes Gesicht.

»Wann soll der große Abend denn stattfinden?«

»Nächsten Mittwoch.«

»Hast du dir schon überlegt, was du anziehst?«

Ohne zu zögern antwortete Erika: »Ich habe ein schlichtes dunkelblaues Kleid ...«

»Erwischt! Du hast also schon längst beschlossen hinzugehen, stimmt's?«

Erika seufzte und trank einen Schluck von ihrem Tee. »Ich glaube, ja. Mir ist zwar ein bisschen mulmig dabei, aber ich muss zugeben, es klingt auch ziemlich aufregend.«

»Dann geh hin, genieß den Abend und lass den Rest einfach auf dich zukommen.«

»Ja«, sagte Erika. »Ja, das mach ich.«

3. Kapitel

Bis zum Freitag änderte Erika ihre Meinung noch ein Dutzend Mal. Jedes Mal sprach sie lange mit Brook darüber, die ihr jedoch immer wieder versicherte, dass sie nichts Anrüchiges vorhabe und ihre Entscheidung selbst fällen müsse.

Am Freitagnachmittag rief Stuart an. »Ich muss jetzt wissen, wie du dich für Mittwoch entschieden hast, Erika«, sagte er, »damit ich noch jemand anderen suchen kann, falls du ablehnst.«

»Wäre denn nicht allen Anwesenden klar, dass ich dafür bezahlt werde? Es wär mir unheimlich peinlich, wenn zum Beispiel Greg das wüsste.«

»Darüber habe ich auch nachgedacht. Ich könnte dir das Geld an der Firma vorbei zukommen lassen. Wenn du denn zusagst. Na, was ist?«

Erika stieß einen langen Seufzer aus. Wenn sie ehrlich war, wollte sie das Angebot nur zu gern annehmen, auch wenn sie das Stuart gegenüber nicht zugeben wollte – das wollte sie ja nicht einmal sich selbst gegenüber.

»Du sinkst deswegen nicht in meiner Achtung«, sagte Stuart nach langem Schweigen. »Und natürlich werde ich jede Entscheidung von dir akzeptieren. Aber ich glaube, es täte dir gut, mal wieder unter Leute zu kommen, selbst wenn du kein Geld dafür bekämst.« Sie konnte die Wärme in seiner Stimme hören. »Obwohl das natürlich ein netter Anreiz ist.«

»In der Tat. Und eigentlich möchte ich es ja machen.«

»Ich interpretiere das als ein Ja und leg jetzt auf, bevor du's dir anders überlegst. Tschüs, Erika.«

»Na, dann bis Mittwoch, Stuart«, sagte Erika aufgeräumt.

Dennoch sollte sie sich bis zum Tag X noch ohne Ende den Kopf darüber zerbrechen, wie sie sich verhalten, worüber sie reden und was sie anziehen sollte. Am Mittwoch kam sie früh von der Arbeit zurück, badete ausgiebig, lackierte sich Finger- und Fußnägel und kämmte sich die Haare genau so, wie sie es damals bei ihrem Besuch in Jarreds Büro gemacht hatte. Ob sie es zum gleichen Zweck machte wie damals: um in einem Mann den Wunsch zu erwecken, es in die Hand zu nehmen und damit zu spielen? Um in ihm die Lust zu schüren, ihren nackten Hals zu liebkosen?

Um sechs kam Brook in einem Micky-Maus-T-Shirt und schwarzen Leggings hereingestürmt. Erika stand gerade vorm Badezimmerspiegel und trug Eyeliner auf. »Du bist ja doch da«, sagte Brook überrascht. »Als du auf mein Klopfen nicht reagiert hast, hab ich angenommen, dass du dich verdrückt hast und in irgendeiner Bar in der Ecke hockst und an einem Martini nuckelst. Ich hab meinen Schlüssel benutzt und hatte vor, dir die Hölle heiß zu machen, sobald du wiederkommst.«

»Entschuldige, wahrscheinlich war ich so in Gedanken, dass ich dein Klopfen gar nicht gehört habe. Mindestens eine Million Mal war ich kurz davor abzusagen, aber ich hab Stuart versprochen zu kommen und werde ihn nicht hängen lassen«, sagte sie mit einem Seufzen. »Selbst wenn mir die Knie zittern und ich feuchte Händen habe.« Sie trug nur einen dunkelblauen Spitzen-BH und einen dazu passenden Slip. Brook schnappte sich die noch in der Cellophanhülle steckenden Strumpfhosen von Erikas Bett und baute sich damit in der offenen Badezimmertür auf. »Du willst doch wohl hoffentlich nicht diese Dinger anziehen?«, fragte sie.

»Was für Dinger?«

»Wenn es etwas gibt, womit du Männer abturnst, dann sind es diese Dinger.« Brook wedelte mit dem Cellophanpäckchen. »Eine moderne Form des Keuschheitsgürtels, die sogar ohne Schlüssel auskommt. Was du brauchst, ist ein paar langer Strümpfe.«

»Brook, ich habe nicht vor, mich nach dem Essen noch irgendwelchen Aktivitäten hinzugeben, also hör auf, mich wie einen preisgekrönten Ochsen auszustaffieren.«

»Wie eine Kuh, meine Liebe, wie eine Kuh.« Sie hielt kurz inne. »Und warum nicht auf alle Eventualitäten gefasst sein? Du hast schließlich nichts zu verlieren. Wenn du so unberührt wie Schneewittchen nach Hause kommst, wird nie jemand erfahren, was du unter deinem Kleid anhattest. Wenn du aber nicht vorhast, die eiserne Jungfrau zu geben – umso besser.« Bevor Erika sich diesen Titel verbitten konnte, stürmte Brook aus dem Zimmer, um kurz darauf mit drei Paar nagelneuer Strümpfe zurückzukommen. »Welche Farbe willst du?«

Inzwischen hatte Erika sich fertig geschminkt und betrachtete sich jetzt im Spiegel. Nicht schlecht. Ganz die alte Erika, die stilvolle, charmante Gastgeberin zahlloser Dinnerpartys. Sie ging ins Schlafzimmer, öffnete ihren Kleiderschrank und nahm ein tiefblaues, kurzärmeliges Crêpekleid mit tiefem Ausschnitt heraus. »Okay, du hast Recht? Welche Farbe schlägst du denn vor?«

»Hübsches Kleid. Was ziehst du für Schuhe dazu an?«

»Ich hab ein Paar goldfarbene Sandalen. Oder meinst du, das wäre zu viel des Guten?«

»Du warst schon häufiger auf solchen Partys als ich. Was hättest du angezogen, wenn du mit dem Arschloch Rick hingegangen wärst?«

»Hör auf, ihn so zu nennen!«, lachte Erika. »Ich glaub, die Sandalen.«

»Dann zieh sie an.« Brook wählte eines der Päckchen aus und hielt es Erika hin. »Die hier.« Als Erika den zweiten der von einem weichen Saum aus elastischer Spitze gehaltenen Seidenstrümpfe anzog, konnte sie nicht umhin, ihre schlanken, wohlgeformten Beine zu bewundern. »Du siehst einfach toll aus«, meinte Brook.

»Danke. Ich kann dir gar nicht sagen, was für eine große Hilfe du für mich in diesen Tagen gewesen bist. Ich weiß, ich hab dich verrückt gemacht, aber ich bin echt nervös.«

Brook setzte sich auf die Bettkante. »Ich weiß, Süße, und ich fühl mit dir mit, aber du wirst sehen, es wird ein ganz toller Abend.«

»Vermutlich.«

Während Brook auf dem Bett saß und zuschaute, kleidete sich Erika zu Ende an und drehte sich dann im Kreis, damit Brook sie bewundern konnte. »Das Kleid ist super«, versicherte Brook, »und sitzt traumhaft. So, und dazu jetzt noch das.« Sie zog ein Paar schwerer goldener Ohrringe und eine dazu passende Halskette aus der Tasche. »Wir wollen doch nicht, dass irgendjemand auf dich herabsieht. Modeschmuck natürlich, aber verdammt gutes Zeug, hat ein halbes Wochengehalt gekostet. Ich bin sicher, du siehst toll damit aus. Sie haben mir immer Glück gebracht.«

Erika lächelte Brook an. »Du bist wirklich einzigartig.« Sie legte den Schmuck an und ließ sich betrachten. »Und? Was meinst du?«

»Ich finde, du siehst wundervoll aus. Ich hoffe, du fühlst dich genauso selbstsicher, wie du aussiehst.«

»Ehrlich gesagt, fühl ich mich, als hätte ich Pudding in den Knien.«

Eine halbe Stunde später stieg Erika aus einem Taxi und betrat das Prima Donna, einen neuen Italiener in den East Fifties. Sie gab dem Mann, der sie an der Tür empfing, ihren Mantel und fragte nach der Cadmire-Party. Als sie zu dem großen Tisch im hinteren Teil des Restaurants geleitet wurde, versuchte sie tapfer, das Grummeln in ihrem Bauch zu ignorieren. Als Stuart sie sah, erhob er sich. Sein offenes Lächeln beruhigte sie zumindest ein wenig.

»Erika, wie wunderbar, dass du gekommen bist.« Er wandte sich den übrigen Gästen am Tisch zu. »Greg, Mark, ihr erinnert euch doch noch an Erika Holland.«

»Natürlich«, sagte Greg Wolfe und erhob sich. »Stuart hat mir gesagt, dass du kommen würdest. Ich freue mich sehr, dich wiederzusehen.«

Greg war der oberste Chef von Cadmire und damit derjenige, der Rick trotz seines schäbigen Verhaltens zum Chef des Schweizer Büros ernannt hatte. Am Ende zählt im Geschäftsleben halt nur der Profit, dachte Erika. Und Rick war unschlagbar, wenn es darum ging, große Geschäfte unter Dach und Fach zu bringen – wahrscheinlich weil er die Moral eines streunenden Hinterhofkaters besaß. Ob Greg mit seinem Lächeln eine gewisse Verlegenheit überspielen wollte? Sie hoffte es.

»Du nennst dich wieder Holland?«

»Ja, du hast also eine neue Frau vor dir«, sagte sie und zauberte ein selbstsicheres Lächeln auf ihr Gesicht, »mit einem neuen alten Namen. Schön, dich wiederzusehen.«

Neben ihm stand Mark Harris, der geschäftsführende Vizepräsident. Beide Männer trugen einen dunklen Anzug, ein pastellfarbenes Hemd und eine gestreifte Krawatte. Mit der Föhnfrisur, der dezenten, auf dem Tennisplatz erworbenen Bräune und der tadellosen Haltung hätten sie Brüder sein können. Als sie jetzt an Rick dachte, wurde ihr bewusst, dass er genauso ausgesehen hatte. Da sie hinter dem milden Lächeln der beiden Geschäftsleute ein gewisses Unbehagen zu spüren meinte, beschloss sie, jetzt erst recht das Geld zu nehmen. Daraufhin fühlte sie sich gleich viel wohler, und ihr Lächeln wurde breiter.

»Wir haben dich seit Monaten nicht gesehen«, sagte Greg. Mit einer Geste bezog er seine Frau ein, die ein eng anliegendes, hellbeiges Kleid mit einer olivgrünen Jacke trug, die ihr aschblondes Haar und ihre fahle Gesichtshaut höchst unvorteilhaft unterstrich. »Du erinnerst dich doch an Beth?«

Beth Wolfe war immer eine von Erikas engeren Freundinnen gewesen. Gewesen – denn seit Ricks Abgang hatte sie sich nicht mehr gemeldet. Sogleich drehte Erika ihren Charme noch höher. »Aber natürlich. Wie geht's, Beth?« Ihre Stimme klang ehrlich und freundlich, ganz im Gegensatz zu ihren wahren Gefühlen.

»Danke. Und selbst?« Beth erhob sich halb und reichte ihr die Hand.

»Fantastisch.« Erika nahm die Hand und drückte sie wie die einer echten Freundin. Die Frau erinnerte sie an ein Chamäleon. Ihr Gesicht passte sich an jede Situation an. Hab ich früher auch so ausgesehen?, fragte sich Erika. Wahrscheinlich.

»Du siehst gut aus«, sagte Marks Frau Stephanie.

Du meinst wohl, trotz allem, wollte Erika sagen, verkniff es sich aber und lächelte bloß. »Danke, Stephanie. Wie geht es deinen wunderbaren Kindern?«

Während Stephanie die Vorzüge ihrer beiden Teenager pries, suchte Erika den Blick von Stuarts Frau Lorraine, die die Augen verdrehte und ihr zuzwinkerte. Da Beth auf keinen Fall hinter Stephanie zurückstehen wollte, holte sie Fotos von ihren drei Jungen heraus. »Und wie geht es deiner wundervollen Tochter?«, fragte sie, als sie die Bilder zurück in ihre Handtasche steckte.

»Sie verbringt den Sommer mit Rick in Japan und kehrt dann auf die Schule in Frankreich zurück«, berichtete Erika mit bemüht ruhiger Stimme. »Ich hätte sie liebend gerne hier gehabt, aber natürlich geht die Schule in Europa vor.«

»Natürlich«, sagte Beth, um dann ihr Gespräch mit Stephanie wieder aufzunehmen.

Greg stellte Erika jetzt den anderen Gästen vor, die an dem für ein Dutzend Personen gedeckten Tisch saßen. Sie lernte die Vizepräsidentin einer großen Bank und ihren Mann kennen, denen Greg großen Respekt entgegenbrachte. Wie Greg sich wohl neben einer Frau fühlt, die genauso viel Macht hat wie er?, dachte Erika.

Danach machte Greg sie mit einem leitenden Angestellten aus dem Pariser Büro eines Kunden bekannt, der mit einer Frau da war, die ihr als Belinda Peters vorgestellt wurde. Ob sie wohl auch eine bezahlte Gesellschaftsdame ist?, überlegte Erika.

»Stuart und Lorraine kennst du natürlich«, fuhr Greg fort. Lorraine stand auf und umarmte sie herzlich. »Schön, dich zu sehen, Erika!« Dann flüsterte sie ihr noch ins Ohr: »Stuart hält mich über deine Fortschritte auf dem Laufenden. Alle Achtung!«

»Danke, Lorraine«, sagte Erika leise. »Stuart war und ist mir eine große Hilfe.«

»Ach, übrigens«, raunte Lorraine, »Greg war über deine Einladung ziemlich pikiert. Er hatte Angst, du könntest vor den anderen eine Szene machen. Was für ein Genuss, ihn so nervös zu sehen.«

»Das ist doch absurd«, flüsterte Erika zurück. »Ich falle nie aus der Rolle, und das weiß er auch. Aber du hast Recht, es ist ein Bild für die Götter, wie er sich so vor Verlegenheit windet.«

»Und das ist Paul Johansen«, fuhr Greg fort. »Er ist von der Richards AG. Das Osloer Büro hat ihn für ein paar Wochen nach New York geschickt. Er wird dein Tischherr sein. Ihr dürftet keine Probleme haben, interessanten Gesprächsstoff zu finden. Wenn ich mich richtig erinnere, hast du doch auf dem College Kunst studiert. Paul malt in seiner Freizeit und hat viele der alten Meister studiert.«

Die Richards AG war einer von Cadmires wichtigsten Kunden. Bestimmt war sie eingeladen worden, damit Paul einen kurzweiligen Abend hatte. »Freut mich sehr, Sie kennen zu lernen, Paul.« Sie unterzog ihn einer kurzen, unauffälligen Musterung. Er war nur wenig größer als sie, hatte blondes, lockiges Haar, weit auseinander stehende himmelblaue Augen und ein Grübchen im Kinn. Obwohl er nicht eigentlich schön war, jagte ihr sein offener Blick eine Gänsehaut über den Rücken. »Sind Sie das erste Mal in New York?«

»Ich muss gestehen, dass ich jedes Jahr einmal nach New York komme«, erwiderte er mit kaum wahrnehmbarem Akzent. »Besonders der Herbst hat es mir angetan. Wenn es sich einrichten lässt, miete ich mir dann ein Auto, um in die Wälder im nördlichen Umland zu fahren.« Er hielt ihr den Stuhl, damit sie sich setzte. »Offenbar kennen Sie die meisten Leute hier schon – da habe ich also einiges nachzuholen.«

»Das wäre mir ein Vergnügen«, sagte Erika.

Stephanie, die ihr direkt gegenübersaß, beugte sich über den großen runden Tisch und fragte so laut, dass es jeder hören konnte: »Was macht denn Rick, Liebes?«

Trotz ihres Abscheus zauberte Erika einen freundlichen Ausdruck auf ihr Gesicht, zog eine Braue hoch und sagte leise: »Offen gesagt, Steph, ist mir das schnurzegal.«

Stephanie hatte den Anstand, verlegen dreinzuschauen, während Lorraine leise sagte: »Und das ist auch gut so.«

»Eheprobleme, schätze ich«, meinte Paul.

»Das war einmal. Rick Hughes ist mein Ex-Mann, er leitet jetzt das Büro in Zürich.«

»Ahh«, sagte Paul, die Teile des Puzzles zusammenfügend. »Nun, sein Verlust soll mein Gewinn sein.« Er hielt inne und machte ein betretenes Gesicht. »Tut mir Leid, das war taktlos. Ich klinge ja schon wie jemand, der versucht, eine gut aussehende Frau in einer Bar anzumachen. Können Sie mir noch einmal verzeihen?«

»Ist schon in Ordnung. Ich habe es als Kompliment aufgefasst.«

»So war es auch gemeint. Also, fangen wir noch mal von vorn an.« Er streckte ihr die Hand hin. »Hallo, ich bin Paul.«

Plötzlich war die Stimmung wieder unbeschwert. Paul war ein angenehmer Mann, in dessen Gesellschaft sie sich bestimmt wohl fühlen würde. »Und ich heiße Erika«, sagte sie, die dargebotene Hand ergreifend. Sein Händedruck war fest, aber nicht besitzergreifend. Bei der Berührung kribbelten ihr die Finger. Der Abend versprach interessant zu werden. »Ich freue mich wirklich sehr, Sie kennen zu lernen.«

Während der folgenden Stunden bewies Erika, dass sie ihr Geld wert war. Von lockerer Konversation wechselte sie problemlos in eine sachliche Diskussion über internationalen Handel. Bei köstlicher Paté und exzellentem Sauvignon Blanc stellten sie fest, dass sie sich beide für die französische Malerei des achtzehnten Jahrhunderts interessierten. Sie unterhielten sich derart angeregt darüber, dass die anderen am Tisch nicht mehr zu folgen vermochten.

Während des Hauptgangs, Lamm à la française, Petits pois und Pommes au gratin, zu dem ein ausgezeichneter 88er Merlot gereicht wurde, versprühte sie ihren Charme und ließ bisweilen sogar einen Hauch von Koketterie aufblitzen. Er war schließlich ein attraktiver Mann, und es machte Spaß, das Spiel zu spielen, das ungebundene Männer und Frauen gern spielen. Ob es am Wein lag oder an Pauls Gesellschaft – jedenfalls hatte Erika das Gefühl, schon lange keinen so vergnüglichen Abend mehr erlebt zu haben. Sie war erregt und ein kleines bisschen wagemutig, was ihrem Ego ungeheuer gut tat.

»Es war wirklich ein schöner Abend, Erika«, sagte Paul, als sich das Dinner dem Ende zuneigte. »Vor ein paar Tagen habe ich gleich hier um die Ecke einen kleinen Jazzclub entdeckt. Mögen Sie Jazz? Wollen wir den Abend nicht noch ein wenig ausdehnen?«

»Ich liebe Jazz«, behauptete Erika, obwohl sie Jazz in Wahrheit nicht ausstehen konnte. Doch auch sie wollte nicht, dass der Abend schon endete.

Der Club war klein und dunkel, die Musik überraschend gut: ein Quartett, bestehend aus Klavier, Schlagzeug, Bass und Xylophon. Paul und sie sprachen kaum miteinander, sondern lauschten einfach bei einem Drink der Musik. Irgendwann rückte Paul seinen Stuhl näher an sie heran, legte ihr die Hand auf den Rücken und kraulte ihren Nacken. Ein Schauer jagte ihr über den Rücken, und ihre Brustwarzen wurden hart. Als sie sich ein wenig drehte, blieb die Hand in ihrem Nacken.

Da Paul sich voll und ganz auf die Musiker zu konzentrieren schien, schloss sie für eine Weile die Augen, um sich ganz dem angenehmen Gefühl hinzugeben. Spielte er nur mit ihr? Begehrte er sie? Offenbar schon. Ob er sie für eine professionelle Gesellschaftsdame hielt, die für das, was sie tat, bezahlt wurde? Er nahm ihre Hand. Als er mit dem Fingernagel über ihre offene Hand fuhr, erschauderte sie. Begehrte sie ihn? Wenn er sie fragen würde, ob sie mit ihm ins Bett ging, und sie ja sagte, würde er sie dann für eine Prostituierte halten? Aber wollte sie wirklich wissen, was er von ihr dachte? Wollte sie denn wissen, was sie von sich hielt? So viele Fragen, auf die sie keine Antwort wusste. Entspann dich!, ermahnte sie sich. Lass die Dinge einfach auf dich zukommen.

Es war fast eins, als die Musiker sich verabschiedeten und ihre Instrumente einpackten. Während Paul nach dem Kellner winkte, beugte er sich zu ihr herüber und sagte: »Ich lasse Sie nur ungern gehen. Ich habe eine Suite im Carlisle. Es gibt dort ein Wohnzimmer, in dem wir reden könnten, und ein Schlafzimmer mit einer Tür, die fest geschlossen bleiben kann. Hätten Sie Lust, noch mitzukommen? Ich würde einfach gern noch ein wenig mit Ihnen reden und vielleicht einen letzten Drink nehmen.«

Scheiße, also doch. Da haben wir's. Genau, wie ich erwartet habe. Allerdings klingt er so, als würde er es ernst meinen. Keinen Sex, nur ein bisschen plaudern und noch einen Drink. Und wenn sie ganz ehrlich war, wollte auch sie noch nicht nach Hause gehen. »Ein netter Vorschlag«, sagte sie und ignorierte geflissentlich die Stimmen, die in ihrem Kopf miteinander stritten.

Nachdem Paul die Tür seiner Suite geschlossen hatte, stellte er sich hinter Erika, um ihr aus dem Regenmantel zu helfen. In ihrem Nacken spürte sie Pauls Atem. »Ich habe gelogen«, gestand er. »Ich möchte nicht mit Ihnen reden. Ich möchte Liebe machen.«

Erika erstarrte.

»Entschuldigung«, gab Paul sich plötzlich zerknirscht, während er noch immer hinter ihr stand. »Ich dachte, Sie würden es auch wollen. Aber wenn ich mich getäuscht habe, helfe ich Ihnen gern wieder in den Mantel und lasse Sie gehen.« Als Erika immer noch schwieg, fügte er hinzu: »Aber es hat doch den ganzen Abend zwischen uns geknistert, oder?«

Mit einer ehrlichen Frage konfrontiert, wollte Erika nicht

lügen. »Doch, das hat es. Es ist nur schon ziemlich lange her, dass ich so etwas erlebt habe.« Sie dachte an Jarred.

»Sie sind eine attraktive Frau und machen mich ziemlich an.« Er warf ihren Regenmantel auf einen Stuhl, legte seinen Arm von hinten um ihre Hüfte und zog sie sanft an sich. »Sogar sehr.« Sein Atem kitzelte an ihrem Ohr. »Ich möchte dir gern zeigen, wie attraktiv du bist«, sagte er, während er mit den Lippen ihren Hals liebkoste.

Sie ließ den Kopf gegen seine Schulter sinken, worauf er die Nadeln aus ihrem Haar zog, so dass es sanft auf ihre Schultern fiel. Als er es durch seine Finger gleiten ließ, schnurrte er: »So ist es schon besser. Viel besser.« Er knabberte an ihrem Ohrläppchen. »Oder?«

In dem Moment beschloss Erika, sich auf das Spiel einzulassen. Sie waren beide frei. Wenn sie einfach so miteinander ausgegangen wären, hätte sie jetzt auch weder Zweifel gehegt noch – wie sie gestehen musste – Scham empfunden. Sie hatte Lust auf ihn, sie wollte ihn – und es gab nichts, was dagegen sprach. »Ja«, flüsterte sie und legte ihre Hand auf die seine. Während er ihre Schulter mit Küssen bedeckte, zog er den Reißverschluss ihres Kleides herunter. Im nächsten Moment lag das Kleid zu ihren Füßen.

Sie beobachtete sein Gesicht, als er sich an ihrem Anblick weidete, wie sie so in BH, Slip und mit den Strümpfen von Brook dastand. »Wie schön, dass du keine Strumpfhosen trägst.« Dann streichelte er sanft die weiße Haut an der Innenseite ihrer Schenkel, direkt über dem Saum der Strümpfe. »Das hier ist mit Sicherheit die erregendste Stelle einer schönen Frau. Komm her.« Er zog sein Jackett aus und nahm sie in die Arme, um mit ihrem Haar zu spielen und zärtlich ihren Kopf zu streicheln. Dann fasste er sie im Nacken, beugte den Kopf und machte sich über ihren Mund her.

Der Kuss war genauso, wie Erika erwartet hatte: leidenschaftlich, heiß, gierig, aber nicht fordernd, sondern bittend. Als sie die Lippen öffnete, stieß er seine Zunge nicht in ihren Mund, sondern knabberte zärtlich an ihrer Unterlippe. Genüsslich küsste er sie, biss er sie, erkundete ihren Mund mit seiner Zunge. Seine Hände schienen überall zugleich zu sein. Voller Vergnügen gab sie das, was sie bekam, zurück. Mit beiden Händen hielt sie seinen Kopf gefasst, erforschte mit der Zunge seinen Mund. Allein vom Küssen wurde ihr schwindlig, raste ihr Atem, hämmerte ihr Herz wie wild.

Ohne sich von ihrem Mund zu lösen, entledigte sich Paul seiner Krawatte und seines Hemds. Darunter war er nackt. Seine Haut war glatt, sein Fleisch fest. Sie wollte ihn berühren. Überall. Zunächst strich sie über seine Oberarme und seinen Rücken, dann zog sie ihn noch fester an sich, um ihre mit hauchzarter Spitze bedeckten Brüste an seiner unbehaarten Brust zu reiben. Fest presste sie ihren Venushügel gegen seinen harten Schwanz.

»Du bist unglaublich«, stieß er hervor. »Du machst mich total heiß.«

»Kein Vergleich dazu, wie heiß du mich machst«, ächzte Erika. In ihrer Stimme schwang so viel Begehren mit, dass sie über sich selbst erschrak.

Eilig drängte er sie zum Bett. Im Sitzen schaute Erika zu, wie er seinen Gürtel öffnete. Als sie daraufhin nach hinten griff, um den Verschluss ihres BHs aufzuhaken, erstarrte er, vergaß seinen Gürtel und seinen halb geöffneten Reißverschluss, um völlig gebannt zu verfolgen, wie sie mit aufreizender Langsamkeit erst den linken, dann den rechten Träger über ihre Schulter zog. Dann umfasste sie ihre Brüste und sah ihm in die Augen. »Du haust mich um«, murmelte er.

»Liegt auch ganz in meiner Absicht«, sagte Erika, eine

Macht in sich spürend, von deren Existenz sie bisher nichts gewusst hatte. Geld spielte jetzt keine Rolle mehr – so genoss sie jede Sekunde. Sie genoss die Feuchtigkeit zwischen ihren Beinen, das Kribbeln in ihren Brustwarzen, den Druck, der sich tief in ihrem Bauch aufbaute. Der Abend mit Jarred war ein Anfang gewesen, mehr nicht. Das hier war genau der gute, heiße, schwüle Sex, den sie so liebte.

Während Paul sich nackt auszog, schob sie ihr Höschen herunter. »Du magst doch Strümpfe. Soll ich sie vielleicht anlassen?«, fragte sie.

»Bitte«, sagte er leise. »Ich kann mir nichts Schöneres vorstellen, als bei der Liebe seidenbestrumpfte Beine zu spüren.«

»Du bist wunderschön«, sagte sie und ließ den Blick über seinen nackten Körper schweifen. Mit den breiten Schultern, den schmalen Hüften und dem durchtrainierten Körper war er ein Prachtexemplar von Mann. Als ihr Blick schließlich auf seiner Erektion haften blieb, wurde er knallrot. »Ich werd nicht oft angeguckt, als ob ich ein Stück Erdbeertorte wär.«

»Und du schmeckst bestimmt noch viel besser«, sagte sie. Mit diesen Worten ließ sie sich auf die Knie sinken, um über die Spitze seiner Eichel zu lecken. Unverzüglich zog er sie wieder hoch. »Wenn du das machst, komme ich sofort, und das will ich nicht.«

Darauf streckten sie sich auf dem Bett aus. Als sein Mund ihre nackte Brust fand, begann er vorsichtig an ihrer Brustwarze zu saugen, während seine Finger ihre Brüste kneteten. Heiße Wellen jagten durch ihren Körper. Sie bäumte sich auf, wobei sich ihre Finger unwillkürlich in seinem dichten blonden Haarschopf festkrallten. »O Gott!«, schrie sie. Sie war kurz davor zu kommen. Als er sie auch noch in die andere Brustwarze kniff, gab ihr das den Rest. Wogen der Lust erfassten ihren Körper. »Ja!«, schrie sie. »O Gott, ja!«

»Mein Gott, Erika, ich habe noch nie eine Frau erlebt, die gekommen ist, nur weil ich ihre Brüste bearbeitet habe. Dein letztes Mal muss verdammt lange her sein.«

»Stell dein Licht nicht so unter den Scheffel«, keuchte sie, während ihr Körper sich immer noch aufbäumte. »Du warst fantastisch!«

Ihr Körper bebte immer noch, als er sich über ihre Muschi hermachte und erst einen, dann zwei und schließlich drei Finger in sie hineinsteckte. Indem er die Finger rhythmisch hin und her bewegte, verlängerte er ihren Höhepunkt so weit, dass sie es kaum noch ertragen konnte.

»Du bist so sexy«, schnurrte er, während er sich ein Kondom überstreifte. Dann drehte er sie beide mit einer schnellen Bewegung herum, bis sie rittlings auf ihm saß und er seinen Schwanz in ihre heiße Möse stoßen konnte. »So rum ist es noch besser«, stöhnte er, während seine großen Händen ihre Pobacken kneteten. »Es macht mich total an, wenn eine Frau sich nimmt, was sie haben will.«

Ihre Oberschenkel als Hebel benutzend, bewegte sich Erika auf und ab. Sofort schwoll ihre Erregung wieder an. Immer schneller, immer härter ritt sie auf ihm – immer schneller, immer lauter wurde sein Stöhnen. »Ich kann gar nicht genug von dir kriegen«, sagten sie beide gleichzeitig und mussten lachen. Das Lachen und die Lust erwiesen sich als fantastische Kombination. Sein Körper spannte sich und bäumte sich unter ihr auf. Als sie fühlte, wie ein Schauer ihn durchfuhr, kam sie erneut. »Umwerfend!«, murmelte sie.

Eng aneinander geschmiegt dösten sie eine Weile vor sich hin. Später ging sie ins Bad, wusch sich und zog sich an. Als sie wieder ins Schlafzimmer kam, fragte Paul schlaftrunken: »Du gehst?«

»Ich hab morgen ganz früh einen Termin.«

»Kannst du nicht bleiben?« Seine Enttäuschung gefiel Erika ungeheuer. »Dann könnten wir noch zusammen frühstücken.«

»Das geht leider nicht.«

»Ich fliege morgen Abend an die Westküste. Ich würde dich gerne wiedersehen, wenn ich wieder in New York bin.«

Das kostet aber, wollte sie schon sagen. Statt dessen schrieb sie jedoch bloß ihre Telefonnummer auf den Notizblock neben dem Bett. »Ruf mich einfach an, wenn du wieder in der Stadt bist. Gute Nacht.«

»Ich konnte ihn einfach nicht um Geld bitten!«, stieß sie hervor. Wie versprochen hatte sie Brook trotz der nachtschlafenden Zeit – es war fast drei – sofort angerufen, als sie nach Hause gekommen war. »Das wär mir zu peinlich gewesen. Ich konnte einfach nicht sagen: Das macht dann fünfhundert Dollar. Hab ich einfach nicht über mich gebracht.«

»Merk dir eins: Es geht nicht um fünfhundert, sondern um tausend Dollar. Ich weiß, dass du so viel wert bist.«

»Okay, von mir aus tausend. Trotzdem wusste ich nicht, wie ich die Sache zur Sprache bringen sollte. Und bei Cadmire kann ich mich ja wohl schlecht deswegen beschweren.«

»Eben. Ich hab mich eh schon gefragt, wie das funktionieren soll. Immerhin hast du die fünfhundert Dollar gekriegt. Und? Wie war der Sex? Gut?«

Erika machte eine kleine Kunstpause, um die Spannung noch zu steigern. »Ich hatte einfach tollen, geilen, schweißtreibenden, fantastischen, weltbewegenden Sex!«

»Dann ist doch alles bestens. Wenn ihr zwei euch sonst wie kennen gelernt hättet, wärt ihr also auch im Bett gelandet, ohne dass du dafür Geld gesehen hättest. So ist wenigstens etwas für das Flugticket nach Frankreich rausgesprungen.«

»Stimmt.«

»Und? Wird es eine Wiederholung geben?«, fragte Brook, nachdem Erika ihr den Abend in allen Einzelheiten geschildert hatte – wobei sie den eigentlichen Sex weitgehend ausgeklammert hatte; dieser Teil war ihr einfach zu persönlich. »Ich meine diese Dinnergeschichte.«

»Wohl kaum. Außerdem weiß ich gar nicht, ob ich so etwas noch einmal könnte.«

»Was? Sex haben oder dafür bezahlt werden?«

»Eigentlich beides. Ich habe zu viel Angst, dass irgendjemand bei Cadmire das spitzkriegt, denn dann wüsste Rick es einen Tag später auch. Damit hätte er alle Trümpfe in der Hand, um mich von Rena fernzuhalten. Das will ich nicht riskieren.«

»Daran hatte ich noch gar nicht gedacht, aber du hast Recht.«

»Immerhin hatte ich einen tollen Abend, und das Geld kann ich auch gut gebrauchen.«

Am nächsten Abend rief Stuart an. »Du warst ein voller Erfolg«, sagte er. »Und alle haben deine Gesellschaft rundum genossen.«

»Finden solche Abende eigentlich öfter statt?«, fragte Erika.

»Öfter als du glaubst.« Er zögerte einen Moment, bevor er nachhakte: »Hättest du denn Interesse, so was noch mal zu machen? Ich hab da ein paar Beziehungen.«

»Ich denke, schon. Der Abend war amüsant, und Paul ist ein echter Schatz.«

»Nicht wahr? Aber dir ist doch sicher klar, dass nicht alle Männer so pflegeleicht wären.«

»Ich weiß. Außerdem will ich so was auf keinen Fall noch mal bei einem Cadmire-Essen machen. Wenn Rick davon erfährt ...«

»Natürlich, das verstehe ich. Ich werd mal sehen, was sich

machen lässt. Wollen wir nächste Woche vielleicht mal essen gehen?«

Sie verabredeten sich für Dienstagabend. »Grüß Lorraine von mir. Ich hab mich wirklich gefreut, sie wiederzusehen. Sie sah einfach toll aus.«

»Richt ich aus. Du hast übrigens auch toll ausgesehen.«

Als sie dann in der nächsten Woche zusammen essen gingen, erwähnte keiner von beiden das Thema auch nur mit einem Wort. Einerseits war Erika darüber ganz froh, andererseits hätte sie sich gern ein bisschen Geld nebenher verdient.

Erst etwa einen Monat später kam Stuart während eines Telefongesprächs noch einmal darauf zurück. »Kannst du dir immer noch vorstellen, als Gesellschaftsdame zu arbeiten? Wenn ja, hätte ich da jemanden, der dir vielleicht helfen könnte, Valerie DeShields, eine alte Freundin von mir. Ab und an besorgt sie für Cadmire ein paar Damen. Sie ist eine sehr ungewöhnliche, ganz reizende Frau. Heute hat sie mich angerufen, weil sie in der Klemme sitzt und wissen wollte, ob ich vielleicht jemanden wüsste, der an diesem Wochenende an einer großen Party teilnehmen könnte. Hat überhaupt nichts mit Cadmire zu tun. Ich hab dich zwar nicht direkt erwähnt, aber gesagt, ich hätte da eine Idee. Der Abend würde dir siebenhundertfünfzig Dollar bringen, aber ich sag dir gleich, dass es nicht so wäre wie bei dem Cadmire-Dinner. Die Jungs wissen, dass viele von den Frauen, die ohne Begleitung kommen, bezahlte Gesellschaftsdamen sind, und werden dich daher möglicherweise fragen, ob du mit ihnen ins Bett gehst. Gegen ein Extra-Honorar, natürlich. Du kannst nein sagen, aber nicht allzu oft.«

»Warum hat Valerie gerade dich deswegen angerufen?«

»Ehrlich gesagt, hab ich mal mit ihr über dich gesprochen, wollte dir aber keine falschen Hoffnungen machen. Bisher hat sie ja auch noch keine zusätzliche Frau gebraucht. Dein Honorar für das Cadmire-Dinner hast du übrigens auch über sie gekriegt. Da ihr das, was ich ihr über dich erzählt habe, gefallen hat, hat sie mich jetzt angerufen und gefragt, ob du an einem weiteren Abend interessiert wärst – wobei von dir allerdings mehr oder weniger erwartet wird, dass du mit einem Mann ins Bett gehst.«

»Ich soll also ein Spitzen-Callgirl werden?«

»Eine Spitzen-Gesellschafterin! Und du brauchst dich nicht auf den Schlips getreten zu fühlen, wenn ich dir das vorschlage«, sagte er mit einem leicht scharfen Unterton. »Du kennst meine Ansichten. Ich finde nicht, dass daran irgendetwas Schlimmes ist. Wie beim letzten Mal ist es eine einmalige Sache, auf die du dich einlassen kannst, aber nicht musst. Allerdings solltest du mir bald Bescheid geben, bevor sich Valerie jemand anderen sucht.«

»Könnte ich diese Valerie vorher mal kennen lernen?«

»Das ist ein bisschen kurzfristig, aber mal sehen, was sich machen lässt.« Seine Stimme wurde wieder weicher. »Sie ist eine tolle Frau und wird dir gefallen. Ich ruf sie an und frag sie. Danach melde ich mich noch mal bei dir.«

Eine halbe Stunde später rief Stuart wieder an. »Ich hab mit Valerie gesprochen. Sie würde dich auch gern kennen lernen und sucht noch immer jemanden für Samstag. Sie hat vorgeschlagen, dass ihr euch nachher noch trefft. Klappt das?«

Erika schaute auf die Uhr. Es war erst halb sieben. »Ja. Hat sie denn heute Abend frei?«

»Sie hat nie frei, wenn du verstehst, was ich meine«, schnaubte Stuart. »Aber sie würde dich gern kennen lernen und hat heute Abend keinen anderen Termin. Als großer Fan von euch beiden bin ich mir ziemlich sicher, dass ihr euch gut verstehen werdet. Soll ich ihr sagen, dass sie dich anrufen soll?«

»Ja, bitte.«

Nachdem sie auflegt hatte, tauchte vor ihrem inneren Auge ein Bild aus einem Bordell in einem alten Western auf: eine Frau mit leicht zerzaustem Haar, einer Spur zu viel Schminke im Gesicht und einer drallen Figur, die jeden mit »Süßer« anredete und eine ziemlich ordinär klingende Stimme hatte.

Ein paar Minuten später läutete ihr Telefon. »Hallo?«

»Spreche ich mit Erika Holland? Hier ist Valerie DeShields.«

»Freut mich«, sagte Erika. Wie redete man bloß mit einer Nutte?

»Ich hab gerade mit Stuart telefoniert, und er hat vorgeschlagen, dass wir uns persönlich kennen lernen. Wie wär's, wenn wir zusammen essen gehen würden?« Ihre Stimme klang melodisch und kultiviert, was jedoch eigentlich nahe liegend war: Wenn sie mit Reichen und Berühmten verkehrte, konnte sie sich wohl kaum wie eine Puffmutter aus einem Western aufführen.

»Gerne. Wo?«

»Ich wohne in den East Fifties und hab im Moment noch zu tun. Wollen wir uns vielleicht bei mir in der Nähe treffen? Es gibt da einen fantastischen Italiener auf der Zweiundfünfzigsten. Sagen wir, um acht? Oder ist das zu spät?«

»Acht passt mir hervorragend«, antwortete Erika. »Bis dann also.«

Sobald Valerie aufgelegt hatte, rief Erika Brook an, um ihr die ganze Geschichte brühwarm zu erzählen.

»Da würd ich gern Mäuschen spielen«, sagte Brook. »Wie klang sie denn?«

»Völlig normal.«

»Was hast du denn erwartet? Dass sie sich wie eine Schlampe anhört?«

»Vielleicht. Ich bin echt ziemlich nervös. Ich habe keine

Ahnung, was mich heute Abend erwartet. Außerdem ist mir völlig schleierhaft, ob ich zu dieser Party am Samstag gehen will. Kannst du nicht heute mitkommen?«

»Du hast Ideen! Sie will doch dich kennen lernen, nicht mich. Und ich würde dir doch eh nur die Tour vermasseln.«

»Quatsch! Aber ich kann mir einfach nicht vorstellen, wie ich freundlich dasitze und Artigkeiten mit einer Puffmutter austausche.«

»Du? Du könntest mit dem Teufel freundlich dasitzen und Artigkeiten austauschen, also mach dir darüber keinen Kopf. Meiner Meinung nach ist das heute deine Chance, aber du musst da allein durch. Mach dir ein Bild von dem Ganzen und triff dann deine Entscheidung.«

»O Gott, Brook!« Sie schloss die Augen. »Auf was hab ich mich da bloß eingelassen?«

»Bisher nur auf ein interessantes Abendessen. Wenn's dir nicht gefällt, kannst du jederzeit gehen. Aber warum sollte es dir nicht gefallen? Stuart kennt dich, er ist dein Freund. Traust du ihm zu, dass er dich in irgendwas reinreiten würde?«

Erika atmete tief aus. »Bestimmt nicht, er ist ein echtes Goldstück.«

»Na also.«

»Okay, du hast Recht. Ich hör mir erst mal alles an, entscheiden kann ich dann ja später.«

Erika überlegte, was sie anziehen sollte, und beschloss dann, die Sachen anzulassen, die sie auf der Arbeit getragen hatte: eine enge schwarze Hose mit einem dunkelgrünen Baumwoll-Strickpulli und eine schwere goldene Halskette mit einem unregelmäßig geformten Anhänger. Kurz vor acht traf sie im Villa Maria ein und fragte nach dem Tisch von Ms. DeShields. »Sie ist leider noch nicht da«, sagte der Kellner und führte sie zu dem ruhigen Tisch im hinteren Teil des Restaurants, den

Valerie vorbestellt hatte. »Darf ich Ihnen vielleicht schon ein Glas Wein bringen?«

»Gern.« Sie brauchte jetzt wirklich was zu trinken. »Einen Weißwein bitte.«

Kaum war der Kellner weg, schaute sie sich neugierig um. Das kleine Restaurant war dem Ambiente einer Piazza in einer italienischen Kleinstadt nachempfunden. Kellner mit weißen Schürzen, rot-weiß karierte Tischdecken, Kerzen in Weinflaschen, nichts Außergewöhnliches im Grunde – wenn nicht die Düfte, die ihr in die Nase stiegen, ein erstklassiges Essen versprochen hätten. Auch den zahllosen Yuppie-Pärchen schmeckte es sichtlich.

Als ihr Wein kam, nahm sie einen Schluck und versuchte sich daran zu erinnern, dass sie Valerie möglichst vorurteilsfrei gegenüber treten wollte. »Sie müssen Erika sein.« Ihr Kopf fuhr hoch. Auf dem Stuhl gegenüber nahm eine Frau Platz, die jedem Klischee von Puffmutter widersprach. Sie war gertenschlank und hatte kleine Brüste, lockiges schwarzes Haar, blasse, elfenbeinfarbene Haut und haselnussbraune Augen. Erika schätzte sie auf etwa fünfunddreißig. Zu einem kastanienbraunen Jackett trug sie ein beigefarbenes Top, hautenge schwarze Jeans und schwarze Stiefeletten. Sie hielt Erika die Hand zur Begrüßung hin. Ihre Finger waren lang, die Nägel in einem weichen Malventon lackiert. »Ich bin Valerie.« Sie hatte das, was man als natürliche Grazie bezeichnete, und obwohl sie keine wirkliche Schönheit war, hatte sie ohne Zweifel Stil.

Erika nahm die Hand und drückte sie. »Freut mich, Sie kennen zu lernen.« Ohne nachzudenken platzte sie heraus: »Ich hab Sie mir ganz anders vorgestellt.«

Lächelnd sagte Valerie: »Wollen wir nicht du sagen?«

»Gern«, stammelte Erika.

»Wen hast du denn erwartet?«, nahm Valerie den Faden wieder auf.

Erika wurde puterrot vor Verlegenheit. Wie konnte sie dieser sympathischen Frau sagen, was sie von ihr gedacht hatte? Der Kellner, der Valerie einen Kir royal brachte, rettete sie aus der peinlichen Situation.

»Danke, Jimmy.«

»Möchten die Damen schon bestellen?«

Valerie sah Erika an. »Ich hab einen Mordshunger. Wollen wir uns einen Vorspeisenteller teilen? Der ist hier wirklich gut.«

Als Erika nickte, bestellte Valerie. »Und bringen Sie uns eine Extraportion Oliven. Ach, und reichlich von dem Knoblauchbrot.«

Als der Kellner gegangen war, beugte sich Valerie vor und sagte: »Wenn ich eine Verabredung habe, kann ich unmöglich Knoblauch essen, daher schlag ich zu, wenn ich mal einen Abend freihabe.«

»Kann ich verstehen«, versicherte Erika, die immer noch völlig verwirrt war. Diese angenehme Erscheinung entsprach so gar nicht ihren Erwartungen.

»Keine Sorge, ich frage nicht noch einmal, wen du erwartet hast. Ich kann's mir schon denken.« Jedes Mal wenn Valerie lächelte, wurde Erika ein bisschen ruhiger. »Du bist eine alte Freundin von Stuart, oder? Er ist ein wunderbarer Mann und Lorraine ein echter Schatz. Ohne jede Spur von Managergattinnen-Syndrom.«

»Managergattinnen-Syndrom?«

»Du weißt schon. Langweilig, borniert, nur an Kleidern und Schmuck interessiert und stets auf dem Laufenden, wer es mit wem treibt.« Plötzlich stockte Valerie. »Das klingt jetzt härter, als es gemeint ist.«

Erika japste, doch dann konnte sie sich das Lachen nicht mehr verkneifen. »Das trifft den Nagel auf den Kopf. Und mein Ex hat es mit am tollsten getrieben.« Sie musterte Valerie. »Warst du eigentlich mal auf einer von den Cadmire-Partys? Dein Gesicht kommt mir irgendwie bekannt vor.«

»Deins mir auch. Jetzt sag bloß nicht, dass du eine von den Frauen bist, über die ich gerade hergezogen bin? Das wär mir ziemlich peinlich.«

»Muss es nicht«, sagte Erika aufgeräumt. »Wahrscheinlich war ich wirklich mal so. Damals hieß ich Hughes.«

»Du bist die Ex von Rick? Stuart hat mir nicht viel über dich erzählt, und da du jetzt einen anderen Namen hast, hab ich nicht gleich geschaltet. Ich hab eine Menge Gerüchte über eure Trennung gehört. War wohl seine Idee?«

»Genau. Eines Tages hat er sich einfach vom Acker gemacht und ist nie wieder aufgetaucht. Hat sich mit unseren gesamten Ersparnissen und seiner vollbusigen Sekretärin in die Schweiz abgesetzt. Die erste Zeit war grauenvoll, aber dann hab ich mich wieder aufgerappelt. Jetzt hab ich einen Job, gute Freunde, und steh meinen Mann auch ohne Mann.« Wieso erzählte sie das alles einer Wildfremden? Irgendwas hatte die Frau an sich, das ihr das Gefühl gab, so akzeptiert zu werden, wie sie war. Bestimmt hätte sie auch eine gute Psychotherapeutin abgegeben. Vielleicht gehörte diese Eigenschaft ja zu einer guten Prostituierten ...

Valerie griff über den Tisch und tätschelte Erikas Hand. »Du wirst sehen, es ist schön, wenn man auf eigenen Füßen stehen kann und nicht auf andere angewiesen ist. Wenn man dann mal fällt, weiß man, dass man auch ohne fremde Hilfe wieder aufstehen kann.«

Erika erhob ihr Weinglas. »Auf die Stehauffrauen.«

Valerie stieß mit ihrem Kir royal an. »Auf sie!«

Dann kamen ihr Brot und die Antipasti. Auf einem riesigen Teller lagen zwei Sorten Käse, Prosciutto, drei Sorten Oliven, hauchdünn geschnittene Salami und zwei Wurstsorten, die Erika nicht kannte, sowie diverse Gemüsearten, Anchovis und eingelegte rote Paprika. »Mein Gott«, sagte Erika. »Schafft danach eigentlich noch jemand das Hauptgericht?«

»Ich normalerweise nicht, aber wenn wir die Vorspeise, die Nudeln und das Knoblauchbrot teilen, sollte es gehen.«

Schwesterlich teilten die beiden die Antipasti und das Brot und plauderten über alles Mögliche, angefangen beim ungewöhnlich milden Wetter bis hin zur Politik. Schließlich bestellten sie eine Portion grüne Bandnudeln mit Steinpilzen für sich beide und tunkten den letzten Rest der köstlichen Soße mit den übrig gebliebenen Stücken Knoblauchbrot auf, bis ihre Teller blitzblank waren. Zum Abschluss bestellte sich Valerie einen Cappuccino und Erika einen Kräutertee. Den Dessertwagen mussten sie jedoch schweren Herzens wieder zurückrollen lassen. Pappsatt sank Erika in ihren Stuhl zurück. »Mir ist schleierhaft, wie du das alles wegputzen kannst und trotzdem so schlank bleibst.«

»Ich bin halt ein schlechter Futterverwerter. Offenbar kann ich bedenkenlos alles essen, ohne dabei zuzunehmen. Ich weiß nicht, was ich machen würde, wenn ich auf mein Gewicht achten müsste. Aber du musst dir über deine Figur doch auch keine Gedanken machen, oder?«

»Noch nicht.« Dann beschloss Erika, zum eigentlichen Zweck ihres Treffens zu kommen. »Erzähl mir von dieser Party am Samstag und welche Rolle du dabei spielst.«

4. Kapitel

»Komm schon, viel brennender interessiert dich doch, wieso ein nettes Mädchen wie ich Puffmutter geworden ist.«

Obwohl Erika versuchte, entsetzt dreinzuschauen, wurde ihr klar, dass sie genau das wissen wollte. »Natürlich will ich das nicht wissen«, behauptete sie rasch.

»Alles, was ich von dir weiß, hat Stuart mir erzählt – und das ist weiß Gott nicht viel. Trotzdem glaube ich, dass wir Freundinnen werden könnten. Also lass uns ehrlich zueinander sein.« Als Erika etwas sagen wollte, hob Valerie die Hand. »Irgendwann erzähl ich dir alles über mich und mein Geschäft, aber im Moment ...« Sie schaute auf ihre Uhr und grinste. »... hab ich nicht allzu viel Zeit. Es ist eine lange Geschichte. Lass uns jetzt erst mal über Samstag reden. Unsere Lebensgeschichte erzählen wir uns irgendwann in aller Ruhe bei einem Glas Wein. Ich meine, du deine, okay?«

»Abgemacht«, versprach Erika.

»Die Party am Samstag wird von Regency Software für eine Gruppe von Anlegern aus dem ganzen Land ausgerichtet. Die Firma will expandieren und hofft, dass diese Jungs groß bei ihr einsteigen.«

Erika machte ein langes Gesicht. »Von Computern oder Software versteh ich aber rein gar nichts. Ich habe gerade mit Mühe gelernt, wie man mit einem Textverarbeitungsprogramm umgeht.«

»So was brauchst du auch nicht zu wissen. Hauptsache, du bist charmant und hast ansonsten ein kluges Köpfchen. Und meiner Ansicht nach ist beides der Fall.«

»Vielen Dank«, stammelte Erika überrascht.

»Keine Ursache. Schließlich sag ich nur, wie's ist. Ich weiß nicht, ob man Charme mit der Muttermilch aufsaugt oder ob man ihn sich aneignen kann – aber du hast ihn. Wenn wir miteinander reden, schaust du mir in die Augen. Du beugst dich vor und hast Interesse an dem, was ich erzähle. Du rutschst nicht auf deinem Stuhl herum oder schaust ständig woanders hin. Etliche Frauen, die ich kennen lerne, haben nichts von alledem.« Sie kam einem Einwand Erikas zuvor. »Jetzt bedank dich nicht schon wieder für etwas, für das du nichts kannst. Das kannst du machen, wenn ich etwas anerkenne, für das du sehr wohl etwas kannst. Du bist zum Beispiel keine atemberaubende Schönheit, aber du holst das Beste aus deinem Typ heraus. Du hast eine gute Figur und du kleidest dich geschmackvoll. Du bist zeitlos wie Jackie Kennedy.«

In der Tat, ihre Kleidung war nicht auffällig, aber mit ihrer Beschreibung hatte Valerie den Nagel auf den Kopf getroffen.

»Im Moment muss ich nur eins von dir wissen«, fuhr Valerie fort. »Offiziell habe ich zwar einen Begleitservice, aber dir dürfte klar sein, dass es normalerweise zu Sex kommt. Nicht jedes Mal, aber in der Regel wird es von dir erwartet. Lass uns Klartext reden: Ein Mann oder eine Firma zahlt nicht tausend Dollar pro Nacht, nur um sich mit einer charmanten Tischdame nett zu unterhalten. Wie stehst du dazu?«

Erika holte tief Luft. Valerie war verblüffend ehrlich ihr gegenüber, wenn sie so unverblümt über ihr Geschäft sprach. »Du bist ja ganz schön direkt. Wie ich dazu stehe …?«

Valerie schmunzelte, als ihr Kaffee kam. »Du zögerst …«

»Stimmt.« Erika gab Süßstoff in ihren Tee. »Ich will es mal

so ausdrücken: Ich liebe tollen Sex, und während meiner Ehe hatte ich jede Menge davon. In der letzten Zeit hab ich ein paar One-Night-Stands gehabt, aber das war's. Ich vermiss es.«

»Und diese One-Night-Stands? Waren die gut?«

Erika konnte sich ein breites Grinsen nicht verkneifen. »Verdammt gut. Ich konnte mich endlich wieder als Frau fühlen, als sinnliche, attraktive Frau.«

»Darum ist Sex so toll: Er tut dem Ego gut. Du wärst diesem Aspekt also nicht abgeneigt?«

»Nein, aber was mach ich, wenn jemand abartigen Sex verlangt? Ich glaube nicht, dass ich jemals auf Peitschen und Ketten abfahren könnte. Und die meisten Männer wollen doch wohl eher perverse Sachen, oder?«

»Perverse Sachen? Also, einige Männer, die meinen Begleitservice buchen, stehen tatsächlich auf etwas – sagen wir – unübliche Praktiken. Wenn ich kann, erfülle ich ihre Wünsche. Viele meiner Damen mögen ...« Sie suchte nach dem richtigen Wort. »... abseitige Sachen. Diese Party ist jedoch nicht so. Bei ihr geht es einzig und allein darum, die Gäste, insbesondere die männlichen, zu beeindrucken. Wenn du also bereit wärst, deinen Horizont etwas zu erweitern, gibt es keinen Grund, warum du nicht dabei sein solltest. Außerdem kannst du immer nein sagen, wenn im Bett etwas von dir verlangt wird, was dir nicht passt. Jedenfalls solange wir keine anderen Abmachungen getroffen haben.«

Erika dachte nach. Ihr wurde gerade ein Job als Edelprostituierte angeboten. »Ist es nicht gefährlich?«

»Alles im Leben ist gefährlich. Vor Cops brauchst du allerdings keine Angst zu haben. Bei meinen Kunden handelt es sich um etablierte Organisationen und Firmen, mit denen ich seit langem im Geschäft bin, oder um Personen, die mir von Leuten empfohlen worden sind, denen ich vertraue. Nach außen sind wir ein Begleitservice, der gut aussehende, intelligente Frauen wie dich auf Partys schickt oder an Männer vermittelt, die für einen Abend oder ein Wochenende eine vorzeigbare Frau brauchen.«

»Für ein Wochenende?«

»Manchmal auch für länger. Ich hab schon oft Anfragen gekriegt, ob nicht eine meiner Damen mit auf eine Kreuzfahrt oder ein Wochenende auf dem Land kommen kann. Wenn die Frau dazu bereit ist, bekomme ich einen Teil des Honorars, und die Sache ist geritzt.«

»Für mich klingt das alles ziemlich kompliziert.«

Valerie nippte an ihrem Cappuccino. »Zugegeben, es ist harte Arbeit. Oft musst du in letzter Minute etwas umorganisieren, und Ärger gibt's auch genug. Aber es ist die Mühe wert.« Sie zwinkerte. »Meine Frauen und ich verdienen nicht schlecht dabei. Doch zurück zu uns: Hättest du mit der sexuellen Seite Schwierigkeiten?«

»Nicht, wenn ich nicht mit einem Mann ins Bett gehen müsste, der mir partout nicht gefällt.«

»Das ist klar. Allerdings solltest du das dem Betreffenden nicht auf den Kopf zusagen. Meine Frauen lehnen zwar selten Sex ab, aber es ist schon vorgekommen. Schließlich sind wir ja nur ein Begleitservice. Doch so oder so wenden sich diese Männer schon lange an uns und blättern eine hübsche Summe hin. Dafür wollen sie auch was geboten kriegen.«

»Klar. Wie sieht der geschäftliche Teil genau aus?«

»Ich bekomme zwischen sechshundert und tausend Dollar pro Frau und Abend – ohne Sex. Davon behalte ich zwanzig Prozent, so dass für dich zwischen fünf- und achthundert übrig bleiben. Wenn du etwas für danach vereinbarst, beträgt das übliche Honorar tausend Dollar, wobei ich darauf vertraue, dass du mir meinen Anteil zahlst.«

»Dieser Teil basiert nur auf Vertrauen? Ist das nicht naiv?«

»Vielleicht, aber wenn ich den Frauen nicht vertrauen könnte, wäre ich ganz schnell raus aus dem Geschäft. Wenn du willst, lass dich auf den Samstag ein, und wenn du damit klarkommst, können wir überlegen, an welchen Abenden du könntest und was für dich in Frage kommt.«

»Wie viele Frauen arbeiten für dich?«, fragte Erika.

»Ungefähr zwanzig, aber das wechselt ständig. In der Regel macht eine Frau diesen Job zwei, drei Jahre. Einige sind verheiratet oder haben einen Freund, dem das irgendwann nicht mehr gefällt. Andere sparen sich etwas zusammen und ziehen sich dann aus dem Geschäft zurück. Viele haben es irgendwann auch einfach satt, ständig charmant zu sein.«

»Du sagst, einige sind verheiratet? Die Frauen sind also nicht alle Singles?«

»Nein.« Einen Moment lang starrte Valerie ins Leere. »Von den derzeit dreiundzwanzig sind acht verheiratet, vier haben eine feste Beziehung.«

»Und den Männern macht das nichts aus?«

»Ich nehme an, nicht. Gelegentlich hat eine meiner Damen zu Hause Probleme. Dann weint sie sich bei mir aus, und am Ende klärt sich die Situation meist von selbst, entweder weil sie mit dem Job aufhört oder weil er ihn akzeptiert. Manchmal geht eine Beziehung daran auch kaputt, aber das ist wirklich nicht mein Problem. Meine Damen müssen ihre eigenen Entscheidungen treffen.« Als Erika darauf nichts erwiderte, fuhr Valerie fort: »Das klingt jetzt hart, aber so abgebrüht bin ich wirklich nicht. Ich leide mit ihnen mit, wenn sie Probleme haben, tröste sie und steh ihnen bei – aber am Ende ist es ihr Leben.«

»Ist schon mal jemand festgenommen worden?«

»Nein, und ich rechne auch nicht damit. Wir sind so sicher,

wie man es in einer unsicheren Welt nur sein kann. Gegebenenfalls habe ich ein paar Beziehungen, die ich spielen lassen könnte – was aber noch nie nötig war.«

»Aber du gibst mir gegenüber zu, Prostituierte zu vermitteln. Damit gehst du doch auch ein Risiko ein.«

»Ich geb überhaupt nichts zu. Deshalb würde dein Wort gegen meins stehen. Aber ich hab das Gefühl, dass ich dir vertrauen kann.«

»Wieso? Wir haben uns doch gerade erst kennen gelernt.«

»Stimmt, aber ich vertraue Stuart und habe außerdem gelernt, mich auf meinen Bauch zu verlassen. Und der sagt mir, dass du in Ordnung bist.«

»Gibt es irgendwelche Regeln bei dem Job?«

»Ich hab nur wenige Regeln und einen sehr ernst gemeinten Rat. Regel eins: keine Drogen! Sollte ich je Wind davon bekommen, dass irgendeine meiner Damen Drogen nimmt, fliegt sie sofort raus. Nummer zwei: kein Getratsche über einen Kunden oder seine sexuellen Vorlieben. Die strikte Wahrung ihrer Privatsphäre ist einer der Gründe, warum sie meine Dienste in Anspruch nehmen.« Nach einer kurzen Pause fuhr sie fort: »Und mir ist es lieber, wenn meine Damen nicht rauchen. Nichts turnt einen mehr ab als der schale Geruch von kaltem Rauch, den du selbst beim Duschen nicht wegbekommst.«

»Ich hab noch nie geraucht.«

»Gut. Und gewöhn dir an, ein Diaphragma zu tragen, wenn du deine Tage hast. Es wäre lästig, einen Termin im letzten Moment umzuschmeißen, nur weil du deine Periode vergessen hast.« Als Erika nickte, fuhr Valerie fort: »Zum Schluss noch ein Rat: Hab nie ungeschützten Sex mit einem Mann. Nimm immer Kondome mit, denn du kannst dich nicht darauf verlassen, dass er welche dabei hat.«

»Ich würde nicht im Traum darauf kommen, ohne Kondom mit einem Mann zu schlafen. Aber was ist mit Oralsex? Kann das nicht auch gefährlich sein?«

Valerie seufzte. »Offen gestanden, ich weiß es nicht. Natürlich lässt sich kein Mann gern den Schwanz lutschen, wenn eine Schicht Gummi dazwischen ist. Schon gar nicht, wenn er ordentlich dafür bezahlt hat. Soweit ich weiß, machen alle meine Damen ohne Kondom Oralsex, aber das musst du selbst entscheiden.«

»Ich glaube nicht, dass ich ein Problem damit hätte.«

»Umso besser«, sagte Valerie erleichtert.

Erika dachte an das Problem, das sie bei Paul gehabt hatte. »Nach dem Cadmire-Dinner bin ich mit dem Typ ins Bett gegangen. Er wusste offenbar nicht, dass ich eine bezahlte Gesellschaftsdame war, und ich wusste nicht, wie ich ihn auf das Geld ansprechen sollte. Deshalb hab ich's gelassen. Was sagst du, wenn ein Mann Sex haben will, um dein Geld zu bekommen?«

»Das ist die Tausend-Dollar-Frage. Die meisten Männer wissen, dass du extra für diesen Abend engagiert wurdest. Ansonsten kannst du dezent darauf hinweisen, dass du eine bezahlte Gesellschaftsdame bist und Sex nicht im Preis inbegriffen ist. Er wird dann schon entsprechend reagieren. Dafür bekommst du mit der Zeit ein Gespür. Je nach Situation kannst du mal mehr, mal weniger als tausend Dollar verlangen, doch egal wie viel du aushandelst – ich bekomm zwanzig Prozent. Sprich aber nie als Erste über den Preis, sondern lass ihn damit anfangen, denn das bringt dich in eine bessere Verhandlungsposition. Für den unwahrscheinlichen Fall, dass er ein Cop ist, bist du dann auch aus dem Schneider. Prostitution kann er dir nur anhängen, wenn du als Erste über Geld redest.«

»Und wenn der Typ nicht weiß, dass ich dafür Geld bekomme?«

»Das kommt kaum vor. In dem Fall kannst du's ihm umsonst besorgen oder ihm sagen, dass du nicht ›so eine‹ bist.«

»Können wir noch einmal auf die schrägen Sachen zurückkommen?«

»Was schräg ist, muss meines Erachtens jede für sich entscheiden, Erika«, sagte Valerie. »Verlangt ein Typ etwas – sagen wir mal – Ungewöhnliches von dir, mach es, wenn du es auch willst. Ansonsten lehnst du höflich ab. Wenn du prinzipiell bereit bist, es dir aber sehr abgefahren vorkommt, verlang mehr Geld. An dem Punkt trennt sich meist die Spreu vom Weizen.«

Erika konnte nicht glauben, dass tatsächlich sie dieses Gespräch führte. Dass sie sich erkundigte, wie sich eine Nutte verhielt und was sie beachten musste. Im Geiste konnte sie Stuart förmlich sagen hören: »Warum soll ein Mann, der sich einsam fühlt, einer Frau nicht Geld für Sex anbieten? Dabei wird niemandem wehgetan.« Und Brooks Stimme echote: »Ich lass mich von Typen anbaggern, und irgendwann liegen wir im Bett. Das ist doch im Grunde das Gleiche – nur dass ich hinterher mit leeren Händen dastehe.«

»Ganz schön viel auf einmal«, stöhnte Erika.

»Hm. Und es passt so gar nicht zu dem, was anständige Frauen ihr Leben lang eingetrichtert kriegen.«

Allein von dem, was sie für ein paar Nächte bekommen würde, konnte Erika sich eine Reise zu Rena nach Frankreich leisten. Das war an sich schon Grund genug, ja zu sagen. Noch wichtiger aber war: Sie wollte das – denn es klang so, als würde es richtig Spaß machen. »Okay«, sagte sie, »ich bin dabei. Wann und wo am Samstag?«

»Die Cocktails gibt's ab sieben, das Dinner beginnt um halb neun. Komm ruhig ein bisschen zu spät, dann hast du einen wirkungsvolleren Auftritt. Der Abend wird dir nicht schwer fallen. Du musst gut aussehen und charmant sein – etwas, was du ohnehin bist.«

»Ich kann immer noch nicht glauben, dass ich das mache«, sagte Erika zu Brook, als sie am nächsten Abend in Brooks Apartment beim Tee zusammensaßen. In der letzten halben Stunde hatte sie ihrer Freundin das Gespräch mit Valerie in allen Einzelheiten wiedergegeben.

»Ich auch nicht. Klingt fast zu schön, um wahr zu sein.«

»Ja, das tut es, aber es macht mir gleichzeitig auch eine Heidenangst. Auf was hab ich mich da bloß eingelassen?«

»Spiel, Spaß und Spannung, mit der Betonung auf Spiel. Was hast du schon zu verlieren? Ein netter Abend, ein netter Mann – der Rest wird sich finden.«

»So einfach ist es leider nicht. Valerie sagt zwar, ich könnte selbst entscheiden, ob ich mit einem Mann ins Bett will oder nicht, aber einer Firma, die so viel Geld ausgibt, wird ja wohl daran gelegen sein, dass der Bursche sein Stück Fleisch kriegt.«

»Stück Fleisch ist ein ziemlich drastischer Ausdruck. Wenn du so darüber denkst, warum tust du es dann?«, fragte Brook.

Erika stieß einen tiefen Seufzer aus. »Ach, meine Meinung ändert sich quasi mit jeder Sekunde. Eben denke ich noch, das ist eine tolle Sache, und im nächsten Augenblick meine ich, ich würde mich zur Hure machen.«

»Das solltest du ein für alle Mal für dich klären«, sagte Brook und nippte an ihrem Tee. »Findest du wirklich, du machst dich zur Hure? Das ist ein verdammt starkes Wort für das, was du tun willst. Wenn du dir tatsächlich wie eine Hure, womöglich noch wie eine billige Hure vorkommst, dann lass die Finger davon. Nicht einmal der Flug zu Rena ist es wert, dass du dich dafür selbst verachtest. Wenn du aber der Ansicht bist, dass es dein Körper ist, mit dem du machen kannst, was du willst, entscheide dich dafür und freu dich über das Geld.«

Erika legte die Beine auf einen Stapel Zeitschriften auf Brooks Couchtisch. »Du hast Recht. Ich darf meine Entscheidung nicht ständig in Frage stellen. Außerdem will ich das ja wirklich, und zwar aus verschiedenen Gründen. Manche davon sind gut, andere nicht unbedingt, aber was soll's?«

»Ist das jetzt dein fester Entschluss?«

»Denke schon.«

»Dann hör auf, weiter darüber nachzugrübeln.«

»Okay. Wenn ich's schon mache, will ich auch meinen Spaß dabei haben.«

»Völlig richtig.«

Die Tage bis zum Samstag vergingen schnell. Obwohl ihr ständig neue Bedenken kamen, befolgte Erika Brooks Rat und stellte ihre Entscheidung nicht wieder grundsätzlich in Frage.

Frisch gebadet und geschminkt, zog Erika am Samstag das Cocktailkleid an, das sie schon beim Cadmire-Dinner getragen hatte, denn schließlich hatte es ihr Glück gebracht. Brook lieh ihr wieder den Goldschmuck. Als sie sich im Spiegel betrachtete und mit den Fingern durch ihr schulterlanges Haar fuhr, war sie mit ihrem Aussehen rundum zufrieden.

Das Dinner fand in einem kleinen Raum im Tavern on the Green statt. Der befrackte Empfangschef, dem sie ihre Einladung überreichte, wies sie zur Bar. »Valeries Geschmack ist wie immer exzellent«, sagte eine Stimme gleich hinter ihrem Ohr, während sie in der kurzen Schlange wartete.

Sie wandte sich um. Hinter ihr stand ein Mann von Anfang fünfzig. Sein Gesicht war tief gebräunt, mit kleinen Lachfältchen an den Winkeln seiner sanften braunen Augen, einer leichten Hakennase und einem gepflegten Bart. Sein Smoking saß so perfekt, als wäre er maßgeschneidert. »Valerie?«, fragte sie.

»Ihrer Einladung konnte ich entnehmen, dass Sie eine von den Damen sind, die engagiert wurden, damit meine Gäste in den Genuss eines anregenden Gesprächs kommen.« Er reichte ihr die Hand. »Ich bin Craig McDonald, Ihr Gastgeber.«

Er hatte einen angenehm kräftigen Händedruck. Die etwas rauen Hände deuteten darauf hin, dass er nicht sein ganzes Leben hinter dem Schreibtisch verbracht hatte. »Freut mich sehr, Sie kennen zu lernen«, sagte sie. »Ich bin Erika Holland.« Sie hatte lange überlegt, ob sie ihren richtigen Namen benutzen sollte, und war schließlich zu dem Ergebnis gekommen, dass es zu anstrengend wäre, ständig den Namen zu wechseln. Da sie seit ihrer Scheidung nicht mehr im Telefonbuch stand, brauchte sie eh keine unangenehmen Anrufe zu befürchten.

»Es freut mich sehr, dass Sie gekommen sind. Ich bin sicher, dass es Ihnen heute Abend nicht an Gesellschaft mangeln wird.«

»Vielen Dank für die Einladung. Woher wussten Sie eigentlich, dass ich eine Freundin von Valerie bin?«

»Wir versehen die Einladungen mit einem Farbcode. Dunkelblaue Tinte ist für die Gäste, dunkelgrüne für Valeries Damen. Der Empfangschef hat mir dann ein Zeichen gemacht, damit ich Sie begrüßen und Ihnen die Leute zeigen kann, die für Sie von besonderem Interesse sind.« Sie waren jetzt an der Theke angelangt, wo Craig ein Glas Rotwein bestellte. »Was darf ich Ihnen anbieten?«, fragte er Erika.

»Ein Perrier mit Zitrone.«

Craig gab die Bestellung an den Barkeeper weiter, dann zeigte er ihr unauffällig die Männer, denen sie ihr spezielles Interesse widmen sollte. »Einen angenehmen Abend«, sagte er schließlich, als er sein Glas Wein nahm und sich wieder unter die Leute mischte.

Natürlich, dachte Erika, Einladungen mit Farbcode. Sehr

geschickt. Erika wusste, dass Valerie noch vier andere Frauen zu dieser Party geschickt hatte. Welche der zirka fünfzehn Frauen mochten wohl die anderen Einladungen mit grüner Tinte haben? Sie schob den Riemen ihrer perlenbesetzten Handtasche über die Schulter, nahm ihren Drink und gesellte sich zu den elegant gekleideten Gästen.

Ein kleiner, leicht übergewichtiger Mann mit schütterem Haar, einer rot-weiß karierten Fliege und einer dazu passenden Schärpe unter dem maßgeschneiderten Smoking fing ihren Blick auf. Mit einer Bemerkung, die alle Männer und Frauen, mit denen er zusammenstand, zum Lachen brachte, löste er sich von der Gruppe und bahnte sich einen Weg zu ihr. »Guten Abend«, begrüßte er sie. »Wir haben uns noch nicht kennen gelernt – ein Versäumnis, das ich sofort nachholen möchte. Ich bin Jonas Stewart.« Er schien Anfang sechzig und hatte einen Kranz ungebärdigen grauen Haars und tiefgrüne Augen. Gut, dachte Erika, dies war einer von den Männern, von denen Craig ihr erzählt hatte, und wenn sie später mit ihm im Bett landen sollte, würde die Firma dafür aufkommen. Sie bräuchte sich nicht einmal den Kopf darüber zu zerbrechen, wie sie das heikle Thema Bezahlung ansprechen sollte.

Nun mal langsam, dachte sie. »Ich heiße Erika Holland. Es ist mir ein Vergnügen, Sie kennen zu lernen.«

»Mit wem sind Sie hier?«

Der ging aber ran! »Ich bin allein hier und hoffe auf einen wundervollen Abend.« Erika fragte sich, ob sie den Anfang machen oder ihn kommen lassen sollte.

»Ausgezeichnet.« Stewart nahm ihre freie Hand und legte sie in seine Armbeuge. »Dann kann ich Sie also mit Beschlag belegen, ohne dass irgendjemand wütend auf mich wird.«

Es sah nicht so aus, als müsse sie die Initiative ergreifen. »Das können Sie, Jonas.« Während der gesamten Cocktailstunde plauderte sie nur mit ihm, wobei er sie immer wieder mit seinen witzigen Schlüpfrigkeiten zum Lachen brachte. Später unterhielt er den Tisch mit acht Personen, an dem sie zu Abend aßen, mit amüsanten Geschichten und geistreichen Witzen. Er war wirklich köstlich.

Während Jonas seinen zweiten Kaffee trank, suchte Erika die Damentoilette auf. Als sie sich vorm Spiegel die Lippen nachzog, kam eine zierliche Asiatin herein, die mit ihren fast schwarzen Augen und dem seidig glänzenden schwarzen Haar, das sie hochgesteckt trug, einfach entzückend aussah. Sie bückte sich, spähte unter jeder Tür hindurch, um sich zu vergewissern, dass sie allein waren, und sagte dann: »Hi. Ich hab Sie auf der Party gesehen, also nehme ich an, dass Sie Erika sind. Valerie hat Sie mir genau beschrieben. Ich bin Mei Lee. Valerie hat vorgeschlagen, dass ich mich Ihnen vorstelle und Ihnen eventuell mit Rat und Tat zur Seite stehe.« Sie setzte sich auf den Hocker neben Erika und nahm einen Lippenstift aus ihrer silbernen Handtasche.

Mei Lee hatte ihre Augen durch das Make-up gekonnt zur Geltung gebracht und den überraschend vollen Mund geschickt betont. Sie war zwar keine umwerfend schöne Frau, machte aber das Beste aus ihrem Typ.

»Freut mich, Sie kennen zu lernen«, sagte Erika. Meis trägerloses Kleid war aus schwarzem Crêpe de Chine. Dazu trug sie silberne Ohrringe mit Onyxen und einen ebensolchen Anhänger, der in ihrem zarten Décolleté baumelte und sich hin und wieder im Stoff ihres Kleides verfing. »Wirklich toll, wie Sie es schaffen, elegant und zugleich sexy auszusehen.«

»Danke. Das ist sehr freundlich von Ihnen – oder wollen wir uns duzen?«

»Gern.«

Mei unterzog sie ebenfalls einer kurzen Musterung. »Dein

Kompliment kann ich nur zurückgeben. Valerie versteht wirklich was von ihrem Job.«

»Danke.«

Mei kramte in ihrem winzigen Handtäschchen und fand schließlich den Lip-Liner, mit dem sie die Konturen ihrer vollen Lippen nachzog, bevor sie sie mit ihrem Lippenstift ausfüllte. »Valerie hat gesagt, dies sei dein erstes Mal. Kann ich dir irgendwie behilflich sein?«

Konkurrenzkampf schien es unter den Frauen offenbar nicht zu geben. »Im Moment nicht. Das ist alles so neu für mich. Wie lange machst du das denn schon?«

»Ungefähr zweieinhalb Jahre, abzüglich Babypause. Frank, das ist mein Mann, findet meinen Job nicht gerade toll, aber ich bin ja nur eine Nacht pro Woche weg. Gegen das Geld hat er natürlich nichts. Außerdem legen wir einen Teil davon zurück, damit unser Sohn später aufs College gehen kann.«

»Du hast Familie?«, fragte Erika fassungslos.

Mei nahm ein Foto aus ihrer Handtasche. Es zeigte einen sympathisch wirkenden Asiaten mit einem kleinen Jungen auf dem Schoß. »Das ist Frank«, sagte sie, auf den Mann zeigend, »und das ist Cory mit vierzehn Monaten.« Sie gab Erika ein zweites Foto, auf dem Mei in Alltagskleidung, das Haar zu einem Pferdeschwanz gebunden, zu sehen war. Frank lächelte in die Kamera, während Cory alles andere als glücklich darüber schien, für den Fotografen fein gemacht worden zu sein.

»Eine nette Familie«, sagte Erika.

»Ich sehe dir an, dass du damit nicht gerechnet hättest. Vermutlich bist du sogar ein bisschen entsetzt – bei dem Beruf, den wir haben. Aber Frank liebt mich und passt auf Cory auf, wenn ich einen Termin habe.« Erika glaubte herauszuhören, dass nicht alles so glatt lief, wie Mei es darstellte, hakte aber nicht nach.

»Du hast Jonas Stewart offenbar schwer beeindruckt«, wechselte Mei das Thema. »Er scheint wirklich nett zu sein. Was man leider nicht immer hat.«

»Hast du schlechte Erfahrungen gemacht?«

»Probleme hab ich nie gehabt, aber ab und an war's langweilig und frustrierend. Einige dieser Kerle haben keine Ahnung davon, wie man richtig Liebe macht, und ich werd schließlich nicht dafür bezahlt, es ihnen beizubringen – obwohl ich das auch schon gemacht hab. Bei den lausigen Liebhabern musst du dir halt einfach sagen: Augen zu und durch. Und dich mit dem Geld trösten.«

»Hast du dir heute Abend schon einen netten Typ geangelt?«, fragte Erika.

»Hm, er heißt Claude Fortier. Klingt doch wie ein Detektiv aus einem französischen Krimi, oder? Er ist einer der Männer, für die Craig McDonald uns engagiert hat. Es läuft also bestens.«

»Wollt ihr danach noch woanders hingehen?«

»Weiß ich noch nicht. Das klärt sich in der Regel beim Kaffee und Cognac nach dem Essen. Das läuft immer nach dem gleichen Schema ab.« Sie verstellte die Stimme. »Wie wär's noch mit einem Drink auf meinem Hotelzimmer? Ich fänd's wirklich schade, wenn der Abend jetzt schon zu Ende wäre.«

Hatte Paul nach dem Cadmire-Dinner nicht etwas ganz Ähnliches gesagt? »Wahrscheinlich gibt es nicht allzu viele Möglichkeiten, jemandem zu sagen, ›Ich möchte dich gern ordentlich durchvögeln‹, ohne es tatsächlich zu sagen.«

»Ganz genau«, nickte Mei. »Ich glaube, wir werden prima zusammenarbeiten.«

Als eine fremde Frau hereinkam, schaute Erika auf ihre Uhr. »Wir sollten wohl mal wieder ...«

Mei beugte sich zu ihr herüber und gab ihr einen Kuss auf

die Wange. Dann sagte sie leise: »Willkommen in der Schwesternschaft. Wir haben uns bestimmt nicht das letzte Mal gesehen. Ich wohne auf Long Island und komme nur in die Stadt, wenn ich auf eine Party gehe. Vielleicht hast du ja Lust, mal zu mir raus zu kommen und meine beiden Männer kennen zu lernen. Du würdest Frank und Cory bestimmt gefallen. Dann könnte ich auch ein bisschen aus dem Nähkästchen plaudern ... Ruf mich einfach mal an, Valerie hat meine Nummer.«

»Mach ich. Und vielen Dank für die Einladung, das kriegen wir sicher irgendwann mal hin.« Arm in Arm verließen die beiden Frauen die Damentoilette.

Als Jonas seinen Cognac serviert bekam, fragte er: »Was haben Sie heute Abend noch vor? Ich würde unser Gespräch gern fortsetzen. Sie sind eine wundervolle Zuhörerin.«

Erika musste an Meis Worte denken und konnte sich nur mit Mühe ein Grinsen verkneifen. »Ich würde gern mehr von Ihren Geschichten hören, Jonas«, versicherte sie und schaute ihm in die Augen. »Wo auch immer wir ungestört miteinander plaudern können.« Kam diese abgedroschene Floskel wirklich aus ihrem Mund?

»Ausgezeichnet. Dann gehen wir doch einfach auf mein Hotelzimmer.«

Jonas' Hotelzimmer stellte sich als riesige Suite mit zwei Schlafzimmern und einem üppig möblierten, ganz in Beige und Blau gehaltenen Wohnzimmer heraus. Er öffnete den Kühlschrank hinter der Eckbar und entnahm ihm eine Flasche Chardonnay. »Ist der genehm?«, fragte er.

»Aber sicher«, sagte Erika und ließ sich in einen der beigefarbenen Sessel sinken.

»Wie viel bekommst du für diesen Abend?«, fragte Jonas plötzlich.

Erika sog scharf Luft ein. Damit war also zumindest diese Frage geklärt. »Wie kommst du darauf, dass ich bezahlt werde?«

Jonas kam zu ihr herüber und reichte ihr ihren Wein, dann nahm er auf dem anderen Sessel Platz. »Das Ganze läuft doch nach Schema F. Große Dinnerparty, veranstaltet von Männern, die wollen, dass ich in ihre Firma investiere, einige sehr attraktive, ungebundene Frauen – und Bingo. Sie glauben, mit ein bisschen Sex bin ich Wachs in ihren Händen.«

Erika trank einen Schluck von ihrem Chardonnay. So betrachtet, war das Vorgehen von Regency ziemlich abgeschmackt. »Warum hast du mich dann mit in deine Suite genommen?«

Jonas hatte sich einen Cognac eingeschenkt und schwenkte die bernsteinfarbene Flüssigkeit in seinem Glas. »Warum nicht mitnehmen, was einem angeboten wird?«

»Auch nicht gerade gentlemanlike.« Erika biss sich auf die Lippen. Jonas war der Kunde, und der Kunde war König. Es stand ihr nicht zu, ihn zu kritisieren.

Jonas schaute sie einen Moment verdutzt an, dann brach er in herzhaftes Lachen aus. »Du hast absolut Recht, Erika. Ich bin keinen Deut besser als sie.« Er zog seine Brieftasche aus der Hosentasche, nahm einen Packen Scheine heraus und reichte sie ihr. »Ich mag dich, Erika. Sogar sehr. Du bist eine ehrliche Haut, und das gefällt mir.«

Ein kurzer Blick verriet Erika, dass das, was sie in der Hand hielt, mehr als fünfhundert Dollar waren. Sie legte das Geld auf den Tisch neben sich. »Da fällt mir aber ein Stein vom Herzen. Ich hatte schon Angst, ich hätte alles vermasselt.«

Er lachte erneut. »Im Gegenteil. Du bist witzig und klug, hast einen wachen Verstand und bist umwerfend ehrlich. Schon als Tischdame hast du mir gefallen. Jetzt läuft mir schon das Wasser im Mund zusammen, wenn ich an die anderen Reize denke, die du zu bieten hast.«

Scheiße, dachte sie. Er behandelte sie wie eine Nutte – und genau das war sie ja auch. Dennoch schmeckte ihr der Gedanke nicht gerade. Doch sowohl bei Jonas als auch bei Valerie hatte sie sich auf das Geschäft eingelassen, da würde sie jetzt nicht kneifen. Ob sie so etwas aber noch einmal machen würde, stand auf einem anderen Blatt.

Unsicher nippte sie an ihrem Wein. »Ich würde gerne sehen, was ich gekauft habe«, sagte Jonas. »Zieh dich bitte aus. Langsam.«

O Gott!, dachte Erika. Wie soll ich das bloß durchstehen? Sie schluckte schwer und stand auf. Da ihr klar war, dass sie mit ihren zitternden Fingern unmöglich den langen Reißverschluss ihres Kleides aufkriegen würde, drehte sie sich mit dem Rücken zu Jonas und fragte: »Würdest du mir vielleicht helfen?«

»Mit dem größten Vergnügen.« Sie ging vor seinem Sessel in die Hocke, damit er langsam den Reißverschluss herunterziehen konnte. Danach stand sie auf, hielt ihm aber weiter den Rücken zugewandt. Sie dachte an all die Filme, die sie im Laufe der Jahre gesehen hatte, in denen jemand einen Striptease hinlegte. Nichts anderes tat sie gerade. Kaum war ihr das bewusst geworden, verwandelte sich das Ganze in ein Spiel. Wie heiß konnte sie ihren Kunden machen? Sie dachte an Natalie Wood als Gypsy Rose Lee und an Demi Moore in *Striptease*. Selbst wenn ich nur diese eine Nacht Nutte bin, dachte sie, soll er sich noch lange an mich erinnern.

Langsam ließ sie das Oberteil ihres Kleides an den Armen heruntergleiten, bis es nur noch von den Brüsten gehalten wurde. Die Melodie von *The Stripper* ging ihr durch den Kopf. Als sie mit dem Hintern wackelte, knisterte das Kleid. »Das ist gut«, sagte Jonas. »Aber ich will mehr sehen.«

Sie stellte sich seitlich zu ihm, damit er beobachten konnte, wie das Kleid an ihrer nur noch von einem hauchzarten kornblumenblauen BH bedeckten Brust herunterglitt und zu Boden fiel. Auf Brooks Rat hatte sie sich ein paar raffinierte Dessous angeschafft. Jetzt strich sie sich aufreizend über die Hüften und genoss die Glätte des seidenen Unterrocks. Als Jonas sie berühren wollte, wich sie mit einer schlangengleichen Bewegung zurück. »Du machst das wie ein Profi«, sagte er.

Na bitte! »Ich bin ein Profi«, sagte sie – und die Worte waren ihr nicht mal peinlich.

»Dreh dich um, Profi«, befahl Jonas.

Als sie sich umdrehte, bedeckte sie die Brüste mit den Händen. Darunter lugten die Brustwarzen durch sorgfältig platzierte Öffnungen hervor. Die Körbchen drückten ihre Brüste so gegeneinander, dass ein extrem tiefes Décolleté entstand. »Zieh den Unterrock aus«, sagte er, wobei er den Blick nicht von ihren Brüsten ließ. Während Erika den Unterrock herunterschob, beugte sie sich so nach vorn, dass Jonas sich am Anblick ihres Ausschnitts weiden konnte. Als sie sich wieder aufrichtete, hatte Jonas die Augen immer noch wie gebannt auf die BH-Körbchen gerichtet.

»Deine Titten sind atemberaubend. Zieh dir das Höschen aus, lass aber den BH an!«

Sowohl diese Befehle als auch ihr Wille, ihnen zu gehorchen, hätten sie eigentlich schockieren müssen. Zu ihrer Überraschung wurde ihr jedoch bewusst, dass sie die Situation genoss. Sie ließ ihre Stimme eine Spur tiefer klingen. »Nicht so hastig, Jonas. Immer schön eins nach dem andern.« Ihr ordinäres Auftreten machte sie selbst total an. »Du hast entschieden zu viel an«, gurrte sie. »Komm, ich helf dir.«

Sie schob sich zwischen seine gespreizten Knie, doch als er nach ihren Brüsten grabschen wollte, klopfte sie ihm spielerisch auf die Finger. »So weit sind wir noch nicht!« Sie legte seine Hände auf die Armlehnen des Sessels. »Die lassen wir jetzt schön hier liegen.« Erika sah, wie seine Knöchel weiß wurden, als er die Armlehnen umklammerte.

»So ist es gut!« Sie beugte sich vor, bis ihre spitzenbedeckten Brüste nur noch wenige Zentimeter von seinem Gesicht entfernt waren. Dann band sie seine Fliege auf und öffnete seine Hemdknöpfe. Darunter war er nackt. Als sie mit den Fingern durch sein dichtes schwarzes Brusthaar fuhr, stöhnte er leise. Er lehnte sich vor, um das Gesicht zwischen ihren Brüsten zu vergraben. Der steht auf Brüste, schoss es Erika durch den Kopf. Sie drehte sich herum, bis ihre rechte Brust gegen sein Gesicht drückte, um sie dann an seiner Wange zu reiben. Er schloss die Augen und seufzte. Da hatte sie also seinen schwachen Punkt gefunden – jetzt würde sie ihm mehr Lust bereiten als jede andere Nutte vor ihr.

Mit beiden Händen presste sie ihre Brüste zusammen. Sofort vergrub Jonas sein Gesicht noch tiefer in dem Spalt zwischen ihnen. »So ist's schön«, schnurrte sie. »Möchtest du sie gerne anfassen?«

»Ja«, krächzte er.

Sie legte seine Hände auf ihre Brüste, griff ihm dann zwischen die Beine und packte durch den Stoff seiner Smokinghose hindurch seinen harten Schwanz. »Würdest du gern meine Titten ficken?«

Er lehnte sich zurück und starrte sie an. Sein Blick war glasig. Ohne ein Wort zu sagen, zog er sich nackt aus. Als er sich wieder hinsetzte, sah Erika, wie sein steifer Schwanz in seinem Schoß tanzte. Jonas hakte den Finger in ihren BH und zog sie zu sich herunter. Dann riss er ihr die Träger über die Schultern und zerrte die Körbchen weg. »Mach deine Brustwarzen hart!«, knurrte er. »Kneif sie!«

Sie drehte ihre Brustwarzen zwischen Daumen und Zeigefinger, bis sie hart wurden. Obwohl sie selbst kaum erregt war, weidete sie sich an Jonas' Lust. Keuchend bearbeitete er ihre Brüste. »Jetzt aber runter mit dem Höschen!«, presste er hervor.

Nun gehorchte sie ihm und kniete sich dann vor ihn hin. Sie bog den Rücken durch und streckte ihm ihre Brüste entgegen. Gierig nahm er eine Brustwarze in den Mund und fing an, sanft an ihr zu saugen und zu knabbern. Sie führte seine Hände zum vorderen Verschluss ihres BHs, damit er ihn öffnete. Dann ließ er die Hand zwischen ihre Beine wandern und steckte ihr zwei Finger in die Muschi. Kaum rieb sie jedoch ihre harten Brustwarzen an seiner Brust, zog er die Finger wieder heraus, lehnte sich zurück und stöhnte auf. Quälend langsam schob sie die Brüste bis zu seinem Bauch herunter, packte dann seinen Schwanz und steckte ihn sich zwischen die Brüste. Weiße Flüssigkeit quoll aus dem Schlitz in seiner Eichel. Während sie mit ihren Brüsten über seinen Schwanz rieb, hielt sie den Blick fest auf seine geschlossenen Augen und seinen halb geöffneten Mund gerichtet, damit sie sah, wie er reagierte: Ja, sie versetzte ihn in Ekstase.

Jedes Mal, wenn sein Penis zwischen ihren Brüsten hervorstieß, fuhr sie mit der Zunge über seine glitschige Eichel. Schließlich begann sein Körper zu zucken, drängten sich seine Hüften ihr entgegen. Ein tiefes Stöhnen entrang sich seiner Brust, und im nächsten Moment spritzte dickes weißes Sperma aus seinem Schwanz und landete auf seinem Bauch und auf ihren Brüsten.

Ein Triumphgefühl erfüllte Erika. Sie hatte es Jonas besorgt! Sie hatte ihm Lust bereitet – ohne jede Rücksicht auf ihre eigene Erregung. Selbst jetzt waren ihre Bedürfnisse nicht wichtig. Dies war kein Liebesakt, dies war ein Job. Tiefe Zufriedenheit stand ihm ins Gesicht geschrieben. Wenn sie ihren Job so gut erledigt hatte – warum sollte sie dann nicht auch ordentlich dafür bezahlt werden?

Sie ging ins Bad und wusch sich. Dann schnappte sie sich einen Waschlappen, um Jonas sanft den Bauch, den Schwanz und die Eier abzuwischen. »Mein Gott, Frau, du bist wirklich ein Profi. Noch nie hat eine so schnell kapiert, worauf ich scharf bin. Und du bist echt eine Expertin im Tittenficken!«

»Ich bin gut darin, es jemandem zu besorgen«, sagte sie. Ich bin gut darin! Sie musste grinsen. »Das macht mir Spaß.«

»Glaub ich sofort. Pass auf, das, was ich dir gegeben habe, ist nur das Trinkgeld. Setz das hier Regency auf die Rechnung. Du hast es wirklich verdient!«

»Besser nicht. Sie haben schon für den Abend bezahlt, das reicht.«

»Eine moralische Prostituierte. Unglaublich!«

Auf einen Zettel auf dem Tisch kritzelte sie Valeries Nummer. Wir sollten uns Visitenkarten machen lassen, überlegte sie, während sie sich wieder anzog. »Ruf an, wenn du mal wieder Gesellschaft brauchst. Ich bin dir immer gern zu Diensten.«

»Ach, falls es dich interessiert: Ich hatte mich schon vor dem Dinner entschieden, in Regency zu investieren – das werd ich denen aber nicht auf die Nase binden«, fuhr er mit einem zufriedenen Grinsen fort. »Sollen sie ruhig glauben, sie hätten das dir zu verdanken.«

»Das würde meinem Ruf sicher nicht schaden.«

»Um den brauchst du dir doch wohl keine Gedanken zu machen. Du bist einfach sagenhaft.«

»Soll ich dich ins Bett bringen?«, fragte sie, als sie angezogen war.

»Nicht nötig. Ich bleib hier noch ein bisschen sitzen und träum von deinen wunderschönen, talentierten Titten.«

Erika holte noch mal eine Brust heraus und rieb sie Jonas übers Gesicht. »Mach's gut!«

Er seufzte, knetete kurz die Brust und biss sanft in die Brustwarze. »Du auch.«

Am nächsten Abend rief Valerie sie an. »Gerade hab ich mit Craig McDonald gesprochen. Jonas Stewart ist total hingerissen von dir. Der kriegt sich vor Begeisterung gar nicht mehr ein.«

»Ich hab seinen schwachen Punkt entdeckt. Danach hatten wir beide unseren Spaß.«

»Er hat Regency gesagt, du hättest dir eine Belohnung verdient. Da er vorhat, bei ihnen einzusteigen, haben sie genau hingehört. Sie zahlen dir noch mal tausend. Unversteuert, versteht sich.«

»Du zahlst Steuern?«

»Auf die Honorare für den Begleitservice, ja. Was du bar kriegst, kannst du als eine Art Trinkgeld ansehen. Du gibst mir meine zwanzig Prozent und entscheidest dann, was du beim Finanzamt angibst. Was diesen Teil angeht, ist bei mir alles tipptopp in Ordnung. Was willst du mit deinem Geld machen?«

»Ich flieg nach Frankreich und besuche meine Tochter. Wir haben eine Menge Porzellan zu kitten.«

»Bist du eventuell an weiteren Jobs interessiert?«

Erika dachte an Jonas und ihre Reaktion auf ihn und die Situation. »Unbedingt.«

»Okay. Es kann ein paar Wochen dauern, aber ich ruf dich sofort an, sobald ich was habe.«

5. Kapitel

»Hallo, Kleines. Wie war deine Woche?«, fragte Erika am darauf folgenden Sonntag, als sie mit ihrer Tochter telefonierte. Es war Anfang Dezember, und die Weihnachtsferien standen vor der Tür.

»Hallo, Mutter«, sagte Rena mit einem gehässigen Unterton in der Stimme. »Wie war denn deine Woche?«

Manchmal fragte sich Erika, warum sie ihre Tochter überhaupt noch jeden Sonntag anrief. Wenn Rena einen guten Tag hatte, war sie kurz angebunden, wenn sie – wie heute – einen schlechten Tag hatte, richtig eklig. Wie war es nur so weit gekommen?, grübelte Erika. Es konnte nicht nur daran liegen, dass ihre Tochter jetzt vierzehn war und mitten in der Pubertät steckte – ein großer Teil der Schwierigkeiten wurzelte auch in der Vergangenheit, und die ließ sich nun mal nicht ändern.

Als Rena sechs geworden war, hatte Rick entschieden, sie auf ein exklusives Internat in Frankreich zu geben. »Alle aus der Geschäftsleitung schicken ihre Töchter in Europa zur Schule, damit sie gleich auf die Welt vorbereitet werden, in der sie sich später einmal bewegen sollen. Ich habe bereits Nägel mit Köpfen gemacht und sie auf der Schule angemeldet, auf die auch die Kinder von Greg und Mark gehen.«

Das war doch wohl ein Witz, oder? »Du sprichst von den obersten Chefs?«, fragte Erika mit einem spöttischen Grinsen.

»Von wem sonst. Meine Tochter soll schließlich nicht hinter den anderen zurückstehen, nur weil ich noch nicht zur Geschäftsleitung gehöre. Sie soll sich schon jetzt in den richtigen Kreisen bewegen.«

»Rick«, sagte Erika, um einen ruhigen Ton bemüht, »ein Kind in dem Alter gehört zu seiner Mutter. Im Kindergarten ist sie glücklich gewesen. Die Schulen in West Hampton zählen mit zu den besten in New York, sie hat ihre Freundinnen hier.« Er würde Rena nicht fortschicken – nicht, solange Erika auch noch ein Wörtchen dabei mitzureden hatte.

»Mit sechs hat man noch keine richtigen Freunde«, entgegnete Rick patzig. »Außerdem nutzen ihr diese Kinder gar nichts, wenn sie erst mal älter ist.«

Panik erfasste Erika, als ihr bewusst wurde, dass seine Entscheidung ein für alle Mal feststand. »Sie braucht Freunde, keine Kinder, die ihr später nutzen werden!«

»Quatsch! Abgesehen davon, hättest du so viel mehr Zeit, um dich mit den Frauen der Chefs zu treffen. Das wäre enorm wichtig für meine Karriere – und die ist wichtig für dich. Deshalb sind wir ja überhaupt erst nach Hampton gezogen.«

»Ich kann mit diesen Frauen nichts anfangen. Sie tun den ganzen Tag nichts anderes als einkaufen und zu irgendwelchen Wohltätigkeitsveranstaltungen zu gehen. Ich hasse Bridge, Tennis und Golf. Das ist alles so öde und sinnlos.« Sie hatte nie etwas anderes sein wollen als Mutter, ein Beruf, den sie liebte und in dem sie gut war. »Ich hatte mich schon so darauf gefreut, mich in Renas Schule zu engagieren, das hat mir schon im Kindergarten so gut gefallen.«

»Das ist höchst egoistisch von dir«, dozierte Rick. »Ich nehme jeden Tag diese nervtötende Fahrerei in die Stadt auf mich, nur damit wir hier in der Nachbarschaft der Leute aus der Geschäftsführung leben können, und du jammerst mir die Ohren voll, dass du dich in dieser blöden Schule engagieren möchtest. Du solltest lieber mit mir an einem Strang ziehen. Schließlich bringt meine Arbeit allein mich nicht in die Geschäftsleitung.«

Den ganzen Sommer hatten sie sich über diese Frage gestritten, bis Erika schließlich nachgegeben hatte. »Aber nur unter einer Bedingung: Wir fragen Rena in den Weihnachtsferien, ob es ihr in dem Internat gefällt. Wenn ja, kann sie bleiben, wenn nicht, kommt sie wieder nach Hause und geht hier zur Schule. Das musst du mir versprechen.«

»Wie du willst. Aber ich bin mir hundertprozentig sicher, dass es ihr da gefällt.«

Als Rena zu Weihnachten aus Frankreich zurückkam, war sie ein anderes Kind. War sie früher fröhlich und ausgelassen gewesen, so war sie jetzt ernst und still. Ihre Eltern nannte sie nur noch Mutter und Vater. Sie sprach zwar noch Englisch, war aber ständig in ihr Französisch-Lehrbuch vertieft und antwortete oft genug auf eine Frage mit oui oder non. Erika musste die schmerzliche Erkenntnis machen, dass sie mit dieser Sechsjährigen nicht mehr viel verband.

Ohne dass es zu einem klärenden Gespräch gekommen wäre, flog Rena nach den Weihnachtsferien nach Frankreich zurück. Im April rief sie zu Hause an und fragte, ob sie die Sommerferien bei einer Schulfreundin in der Schweiz verbringen dürfe. Als Erika es verbot, riss Rick ihr den Hörer aus der Hand und sagte Rena, er werde später noch einmal anrufen.

»Was soll sie denn hier anfangen?«, nörgelte Rick.

Erika hatte Angst, dass Rena ihr immer fremder wurde. »Sie hat den Strand und den Country Club. Und sie hat uns!«

»Ja, aber sie hat keine Kinder in ihrem Alter, mit denen sie spielen kann. Diese Reise in die Schweiz wird ihr in jeder Hinsicht gut tun. Sie wird noch mehr von der europäischen Kultur sehen. Sie wird begeistert sein.« Bald wurden Erikas Argumente immer kraftloser, bis sie sich schließlich geschlagen gab. Als Rena in der vierten Klasse war, telefonierte Erika nur noch zweimal im Monat mit ihr. Kam Rena in den Ferien doch mal nach Hause, hatten sich die beiden kaum noch etwas zu sagen, so dass ein Besuch im Museum oder Zoo oder ein Spaziergang im Park zu einer quälenden Angelegenheit für beide wurde. Als Rick sich dann von Erika trennte, bestand kaum noch eine Bindung zwischen Mutter und Tochter.

Jetzt seufzte Erika und drückte den Telefonhörer fest gegen das Ohr. Vieles war so schrecklich schief gelaufen. Ließ sich dieser Bruch je wieder kitten? »Wie ich höre, hüpfst du ja nur noch auf Partys rum«, fuhr Rena fort. Wieder war da dieser gehässige Unterton in ihrer Stimme.

Panik stieg in Erika hoch. Was wusste Rena von ihren Abenden? »Auf Partys?«

»Daddy hat gesagt, du hättest dich mit einigen von seinen Geschäftspartnern zum Dinner getroffen. Aufgetakelt, als bräuchtest du auf niemanden Rücksicht zu nehmen.« Sie zögerte. »Machst du dir denn nichts mehr aus ihm?«

»Ob ich mir aus deinem Vater nichts mehr mache?« Erika fuhr sich mit den Finger durch die Haare. Sie hatte Rena weder von ihren Geldproblemen noch von Ricks Hartnäckigkeit erzählt, der darauf bestand, dass seine Tochter in Frankreich blieb. »Wir haben doch gar keinen Kontakt mehr. Er hat jetzt Sandy und führt ein neues Leben.«

»Aber du sollst trotzdem nicht ausgehen!«, quengelte Rena.

Manchmal benimmt sie sich doch noch wie ein kleines Mädchen, dachte Erika. Trotz des ganzen altklugen Gehabes. »Ich muss manchmal auch unter Menschen sein.«

»Du hast deinen Job. Das muss reichen. Daddy geht jedenfalls nicht auf Partys.«

»Wirklich nicht? Ich wette, er geht mehrere Abende in der Woche mit Freunden oder Geschäftspartnern aus, ob mit Sandy oder ohne.«

»Du solltest aber nur Freundinnen haben.«

Da sprach eindeutig Rick. Sollte Rick dann auch nur Freunde haben? Wenn sie Rena doch nur darüber hätte aufklären können, wie oft ihr Vater in den letzten Jahren fremdgegangen war! Aber letztendlich würde das zu nichts führen, sondern nur einen Keil zwischen Rena und ihren Vater treiben. »Ich habe Freundinnen, und das ist schön, aber manchmal habe ich auch das Bedürfnis, mit Männern auszugehen.«

»Aber das sollst du nicht! Das ist nuttenhaft!«

»Von wem hast du dieses Wort?« Zweifelsohne von Rick. »Aber sprechen wir von was anderem. Ich habe was gespart und einen Billigflug nach Paris gefunden. Wie wär's, wenn ich in den Weihnachtsferien eine Woche zu dir komme?«

»Das musst du nicht.« Rena klang kurz angebunden.

»Ich weiß, dass ich das nicht muss, aber ich möchte dich gern sehen. Du fehlst mir.«

Sie konnte Renas genervten Seufzer am anderen Ende der Leitung hören. »Meinetwegen. Das wird schon irgendwie gehen – obwohl ich meine Ferien eigentlich mit Janice verbringen wollte.«

»Janice?«

»Ach, Mutter, hörst du denn nie zu? Janice Kirby!« Rena erklärte ihr, dass Janice die Tochter von zwei bekannten Filmstars sei.

»Ich wusste gar nicht, dass sie verheiratet sind«, sagte Erika.

»Sind sie auch nicht. Zumindest nicht miteinander. Janice ist ein Kind der Liebe. Ihre Mutter hat eine Villa in Italien. Janice hat mich gefragt, ob ich sie da besuche.«

»Aber einen Teil der Ferien könntest du doch mit mir verbringen, oder?«

»Glaub schon. Dann fahre ich halt ein paar Tage später nach Italien.«

»Ich freu mich schon darauf, dich zu sehen.« Als Rena darauf nichts erwiderte, fuhr Erika fort: »Nächsten Sonntag ruf ich dann wieder an.«

»Brauchst du nicht. Wenn du eh kommst, können wir auch dann über alles reden.«

»Ich würde dich trotzdem gern anrufen.« Tränen liefen ihr über die Wangen. Sie bettelte ihre Tochter um Zeit an.

»Wie du willst.«

In der Woche vor Erikas Frankreichreise rief Valerie wieder an. »Hättest du Interesse an einem Job in der nächsten Woche?«

»Im Prinzip ja, aber ich will nach Frankreich fliegen. Tut mir Leid, dass ich gerade diesen ersten Job, den du mir direkt anbietest, nicht annehmen kann.«

»Das versteh ich doch. Ich wünsch dir eine schöne Zeit mit deiner Tochter.«

»Vielleicht treffen wir uns mal, wenn ich wieder zurück bin«, schlug Erika vor.

»Gern.« Sie verabredeten sich für einen Montag im Januar. »Wieder beim Italiener?«

»Du musst ja schließlich zu deinem Knoblauchbrot kommen«, lachte Erika.

»Ganz genau. Um sieben?«

»Ja. Bis dann.«

Kurz nach Neujahr flog Erika nach Frankreich und traf dort eine junge Frau, die sie kaum wiedererkannte. Rena war inzwischen vierzehn, hoch aufgeschossen und gut aussehend, mit dichtem, lockigem braunen Haar und haselnussbraunen Augen, die sie von ihrem Vater geerbt hatte. Trotz des weiten Sweatshirts und der schlabberigen Jeans sah Erika gleich, dass ihr Körper bereits weibliche Rundungen aufwies. Als Erika ihre Tochter zur Begrüßung umarmen wollte, zuckte Rena zurück. Um die Peinlichkeit zu überspielen, machte Erika ein paar Fotos, danach aßen die beiden in einem kleinen Bistro zu Mittag. Sie hatten sich im Grunde nichts zu sagen. »Fragst du mich denn gar nicht nach Dad?«, wollte Rena schließlich wissen.

Erika wurde mulmig. »Wie geht es ihm denn?«, brachte sie mit gepresster Stimme hervor.

»Bestens. Und Sandy auch. Sie heiraten demnächst.« Ihre Stimme hatte etwas Hartes, fast Schneidendes.

»Ich hab schon davon gehört.«

»Sie ist nicht schwanger, falls du das denkst.«

»Warum sollte ich das denken?«

»Weil bei dir genau das doch der Fall gewesen ist.« Ihr Ton war jetzt richtig gehässig.

Wenn es nicht so tragisch gewesen wäre, hätte sie laut losgelacht. Sie hatte Rick also in die Falle gelockt! Sie erinnerte sich noch genau an jenen Nachmittag, den sie im Haus seiner Eltern verbracht hatten. Er war damals dreiundzwanzig gewesen, sie zwanzig. Sie lagen auf Ricks Bett und knutschten herum. Es war ihr letzter gemeinsamer Tag, bevor er zurück nach Harvard musste. Monatelang würden sie sich nicht sehen.

»Komm, Baby, noch ein Mal zum Abschied«, quengelte Rick und streichelte Erikas nackten Bauch. »Es ist zwar blöd, dass ich kein Gummi dabei hab, aber du hast doch gerade erst deine Tage gehabt – was soll da schon passieren?«

»Ich will's ja auch«, sagte Erika heftig atmend, während

Rick all die Stellen streichelte, an denen sie besonders empfindlich war, »aber wenn nun doch ...«

Rick beugte sich über sie, um mit der Zungenspitze über ihre Lippen zu fahren. »Baby, komm schon. Wir sehen uns erst Weihnachten wieder, wie soll ich das aushalten?«

Erika seufzte schwer. Sicher, sie würde Rick schrecklich vermissen, aber nächstes Jahr um diese Zeit würden sie bereits verheiratet sein. Das war immerhin ein Trost. Im Moment waren sie zwar noch nicht offiziell verlobt und hatten auch noch keinen Termin festgelegt, aber sie wusste, sobald er mit dem Studium fertig war und Arbeit gefunden hatte, würde er mit ihr ein gemeinsames Leben aufbauen.

Wie sollte sie jetzt ein ganzes Jahr ohne ihn überstehen? Natürlich würde sie sich nicht mit anderen Männern treffen, genauso wie Rick ihr treu bleiben würde, selbst wenn es da die eine oder andere gut aussehende Studentin gab. Aber er hatte ihr geschworen, dass es nur sie für ihn gäbe und sie glaubte ihm. Das war die Wahrheit. Er traf sich nur mit ihr.

»Komm schon, Baby«, drängelte Rick. »Ich will dir doch nur zeigen, wie sehr ich dich liebe. Und du willst es doch auch, oder?«

»Das weißt du doch!«, seufzte Erika voller Wonne, während Ricks Hand langsam nach unten tastete. Er hatte bereits sein Hemd ausgezogen, ihre Bluse aufgeknöpft und streichelte jetzt genussvoll ihre nackten Brüste. Indem er all die empfindlichen Stellen liebkoste, brachte er sie fast um den Verstand. »Ich will bloß kein Risiko eingehen.«

»Ich weiß ja, dass es nicht ganz ungefährlich ist, aber ich begehre dich eben so sehr.«

»Ich weiß nicht, ich kann es einfach nicht.«

Rick zog seine Hand zurück, setzte sich auf und drehte ihr den Rücken zu. »Ist schon okay«, sagte er, am ganzen Leibe zitternd. »Ich würde nie etwas tun, das du nicht willst.«

Erika streckte die Hand aus und fuhr mit dem Finger an seinem nackten Rückgrat entlang. »Komm schon, Schatz, sei nicht eingeschnappt!«

»Das versteht ihr Mädchen eben nicht. Hast du denn eine Ahnung, wie schwer es für mich ist, dich so sehr zu lieben und zu begehren – und dann nicht zu dürfen?«

Erika kniete sich neben ihn, fasste ihn bei den Schultern und drehte ihn zu sich herum. Der Blick seiner haselnussbraunen Augen bohrte sich tief in ihre hellbraunen, das Spiel von Licht und Schatten ließ sein Gesicht geheimnisvoll und ungeheuer sexy aussehen. Behutsam, fast ängstlich, streichelte sie seine Wange und ließ ihre Fingerspitzen über seine Lippen gleiten.

Mit einem harten Ruck zog er ihre Hand weg. »Was soll das?! Wenn du mich eh nicht ranlässt, hör auf, mich noch mehr auf Touren zu bringen.« Er wandte sich wieder von ihr ab.

»Also schön, Rick.« Sie seufzte. »Wenn du es wirklich willst und wenn du sicher bist, dass nichts passieren kann ...«

Sofort drehte er sich ihr wieder zu und fing an, ihr den Bauch zu streicheln. »O Baby, dafür lieb ich dich umso mehr.« Geschickt öffnete er den Reißverschluss ihrer Shorts und ließ seine Finger über ihren Venushügel gleiten.

Erika stockte der Atem. Ihr Herz raste. Nur keine Panik jetzt! Sie würden sowieso heiraten, alles war in Ordnung. Rick würde nie etwas tun, das nicht in Ordnung war. Außerdem machten sie ja nicht zum ersten Mal miteinander Liebe, und bisher war es immer wunderbar gewesen. Rick zog erst ihr, dann sich die Unterhose aus. Fasziniert starrte sie auf seinen Schwanz, der hart und groß emporragte. Wie immer jagte sein Anblick eine Welle der Lust durch ihren Körper, die direkt zwischen ihre Schenkel schoss. Sein steifer Schwanz strich kurz über ihren Venushügel, bevor er in sie eindrang. Noch nie hatte sie ihn nackt in sich gespürt. Eigentlich war der Unterschied nicht so groß.

»O Gott«, stöhnte Rick, »es ist großartig, einfach so in dir zu sein. Tausendmal besser als mit diesen verdammten Präsern.« Als Rick sich über sie beugte, die Hände neben ihr aufgestützt, packte sie seine muskulösen Schultern und beobachtete das Spiel der Gefühle in seinem Gesicht. Mit einer fast schmerzhaften Miene warf er den Kopf zurück und rammte seinen Schwanz tief in sie hinein. Immer und immer wieder stieß er zu, hart, heftig, fast brutal. Obwohl sie es langsamer gewollt hätte, wollte sie ihm sein Vergnügen nicht nehmen. Sie schlang die Beine um ihn, presste sich an ihn und kam jedem seiner Stöße entgegen. Das würde ihn zum Höhepunkt treiben. Ihre eigene Lust konnte hintanstehen.

»Ja, Baby. Gleich komm ich!« Ein letzter, harter Stoß – und sein Schwanz entlud sich in ihr. Erschöpft ließ er sich auf sie fallen, drehte sich aber gleich auf die Seite und rollte sie dabei mit herum. »Du bist so wundervoll«, keuchte er, »und ich liebe dich so sehr. Du machst mich total glücklich.«

»Ich liebe dich auch, Rick. So sehr, dass es wehtut.«

»Ich werde dich vermissen«, sagte er, bereits gähnend.

Scheiße, dachte Erika und blickte ihre inzwischen vierzehn Jahre alte Tochter an. Er schreckt vor nichts zurück! Dabei wollte sie mit Rena auf keinen Fall darüber streiten, wie und warum es dazu gekommen war, dass sie heute auf der Welt war. Was sollte das bringen? Ihre Tochter würde ihr eh nicht glauben – dazu war ihr Verhältnis viel zu schlecht. »Ja, ich war schwanger, aber wir wollten sowieso heiraten. Du hast die Sache nur beschleunigt.«

»Ach ja? Da hat Dad mir aber was ganz anderes erzählt. Du

hättest dich von ihm schwängern lassen, weil du wusstest, dass er Karriere machen würde.«

Erika verschlug es die Sprache. Meine Güte, Rick, warum tust du unserer Tochter das an? Wir haben doch auch schöne Zeiten gehabt, die ersten Jahre unserer Ehe, als es nur uns drei gab. Warum musst du jetzt alles in den Dreck ziehen? »Das stimmt nicht, Kleines.«

»Nenn mich nicht so. Ich bin nicht dein Kleines. Nicht mehr, seit du mich damals fortgeschickt hast. Ich bin dir doch immer völlig egal gewesen. Das Einzige, was dich interessiert hat, war der dicke Gehaltsscheck, den Daddy jeden Monat mit nach Hause brachte. Teurer Schmuck, ein Haus, eine Wohnung in der Stadt, der Country Club, ein Mercedes, ein Leben in Saus und Braus.« Die Stimme ihrer Tochter bebte vor Empörung. »Ich war dir doch scheißegal, und daran hat sich nichts geändert. Hauptsache, du hast Dad gekriegt, danach konntest du mich ruhig abschieben.«

»Kleines ...« Sie fing den hasserfüllten Blick ihrer Tochter auf. »Rena, so war es nicht. Zugegeben, ich habe Fehler gemacht. Ich hätte dich nicht fortgeben dürfen, aber ... Lassen wir das, wir können die Zeit nicht zurückdrehen. Aber ich würde es so gern wieder gutmachen. Ich möchte bei dir sein, mein Leben mit dir teilen, dich lieben.«

»Zu spät, Mutter.« Aus Renas Mund klang das Wort Mutter wie ein Schimpfwort. »Ich hab dir zwar gesagt, dass du mich besuchen kannst, aber jetzt hab ich es mir anders überlegt. Ich nehm heute Nachmittag den Zug und fahr zu Janice nach Rom, um den Rest meiner Ferien zu genießen, bevor ich wieder zurück in die Schule muss, die Daddy mir bezahlt – denn ihm bin ich das wert.« Rena stand auf, nahm ihren Mantel und ging.

Erika saß lange an dem kleinen Tisch und weinte. Sie hatte

so sehr gehofft, dass ... Aber wie hätte sie die Kluft zwischen sich und diesem halbwüchsigen Mädchen, das sie kaum noch kannte, überwinden können? Sie war einfach zu groß.

Sie buchte den Rückflug um, so dass sie nur drei Tage nach ihrer Abreise wieder in New York war. Sobald Brook von der Arbeit zurück war, klopfte sie bei ihr. Unter Tränen erzählte sie ihrer Freundin alles von dem missglückten Besuch. »Es war so schrecklich. Sie ist doch mein Fleisch und Blut, meine Kleine, aber sie kommt mir vor wie eine Wildfremde.« Sie fing wieder an zu weinen. »Ich will sie nicht einfach aufgeben.«

Brook reichte ihr eine Tasse Tee. »Das brauchst du ja auch nicht. Ruf sie weiter an. Versuch, den Kontakt zu halten.«

»Aber sie hasst mich!« Erika zerknüllte das vollgeweinte Papiertaschentuch.

»Ich glaube nicht, dass du das so sagen kannst. Und sie letztendlich auch nicht. Im Moment weiß sie weder, wer du bist, noch, wer sie selbst ist. Natürlich nimmt sie dir übel, dass du sie fortgeschickt hast. Aber Hass? Das ist ein zu starkes Wort.«

Erika trank einen Schluck von dem Tee und wärmte sich ihre kalten Finger an der Tasse. »Ich wollte sie ja gar nicht wegschicken«, sagte sie leise. »Das war der größte Fehler, den ich je gemacht habe.«

»Ich weiß, aber es ist nun mal passiert.«

»Ich hätte mich damals gegen Rick durchsetzen müssen. Ich hätte darauf bestehen müssen, dass sie nicht auf diese verdammte Schule kommt.«

»Hätte, hätte, hätte. Du hast es nicht getan. Jetzt musst du versuchen, das Beste aus der Situation zu machen.«

»Ich hab so ziemlich alles falsch gemacht, was falsch zu machen ging, oder?«

Brook schüttelte den Kopf. »Im Moment sieht es nicht gerade rosig aus, aber uns wird schon was einfallen.«

»Uns? Was weißt du denn von Kindern?«, fragte Erika bissig.

»Jetzt lass deinen Frust nicht an mir aus!«

Erika nahm ihre Freundin in die Arme und drückte sie. »Entschuldige, Brook. Es tut mir Leid. Ich weiß gar nicht, was ich ohne dich tun sollte.«

»Zumindest über diese Frage brauchst du dir nicht den Kopf zu zerbrechen, denn ich bin ja da.«

»Danke«, sagte Erika mit zitternder Stimme. »Und was Rena angeht, hast du wahrscheinlich Recht. Ich darf einfach nicht aufgeben.«

»So gefällst du mir schon viel besser. Wie wär's, wenn du dich jetzt umziehen würdest und wir irgendwo was Leckeres essen?«

Am nächsten Montag traf sich Erika mit Valerie im Villa Maria. Als sie das Restaurant betrat, saß Valerie bereits vor einer Flasche Chianti Classico und ihrem geliebten Knoblauchbrot. »Wie ich sehe, hast du schon angefangen«, sagte Erika und nahm ihr gegenüber Platz.

»Ich hab mich den ganzen Tag schon so auf das Brot gefreut, dass ich's einfach nicht erwarten konnte. Möchtest du auch ein Glas von dem Chianti? Er ist köstlich.«

»Gern.«

»Du siehst toll aus«, sagte Valerie und schenkte Erika ein. Dann biss sie herzhaft von dem Brot ab.

»Danke.« Erika hatte ihre Kleidung mit Bedacht gewählt. Sie trug eine maßgeschneiderte braune Gabardinehose, eine goldbraune Bluse und eine beige-braune Wolljacke. Ein schwarzer Ledergürtel unterstrich ihre schlanke Taille. Mit dem Make-up hatte sie die Spuren der durchwachten Nacht kaschiert. Da Valerie letztendlich so etwas wie ihre Arbeitgeberin war, wollte sie einen guten Eindruck auf sie machen.

»Für mich brauchst du dich aber nicht so in Schale zu werfen – ich weiß ja, dass du das kannst. Jeans und Sweatshirt reichen völlig, wenn wir uns zum Essen treffen.«

Erika nickte. »Ich werd's mir merken.«

»Wie war's in Frankreich?«

Obwohl Erika sich vorgenommen hatte, nicht mit der Wahrheit herauszurücken, erzählte sie Valerie dann doch alles. Es tat ihr gut, sich den ganzen Kummer von der Seele zu reden. »Ich weiß nicht, warum ich dir das alles erzähle«, sagte sie, als sie fertig war und ihre Augen sich mit Tränen füllten. »Ich hatte eigentlich vor zu sagen, alles sei ganz wundervoll gewesen, und dann das Thema zu wechseln.«

»Manche Leute behaupten, ich würde nie eine Frage stellen, ohne nicht auch eine ehrliche Antwort zu erwarten. Dieses Talent habe ich an dir übrigens auch entdeckt. Mir hilft es, meinen Job gut zu machen. Das wirst du sicher auch bald feststellen. Männer wollen das Gefühl haben, dass eine Frau sich wirklich für sie interessiert.«

Erika kramte in ihrer Handtasche herum und fand ein Papiertaschentuch. Sie hatte in der letzten Zeit verdammt viel davon verbraucht. »Danke. Das ist ein schönes Kompliment.«

»Das sollte es auch sein. Was machst du nun wegen deiner Tochter?«

»Ich denke, das Einzige, was ich tun kann, ist zu versuchen, den Kontakt nicht abreißen zu lassen. Meine Freundin Brook muntert mich immer wieder auf. Sie ist mir wirklich eine große Hilfe.« Erika erzählte mehrere Minuten lang von Brook.

»Klingt, als wäre sie wirklich eine tolle Frau. Oder ist das ein Verkaufsgespräch?«

»Ich habe nicht die leiseste Ahnung, ob Brook Interesse an dem hätte, was wir machen, aber sie wäre auf jeden Fall eine echte Bereicherung.«

»Wie sollte es auch anders sein, wenn sie eine Freundin von dir ist. Aber zurück zu dir: Bist du immer noch interessiert?«

»An einem Job?«, fragte Erika. »Immer.«

»Gut, dann muss ich dir aber noch ein paar sehr persönliche Fragen stellen. Bei welchen sexuellen Aktivitäten würdest du nicht mitmachen? Ich meine jetzt richtig schräge Sachen.«

»Ich weiß nicht, darüber habe ich noch gar nicht nachgedacht.«

»Das solltest du aber tun. Einige Kunden haben besondere Vorlieben und ganz spezielle Wünsche. Wenn es irgendwie geht, versuche ich, sie ihnen zu erfüllen. Einige meiner Damen stehen zum Beispiel auf Analverkehr; andere würden das unter keinen Umständen machen. Einige Frauen leben gern Fantasien aus, andere bringen einen ganzen Koffer mit heißen Spielsachen zu einem Abend mit, und ein paar nehmen mit Vorliebe an Dreiern oder Gruppensex teil. Einige Frauen sind dominant, andere devot, ein paar mögen beides. Wenn du einem Kunden irgendwas vorgaukelst, geht das meistens schief. Du solltest selbst auf diese Sachen stehen, da der Kunde sonst nicht auf seine Kosten kommt. Genau das soll er aber.«

Erika lehnte sich vor und stützte die Ellenbogen auf den Tisch. »Rick und ich haben ein paar schräge Sachen ausprobiert, und die haben mir auch gefallen. An richtig harte Sachen habe ich mich aber nie herangewagt. Ob ich damit klarkäme, egal, ob in der aktiven oder in der passiven Rolle, kann ich dir echt nicht sagen.«

»Das ist völlig in Ordnung. Wenn du bestimmte Dinge nicht magst oder einfach nicht kannst, schränkt das den Kreis möglicher Kunden ein, aber das ist auch schon alles.«

»Gut, über den Rest denk ich einfach noch mal nach.« Sie lehnte sich in ihren Stuhl zurück. »Aber nennen wir das Kind beim Namen: Es geht jetzt um Prostitution, nicht bloß um Begleitdienste.«

Valerie biss ein großes Stück von ihrem Brot ab und kaute bedächtig. »Der Bedarf an Frauen für Partys, Veranstaltungen und Dinners ist groß, aber natürlich rufen auch genug geile Männer an, die eine willige Frau wollen.«

»Dann wäre ich also ein Callgirl.«

Valerie wischte sich die Finger an der Serviette ab und legte die Hand auf Erikas Arm. »Gib nicht so viel darauf, wie etwas heißt. Wenn du mit der Sache an sich nicht klarkommst, ist das natürlich etwas anderes. Dann würden wir einfach Freundinnen sein, und ich könnte dich anrufen, wenn eine Party ansteht. Aber ehrlich gesagt, kannst du viel mehr Geld machen, wenn du deinen Horizont ein wenig ausweitest. Auch die Arbeit an sich ist attraktiver, wenn du mich fragst. Aber die Entscheidung liegt natürlich ganz bei dir.«

Sie erinnerte sich an Jonas und an das Triumphgefühl, das sie empfunden hatte, als sie herausbekommen hatte, worauf er stand. »Insgesamt hätte ich damit wohl keine Probleme. Und Rena glaubt eh schon, dass ich nur noch auf Partys herumspringe.«

»Sie ist vierzehn, und ich glaube, sie möchte, dass du und Rick wieder zusammenkommen, damit sie wieder eine normale Familie hat. Ich glaube, Kinder können einfach nicht akzeptieren, dass die Ehe ihrer Eltern wirklich am Ende ist.«

»Glaubst du?« Daran hatte Erika noch gar nicht gedacht. »Es ist so lange her, dass wir eine richtige Familie waren. Und offenbar ist das bei den meisten anderen Mädchen auf ihrer Schule auch nicht anders.«

»Sie kennt heile Familien aus dem Fernsehen, dem Kino und aus Büchern. Das erträumt sie sich dann für sich auch, selbst wenn sie es nie offen zugeben würde. Mag sie Ricks neue Freundin?«

Erika überlegte. »Sandy? Ich hab keine Ahnung. Sie hat mir erzählt, dass die beiden heiraten wollen.«

»Das dürfte ihr schwer zu schaffen machen, denn es rückt eine Versöhnung zwischen dir und Rick in weite Ferne. Wenn du dich dann auch noch mit Männern triffst, ist das für sie der endgültige Beweis, dass sie nie wieder eine richtige Familie haben wird.«

»Und du meinst, dass es ihr eigentlich darum geht?«

»Ich kenne deine Tochter zwar nicht, aber ich glaube, ja.«

Erika hatte Valerie noch nicht erzählt, dass Rena ihr unterstellte, Rick in eine Falle gelockt zu haben. »Rick und ich haben geheiratet, weil ich schwanger war. Das hat Rena mir jetzt unter die Nase gerieben. Dabei hätten wir sowieso geheiratet, nur etwas später. Jedenfalls rede ich mir das nach wie vor ein.« Erika versuchte, ehrlich zu sein. »Aber vielleicht hat sie in gewisser Weise doch Recht. Natürlich habe ich Rick mit dem Kind nicht zur Ehe zwingen wollen – aber womöglich sieht er das so.«

»Ist das jetzt denn noch so wichtig?«

»Für Rena ja.«

»Mir kommt es so vor, als würde sie alles tun, um dich zu verletzen. Ihr Hass bedeutet ihr inzwischen genauso viel wie ihre Liebe, ist aber nicht so riskant. Vielleicht tröstet sie sich mit dem Gedanken, dass ihr dieses Gefühl nicht einfach genommen werden kann. Vielleicht testet sie aber auch, wie weit sie bei dir gehen kann.«

»Jedenfalls macht sie es uns beiden nicht gerade leicht.«

»Was ich jetzt sage, muss hart für dich klingen«, meinte Valerie wehmütig, »aber in gewisser Weise wünschte ich, ich hätte deine Probleme. Derek und ich hatten nie Kinder.«

»Ich wusste gar nicht, dass du verheiratet warst.«

»Doch. Derek starb vor ein paar Jahren. An Krebs.«

»Das tut mir Leid.«

»Am Ende heilt die Zeit alle Wunden. Wegen ihm bin ich überhaupt erst in diesem Metier gelandet.«

Erika lehnte sich zurück. »Erzähl!«

»Vor ungefähr acht Jahren wurde bei ihm Darmkrebs diagnostiziert. Wir waren am Boden zerstört – und finanziell am Ende. Er war freischaffender Künstler, ich hatte verschiedene Bürojobs. Wir waren nicht einmal krankenversichert.« Valerie seufzte. »Ein Typ in dem Büro, in dem ich gerade arbeitete, war schon die ganze Zeit hinter mir her. Irgendwann bot er mir sogar Geld, wenn ich mit ihm ins Bett gehen würde. Der Gedanke widerte mich an, aber Derek und mir wurde klar, dass wir das Geld gut gebrauchen konnten. Der Typ wollte etwas ganz Spezielles von mir. Schließlich dachte ich mir, wenn schon, denn schon, und verlangte eine exorbitante Summe. Trotzdem ging er darauf ein, und mein Mann protestierte nicht allzu lautstark. Der Abend war so weit okay. Hinterher erzählte der Typ ein paar Freunden davon. Der Rest ist, wie man so schön sagt, Geschichte.«

»Und was wollte er so Spezielles?«

»Er wollte eine Domina.« Valerie lächelte. »Eigentlich beruhte das alles auf einem Missverständnis. Es war Winter, scheußliches Wetter – fast eine ganze Woche lang Eisregen und Graupel. Ich war jeden Tag in schwarzen Jeans und schwarzem Rollkragenpulli auf der Arbeit erschienen, mit hochhackigen schwarzen Stiefeln und einem breiten, schweren silbernen Gürtel, den Derek mir zum Geburtstag geschenkt hatte. Der Typ muss mich dann irgendwie falsch eingeordnet haben.«

»Du machst Witze.« Erika versuchte nicht allzu schockiert auszusehen. »Der hat gedacht, du wärst eine Frau, die gern Männer vor sich kriechen lässt?«

»Ja. Und weißt du was? Es machte mir tatsächlich Spaß. Den

ganzen Abend musste er mich lecken. So einen guten Orgasmus hab ich noch nie vorher gehabt.«

»Hattest du so was denn vorher schon mal gemacht?«

»Nein, aber in der Woche vor diesem Date hab ich mir ein paar Pornohefte besorgt. Das empfiehlt sich übrigens wirklich. Es gibt jede Menge Magazine, die auf die verschiedensten ...« Sie suchte nach einem passenden Wort. »... Kunstformen spezialisiert sind. Er hat mir ganz klar gesagt, was er wollte. Danach habe ich mich sozusagen in die Thematik eingelesen. Außerdem haben Derek und ich darüber gesprochen. Als ich nach dem Date nach Hause gekommen bin, hat er mir gestanden, dass er so was schon lange mal ausprobieren wollte. Wir haben's ein paar Mal auf diese Weise miteinander getrieben ...« Valerie schluckte heftig. »... bis er dann zu krank wurde.« Valerie richtete sich auf. »Tja, und so hat dann alles angefangen. Ich knüpfte Kontakte, vertraute auf meine Instinkte und verdiente mehr als genug, um für uns beide zu sorgen und die Ärzte und Medikamente zu bezahlen.«

»Das ist schon eine tolle Geschichte.«

Valerie schaute Erika an. »Du bist nicht schockiert?«

»Na ja, vielleicht ein bisschen«, sagte Erika. »Vor einem Jahr hätte sie mich noch umgehauen, aber ich bin heute viel erwachsener. Seit ich dich kenne und bei diesen Partys war, bin ich in diesen Dingen viel abgeklärter. Und deine Idee, Geschichten über sexuelle Vorlieben zu lesen, ist bestimmt gut. Lass mich ein bisschen herumschmökern, dann sag ich dir, was für mich in Frage kommt und was nicht.«

»Super.«

Am nächsten Tag ging Erika in einen Zeitschriftenladen und stöberte in den Pornoheften herum. Sie hatte die neueste Ausgabe der *Cosmopolitan* in der Hand, und jedes Mal, wenn jemand in den hinteren Teil des Ladens kam, steckte sie das Magazin, in dem sie eigentlich gerade blätterte, hastig wieder ins Regal zurück, um sich ganz der *Cosmopolitan* zu widmen. Als sie ihren Blick über die Regale schweifen ließ, wurden ihre Augen immer größer. Was es nicht alles gab! Sie versuchte, eine möglichst gleichgültige Miene aufzusetzen, suchte sich ein paar Zeitschriften aus und war ungeheuer erleichtert, als der Kassierer sie ohne Aufhebens in einer braunen Papiertüte verschwinden ließ.

Sie saß gerade in ihrem Wohnzimmer und las etwas darüber, wie man einen Sklaven fachgerecht auspeitschte, als Brook an die Tür klopfte. »Hi, Babe«, sagte Brook, als Erika sie hereinließ. »Ich wollte dich fragen, ob du mit mir essen gehst.«

»Ich mache gerade meine Hausaufgaben.«

Brook fiel die Kinnlade herunter, als sie die Zeitschriften auf dem Couchtisch sah. *Zart und hart, Windel-Weich, Pritsche und Peitsche.* »Was zum Teufel ist denn das?«

Erika berichtete ihr von dem Gespräch mit Valerie. »Ich muss herausfinden, wie weit ich gehe. Sobald ich das weiß, kann Valerie mir was anbieten. Dich hab ich übrigens auch erwähnt. Du hättest doch Interesse an dem Job, oder?«

»Prinzipiell schon.« Brook ließ sich auf das Sofa plumpsen. Neben ihr lag eine Ausgabe von *Die rote Spur.* »Worum geht's denn hier?«

»Das ist eines der wenigen Magazine, die mich echt abturnen. Es geht um Praktiken, bei denen tatsächlich Blut fließt. Damit möchte ich nun wirklich nichts zu tun haben.«

Brook verzog das Gesicht. »Das wäre auch nichts für mich. Was kommt sonst noch nicht für dich in Frage?«

»Ich weiß, man soll das nicht verurteilen, aber wenn's darum ginge, sich gegenseitig anzupinkeln oder so, würd ich nicht mehr mitspielen. Andere Sachen sind zwar mitunter ziemlich bizarr, aber da könnt ich mir vorstellen mitzumachen, wenn ein Typ so richtig scharf darauf ist. Wenn du dir ernsthaft überlegst, für Valerie zu arbeiten, solltest du vielleicht auch über diese Dinge nachdenken.«

Brook lehnte sich zurück, legte die Füße auf den Couchtisch und nahm eine Ausgabe von *Sie & Sie* zur Hand. »Schon mal was in dieser Richtung ausprobiert?«

»Nein, aber ich würde mich wahrscheinlich darauf einlassen. Wenn zum Beispiel ein Mann einen Dreier verlangen würde, wäre das für mich vermutlich drin, wenn ich richtig heiß und vielleicht ein bisschen angeheitert wäre.«

»Ich hatte mal ein Erlebnis mit einer Frau. Ich würd's vielleicht sogar noch mal probieren, obwohl Frauen mich eigentlich nicht anmachen. Denk jetzt aber bloß nicht, ich würde mir was mit dir vorstellen.« Brook schauderte zusammen. »Ich meine, dieses Gespräch steht doch jetzt hoffentlich nicht irgendwie zwischen uns.«

»Du kommst auf Gedanken, Brook. So schnell ist unsere Freundschaft nun bestimmt nicht zu erschüttern.«

Brook grinste. »Stimmt. Hast du dir schon mal überlegt, wie es mit einer Frau wäre?«

»Ja, schon, ergeben hat sich aber nie was. Ich weiß auch gar nicht, wie ich in dem Fall reagieren würde. Wahrscheinlich würde ich schreiend davonlaufen.«

»Glaub ich nicht.«

»Also gut: Selbst wenn ich kein Interesse an dir habe, bin ich jetzt neugierig auf deine Geschichte. Erzähl mal.«

»In meinem letzten Jahr auf der Highschool war ich Cheerleader. Irgendwann hat mich im Umkleideraum eines der anderen Mädchen angemacht. Daraufhin haben wir uns bei ihr zu Hause getroffen und es miteinander getrieben. Ich war in erster Linie neugierig. Nachdem ich schon mit Dutzenden von

Jungs zusammen gewesen war, wollte ich wissen, wie es mit einem Mädchen ist.«

»Und? Wie war es?«

»Es war okay. Nicht mehr und nicht weniger. Sie war nicht sehr erfahren, und wir machten Petting. Es war nicht viel anders als mit Jungs, außer dass sie weicher war.«

»Hast du es danach noch mal probiert?«

»Nein. Das steht nicht an erster Stelle auf meiner Wunschliste. Nicht mal an zehnter.«

»Auf meiner auch nicht.« Sie atmete tief durch. »Puh! Dieses Gespräch macht mir echt ein bisschen Angst. Ich möchte nicht, dass ich dich jetzt nicht mehr umarmen kann, wenn wir uns begrüßen, weil dann vielleicht eine von uns auf dumme Gedanken kommt.«

Brook streckte ihr die Hand hin. »Abgemacht.«

Erika drückte sie. »Abgemacht.«

Brook legte das Magazin auf den Tisch zurück und nahm eines zur Hand, auf dem ein Foto von einem Mann war, der an einen Stuhl gefesselt war. »Wie findest du das hier? Würdest du gern mal einen Mann fesseln?«

»Das ist Valeries Ding, aber ich glaube, das könnte mir auch gefallen. Wenn du die Kontrolle hast. Wenn du zuguckst, wie er steif wird, aber ohne deine Erlaubnis nicht kommen darf. Jonas war da eine Art Vorgeschmack. Es war klasse zu sehen, wie verrückt er nach mir war.«

Während sie über die Vor- und Nachteile verschiedener Sexualpraktiken diskutierten, stellten beide Frauen fest, dass sie bei den meisten Dingen mitmachen würden. Schließlich fing Brooks Magen an zu knurren. »Höchste Zeit, was zu essen. Hast du Lust mitzukommen?«

»Klar. Zum Chinesen?«

»Jederzeit.«

Die Woche drauf rief Valerie an. Erika erzählte ihr von ihrer Lektüre. »Klingt so, als hättest du dir eine Menge Gedanken gemacht«, sagte Valerie.

»Hab ich auch. Das ist schließlich eine ernste Angelegenheit. Ich möchte ja niemanden enttäuschen.«

»Ich weiß aber nicht immer im Voraus, was die Männer wollen. Meistens höre ich es allerdings aus den Fragen heraus, die ein neuer Kunde am Telefon stellt. Manche rücken auch direkt damit heraus und sagen präzise, was sie wollen. ›Ich hätte gern eine große schwarze Frau, die mir den Hintern versohlt und böser Junge zu mir sagt‹, hat mal ein Mann gesagt. Zufällig konnte ich ihm genau das liefern. Ein anderer wollte eine, die ihn anpinkelt, aber da musste ich passen. Wieder andere drucksen herum, aber meist gelingt es mir, ihnen genug zu entlocken, um die Richtige für sie zu finden. À propos Richtige, hast du Freitagabend Zeit?«

Erikas Herz begann zu pochen. »Ja. Hast du jemanden?«

»Hm, einen alten Freund von mir.«

»Ein Freund von dir?«

»Ich nenne alle meine Kunden Freunde. Das macht die Sache einfacher.«

»Verstehe.«

»Mein Freund heißt Randy Castner. Er ist ständig geil und mag Abwechslung. Ihr zwei könntet gut zusammenpassen. Er ist reich, gut im Bett und auf köstliche Weise versaut. Nichts, womit du nicht klarkommen würdest, das verspreche ich dir. Er liebt ausgiebige Abendessen mit jeder Menge erotischem Geplauder. Am schärfsten macht ihn die Vorfreude.«

»Bist du schon mal mit ihm ausgegangen?«

»Schon ein paar Mal, ja. Deshalb bin ich kein Abenteuer mehr für ihn. Er hat viel Sinn für Humor, sieht nicht schlecht aus und hat eine Platin-Kreditkarte. Interessiert?«

»Klar. Aber wenn er so nett ist, wie du sagst, warum muss er dann für Sex bezahlen?«

»Das hab ich ihn auch mal gefragt. Er hat regelmäßig Dates, die er aber als Arbeit empfindet, nach dem Motto: Sei nett, sei charmant, sei auf der Hut vor Frauen, die es nur auf dein Geld abgesehen haben. Bei uns weiß er genau, woran er ist.«

Erika überlegte. »Ich bin nicht sicher, ob ich das verstehe, aber bei einer Platin-Kreditkarte kann man wohl einiges durchgehen lassen.«

»Eben! Ich mach ihm jetzt den Vorschlag, dann ruf ich dich wieder an.«

»Warum gehst du nicht selbst mit ihm aus?«

»Ich hab Freitagabend schon einen Termin. Außerdem liebt er, wie gesagt, Abwechslung. Für den Begleitservice werden ihm fünfzehnhundert Dollar berechnet. Bist du damit einverstanden?«

Fünfzehnhundert Dollar. »Mehr als einverstanden.«

»Ja«, sagte Valerie, »das ist eine schöne Stange Geld. Gib deinen Bürojob aber trotzdem noch nicht auf, selbst wenn du als Gesellschaftsdame bald mehr verdienen könntest.«

»Dein Wort in Gottes Ohr.«

Valerie rief kurz darauf zurück und gab ihr Randys Telefonnummer. Mit klopfendem Herzen rief Erika bei ihm an. »Hallo, Randy? Mein Name ist Erika Holland. Ich habe deine Nummer von Valerie DeShields.«

Sie hörte, wie er tief Luft holte. »Hallo. Ich hab deinen Anruf erwartet, Erika. Erzähl mir ein bisschen von dir.«

Erika hatte schon vorher für sich festgelegt, was sie Männern erzählen würde. »Ich bin vierunddreißig und geschieden. Ich arbeite als Mädchen für alles in einer Versicherungsagentur.«

»Wie siehst du aus?«

Sie wollte ihn fragen, warum das so wichtig sei, sagte aber

statt dessen: »Ich bin ungefähr eins siebzig, habe eine hübsche Figur, braunes Haar und hellbraune Augen.«

»Klingt, als wärst du genau mein Typ.«

»Was genau ist denn dein Typ?«

Sie hörte, wie er lachte. »Sie muss gut aussehen, Feuer haben und willig sein.« Er nannte ihr ein bekanntes Restaurant in Midtown. »Wie wär's mit Freitagabend um sieben? Dann können wir ja feststellen, wie gut wir zusammenpassen.«

»Du weißt, dass ich für Valerie arbeite?«, sagte sie nach kurzem Zögern.

»Ja, klar, und du bekommst dein Geld auch, wenn es zwischen uns nicht funkt. Ich möchte jemanden, der mir Gesellschaft leistet, nicht bloß zum Vögeln – auch wenn das nicht unwichtig ist.«

Erika schüttelte den Kopf. Gab er tatsächlich Geld dafür aus, sich mit jemandem zu unterhalten? »Aber klar«, sagte sie.

»Wunderbar. Also dann um sieben. Frag einfach nach meinem Tisch.«

Als Erika am Freitagabend pünktlich um sieben Uhr das elegante Restaurant betrat, erkundigte sie sich nach Randy Castners Tisch. Der Empfangschef führte sie daraufhin zu einem Tisch an der Wand. Der Mann, der auf der Bank saß, war um die vierzig. Sein frühzeitig ergrautes, volles Haar war sorgfältig frisiert. Als er sie kommen sah, lächelte er sie spitzbübisch an. Er war nicht unbedingt das, was man als gut aussehend bezeichnet hätte, wirkte aber ganz wie ein Mann, der mit sich im Reinen war. »Du bist also Erika.« Er klopfte auf die Bank neben sich. »Setz dich hier her, dann können wir uns gleich kennen lernen.«

Erika ging um den Tisch herum, raffte den Rock ihres grauen Wollkleides um ihre Beine und setzte sich auf die weich gepolsterte Bank. Kurz flackerte die Erinnerung an den Abend mit Jarred auf, ihr erstes Date nach der Scheidung von Rick. Seitdem hatte sie ein tüchtiges Stück Weg zurückgelegt. »Schön, dich kennen zu lernen«, sagte sie.

»Möchten Sie einen Cocktail vor dem Essen?«, fragte der Kellner.

»Ich trinke normalerweise Scotch, aber wenn du Wein möchtest ...«

Da Erika öfter mit Rick in diesem Restaurant gewesen war, wusste sie, dass es einen fantastischen Weinkeller hatte. »Trink du ruhig deinen Scotch.« Sie sah den Kellner an. »Sie hatten früher mal einen offenen Fumé Blanc, den ich sehr gerne mochte.«

»Sehr wohl, Madam, ich weiß, welchen Sie meinen. Sir?«

»Johnny Walker Black Label, on the Rocks.«

»Kommt sofort.«

»Du warst also schon einmal hier?«, fragte Randy.

»Ja, sogar mehrmals, noch mit meinem Ex. Er war begeistert von der Weinkarte hier.«

»Dann muss ich demnächst auch mal einen Wein probieren.«

Die beiden waren schnell in ein angeregtes Gespräch vertieft. Erika erfuhr, dass Randy nie verheiratet gewesen war, aber eine Unzahl von Nichten und Neffen hatte, die über das ganze Land verstreut waren. Außerdem liebte er seine Arbeit. »Ich designe und programmiere Computerspiele«, erklärte er. »Zuerst hab ich sie verkauft, aber als ich merkte, wie wenig man mir zahlte und wie viel die Firma daran verdiente, habe ich mich selbstständig gemacht. Die Computerchips sind heute so viel schneller und können wesentlich mehr als noch vor ein paar Jahren, so dass mein kleines Unternehmen inzwischen enorm gewachsen ist.«

Er berichtete ihr auch von dem Spiel, an dem er gerade arbeitete, einer Schatzsuche. »Klingt ja richtig spannend«, sagte Erika. Sie sah das Leuchten in seinen Augen. »Du liebst deine Arbeit, nicht wahr?«

»Und wie. Manchmal kann ich gar nicht glauben, dass ich so viel Geld damit verdiene, indem ich mit Spielzeug herumspiele. Davon habe ich immer geträumt.«

»Klingt fantastisch.«

Als der Kellner kam, studierten sie die Speisekarte. »Was nimmst du?«, fragte Randy.

»Ich glaube, ich nehme die Seezunge. Und du?«

»Ein Steak.« Er blickte zum Kellner hoch, der sich dezent im Hintergrund hielt. »Medium.« Dann wandte er sich wieder Erika zu. »Du hast so von der Weinkarte geschwärmt. Was kannst du mir denn empfehlen?«

»Soll ich was für dich auswählen?«

»Gern.«

»Ich nehm noch ein Glas von dem Fumé Blanc. Und für einen Mann, der so klar und bestimmt ist, wie du es bist, kommt eigentlich nur ein kräftiger kalifornischer Cabernet Sauvignon in Frage. Der passt wunderbar zu dem Steak.«

»Okay.« Er nickte dem Kellner zu, der ihre Bestellung aufnahm. Auch während des Essens mangelte es ihnen nicht an Gesprächsstoff. Sie waren beide schon mehrmals in Europa gewesen und verglichen jetzt ihre Lieblingsorte. »Florenz«, sagte Randy. »Als ich dort zum ersten Mal am Bahnhof ankam, hatte ich das Gefühl, ich wäre nach Hause gekommen. Für mich ist es die schönste Stadt der Welt.«

»Mir hat Florenz auch gefallen«, sagte Erika, »aber mein damaliger Mann fand es zu provinziell.« Inzwischen saßen sie Seite an Seite beim Grappa. Nach den zwei Gläsern Wein stieg ihr der Schnaps ganz schön in den Kopf.

Randy streckte den Arm über die Rückenlehne der Sitzbank und streichelte ihren Nacken. »Da irrt er sich. Florenz ist fast so schön wie du.« Als Erika ihn fragend anschaute, fuhr er fort: »Du bist schön und sexy und machst mich an.«

Sein Finger glitt in ihre Ohrmuschel. »Du schaltest aber ganz schön schnell einen Gang hoch!«

»Zu schnell?«

»Nein, es überrascht mich nur.«

Während Randy sie weiter am Ohr kitzelte, schob sich seine andere Hand unter ihren Rock und tastete sich zu ihrem Knie vor. Als seine Hand über den Stoff ihres Strumpfes strich, sagte er: »Du trägst doch hoffentlich nicht eine von diesen scheußlichen Strumpfhosen, oder?«

»Nein«, presste sie hervor, während seine Hand langsam die Innenseite ihres Schenkels hinaufglitt.

Seine Finger erreichten die zarte Haut über dem Saum ihrer Strümpfe. »Gut. Und jetzt geh auf die Toilette und zieh dein Höschen für mich aus.«

»Was?«, fragte Erika entgeistert.

Randys Grinsen ließ ihr eine Gänsehaut über den Rücken laufen. »Geh auf die Toilette und zieh dein Höschen aus. Wenn du wiederkommst, gibst du es mir. Alles andere bleibt, wie es ist.«

Ohne ein weiteres Wort erhob sich Erika. Das ist zwar total verrückt, dachte sie, aber auch erregend. Außer uns beiden weiß niemand etwas davon. Auf der Toilette zog sie ihren Slip aus und steckte ihn in ihre Handtasche. Als sie mit nackter Muschi quer durch das Restaurant an ihren Tisch zurückging rieben sich ihre feuchten Schamlippen beim Gehen aneinander – ein wunderbar dekadentes Gefühl. Sie rutschte wieder neben ihn auf die Bank und raffte Rock und Unterrock um ihre Beine.

Randy streckte die Hand aus. Wortlos öffnete sie ihre Handtasche, zog ihr Höschen heraus und drückte es ihm in die Hand.

»Braves Mädchen«, sagte er und steckte das winzige Stück Stoff in seine Jackentasche. Erneut fuhr er ihr mit der Hand unter den Rock und streichelte sich langsam an ihrem Oberschenkel hoch. Als seine Finger ihre Schamhaare berührten, fuhr sie zusammen. »Ganz ruhig. Trink einfach deinen Drink und tu so, als ob nichts wär.«

In der Zwischenzeit hatte er einen Cognac bestellt, an dem sie jetzt nippte, während seine Finger mit ihrer Klitoris spielten. »Ich kann aber nicht so tun, als ob nichts wär, wenn du das machst«, brachte sie mit Mühe hervor.

»Ich weiß. Das ist ja der Clou. Ich bin gespannt, wie weit ich dich auf Touren bringen kann, wenn du dich so beherrschen musst. Schreist du, wenn du kommst?«

»Ich glaub das einfach nicht.«

»Was glaubst du nicht? Dass ich es dir besorgen kann oder dass du schreist?«

»Weder noch. Komm, lass uns gehen.«

»Keine Chance«, sagte Randy mit einem wollüstigen Grinsen im Gesicht. »Ich hab meinen Spaß, und dafür zahle ich schließlich auch.«

Seine Finger massierten sanft ihre Klitoris. Als seine andere Hand wieder ihren Nacken streichelte, begann sie am ganzen Körper zu zittern. »Du bist plötzlich so still. Gehört es nicht zu deinem Job, funkensprühende Konversation zu treiben?«, fragte er.

Erika konnte kaum noch einen klaren Gedanken fassen. »Wie soll ich denn Konversation treiben, wenn du so was mit mir machst.«

»Sehr schön. Das war genau meine Absicht.«

Er spielte weiter mit ihrer Klitoris, bis sie ganz nass war und kurz vor dem Höhepunkt stand. »Du kommst gleich, oder?«

»Wenn du so weitermachst, ja.«

»Ich wusste, dass du leicht auf Touren kommst«, sagte er mit einem selbstgefälligen Grinsen.

Sie schaute ihm in die Augen. Dann ließ sie spontan ihre Hand unter den Tisch wandern, tastete nach seinem Reißverschluss und öffnete ihn. »Was du kannst, kann ich schon lange«, sagte sie, während er weiter an ihrer Klitoris herumstreichelte. Sie schob die Hand durch seinen Hosenstall und unter seine Boxershorts. Sein Schwanz war hart, die Spitze seiner Eichel nass. »Jetzt haben wir wohl ein Problem«, keuchte sie. »Wenn du mich zum Höhepunkt bringst, zahl ich dir das mit gleicher Münze heim.« Sie rieb seinen Schwanz genau in dem Rhythmus, in dem er ihre Klitoris streichelte. »Aber wenn ich komme, kann ich das leicht verbergen. Bei dir dagegen gibt das eine Riesensauerei in deiner piekfein gebügelten Hose.«

Randy brach in herzhaftes Gelächter aus. »Du bist mir vielleicht eine!« Er zog seine Hand zurück. »Komm, wir verschwinden von hier.«

Kaum waren sie in Randys Apartment, rissen sie sich mit fliegenden Fingern die Kleider vom Leib und fielen auf dem breiten Bett gierig übereinander her. Hastig tastete er nach der Schublade seines Nachtschränkchens, nahm ein Kondom heraus, streifte es sich über und stieß ohne Zögern seinen harten Schwanz in ihre wartende Muschi. Er kam fast sofort. Danach blieb er in ihr und massierte ihre Klitoris so lange, bis auch sie kam. »Das war fantastisch«, sagte er, als er wieder zu Atem gekommen war.

»O ja, das war es. So etwas Geiles wie dieses Spiel, das du im Restaurant mit mir gespielt hast, habe ich noch nie erlebt.«

»Ich habe es schon ein paar Mal gespielt, aber keine hat den Spieß so geschickt umgedreht wie du. Alle Achtung!«

Eine Stunde später machten sie noch einmal Liebe, dann zog Erika sich an. »Das Höschen kannst du behalten, wenn du möchtest«, sagte sie.

»Das hatte ich auch vor. Ich hab noch nicht einmal nachgeschaut, was es für eins ist. Ich weiß nur, dass es schwarz ist.«

»Ein Tanga.« Sie zwinkerte. »Mit viel Spitze, und sehr, sehr feucht an der Stelle, wo er meine Muschi berührt hat.«

»Das hättest du nicht extra erwähnen müssen. Sehen wir uns wieder?«

»Gern. Du spielst wunderbare Spielchen.«

Er räkelte sich auf dem Bett wie ein zufriedener Kater. »Du auch, Erika, du auch.«

6. Kapitel

Eine Woche darauf saßen Erika und Stuart bei Sauerscharfsuppe und Reisbällchen zusammen. Sie hatten über die Regierung, die schwierige Lage im Mittleren Osten und die neueste Ausstellung im Museum of Modern Art diskutiert. Erika liebte diese Abende mit Stuart. Nie waren sie um Gesprächsthemen verlegen – im Gegenteil, meistens reichte die Zeit gar nicht. »So, nachdem wir jetzt sämtliche Probleme der Weltpolitik gelöst haben«, sagte Stuart schließlich, »erzähl mir mal ein bisschen was von dir. Wie geht's dir eigentlich?«

»Einerseits richtig gut, andererseits ziemlich bescheiden«, gab Erika Auskunft.

»Fangen wir mal mit dem bescheidenen Teil an«, forderte Stuart sie auf.

»Wie ich dir schon am Telefon erzählt habe, war mein Besuch in Frankreich ein ziemlicher Reinfall.«

»Und seitdem? Irgendwelche Fortschritte mit Rena?«

»Nein. Ich hab sie angerufen, gleich nachdem ich wieder hier war, und dann noch einmal am letzten Wochenende. Sie war absolut einsilbig. Es war, als würde ich gegen eine Wand reden.« Erika seufzte tief. »Sie hasst mich und will mir nicht verzeihen.«

Überrascht schaute Stuart sie an. »Was will sie dir nicht verzeihen?«

»Natürlich das, was Rick und ich ihr angetan haben.« Sie

legte ihre Essstäbchen auf den Tisch und faltete die Hände im Schoß. »Wir haben sie aufs Internat abgeschoben. Das klingt zwar abgedroschen, aber so war es. Sie musste weg, damit wir genug Zeit für jenes gesellschaftliche Leben hatten, das Ricks Karriere nutzte. Heute bereue ich das, aber ich trage für diese Entscheidung genauso die Verantwortung wie Rick – auch wenn er heute in Renas Augen der Gute ist und ich die Böse. Sie hat mir vorgeworfen, ich hätte sie nur bekommen, um mir Rick zu angeln. Das kann sie sich nicht aus den Fingern gesogen haben, das muss sie von ihm haben.«

»Ich traue ihm durchaus zu, dass er Rena Lügen auftischt, nur um gut dazustehen.«

»Er lügt nicht, er schildert die Dinge einfach aus seiner Sicht.« Als Stuart protestieren wollte, hob sie die Hand. »Ich habe mich inzwischen damit abgefunden und versuche jetzt, trotz allem irgendeine Art von Beziehung zu ihr aufrechtzuerhalten. Außerdem sind Teenager selbst unter den besten Umständen schwierig.«

»Stimmt«, sagte Stuart mit traurigem Lächeln. »Meine Jungs sind auch in Renas Alter, und wenn man ihnen glaubt, haben weder Lorraine noch ich auch nur eine einzige funktionierende Gehirnzelle.« Stuart aß die Suppe auf und bedeutete dem Kellner, seine Schale abzuräumen. »Was ist mit den guten Nachrichten?«

»Ich verstehe mich richtig gut mit Valerie. Sie ist eine wundervolle Frau, und wir sind schon ein paar Mal miteinander ins Geschäft gekommen.« Seit ihrem Abend mit Randy war Erika noch bei einer Party für einen Rockmusiker gewesen, wo sie eine schnelle Nummer im Hinterzimmer geschoben hatte, und hatte sich mit einem Handelsvertreter in seinem Hotelzimmer getroffen. In beiden Fällen war der Sex unkompliziert und durchaus lustvoll gewesen.

»Das ist ja fantastisch. Und? Hast du gutes Geld dabei verdient?«

»Ich kann nicht klagen. Zum ersten Mal seit langer Zeit kommt mal wieder was auf mein Sparkonto – dabei hatte ich schon gedacht, es würde nie aufhören zu schmelzen.«

Stuart fasste über den Tisch nach Erikas Händen. »Ich freue mich wirklich für dich. Gefällt dir die Arbeit auch? Oder machst du es nur wegen des Geldes?«

»Ich würde es sogar bloß wegen des Geldes machen, aber die Arbeit macht mir echt Spaß. Bisher waren alle meine Kunden nette Leute, die Spaß am Sex hatten. Allerdings achtet Valerie bei der Auswahl der Kunden genau darauf, dass sie zu mir passen. Sie hat die Sache wirklich gut im Griff.«

»Da kann ich dir nur zustimmen«, sagte Stuart, während der Kellner Huhn mit gebratenem Reis servierte. »Es ist ein absolut verrücktes Geschäft, aber sie bewahrt stets einen kühlen Kopf.«

Als sie schließlich zahlten und Stuart Erika in den Mantel half, sagte er: »Lass uns nicht erst wieder eine Ewigkeit warten, bevor wir uns das nächste Mal sehen.«

»Bestimmt nicht«, versprach Erika. »Grüß Lorraine und die Kinder von mir.«

»Mach ich.«

Auf dem Weg nach Hause ging Erika durch den Kopf, wie glücklich sie war. Sie hatte Brook, Valerie und Stuart. Wer konnte schon von sich behaupten, solche Freunde zu haben?

Mit der Zeit kehrte eine gewisse Routine in Erikas Leben ein. Pro Woche ging sie an ein oder zwei Abenden aus, meist am Wochenende. Unter der Woche durfte sie sich nicht die Nächte um die Ohren schlagen, denn das würde sich am nächsten Tag bei ihrer Arbeit rächen, und noch sicherte ihr der Job bei Proxmeyer ein geregeltes Einkommen.

Irgendwann wurde jedoch der Reiz, mit einer tollen Arbeit viel Geld zu verdienen, übergroß. Im Mai machte sie bereits drei oder vier Termine pro Woche ab. Sie hatte inzwischen mehrere Stammkunden, darunter auch Jonas, die sich bei ihr meldeten, wann immer sie in der Stadt waren. Ihr Bankkonto wuchs und wuchs. Jeden Sonntag rief sie Rena an. Als sie jedoch einmal den Vorschlag machte, sie in den Sommerferien zu besuchen, lehnte ihre Tochter rundweg ab. »Ich habe die Sommerferien bereits verplant, Mutter.«

Sie traf sich fast jede Woche mit Stuart zum Essen und verbrachte viel Zeit mit Brook, deren Affären genauso flüchtig waren wie Erikas Beziehungen zu ihren Kunden. Wenn Erika und Valerie sich einmal im Monat beim Italiener trafen, kamen sie regelmäßig auch auf Brook zu sprechen – doch im Moment benötigte Valerie keine weitere Kraft.

Eines Mittwochabends saß Erika in einem Clubsessel aus weißem Leder in ihrem frisch renovierten und neu möblierten Wohnzimmer. In der letzten Zeit hatte sie sich zudem verschiedene Schmuckgegenstände geleistet, die den Raum jetzt ebenso zierten wie zwei gerahmte Fotografien von Rena. Im Moment blätterte sie gerade im Time Magazine, das sie neben dem People Magazine abonniert hatte. Beide Zeitschriften studierte sie jede Woche ausführlich, um im Gespräch mit ihren Kunden brillieren zu können. Als das Telefon klingelte, griff sie zerstreut nach dem Hörer. »Hallo?«

Es war Valerie. »Ich stecke in der Klemme, Süße. Sowohl Mei als auch Sherry liegen mit Grippe im Bett, und ich habe morgen Abend eine große Party. Alle verfügbaren Damen sind im Einsatz. Ich hab rumtelefoniert, aber an den Wochenenden ist es ja immer eng. Bei einigen habe ich was auf den Anrufbeantworter gesprochen, aber bisher hat noch keine zurückgerufen. Ich weiß, du hast letztes Wochenende an beiden

Abenden gearbeitet, und gestern auch, aber ich steck wirklich in der Klemme. Kannst du mir aushelfen?«

»Natürlich. Du weißt, ich helfe dir immer gern.«

Selbst durch den Hörer konnte Erika Valeries Erleichterung spüren. »Super. Der Veranstalter ist ein großer Arzneimittelhersteller. Sowohl Mei als auch Sherry waren fest dafür eingeplant. Du hast schon oft von deiner Freundin Brook erzählt, aber bis jetzt hat sich noch nie etwas ergeben. Was meinst du, wäre sie interessiert? Ich warte zwar noch auf ein paar Rückrufe, fürchte aber, das klappt nicht mehr.«

»Ich geh einfach rauf, frag sie und ruf dich so bald wie möglich zurück.«

Erika schlüpfte in die Schuhe, rannte zu Brooks Apartment hinauf und klopfte. Als Brook die Tür öffnete, hatte sie ihre Lesebrille auf der Nase und hielt eine Ausgabe des Smithsonian Magazine in der Hand. »Hi! Komm rein!«

In Brooks Apartment herrschte wie immer totales Chaos. Erika nahm etliche Pullover von einem Sessel und setzte sich. »Gerade hat Valerie angerufen. Ihr fehlen für eine Party morgen Abend noch zwei Frauen. Ich hab schon zugesagt. Hättest du vielleicht auch Interesse?«

»Ich?«

»Ja, du. Du hast doch immer gesagt, dass du gern Geld für das bekämst, was du momentan umsonst machst. Ich hab Valerie schon viel von dir erzählt, und heute Abend hat sie mich dann nach dir gefragt.«

»Wow! Klar würd ich das machen. Sogar gerne.« Sie ließ sich in die Ecke ihres braunen Ledersofas plumpsen. »Glaub ich jedenfalls.«

»Kalte Füße?«

»Du scheinst ja großen Spaß daran zu haben, und das Geld ist auch nicht gerade von der Hand zu weisen. Es ist nur ...«

»... dass du dir plötzlich wie eine Prostituierte vorkommst.«

»Das ist hart.« Sie zögerte. »Aber zutreffend.«

»Du musst ja nicht gleich zusagen. Lass dir ein paar Minuten Zeit.« Erika ging in Brooks kleine Küche und setzte Teewasser auf.

»Ich würde es wirklich gern machen«, sagte Brook, die sich in der Küchentür aufgebaut hatte.

»Ich weiß.«

»Aber ich habe eine Scheißangst davor.«

Erika ging zum Herd. »Das kenne ich. Ist es der Sex?«

»Eigentlich nicht. Das wäre für mich noch das Einfachste. Ehrlich gesagt, es sind die Leute, die mir Angst machen.«

»Warum denn das?«

»Kein Wunder, dass du das nicht verstehst, denn du bist daran gewöhnt. Der Gedanke, mich mit Leuten zu unterhalten, die an einem Tag mehr verdienen als ich in einem ganzen Monat, macht mir irgendwie Angst. Was kann ich denn schon zum internationalen Aktienmarkt und den steigenden Rohölpreisen sagen?«

»Glaubst du, dass wir uns darüber unterhalten?«, fragte Erika. »Die meiste Zeit reden wir über Dinge, von denen ich absolut keine Ahnung habe, zum Beispiel Sport.«

»Ich dachte, du liebst Sport. Wir quatschen doch auch ab und an darüber.«

»Hm, damit ich von deinem Wissen profitieren kann. Ich merk mir, was du sagst, zum Beispiel, dass die Knicks unbedingt einen Quarterback brauchen oder wie groß die Chancen der Mets sind, die Playoffs zu erreichen.« Sie zuckte mit den Achseln. »In Wirklichkeit kann ich einen Hockeyschläger nicht von einem Golfschläger unterscheiden.«

»Du machst Witze. Wir kennen uns jetzt länger als ein Jahr, und ich hab nie was gemerkt.«

»Ich kann gut reden – und mehr braucht man nicht. Also, was ist? Wie steht's mit morgen Abend? Du bist eine kluge Frau mit vielen Interessen und könntest wahrscheinlich selbst mit einer Mumie ein unterhaltsames Gespräch führen.«

Brook rieb sich den Nacken, während Erika Teebeutel in zwei große Becher hängte. »Wenn du meinst ...«

»Ja, tu ich. Soll ich Valerie anrufen?«

Brook holte tief Luft und nickte. »Okay, ruf sie an. Hilfst du mir dann, mich zurechtzumachen?«

»Weißt du was«, sagte Erika. »Mir kommt da ein guter Gedanke: Wir melden uns morgen krank und bereiten uns in aller Ruhe vor.«

»Ich soll mich deswegen krankmelden? Ich feiere so gut wie nie krank.«

»Ich weiß. Ich ja auch nicht. Deshalb können wir es uns morgen ruhig mal leisten. Nennen wir es einen Erholungs- und Schönheitstag. Ich ruf jetzt schnell Valerie an, dann plündern wir meinen Kleiderschrank und suchen was Tolles für dich aus. Außerdem sollten wir uns vielleicht Marcel spendieren. Leider haben wir keine Zeit für das ganze Programm mit Schlammpackung, Massage und so, aber Haare und Nägel können wir uns machen lassen. Da kriegst du auch eine Typberatung fürs Make-up.«

»Ich schmink mich normalerweise aber gar nicht.«

»Ich weiß, aber in diesem Geschäft ist nicht nur das Aussehen wichtig, sondern man muss auch sehen, dass du dich extra für die Party in Schale geworfen hast.«

»Gut«, sagte Brook nach kurzem Zögern, »dann gehen wir also zu Marcel.«

Nachdem Erika kurz Valerie angerufen hatte, durchstöberten die beiden Erikas Kleiderschrank. Als Brook eine weiße Leinenhose herauszog, sagte Erika: »Ich trage nie Hosen, wenn ich für Valerie arbeite.« Als Brook sie daraufhin verdutzt ansah, fuhr sie fort: »Ich möchte den Männern das Gefühl vermitteln, dass ich zu haben bin. Das ist wie bei einer Strumpfhose.«

»Und sonst noch?«, fragte Brook, als sie die Hose zurück in den Schrank hängte. »Komm, gib mir ein paar Tipps.«

»Ich stehe nie länger mit anderen Frauen zusammen. Es ist für einen Mann viel schwieriger, in ein Duo einzubrechen, als sich an eine einzelne Frau heranzumachen, die womöglich noch ein bisschen verloren wirkt.«

»Stimmt, ich mime auch immer die Verlorene, wenn ich nach Männern Ausschau halte. Männer lieben es einfach, den Ritter zu spielen.«

»Dann achte ich immer darauf, ob im Essen Zwiebeln oder Knoblauch sind«, fuhr Erika fort. »Außerdem esse ich vorher genug, damit ich keinen Hunger habe. Nichts ruiniert eine sich anbahnende Liebesnacht nachhaltiger als schlechter Atem.«

»Du denkst aber auch an alles.«

»Valerie ist eine gute Lehrerin. Diese Art von Dates sind mein Job, entsprechend verhalte ich mich. Es geht um Geld, viel Geld, dabei. Je aufmerksamer ich bin, desto öfter werden die Männer mich wiedersehen wollen. Und je mehr sie ausgeben, desto mehr nehme ich ein. So einfach ist das.«

»Noch eine letzte Frage. Wie erklären wir unsere Anwesenheit auf einer solchen Party? Ich kann ja wohl schlecht sagen: ›Ich bin eine Nutte, die engagiert worden ist, um Ihnen den Abend zu versüßen‹.«

Mit einem Grinsen ließ Erika sich aufs Bett plumpsen. »Stimmt, das würde sich nicht unbedingt empfehlen. Aber es kommt sowieso selten vor, dass jemand nach deiner Begleitung fragt. In diesen Fällen behaupte ich immer, mein Bekannter sei schon weg. Von da an ist die Unterhaltung in der

Regel kein Problem mehr. Stell dir einfach vor, es wäre ein Typ, den du dir irgendwo in der freien Wildbahn ausgeguckt hast. Frag ihn, was er macht, und überlass dann am besten ihm das Reden.«

Brook starrte sie an. »Du bist ja ganz schön zynisch.«

»Eigentlich nicht. Bei den meisten Männern habe ich ja auch meinen Spaß. Aber manchmal ist es eben bloß ein öder Job – auch wenn du ihn gut machen musst.«

Sie durchstöberten weiter den Schrank und suchten mehrere Kleider aus, die zu Brooks hellem Typ passten. »Dieses Kleid hat mir an mir nie besonders gefallen«, sagte Erika, als Brook ein langes dunkelgrünes Kleid aus weicher Baumwollgaze herauszog.

Brook strich mit der Hand über den hauchzarten Stoff. »Das ist der weichste Stoff, den ich je angefasst habe. Ich verstehe nicht, warum dir das Kleid nicht gefällt.«

»Es ist nicht mein Geschmack und vor allem nicht meine Farbe.«

»Also, wenn du es nicht haben willst, ich find es toll.« Sie hielt das Kleid an ihren Körper und drehte sich vor Erikas Spiegel nach links und nach rechts.

»Schenken tu ich's dir aber nicht, Süße«, sagte sie. »Leihen kannst du es natürlich gern.«

»Geizhals!« Brook zog einen Flunsch.

»Also gut«, ließ Erika sich erweichen, »wenn es dir so gut steht, wie ich glaube, dann behalt's meinetwegen. Das Tolle an dem Job ist, dass du zwar schicke Kleider brauchst, aber nicht allzu viele. Meistens siehst du die Leute nie wieder. Und wenn doch, erinnert sich eh keiner mehr daran, was du beim ersten Mal angehabt hast.«

»Also, an dieses Kleid werden sie sich bestimmt erinnern«, sagte Brook mit einem Grinsen. »Besonders mit mir darin.

Glaubst du, es wird noch andere Gelegenheiten geben, wo ich es tragen kann?«

»Wenn du darauf hinauswillst, ob Valerie noch mehr Jobs für dich hat, dann bin ich mir ziemlich sicher, dass du es noch oft tragen wirst. Die Kerle werden dich klasse finden, und Valerie auch. Du bist attraktiv, intelligent und alles andere als prüde.«

Am nächsten Tag hatten Erika und Brook ihren Termin bei Marcel, einem berühmten Salon in Midtown Manhattan. Da Erika seit einiger Zeit Stammkundin war, kümmerte sich Marcel persönlich um Brook. »Erika, Schätzchen«, begrüßte Marcel sie überschwänglich. Mit seiner affektierten Sprechweise und seinem schrillen Tuntengehabe war er die Fleisch gewordene Karikatur des schwulen Schickimicki-Coiffeurs. »Wer ist dieses entzückende Geschöpf?«

»Meine Freundin Brook.«

Marcel fuhr mit den Fingern durch Brooks langes blondes Haar. »Ganz wunderbar. Diese Farbe kriegst du nicht aus der Flasche. Aber wer hat dir diesen Schnitt angetan, meine Liebe? Oder hast du selbst zur Heckenschere gegriffen?«

»Ignorier ihn einfach, Brook«, sagte Erika, als Brook den Friseur entsetzt anstarrte. »Wenn er nicht mindestens einmal pro Stunde irgendwas total Beleidigendes oder Schockierendes sagt, kriegt er Pickel.«

Daraufhin entspannte sich Brook. »So, mein Engel, dann wollen wir mal sehen, was wir daraus zaubern können«, kicherte Marcel und packte einen Strang von Brooks Haaren, drückte ihn in der Faust zusammen und besah sich die Spitzen genau. »Was für prächtiges Haar! Fein und trotzdem mit Volumen und ohne jeden Spliss.« Er wandte sich der Stylistin zu. »Denise, die Farbe dieses Engelhaars kann bleiben, wie sie ist.«

Er schaute Brook im Spiegel an, fuhr mit den Fingern durch ihr Haar und zerstrubbelte es dann ein wenig. »Du brauchst etwas, das du auf verschiedene Arten stylen kannst. Mal offen, mal hochgesteckt und sexy. Ich würde sagen, wir schneiden es bis hierhin ...« Er zeigte auf eine Stelle etwa zehn Zentimeter unter Brooks Schulter. »... und drehen es dann nach innen hin ein, so dass sich eine schöne Linie mit der Wange ergibt.«

Als Brook nickte, guckte Marcel erneut in den Spiegel, dann hob er ihr Kinn ein Stück an und betrachtete ihre Wange. »Gute Haut und große Poren, aber was für eine Verschwendung. Warum trägst du kein Make-up?«

»Ich hab mir das nie angewöhnt«, sagte Brook mit leicht gequälter Miene. »Das Einzige, was ich hin und wieder benutze, ist Lippenstift.«

»Was für ein Verbrechen! Denise, diese betörenden blauen Augen brauchen kühle Töne. Und welche Blondine geht auf die Straße, ohne was an ihren Wimpern und ihren Brauen zu machen? Die verschwinden ja fast.« Er wedelte mit der Hand. »Du weißt, was du machen musst, Denise. Aber dezent, Denise, dezent. Diese Frische eines Mädchens vom Lande wollen wir schließlich auf gar keinen Fall kaputtmachen.« Er schaute sich Brooks Hand an. »Die Nägel sind natürlich auch ganz indiskutabel.«

»Natürlich«, sagte Brook. »Aber ich arbeite den ganzen Tag am Computer, also macht bitte nichts, was mich beim Schreiben behindert.« Während der ganzen Diskussion stand Erika daneben und sah zu. »Wie fühlst du dich, Brook?«, fragte sie.

»Ist ja alles nicht für die Ewigkeit. Wenn's mir nicht gefällt, mach ich's wieder weg.«

»Nicht gefällt?«, kreischte Marcel. »Nichts von dem, was wir hier machen, könnte jemals irgendjemandem nicht gefallen. Du wirst schier entzückt sein, das garantier ich dir.«

»Mit Geld-zurück-Garantie, Marcel?«, bot Erika Paroli.

»Wo kommen wir denn da hin? Ich bin ein Genie, kein Trottel.« Unter allgemeinem Gelächter stolzierte Marcel von dannen.

Nach mehreren Stunden kehrte Erika zu Brook zurück und nahm sie in Augenschein. Selbstverständlich bestand keinerlei Gefahr, dass sie ihr Geld zurück wollte. Brooks Haar war sorgfältig geschnitten, an den Seiten mit Innenrolle und hinten wie ein goldener Vorhang. Vorn hatte Denise mit heißen Lockenwicklern ein bisschen mehr Volumen gezaubert und ein paar vorwitzige Ponyfransen stehen lassen. Danach hatte sie Brook ein überaus dezentes Make-up verpasst. Sichtlich begeistert von ihrem Spiegelbild strahlte Brook über beide Backen.

»Ich bin baff«, sagte sie zu Erika. »Seh ich nicht einfach umwerfend aus? Und das bis in die Fingerspitzen!« Sie streckte Erika die Hände hin, um ihr die sorgfältig polierten und manikürten Fingernägel vorzuführen.

»Neben dir verblasst jede Frau«, bestätigte Erika. »Und ich seh nun auch nicht gerade aus wie ein graues Mäuschen.«

Während Brook verwöhnt worden war, hatte Erika sich ebenfalls die Haare schneiden und tönen lassen. Sie hatte sich eine Gesichtsmaske, eine Maniküre und eine Pediküre gegönnt und sich die Beine enthaaren lassen. Jetzt standen die beiden Frauen an der Kasse. Als Brook ihre Rechnung sah, wurde sie blass. »Wenn ich mir sonst die Haare schneiden lasse, kostet das zwanzig Dollar inklusive Trinkgeld.« Sie betrachtete sich im Spiegel hinter der Kasse und grinste. »Nun gut, Marcels Preise sind happig, aber er ist jeden Cent wert.«

»Stimmt«, sagte Erika und reichte der Empfangsdame ihre Kreditkarte. »Er ist nun mal der Beste.«

»Natürlich bin ich das«, sagte Marcel, der plötzlich hinter

ihnen auftauchte. »Immer.« Er küsste beide Frauen auf die Wange. »Ihr seht fantastisch aus. Bist du zufrieden, Brook?«

»Rundum.«

»Hab ich nicht anders erwartet«, sagte Marcel.

Um sieben stiegen die beiden in ein Taxi. Erika nannte dem Fahrer die Adresse eines großen Hotels in Midtown. Laut Valerie erwartete der Pharmahersteller von ihnen, dass sie sich um Ärzte und Krankenhausleute von außerhalb kümmerten, die so aussahen, als könne man bei ihnen mit großen Bestellungen rechnen. »Müssen wir selbst entscheiden, wer unsere Zeit wert ist?«, fragte Brook während der Fahrt in die Innenstadt.

»Im Grunde genommen nicht. Sie bezahlen uns und lassen es dann darauf ankommen. Keiner weiß wirklich, ob dadurch die Verkaufszahlen steigen, aber es hält die Leute bei Laune, und das ist der eigentliche Sinn und Zweck der Veranstaltung.«

»Sind wir für den gesamten Abend engagiert?«, wollte Brook wissen.

»Bis Mitternacht oder solange danach, wie wir gebraucht werden. Das Honorar ist mehr als großzügig bemessen.«

Als die beiden Frauen im Hotel ankamen, wimmelte es in der Doppelsuite bereits von Männern in Anzug und Krawatte, die Canapés und Gläser balancierten. Brook trug das grüne Kleid und die »Glücksohrringe«, die Erika sich fürs Cadmire-Dinner und ihren ersten Abend in Valeries Diensten geliehen hatte. Erika trug ein pflaumenfarbenes Cocktailkleid mit V-Ausschnitt, silberfarbene Sandalen und silbernen Schmuck. Sie holten sich einen Wein an der Bar.

»Pass auf dich auf«, sagte Erika leise zu ihrer Freundin.

»Du auch auf dich«, erwiderte Brook. Dann trennten sie sich.

Als ein livrierter Kellner mit einem Tablett vorbeikam, nahm Erika sich eine Serviette und eine Pastete, die mit Krabben gefüllt und mit frischem Dill bestreut war. Als sie hineinbiss, sagte eine Stimme hinter ihr: »Probieren Sie mal die Paté. Die ist wirklich viel besser als die Krabbenpastete.«

Sie schluckte den winzigen Bissen hinunter. »Die schmeckt aber auch nicht schlecht«, meinte sie und trank einen Schluck Wein nach. »Ich heiße Erika.«

»Hallo. Ich bin Casey Kemp, und Sie sind umwerfend.«

Casey war Mitte vierzig und hatte lange braune Haare, die im Nacken mit einem Lederband zu einem Pferdeschwanz zusammengebunden waren. Hinter seinen Brillengläsern leuchteten tiefblaue Augen. Sein Gesicht war lang, das Kinn eckig. Er hatte große, breite Hände mit ziemlichen Wurstfingern. Wenn er lächelte, blitzten weiße Zähne auf, die sich stark gegen seine sonnengegerbte Haut abhoben. Erika neigte artig den Kopf. »Vielen Dank.« Ihr Blick wanderte von seinem Gesicht über seinen wohlgeformten Körper bis hinunter zu den handgearbeiteten Schuhen. »Sie sehen auch nicht gerade schlecht aus.«

Sein Lachen war echt und herzlich. »Ich muss gestehen, so hat mich noch keine Frau gemustert.«

»Sie haben es bloß noch nie gemerkt. Ein Mann, der so aussieht wie Sie, muss die Blicke einer Frau auf sich ziehen.«

Diesmal war es an ihm, sich zu verneigen. »Ich danke Ihnen, meine Teuerste. Ich hatte mich eigentlich nicht auf diese Party gefreut, aber offenbar steht mir doch ein wunderbarer Abend bevor. Sind Sie allein hier?«

»Leider ja. Ich bin mit einem Bekannten gekommen, aber er scheint sich ohne mich davongemacht zu haben.«

»Was mir natürlich sehr zupass kommt.«

Erika lächelte ihn an. Wie oft hatte sie dieses Spiel schon gespielt? »Mir nicht minder. Erzählen Sie mir doch ein bisschen von sich.«

»Ich bin verheiratet.«

»Und ich nicht. Nachdem wir das geklärt haben, erzählen Sie mir doch noch ein bisschen mehr von sich.« Fast eine Stunde unterhielten sie sich angeregt über die Zukunft des Gesundheitswesens, denn Casey war Verwaltungsdirektor eines großen Krankenhauses in Indiana. »Sie scheinen sich wirklich mit dem Thema auszukennen«, sagte Casey an irgendeiner Stelle. »Sind Sie auch in dem Bereich tätig?«

»Nein, ich bin Mädchen für alles in einer kleinen Versicherungsagentur.«

»Das hätte ich jetzt wirklich nicht gedacht!«

Gegen elf begann die Menge sich zu lichten. Erika hielt unauffällig nach Brook Ausschau, aber die war nirgends zu sehen. Na gut, dachte sie, dann bekakeln wir unsere Erlebnisse halt morgen. »Ich nehme an, Sie lassen sich wohl nicht von mir nach Hause bringen?«, kam Casey schließlich zur Sache.

Erika hatte schon vor langem beschlossen, dass sie Privates und Geschäftliches auf keinen Fall vermischen wollte. Anfangs hatte sie zwar noch erwogen, notfalls auch Männer mit in ihr Apartment zu nehmen, doch letztendlich hatte sie es immer irgendwie vermeiden können. »Ich wohne ziemlich weit außerhalb, aber ich kann Sie gern unterwegs absetzen.« Das hatte bis dato immer funktioniert.

»Danke. Ich wohne hier im Hotel.« Er hielt einen Moment inne. »Möchten Sie noch auf einen Drink mit zu mir kommen?«

»Gern. Die Party neigt sich ohnehin allmählich dem Ende zu, und ich habe noch gar keine rechte Lust, nach Hause zu fahren. Sie sind ein so interessanter Gesprächspartner.«

7. Kapitel

Am nächsten Tag schlief Erika in der Arbeit fast im Stehen ein. Die ganze Zeit fragte sie sich, ob sie ihren Bürojob nicht allmählich aufgeben sollte. Zwischen den üblichen Telefonaten und Schadensbearbeitungen rechnete sie aus, was sie bei Valerie verdiente, und war angenehm überrascht, als sie feststellte, dass sie als Begleitdame mittlerweile mehr verdiente als mit dem Job bei der Versicherungsagentur – und ein großer Teil davon war auch noch schwarz.

Am Abend schlüpfte sie in Leggings und T-Shirt, rief Brook an und lud sie zu Steaks und Kartoffeln bei sich ein. »Du hast doch bestimmt Zutaten für einen Salat im Kühlschrank? Bring sie mit runter, dann erzählen wir uns beim Kochen, wie es gestern gelaufen ist.«

»Ich bin total gespannt auf deinen Bericht«, sagte Brook kurz darauf in Erikas Küche, während sie eine Schale Rucola auf die Arbeitsplatte stellte. Sie trug eine graue Jogginghose und ein Minnie-Maus-T-Shirt. »Ich hab auch ein neues fettfreies Dressing mitgebracht.«

Während sie das Essen zubereiteten, erzählte Erika ihr von ihrem Abend. Sie und Casey hatten sich zweimal in seinem Hotelzimmer geliebt und dabei viel Spaß gehabt.

»Er war ja echt ein Sahneschnittchen«, sagte Brook. »Ich hab euch beide gesehen, wie ihr da gestanden habt, die Köpfe zusammengesteckt, ganz ins Gespräch vertieft …! Wirst du ihn wiedersehen?«

»In der Hinsicht ist dieses Geschäft knallhart. So etwas

scheitert meist an einem der folgenden Dinge.« Sie streckte einen Finger hoch. »Viele der Jungs wohnen schlicht und ergreifend zu weit weg. Casey ist aus Indiana und – auch das keine Seltenheit – verheiratet.« Sie streckte einen zweiten Finger in die Luft. »Wer in der Nähe wohnt, kriegt häufig mit, dass ich eine Professionelle bin, und fällt dann aus allen Wolken, dass ich an einer echten Beziehung nicht interessiert bin.« Ein dritter Finger gesellte sich zu den beiden anderen. »Lerne ich doch mal einen netten Mann kennen, der nicht weiß, dass ich eine Professionelle bin, und wäre sogar an einer echten Beziehung interessiert, verzichte ich trotzdem in der Regel darauf. Irgendwann würde er von meinem Job erfahren und bestimmt Ärger machen. Die Enttäuschung und den Trennungsschmerz spare ich mir dann lieber gleich.«

»Das klingt ziemlich bitter.«

»Ist es aber eigentlich nicht. Ich hab lange genug in einer Ehe gelebt und bin nicht scharf darauf, das Spielchen noch einmal zu spielen.« Als die Uhr in der Mikrowelle abgelaufen war, probierte Erika, ob die Kartoffeln gar waren.

»Was ist mit den Männern, die du regelmäßig triffst?«

»Meine Stammkunden? Das ist natürlich eine tolle Sache. Sie rufen mich an, wenn sie das große Jucken kriegen oder wenn sie in der Stadt sind. Wir machen uns einen tollen Abend, aber das war's dann auch. Auf eine engere Beziehung würde ich mich nicht einlassen.« Sie drehte den Knopf am Mikrowellenherd, um die Kartoffeln noch eine Minute länger garen zu lassen, und legte die Steaks in die Pfanne.

»Klingt ziemlich deprimierend.«

»Ist es aber nicht. Ich will gar keine feste Beziehung. Am Anfang hab ich mich natürlich gefragt, ob ich mir da nicht was vormache – aber ich bin wirklich glücklich. Du bist immer noch auf der Suche nach dem Richtigen, oder?«

»Ja«, sagte Brook, während sie die Salatblätter zerkleinerte und in zwei Schüsseln gab. »Ich wünsche mir eine richtige Familie. Du hast das beides schon erlebt, ich nicht.« Sie hielt inne und seufzte. »Ich bin jetzt dreißig. Ich habe immer gedacht, ich würde in diesem Alter längst verheiratet sein und Kinder haben. Vielleicht gibt es einfach nicht den richtigen Mann für mich.«

»Quatsch! Es gibt jede Menge Männer, die für dich in Frage kämen.« Sie wendete die Steaks. »Man muss viele Frösche küssen, bis man endlich den schönen Prinzen findet.«

»Ich weiß«, sagte Brook, »und ich hab wahrlich genug Frösche geküsst.«

»Wo wir gerade von Prinzen sprechen ... Wie ist es denn gestern bei dir gelaufen?«

»Eigentlich war's ein richtig gelungener Abend. Toller Sex, ohne den ganzen Stress, ob er jetzt der Richtige ist oder nicht.«

»Wusste er, dass du eine Professionelle bist?«

»Er hat mich gleich danach gefragt. Als Einkäufer einer großen Klinik in Seattle ist er schon oft auf solchen Veranstaltungen gewesen. Er hat genau gewusst, dass auf der Party bezahlte Frauen herumsprangen, und mich einfach gefragt, ob ich eine von ihnen wäre. Als ich ja gesagt habe, waren die Fronten gleich klar. Das hatte richtig was Wohltuendes.«

Erika nahm die Steaks aus der Pfanne, tat auf jeden Teller ein paar Kartoffeln und trug sie ins Wohnzimmer. Brook folgte ihr mit den Salatschüsseln und zwei Haferkleiebrötchen. »Von Trennkost kann hier wohl keine Rede sein«, sagte Brook. »Salat, Haferkleie, Backkartoffeln und Rind. Ich bin nicht sicher, ob mein Magen diese Art von Abendessen auf Dauer übersteht.«

»Wenn es doch aber so verdammt lecker ist.« Die beiden Frauen setzten sich aufs Sofa und stellten die Teller auf den

Couchtisch, wo bereits die Servietten und das Besteck lagen. »Wie wär's mit einem Rotwein?«, fragte Erika. »Zur Feier des gestrigen Abends.«

»Warum eigentlich nicht?«

Erika machte eine Flasche auf und schenkte zwei Gläser voll. »Und jetzt«, sagte sie, einen ordentlichen Bissen Steak auf ihre Gabel spießend, »erzähl mir alles.«

»Es war ein ziemlich heftiger Ritt.« Brook schluckte herunter, um Erika dann in aller Ausführlichkeit von ihrem gestrigen Erlebnis zu berichten.

Nachdem sie und Erika sich getrennt hatten, nahm sich Brook ein Glas Champagner vom Tablett eines vorbeikommenden Kellners und wanderte durch den Raum. Überall standen kleinere Gruppen von Männern. Die meisten trugen Anzüge, viele waren jedoch auch ganz leger in Jeans und Freizeithemd erschienen. Während sie an ihrem Champagner nippte, versuchte sie, ein bisschen verloren auszusehen. Was hieß versuchte? Sie war ein bisschen verloren.

Als sie gerade an einer Gruppe von Männern vorbeischlenderte, streckte ein Mann in einer grauen Hose und einem maßgeschneiderten hellgrünen Hemd den Arm aus, fasste sie bei der Taille und zog sie an seine Seite. »Gentlemen«, sagte er zu den anderen, »dies ist ...«

»... Brook«, sagte sie.

Mit einem Schopf ungebärdigen sandfarbenen Haars, buschigen Augenbrauen und einem dichten sandfarbenen Schnauzbart wirkte der Typ wie ein braver Familienvater. »Also, Brook«, tönte er, »dies sind meine Freunde Ken Connor aus Tyler in Texas, Mark Chang aus Chicago und Walt Perrelli aus Atlanta. Ich selbst bin Jim Barclay aus dem fernen New Jersey. Wir sind alle im medizinischen Bereich tätig und von daher stets darauf bedacht, einer Dame in Not hilfreich zur Seite zu stehen.«

Brook drückte den Rücken durch und säuselte: »Es freut mich sehr, Sie alle kennen zu lernen.« Sie schaute sich jeden einzelnen der Männer an und prägte sich ihre Namen ein.

»Sie haben ein bisschen verloren gewirkt. Sind Sie mit jemandem hier?«

Brook erinnerte sich an Erikas Ratschläge. »Ich war mit jemandem hier, aber er scheint gegangen zu sein.«

»Wie sich das trifft! Walt und Ken sind übrigens Ärzte, Mark leitet eine kleine Klinik in einer absolut schäbigen Gegend, und ich bin im Einkauf tätig. Sind Sie aus der Pharmabranche?«

»Nein, ich arbeite für eine Werbeagentur. Sie wohnen ja alle ziemlich weit auseinander. Können Sie sich da überhaupt ab und an mal sehen?«

»Nur auf diesem Kongress einmal pro Jahr – aber das schon seit Ewigkeiten«, sagte Jim.

»Hey, hey, so alt bin ich nun auch wieder nicht«, protestierte Walt.

»Im Gesundheitswesen geht es ja gerade drunter und drüber.« Brook hatte ein wenig im Internet gesurft, um sich sachkundig zu machen. »Werden sich diese Veränderungen eigentlich auch auf Ihre jeweilige Tätigkeit auswirken?«

»Eine gute Frage«, meinte Mark. »Meiner Ansicht nach sind wir auf lange Sicht alle in den Arsch gekniffen.«

»Das ist natürlich nicht unbedingt für die Ohren einer Dame gedacht«, sagte Jim. »Aber wir haben gerade mehrere Vorträge über die Zukunft des amerikanischen Gesundheitssystems über uns ergehen lassen und ertränken jetzt unseren Kummer in Alkohol.«

»Keine Angst, so ein kleiner Kraftausdruck bringt mich

nicht aus der Fassung. Im Gegenteil, bei Bedarf spricht doch nichts dagegen. Und die aktuelle Situation scheint förmlich danach zu schreien.«

»Bravo«, applaudierte Ken. »Eine Lady, die den Wert eines Kraftausdrucks zu schätzen weiß. So, und jetzt hol ich mir erst mal was zu essen.«

»Haben Sie Hunger?«, fragte Jim.

»Eigentlich nicht.«

Den weiteren Abend diskutierten Jim und Brook über das Gesundheitssystem und viele andere Themen. Manchmal wurde das Gespräch richtig hitzig, wenn sie konträre Ansichten zu einem Thema hatten. Während der ganzen Zeit hatte Jim den Arm besitzergreifend um ihre Taille gelegt. Als sich gegen halb zehn der Saal allmählich leerte, sagte Jim: »Ihr Freund ist offenbar nicht wieder aufgetaucht.«

»Mein Freund?«, fragte Brook verdutzt.

»Na, der, mit dem Sie hier hergekommen sind.«

»Ach der!«, sagte Brook, leicht errötend. »Das ist kein besonders zuverlässiger Typ.«

Jim beugte sich ganz nah an ihr Ohr. »Da war gar kein Typ, stimmt's?«

»Ich weiß nicht, was Sie meinen.«

»Natürlich wissen Sie das. Sie werden dafür bezahlt, dass Sie heute Abend hier sind, nicht?«

Brook war eine schlechte Lügnerin. Außerdem hatte Erika ja nicht verlangt, dass sie ein Geheimnis aus ihrem Job machte. »Erwischt«, sagte sie. »Ich bin hier, um dekorativ herumzustehen und unterhaltsam zu sein.«

»Also, dekorativ sind Sie auf alle Fälle, und in puncto Unterhaltsamkeit haben Sie sich bisher auch prima geschlagen. Ich nehme an, Sie werden für den ganzen Abend bezahlt.« Brook wusste nicht, was sie darauf antworten sollte und beschloss, am besten gar nichts zu sagen. »Wollen wir nicht auf mein Zimmer gehen und den unterhaltsamen Teil dort fortsetzen?«

Brook sah ihm tief in die Augen. Er war ein charmanter Mann mit klaren Ansichten. Er war belesen, intelligent und hatte Humor. »Komisch«, sagte sie und schaute ihn weiter unverwandt an. »Wenn wir uns unter anderen Umständen kennen gelernt hätten, würde ich sofort auf den Vorschlag eingehen. Und von einer bezahlten Gesellschaftsdame erwarten Männer wohl ohnehin, dass sie mitgeht.«

»Ich nicht. Die Frage war ehrlich gemeint.«

»Gut. Im Moment wäre mir lieber, ich würde kein Geld dafür bekommen, denn dann wüssten Sie, dass ich an Ihnen als Mensch interessiert bin, nicht als Kunden.«

»Ich fühle mich geschmeichelt«, sagte Jim. »Verschwinden wir von hier.«

Im Fahrstuhl meinte Jim dann: »Ich frage mich, ob Sie wirklich so verdammt gut in dem Job sind oder einfach nur neu.«

»Wie meinen sie das?«

»Sie wirken so ehrlich, gar nicht abgebrüht. Ist das eine Masche?«

Brook seufzte. »Offen gestanden, ist das heute meine Premiere.«

»Sie machen Witze.«

»Ich bin schon immer gern mit Männern zusammen gewesen. Daher hatte eine Freundin von mir, die in diesem Gewerbe arbeitet, mich gebeten, heute Abend mitzukommen.«

»Warum haben Sie sich darauf eingelassen? Und erzählen Sie mir jetzt bloß nicht die Geschichte von der kranken Mutter, die dringend operiert werden muss.«

»Nein, bestimmt nicht. Wie gesagt, ich lerne einfach gerne Männer kennen. Für mich gibt es nichts Großartigeres als dieses Knistern, wenn man sich langsam näher kommt. Diese gespannte Erwartung, die feuchten Hände, das Kribbeln im Bauch, die Ungewissheit, ob man im Bett landet. Und da hab ich mir halt gedacht, wenn ich dafür auch noch Geld kriege …«

»Eine ehrliche Antwort. Und, lohnt es sich? Finanziell, meine ich.«

»Ich kann nicht klagen«, sagte sie und legte den Arm um seine Hüfte. »Und man lernt unheimlich nette Leute kennen.«

Jim drückte sie an sich. »Ich glaube, du gefällst mir.«

Brook legte den Kopf an seine Schulter und entspannte sich. Das war schon erstaunlich: Sie konnte sie selbst sein und bekam auch noch Geld dafür. In seinem Zimmer hängte Jim ihre Mäntel in dem kleinen Kleiderschrank auf, bevor er sich in einen weichen Sessel setzte. »Komm her«, sagte er und zog sie zu sich auf den Schoß. Dann machte er den Reißverschluss ihres Kleides auf. Er schob seine Hand unter den Stoff und streichelte sich langsam zu ihrer Brust vor. Seine Lippen suchten ihre. Eng umschlungen küssten sie sich. Danach hauchte er ihr sanfte, federleichte Küsse auf die Augen, die Wangen, die Ohren. Mein Gott!, dachte sie. Der küsst aber gut! Er zog die Nadeln aus ihrem Haar und ließ es über seine Hand gleiten. »Weißt du, was ich jetzt gerne machen würde? Dieses Hotel hat die unglaublichsten Bäder, die du je gesehen hast. Meins hat eine riesige Doppeldusche. Ich würde gern mit dir da reinsteigen, damit wir uns gegenseitig einseifen, und dich dann vögeln, bis uns die Spucke wegbleibt.«

»Hm«, schnurrte Brook. »Klingt verlockend.«

Arm in Arm gingen sie in das riesige Bad, das ganz in Schwarz und Weiß gehalten war. Es hatte zwei Waschbecken und zwei Toiletten, beide in einer eigenen Kabine, und eine Duschkabine, die so groß war wie Brooks gesamtes Badezimmer. Die Handtücher waren dick, blütenweiß und mit einem schwarzem Saum sowie den Initialen des Hotels versehen. »Wow!«, sagte Brook, »das nenne ich Bad!« Kurz zögerte sie, dann zog sie sich aus. »Du siehst fantastisch aus, weißt du das?«, meinte Jim, als er sie und ihr Spiegelbild bewunderte.

Sie errötete. »Danke. Es freut mich, dass ich dir gefalle.«

Jim drehte nacheinander die beiden Hähne der Dusche auf. Daraufhin kam auch ein feiner Sprühnebel aus der Wand. »Was ist denn das?«, fragte er. Er klang wie ein kleiner Junge, der ein neues Spielzeug ausprobiert. »Die Firma zahlt mir das Zimmer, obwohl ich nur eine Stunde von hier bis nach Hause brauche. Sie wissen aber, dass ich nicht kommen würde, wenn sie mir nicht was bieten. Da ich es aber immer schaffe, während solcher Veranstaltungen gute Konditionen für sie auszuhandeln, haben sie ein entsprechendes Interesse daran.«

»Zählen Frauen wie ich auch zu dem, was dir deine Firma bieten muss?«

»Selbstverständlich.« Okay, dachte sie, damit ist er also der Erfahrenere von uns beiden, was diese Situation angeht.

Als Jim sich auszog, weidete sich Brook an seinem Anblick. Sein Penis war nur halb erigiert. Gut, dachte sie, dann können wir noch ein bisschen spielen, bevor er zu geil wird. »Du hast einen tollen Körper. Treibst du Sport?«

»Ich spiele Squash und Tennis.« Er packte zwei kleine Stücke Hotelseife aus, nahm einen Waschlappen vom Regal und stieg in die Dusche. »Es macht dir doch hoffentlich nichts aus, wenn deine Haare nass werden?«

»Überhaupt nicht«, sagte Brook und stellte sich unter den Sprühnebel. Offenbar hatte er das schon öfter gemacht. Also, was soll's, dachte sie. Er weiß, wo's lang geht, und darüber kann ich nur froh sein.

Jim seifte den Lappen ein. »Dreh dich um«, sagte er. Nachdem sie ihm den Rücken zugewandt hatte, seifte er sie genussvoll ein. Langsam arbeitete er sich bis zu ihren Pobacken vor, dann rieb er ihr wieder den Rücken bis hoch zu den Schultern ab. Als nächstes kniete er sich hin und seifte ihre Schenkel ein. Dabei tastete er sich langsam weiter nach innen vor, bis der Waschlappen die Außenseite ihrer Schamlippen streifte. Als sie leicht zusammenzuckte, zog er den Lappen wieder zurück und fuhr mit ihm hinunter zu ihren Knien. Von dort aus arbeitete er sich wieder zu ihren Pobacken vor, um den Lappen dann behutsam zwischen ihnen hindurchzuziehen und ihren Anus zu streicheln. Sie bekam weiche Knie.

»Dreh dich um«, befahl er mit leicht zitternder Stimme. Sie gehorchte, und er seifte ihr den Bauch und die Brust ein, wobei er ihren Brüsten besondere Aufmerksamkeit widmete. Schließlich ließ er den Waschlappen fallen und seifte sich die Hände ein, um so ihren Bauch und ihre Rippen zu bearbeiten. Dann hob er ihre Brüste an, umfasste sie von unten mit den Händen und leckte erst die Spitzen ihrer Brustwarzen ab, bevor er kräftig daran saugte. Während er sich so über ihre Brüste hermachte, hielt sie seinen Kopf mit beiden Händen gepackt.

Als er innehielt, sagte sie: »Jetzt bin ich dran.« Sie hob den Waschlappen auf und seifte ihn ein. Sie begann mit seinen Händen und wusch jeden Finger einzeln. Dabei saugte sie an ihnen, als wären sie sein Penis. Mit jedem Finger wurde sein Schwanz steifer. Grinsend wusch sie ihm die Arme, die Schultern und die Brust. »Dreh dich um«, forderte sie ihn auf und ließ den Lappen langsam über seinen Rücken und seinen Hintern gleiten. Dann kniete sie sich hin, seifte ihm Beine und Schenkel ab und arbeitete sich wieder zu seinen Hinterbacken hoch. Dann fuhr sie genauso, wie er es zuvor bei ihr gemacht hatte, mit dem seifigen Lappen zwischen seine Pobacken und spielte mit dem Finger an seinem Anus. Sein wurde Atem heftiger.

Sie packte ihn bei den Hüften und drehte ihn zu sich herum,

so dass sein Schwanz genau vor ihrem Mund war. Dann leckte sie die Unterseite seines nassen Schafts und kitzelte seine Eier mit der Zungenspitze. »Mann, bist du gut!«, stöhnte er.

»Das hoffe ich doch«, sagte sie und ließ seinen Schwanz tief in ihren Mund gleiten.

»Genug!«, ächzte er. »Ich will noch nicht kommen.« Wieder drehte er sie um und seifte ihre Hinterbacken und ihren Anus ein. »Ich frag lieber vorher«, sagte er. »Lässt du mich da rein?«

Brook hatte schon ein paar Mal Analsex gehabt, und es weder besonders toll noch besonders eklig gefunden. »Nicht ohne Kondom«, antwortete sie.

»Das hab ich mir schon gedacht«, sagte er und langte nach dem verschweißten Päckchen, das er direkt vor der Kabine auf dem Boden deponiert hatte. Mit geübtem Griff zog er das Gummi über seinen harten Schwanz und legte anschließend ihre Hände auf die gekachelte Wand. Erneut seifte er ihre Hinterbacken ein, hielt seine Eichel dann genau vor ihren Anus und schob seinen Schwanz langsam in sie hinein.

Im ersten Moment tat es ein bisschen weh, doch als Brook sich entspannte, glitt sein Schwanz problemlos hinein. Sie machte sich darauf gefasst, dass er ihn tief in sie hineinstieß, doch er zog ihn wieder heraus. Immer wieder schob er seinen Schwanz in sie hinein und zog ihn wieder heraus, bis ihr Körper sich an ihn gewöhnt hatte. Erst dann stieß er fest zu und blieb in ihr.

Brooks Brustwarzen wurden hart, ihre Muschi schwoll an, sie erzitterte. »Streichel dich«, befahl er über das Rauschen des Wassers hinweg. »Ich weiß, dass du das willst, und will spüren, wie du kommst. Streichel dich. Zeig mir, wie du kommst.«

Mit der rechten Hand griff sie sich zwischen die Beine, ließ die Finger zwischen ihren geschwollenen Schamlippen hindurchgleiten und fand ihre erigierte Klitoris. Sie rieb sie mit dem Mittelfinger, dann steckte sie ihn in ihre Muschi. »Ja, Baby!«, spornte er sie an. »Ich spüre, dass du gleich kommst. Reib deine Muschi, Baby! Streichle sie! Steck deine Finger ganz tief hinein und besorg's dir!«

Seine Worte heizten sie noch mehr auf. Sie steckte noch einen Finger in ihre Scheide, dann zog sie beide wieder heraus und massierte damit ihre nasse Klitoris. Wie unterschiedlich sich doch das Wasser und ihre reichlich fließenden Säfte anfühlten! »Ja!«, trieb Jim sie an. »Reib deine Klitoris! Fick deine wunderschöne geile Möse. Mach es! Besorg's dir!«

Immer schneller stießen ihre Finger zu, rieben sie über ihre gierige Klitoris, bis sie es schließlich nicht mehr aushalten konnte. Jim massierte ihr die Brustwarzen, während ihr Orgasmus über sie hereinbrandete. Die Finger tief in ihrer Muschi, erfassten sie Wogen der Lust. »Braves Mädchen«, keuchte Jim. »Nicht aufhören! Nicht aufhören!«

Während sie noch immer am ganzen Körper bebte, fühlte sie, wie Jims Schwanz zuckte, als er kam. Allzu schnell glitt sein erschlaffter Penis danach aus ihrem Körper. Langsam ließ Jim sich auf den Boden der Duschkabine rutschen und lehnte sich schwer atmend gegen die kühlen Kacheln. »O Gott, o Gott«, japste er. »Das war irre!«

Brook duschte sich ab, kämmte mit den Fingern ihre Haare unter dem Sprühnebel, drehte die Dusche ab und stieg aus der Kabine. Sie zog einen der dicken schneeweißen Bademäntel an, die an der Badezimmertür hingen, und reichte Jim den anderen. Er rappelte sich hoch, schlug den Bademantel um seine Schultern und torkelte fast ins Schlafzimmer, wo er sich wie ein Stein aufs Bett fallen ließ. »Mann, Brook, du hast mich völlig alle gemacht.«

Brook setzte sich auf die Bettkante. »Das freut mich. Aber du warst auch nicht schlecht.«

»Kann ich dich wiedersehen? Gegen Geld, natürlich.«

»Ich mag dich wirklich und würde es dir auch umsonst machen.«

»Hör zu«, sagte Jim und stemmte sich auf einen Ellenbogen hoch. Sein Atem ging noch immer schnell. »Ich hab diesen Abend wirklich genossen, aus einem etwas ungewöhnlichen Grund. Ich hab das, wie du weißt, nicht zum ersten Mal gemacht, und ich hab's auch schon mehr als einmal mit einer Professionellen getrieben, aber du bist eine wundervolle Kombination aus tollem Sex und Ehrlichkeit. Wenn ich sage, ich werde dich bezahlen, dann nimm das Geld ruhig. Ich kann's mir leisten, und es gibt mir irgendwie das Gefühl, frei zu sein. Ich brauch mir keine Gedanken zu machen, ob ich was Falsches sage oder tue. Ich kann dich in deinen süßen Arsch ficken und brauche mich nicht dafür zu entschuldigen oder mir Sorgen zu machen, dass du das vielleicht als kränkend empfinden könntest.«

Brook lächelte. »Du bist ein toller Mann, Jim. Danke für alles.« Sie nahm den Schreibblock vom Nachttisch und schrieb ihm ihren Namen und ihre Telefonnummer auf. »Ich freu mich schon drauf, von dir zu hören.« Sie brauchte mehrere Minuten, um sich anzuziehen. Als sie fertig war, schlief Jim bereits tief und fest. Sie gab ihm einen Kuss auf die Stirn und ging.

»Du hast nicht übertrieben«, sagte Erika. Sie leerte ihr Glas und schob den Teller an den Rand des Couchtischs. »Das war tatsächlich ein ziemlich heftiger Ritt. Sieht so aus, als hättest du dir gleich an deinem ersten Abend einen Stammkunden eingefangen.«

»Das will ich doch hoffen. Wie oft findet man schon einen Mann, der toll im Bett ist und auch noch ganz wild darauf, dafür zu zahlen?«

»Nicht oft, nach meiner Erfahrung. Ich frag mich, warum er sich keine Frau sucht, heiratet und sich all den Sex umsonst holt.«

»Sich umsonst holt?«

»So hat's Rick doch gemacht. Solange ich ihm genutzt habe, war ich gut genug, dann hat er sich das Geld geschnappt und ist abgehauen.«

»Sei nicht so verbittert. Jim will bloß ab und an eine heiße Nacht. Er hat mir erzählt, er wär mal verheiratet gewesen und hätte jetzt die Schnauze voll davon. Er will keine feste Beziehung.«

»Aber dir ist klar, dass Kunden keine Heiratskandidaten sind. Wahrscheinlich ist das der entscheidende Unterschied zwischen diesem Abend und deinen One-Night-Stands. Diese Männer wollen dich hin und wieder sehen, aber sie haben keine ernsten Absichten. Heiratsanträge oder feste Beziehungen darfst du von ihnen nicht erwarten. Kannst du damit leben?«

»Aber klar«, sagte Brook grinsend.

»Ich würd gern noch über was anderes mit dir reden«, druckste Erika. »Ich habe lange hin und her überlegt, ob ich die Stelle bei Proxmeyer aufgebe. Gestern Nacht hatte ich nur drei Stunden Schlaf, und heute war ich entsprechend kaputt. In der Mittagspause hab ich mal alles durchgerechnet. Bei Valerie komme ich auf fast zweitausend Dollar pro Woche.«

Erika sprach die Zahl nahezu ehrfurchtsvoll aus, aber Brook wirkte alles andere als überrascht. »Ich hab dir ja gesagt, du bist blöd, wenn du da nicht aufhörst.«

»Ich weiß, aber wer sagt mir, dass das immer so weitergeht? Was ist, wenn ich nie wieder einen Kunden kriege?«

»Und vielleicht geht ja morgen die Sonne im Westen auf.«

»Ja, ja, mach dich nur lustig über ein armes, verängstigtes Mädchen.«

»Arm? Wie viel Geld hast du auf der Bank?«

»Genug.« Sie hielt inne, und als Brook nichts sagte, fügte sie hinzu: »Mehr als genug. Wenn es mit meinen Kunden so weiterläuft wie bisher, verdien ich bei Valerie genug, um meine laufenden Kosten zu bestreiten und mir zusätzlich noch was auf die Seite zu legen. Ich werde nie wieder so abhängig von einem Mann sein wie von Rick. Punkt.«

»Und du würdest bestimmt noch mehr verdienen, wenn du am nächsten Morgen nicht pünktlich aus den Federn müsstest, oder?«

»Ich denke, schon. Einige der Damen gehen beispielsweise mit auf Reisen, was ich im Moment gar nicht könnte.«

»Auf Reisen?«

»Ja. Es gibt Männer, die eine Frau wollen, mit der sie auf Geschäftsreisen gehen können, einfach zum Vorzeigen oder damit sie bei Geschäftsessen oder Partys als Paar auftreten können. Es gibt auch reiche einsame Männer, die für ein paar Tage am Stück eine Gespielin wollen.«

»Das klingt zu schön, um wahr zu sein«, sagte Brook. »Sag mir Bescheid, wenn du was in dieser Richtung hörst. Ich hab jede Menge Urlaub aufgespart.«

»Du findest mich also nicht verrückt, wenn ich auf mein festes Einkommen verzichte?«

»Ganz und gar nicht. Dir gefällt die Arbeit als Gesellschaftsdame, und wir wissen doch beide, dass dich der Job bei Proxmeyer schon lange ankotzt.«

Allen ihren Bedenken zum Trotz wuchs Erikas Bankkonto auch weiterhin prächtig. Im darauf folgenden Kalenderjahr beliefen sich die Einkünfte aus ihrer Tätigkeit für Valerie auf über zweihunderttausend Dollar. Auch Brook traf sich mindestens einmal pro Woche mit Kunden, hatte sich zu dem

Schritt, ihr festes Arbeitsverhältnis zu kündigen, jedoch immer noch nicht durchringen können.

Valerie selbst profitierte extrem von Erikas Geschick im Umgang mit Menschen. Ihr Charme und ihre Fähigkeiten als Verhandlungspartnerin ließen Valeries Geschäft in immer lukrativere Bereiche vordringen. So war sie jetzt beispielsweise bei Partys zum Erscheinen einer neuen CD oder zur Premiere eines Films dabei. Darüber waren sich die beiden Frauen sowohl menschlich wie auch beruflich noch näher gekommen.

Nachdem Erika längere Zeit regelmäßig den Immobilienteil der *Sunday Times* studiert hatte, konnte sie sich auch einen anderen lang gehegten Wunsch erfüllen: Sie fand ein Apartment am Riverside Drive mit Blick auf den Hudson River. Obwohl es leer war, als sie es zum ersten Mal besichtigte, sah sie sofort, was sie aus dem Apartment mit seinen sechs großen, hellen Zimmern, den hohen Decken und dem Parkettboden im Esszimmer machen konnte. Weil sie schon häufig Männer mit nach Hause hatte nehmen wollen, aber im Grunde nicht wollte, dass irgend jemand wusste, wo sie wohnte, beschloss sie, für diese Zwecke ihr altes Apartment zu behalten.

Brook fiel aus allen Wolken, als Erika ihr von der neuen Wohnung erzählte, aber innerhalb eines Jahres war Brook ebenfalls umgezogen, in ein Haus, das nur zwei Blocks von Erikas Apartment entfernt war. Beide nutzten gelegentlich Erikas altes Apartment, um Männer zu empfangen.

Im späten Frühling jenes Jahres trafen sich Valerie und Erika zum Lunch in einem Restaurant, das wie ein englischer Pub aufgezogen war, wo sie fish and chips bestellten. Nach dem Essen beugte Valerie sich vor, stützte die Ellenbogen auf den Tisch und sagte ohne lange Vorrede: »Ich wollte, dass du es als Erste erfährst: Vor einem halben Jahr habe ich einen Mann kennen gelernt, dem es nichts ausmachte, womit ich meinen Lebensunterhalt verdiente. Seitdem sehen wir uns regelmäßig. Jetzt hat er mir einen Heiratsantrag gemacht. Ich habe ja gesagt.«

»Davon hast du mir ja gar nichts erzählt«, entgegnete Erika völlig verdattert.

»Ich weiß. Bitte sei mir nicht böse. Ich hätte es nicht gemacht, wenn es nicht auf diese besondere Weise intim gewesen wäre.«

»Das versteh ich doch«, sagte Erika mit einem warmen Lächeln. Valerie strahlte über das ganze Gesicht.

»Ich will ja schließlich nicht, dass du denkst, ich hätte Geheimnisse vor dir.«

»Bestimmt nicht. Das ist wirklich eine tolle Neuigkeit, Valerie. Ich freu mich so für dich. Erzähl mir alles über ihn.«

Valerie stimmte einen fünfzehnminütigen Lobgesang auf Madison Hackett an. »Wir gehen heute Nachmittag die Ringe aussuchen«, sagte Valerie, »aber die hier ...« Sie deutete auf die großen Brillantstecker in ihren Ohren. »... sind sein Verlobungsgeschenk.« Sie beugte sich vor. »Eineinhalb Karat. Der Mann ist nicht nur wundervoll, er ist auch steinreich.«

»Sie sind wunderschön«, sagte Erika. »Ich habe nur eine Frage: Hat er vielleicht einen Bruder?«

Valerie lachte und fuhr fort: »Es gibt nur ein kleines Problem. Er möchte, dass ich mich jetzt aus dem Geschäft zurückziehe und jeden Kontakt zu allen Männern einstelle, die ich in den letzten Jahren kennen gelernt habe.«

Erika zog eine Augenbraue hoch. »Unsere Kunden kommen aus dem ganzen Land. Wie willst du das machen, ohne dich in einer Höhle einzuigeln?«

»Madison weiß, dass sich bestimmte Situationen nicht vermeiden lassen, aber er möchte, dass ich so weit wie möglich von hier weggehe. Wir ziehen auf seine Ranch irgendwo im Westen von Texas.«

Erika war schockiert und sprachlos. Nie war ihr der Gedanke gekommen, dass das Geschäft eines Tages zum Erliegen kommen würde. Es gab immer einsame, geile Männer, die das brauchten, was Frauen wie Brook und sie lieferten. Valerie fasste sie bei den Händen. »Ich möchte, dass du das Geschäft übernimmst.«

»Was?«, japste Erika.

»Du kannst sowohl mit den Kunden wie auch mit meinen Damen umgehen. Der einzige Bereich, in den du dich noch einarbeiten musst, ist die Buchhaltung und der Bürokram. Aber das bringen mein Steuerberater und ich dir innerhalb von ein paar Tagen bei. Wahrscheinlich kommst du sowieso besser damit klar als ich.« Sie setzte sich wieder gerade hin. »Es ist ein ziemlich anstrengender und heikler Job, der viel Organisationstalent und Fingerspitzengefühl erfordert, aber beides hast du im Übermaß. Wie du weißt, gibt es ständig irgendwelche Probleme wie verletzte Eitelkeiten oder Terminschwierigkeiten. Ich glaube, dass du gut damit umgehen kannst. Ich habe sechsundzwanzig andere Frauen, die deine Management-Fähigkeiten brauchen werden. Der Gedanke, dass sie ihren Job verlieren, ist für mich unerträglich.«

»Valerie, ich weiß nicht, was ich sagen soll.«

»Sag einfach, dass du's machst. Du kannst dir natürlich von Brook dabei helfen lassen, aber du und ich, wir haben ein ganz spezielles Händchen für solche Dinge.« Sie schaute Erika gespannt an. »Das Einzige, worum ich dich bitte, sind zwanzig Prozent von den Gewinnen für die ersten drei Jahre, die du auf ein Bankkonto überweisen müsstest, das auf meinen Namen läuft.« Sie schloss kurz die Augen. »Machst du's?«

Ob ich das kann?, fragte sich Erika. Valeries Geschäft übernehmen? Sie hatte das nie in Erwägung gezogen, doch wenn sie genauer darüber nachdachte, fand sie, dass sie es wahrscheinlich genauso gut oder schlecht konnte wie jede andere. Inzwischen beherrschte sie den Computer so weit, dass sie mit den Listen und Tabellen würde arbeiten können, die Valerie auf ihrem Rechner hatte. Sie wusste auch von den Sicherheitskopien, die Valerie auf Diskette gespeichert hatte und in dem Safe in ihrem Apartment aufbewahrte.

Sie gab sich einen Ruck. »Ich würd's gern machen.«

»Puh! Da fällt mir wirklich ein Stein vom Herzen! Wenn du dich nicht dazu bereit erklärt hättest, hätte ich nicht weitergewusst. Mir fällt außer dir niemand ein, dem ich es zutrauen würde. Der Gedanke, dass all die Frauen plötzlich arbeitslos wären ...«

»Wann soll es denn so weit sein?«

»Madison und ich wollen in ungefähr drei Monaten umziehen. Ich denke, das müsste reichen, um dich einzuarbeiten.«

Es sollten indes noch fast fünf Monate vergehen, bis Erika und Brook schließlich mit Ms. Valerie Hackett und ihrem frisch gebackenen Ehemann am Kennedy Airport standen. »Ich werde euch schrecklich vermissen«, sagte Valerie. »Ruft mich oft an, ja?«

»Natürlich«, sagte Brook. »Wir werden dich so oft anrufen, dass du den Anrufbeantworter einschalten wirst, damit wir dir nicht auf den Geist gehen.«

Als Erika sah, dass Valerie gleich in Tränen ausbrechen würde, küsste sie Madison auf die Wange und schob die beiden in Richtung Gate. »Los, ab mit euch, sonst verpasst ihr noch euren Flieger!«

Als sie den Gang zum Gate hinuntergingen, drehten sich Valerie und Madison noch mehrmals um und winkten, bevor sie schließlich Erikas und Brooks Blicken entschwanden.

Kurz vor Thanksgiving, fast sechs Jahre nach jenem denkwürdigen Dinner mit Stuart, das ihre Karriere eingeleitet hatte, saß Erika wieder mit ihm bei ihrem Lieblingschinesen zusammen. »Ich muss dir was Schlimmes sagen«, druckste Stuart, nachdem der Kellner die Sauerscharfsuppe gebracht hatte. »Lorraine hat Krebs.«

Einen Moment lang konnte Erika nichts sagen. Dann legte sie beide Hände auf seine. »Das tut mir so Leid, Stuart. Kann ich irgendwas für dich tun?«

»Nein. Es reicht mir, dass du hier bist und mir zuhörst.«

»Wisst ihr es schon lange?«

»Wir haben es erst letzte Woche erfahren.«

»Du hättest mich anrufen sollen. Gab es irgendwelche Anzeichen? War sie krank?«

»Sie fühlte sich in der letzten Zeit häufig schwach und hatte ein paar gynäkologische Probleme, aber wir haben gedacht, dass die Wechseljahre bei ihr vielleicht ein bisschen zu früh einsetzen. Sie ist schließlich erst dreiundvierzig.« Seine Augen füllten sich mit Tränen, und er blinzelte mehrmals. »Jedenfalls ist sie zum Arzt gegangen, und der hat eine Reihe von Tests gemacht. Der Krebs ist schon so weit fortgeschritten, dass nichts mehr zu machen ist.«

»Wissen die Kinder es schon?«

»Wir haben es ihnen gesagt. Sie sind ja eigentlich schon richtige Erwachsene. Ich glaube, am meisten schmerzt sie der Gedanke, dass Lorraine ihre Enkelkinder nicht mehr kennen lernen wird. Kevin heiratet in drei Monaten, aber selbst die Zeit bleibt Lorraine nicht mehr. Sie wird die Hochzeit nicht mehr erleben.«

So schnell? »O Gott! Wie hältst du das aus?«

»Ehrlich gesagt, nicht gut. Deshalb wollte ich auch heute unbedingt mit dir essen gehen. Du baust mich immer auf, und genau das brauche ich jetzt.«

Erika war froh, dass sie ihm wenigstens etwas geben konnte. Sie kannte Lorraine hauptsächlich durch Stuart, aber sie war ihr immer wie eine vernünftige, kluge und warmherzige Frau vorgekommen. Scheiße, dachte Erika, Scheiße, Scheiße, Scheiße. »Ich weiß überhaupt nicht, was ich sagen soll. Mein Kopf ist im Moment ein einziges Durcheinander, ich finde überhaupt keine Worte.«

»Es gibt eh keine Worte, die mir helfen könnten. Was ich im Moment am dringendsten brauche, ist ein bisschen Ablenkung. Erzähl mir was von einem deiner Dates, am besten von einem ganz schrillen.« Er tauchte seinen Löffel in die Suppe und aß ein wenig.

»Willst du das wirklich hören?«

»Das ist die beste Medizin. Komm, erzähl mir was.«

Im Laufe der Jahre hatte Erika – selbstverständlich ohne je irgendwelche Namen zu nennen – Stuart von etlichen bizarren Begegnungen erzählt. »Vor ein paar Wochen hatte ich einen Typ, der ihn nur hochkriegte, wenn ich seinen ganzen Körper mit Olivenöl einrieb. Extra vergine, versteht sich, darunter tat er's nicht.«

Als Stuart lachte, fuhr sie fort: »Er wollte keinen Verkehr, sondern bloß, dass ich ihm einen runterhole. Er roch jedoch so gut, dass ich ihn mir die ganze Zeit als Salat mit echt leckerem Dressing vorgestellt und mich gefragt habe, wie er wohl mit einem Crouton im Bauchnabel und Zwiebelringen um den Schwanz aussehen würde.« Sie konnte nicht erkennen, ob Stuart lachte oder weinte.

»Weißt du eigentlich, wie gut du mir tust?«, fragte Stuart. »Ich könnte mir nicht vorstellen, mir so etwas von irgendjemand anderem erzählen zu lassen. Hast du noch eine Geschichte auf Lager?«

»Klar. Zur Abwechslung mal eine von Brook. Sie hatte mal

einen Typ, der ließ sich vom Zimmerservice Kirschtomaten bringen und steckte sie ihr eine nach der anderen in die Muschi, um sie dann zu futtern. In der Woche drauf wollte er das gleiche Spielchen mit eingelegten Peperoni machen, aber das hat sie abgelehnt. Zuerst war er richtig sauer, aber sie fand dann doch noch einen anderen, etwas weniger feurigen Weg, ihn zu befriedigen.«

Stuart hielt sich buchstäblich den Bauch vor Lachen. »Und? Wie hat sie das angestellt?«

»Es stellte sich heraus, dass er bereit war, es mit Oliven zu probieren. Aber nur mit grünen.«

Stuart wischte sich Tränen aus den Augen. »Komm, gib's zu, das hast du dir ausgedacht.«

Erika hob die Hand. »Ich schwör dir, das ist die Wahrheit. Dem wurde tatsächlich die Vorspeise zum Hauptgericht. Ich bin nicht sicher, ob ich jemals wieder Antipasti bestellen kann, ohne an diese Geschichte zu denken.«

Als Stuart sich wieder beruhigt hatte, sagte er: »Danke, das hab ich jetzt echt gebraucht.«

Während des Hauptgerichts gab Erika weitere Geschichten zum Besten. Stuart aß wenig, und sie selbst bekam auch kaum einen Bissen herunter. Schließlich brachte der Kellner Orangenscheiben und Glückskekse. Als Stuart seinen aufriss, sagte er: »Erinnerst du dich noch an den Abend vor ein paar Jahren, als in deinem Glückskeks stand, neue, wunderbare Dinge stünden dir bevor? Wie richtig diese Voraussage war! Wenn ich noch an die verängstigte Frau zurückdenke, die gerade von ihrem Mann verlassen worden war ...«

»Ich hab mich ziemlich verändert, nicht wahr? Und das verdanke ich vor allem dir und der Tatsache, dass du mich mit Valerie zusammengebracht hast.«

Stuart las seine Voraussage laut vor. »›Sie werden durchhalten.‹ Scheint wirklich auf mich gemünzt zu sein. Was steht in deinem?«

Sie lachte leise. »Manche Dinge ändern sich nie. In meinem steht: ›Neue, wunderbare Dinge stehen Ihnen bevor.‹ Klingt so, als hätten sie immer noch denselben Lieferanten.«

»Ich bin sicher, es stimmt«, sagte Stuart. »Du hast dein Schicksal selbst in der Hand. Vergiss das nie.«

Erika legte die Hand auf seine. »Und bei dir stimmt es auch. Du wirst durchhalten. Du hast deine Kinder. Eine Familie zu haben ist das Wichtigste im Leben.« Sie dachte an Rena, verscheuchte den Gedanken aber sofort wieder.

»Und ich habe dich«, sagte Stuart. »Du gehörst auch zu meiner Familie.«

»Danke, Stuart.« Sie zahlten, und als sie zum Ausgang gingen, schloss Erika Stuart fest in die Arme. »Wenn es irgendetwas gibt, das ich für dich tun kann ...«

»... dann rufe ich dich an. Dieses Abendessen hat mir gut getan. Danke.«

»Richte Lorraine alles Liebe von mir aus und sag ihr, sie soll mich anrufen, wenn sie reden möchte. Ich bin jederzeit für sie da.«

»Mach ich.«

Keine neun Wochen später rief Stuart an, um Erika zu sagen, dass Lorraine in der Nacht friedlich im Kreise ihrer Lieben eingeschlafen sei. Bei der Beerdigung auf Long Island hielt Erika einen Moment Stuarts Hand, dann setzte sie sich allein auf eine der hinteren Bänke der Kirche.

Während der Trauerrede musterte Erika unauffällig die hohen Tiere von Cadmire, die ebenfalls gekommen waren. Pflichtschuldig hatten sie Erika begrüßt, als sie zusammen mit den anderen Trauergästen die Kirche betreten hatte, aber so richtig registriert hatten sie sie nicht. Die haben sich nicht sehr verändert, dachte Erika, jedenfalls nicht so sehr wie ich. Als Rick sie verlassen hatte, war sie eine unscheinbare hilflose Frau gewesen, die eine mehr oder wenige nutzlose Existenz gefristet hatte. Jetzt hatte sie ein eigenes Geschäft, den Begleitservice, den sie nunmehr Courtesans, Inc. getauft hatte. Sie beschäftigte fast dreißig Frauen, seit neuestem auch drei Männer. Seit Valerie in Texas war, verheiratet mit ihrem Seelenfreund, wie sie es nannte, kümmerte sich Erika um alles. Brook half ihr natürlich, wo sie konnte, aber die Verantwortung lag doch bei ihr. Es war ihr Baby.

Und seit dem endgültigen Bruch mit Rena vor zwei Jahren war es auch ihr einziges Baby. Damals hatte Erika ein Flugticket gekauft, da sie an Renas Abiturfeier teilnehmen wollte. Dann hatte sie Rena angerufen, um ihr von ihrem Plan zu berichten. »Ich treffe am Donnerstag vor der Feier ein.«

»Mir wäre lieber, du würdest nicht kommen«, hatte Rena kurz angebunden erwidert. »Daddy kommt auch und hat bereits die beiden Eintrittskarten, die jedem von uns zustehen. Du würdest also gar nicht ins Auditorium gelassen.«

Erika schluckte schwer. Seit Wochen hatte sie sich das Wiedersehen mit ihrer Tochter ausgemalt. Obwohl ihre Beziehung seit Jahren angeknackst war, hatte Erika sich vorgestellt, wie Rena sie am Flughafen abholte. Da ihre Tochter inzwischen fast erwachsen war, würde sie begriffen haben, was Erika durchgemacht hatte, und bereit sein, ihrer Mutter zu verzeihen beziehungsweise ihnen beiden eine neue Chance zu geben. »Du hast die Karten deinem Vater und Sandy gegeben?«

»Nicht Sandy. Hörst du mir denn nie zu? Sandy und das Baby leben jetzt in den Staaten. Sie entpuppte sich als dein genaues Ebenbild, war also nur auf Daddys Geld aus. Er kommt mit Angela. Ich mag sie, und sie mag mich.«

»Aber ...«

»Hör zu, M... Hör einfach nur zu: Ich will nichts mit dir zu tun haben. Ich bin auf dem College in Chicago angenommen worden. Zwei meiner Freundinnen gehen auch dorthin, und Daddy ist voll damit einverstanden. Er wird mich finanziell unterstützen, und ich kann studieren, wozu ich Lust habe.«

»Und wofür schreibst du dich ein? Jede Woche reden wir miteinander, aber das erzählst du mir nicht.«

»Wir reden nicht jede Woche miteinander. Du redest, und ich höre zu – oder auch nicht. Du hast dein Leben, und das ist schön für dich. Aber ich finde, es ist langsam Zeit, dass du mich auch meins haben lässt.«

»Aber Schatz!«

»Hör auf damit, Mutter. Vergiss einfach, dass es mich gibt. Das ist wirklich für beide Seiten das Beste.«

Ihre Worte klangen so sehr nach Rick, als hätte er sie ihr aufgeschrieben. »Ist das deine Meinung oder die deines Vaters?«

»Das ist ganz allein meine Entscheidung. Ich bin jetzt achtzehn und lass mir von niemandem mehr in etwas reinreden.« Sie schrie jetzt fast. »Ich brauche dich nicht, und ich will dich nicht!«

Ich brauche dich nicht, und ich will dich nicht. Diese Worte hatten etwas Endgültiges. Sie hatte die Adresse ihrer Tochter in Chicago herausbekommen und schrieb ihr seit eineinhalb Jahren jede Woche eine Karte oder einen Brief. Das würde sie auch weiterhin tun. Sie wusste nicht, ob Rena sie las, aber sie würde nicht aufgeben.

Als die letzten Worte der Predigt durch das Kirchenschiff hallten, stand sie auf, straffte die Schultern und ging hinaus zu dem Wagen, der samt Chauffeur auf sie wartete. Im Herbst nahmen sie und Stuart ihre Abende beim Chinesen wieder auf. Gut vier Jahre später stieg Erika in einer eisigen Nacht vor dem Waldorf-Hotel in ein Taxi.

8. Kapitel

Stuart rutschte auf dem unbequemen Stuhl im Warteraum der Intensivstation hin und her und schaute durch ein schlecht geputztes Fenster nach draußen, wo es langsam hell zu werden begann. Es gab keine Neuigkeiten, also musste er sich an die Tatsache klammern, dass Erika noch am Leben war. Der Arzt hatte gesagt, wenn sie die ersten achtundvierzig Stunden überstehen würde, hätte sie gute Chancen durchzukommen. Zum zweiten Mal innerhalb kürzester Zeit schaute er auf seine Armbanduhr. Drei Stunden hat sie immerhin schon geschafft, dachte er. Bleiben noch fünfundvierzig Stunden. Er fuhr sich mit der Hand durchs Haar und schob seine Brille wieder ordentlich auf die Nase hoch. Was, wenn Erika es nicht schaffte?

Nein, schalt er sich zum hundertsten Mal in dieser schier endlosen Nacht, daran durfte er jetzt nicht denken. Erika würde wieder gesund werden, daran durfte er nicht zweifeln. Er stand auf, strich seine Hose glatt und ging zum Kaffeeautomaten. Er warf einen Dollar ein, drückte auf die rote Taste auf der Vorderseite des Automaten und zog einen Moment später einen Becher mit heißem Wasser unter dem Hahn weg. Dann nahm er einen Teebeutel aus dem Korb neben dem Automaten, riss die Verpackung auf und tunkte ihn in das dampfende Wasser. Normalerweise trank er seinen Tee ohne Zucker, aber heute Nacht brauchte er Nervennahrung, also riss er einen Beutel Zucker auf, ließ das weiße Pulver in den Tee rieseln und ging zurück in den Warteraum. Früher hatte er immer Kaffee getrunken – erst Erika hatte ihn zum Tee bekehrt.

Die Luft im Warteraum war von dem typischen Krankenhausgeruch geschwängert. Auf den Tischen lagen zerlesene Zeitschriften herum, von denen die jüngste ein halbes Jahr alt war. Auch wenn die Bedingungen für die Angehörigen der Patienten spartanisch waren, zählte das Krankenhaus zu den besten in der Stadt. Wenigstens ist Erika in guten Händen, dachte Stuart.

So leise wie möglich durchquerte er den Raum und schaute zu den beiden Schlafenden, die sich auf den zwei Sofas ausgestreckt hatten. Vor einer Stunde war er ins Schwesternzimmer gegangen, um sich zwei Baumwolldecken geben zu lassen, mit denen er Brook und Shara zugedeckt hatte.

Gerade als er sich wieder auf seinen Stuhl gesetzt hatte, richtete Brook sich auf. »Ich schlafe nicht, Stuart«, sagte sie leise und rutschte zu dem Ende des Sofas, an dem sein Stuhl stand. Sie kämmte sich mit den Fingern ihr langes Haar, warf es mit einer anmutigen Bewegung über die Schulter und rieb sich die rot geränderten Augen.

»Wenn ich bloß aufhören könnte zu grübeln«, sagte Stuart leise, um Shara nicht zu wecken.

»Geht mir genauso«, sagte Brook und rieb sich den Nacken. »Immer wieder zerbreche ich mir über dieselben Dinge den Kopf und frage mich, ob man das irgendwie hätte verhindern können.«

»Wohl kaum«, beruhigte Stuart sie. »Es war ein Unfall. Das hat auch die Polizei gesagt. Schuld war die überfrierende Nässe. Das Taxi ist langsam gefahren, der andere Wagen ebenfalls. Das einzig Gute an der ganzen Sache ist, dass nicht noch jemand verletzt wurden.«

»Diese verdammten Geländewagen!«, wetterte Brook. »Die

Fahrerin sitzt jetzt wohlbehalten zu Hause bei ihrer Familie, das Taxi ist Schrott und Erika schwebt in Lebensgefahr. Irgendwie ist das nicht gerecht.« Sie seufzte und schüttelte den Kopf. »Entschuldige, Stuart. Ich bin ja auch froh, dass sonst niemand verletzt wurde. Ich such einfach einen Schuldigen.« Sie legte die zerknautschte Decke auf den Tisch. Automatisch stand Stuart auf und faltete sie zusammen. »Du bist ihr so ähnlich«, murmelte Brook, als sie sich erhob und zum Gang ging. »Leistest du mir ein bisschen Gesellschaft?«

»Klar«, sagte Stuart und folgte Brook zurück zum Kaffeeautomaten. »Die haben nur Lipton.«

»Genau aus dem Grund habe ich immer Teebeutel dabei«, entgegnete sie lächelnd und zog einen Plastikbeutel mit diversen Kräutertees aus ihrer Handtasche.

»Stets auf alles vorbereitet«, frotzelte Stuart.

»Ich geb mir jedenfalls alle Mühe. Danke, dass du gekommen bist«, sagte Brook, während sie auf den Hebel drückte und einen Becher mit heißem Wasser füllte. »Ich glaube, das ist die längste Nacht meines Lebens.« Brook tunkte einen Beutel mit Kräutertee in den Plastikbecher.

»Weißt du eigentlich«, meinte er, »dass ich Tee nie gemocht habe, bis Erika mich dazu überredet hat, mal welchen zu probieren.« Er blinzelte die Tränen, die ihm in die Augen traten, weg.

»Ich hab auch viele Dinge erst durch sie kennen gelernt.« Ein wehmütiges Lächeln huschte über Brooks Miene.

Stuarts Gesichtsausdruck wurde weich. »Das kann ich mir vorstellen.«

Zu Stuarts Überraschung schloss Brook ihn plötzlich in die Arme. »Ach, Stuart, wir hätten schon längst viel mehr Zeit miteinander verbringen sollen.«

Als die beiden sich wieder voneinander lösten, verband sie

eine tiefere Freundschaft als je zuvor. »Ich weiß«, sagte Stuart, gerührt von Brooks Gefühlsaufwallung. »Wahrscheinlich liegt es daran, dass Erika bestimmte Dinge in ihrem Leben ganz klar trennt.« Nach kurzem Zögern fügte er hinzu: »Ich liebe sie sehr, weißt du.«

»Ich glaube, ich weiß das besser als Erika.«

»Glaub ich auch. Sie sieht in mir einen guten Freund und gelegentlich einen Sexualpartner, aber wenn's nach mir ginge, wäre ich gern mehr für sie.«

»Gibt es denn überhaupt noch viel mehr? Oft genug fehlen doch Liebe und Sex in einer Beziehung.«

»Kann schon sein. Aber ich möchte sie heiraten.«

»Sie hat mir nie erzählt, dass du sie gefragt hast«, meinte Brook überrascht.

Mit einem wehmütigen Lächeln sagte Stuart: »Ich hab sie ja auch nie direkt gefragt.«

»Stuart, obwohl ich dich hauptsächlich aus Erikas Erzählungen kenne, bist du so was wie ein Freund von mir. Deshalb frag ich dich jetzt ganz direkt: Willst du Erika heiraten, weil sie sich in einem kritischen Zustand befindet? Es ist nämlich sehr einfach, Angst um jemanden mit Liebe zu verwechseln.«

Brook hatte zwar prinzipiell Recht, aber Stuarts Gefühle gingen wirklich sehr tief. Seit Lorraine tot war, füllte Erika eine riesige Lücke in seinem Leben aus, wobei sie jedoch mehr war als ein bloßer Ersatz für seine verstorbene Frau. Sie war ihm ebenso Freundin wie Geliebte. Sie beide wussten so gut wie alles voneinander und akzeptierten die Mängel und Schwächen des anderen. Sie besuchten zusammen Shows am Broadway oder gingen ins Kino. Manchmal saßen sie einfach bei einem schönen Essen zusammen und diskutierten über Gott und die Welt. Hin und wieder gingen sie in Erikas Wohnung, setzten sich zusammen ins Wohnzimmer und lasen, jeder für sich, wenngleich verbunden in trauter Zweisamkeit. Obwohl er den Begriff hasste, fand er, dass sie Seelenverwandte waren. »Nein, Brook, ich denke schon eine ganze Weile darüber nach.«

»Warum hast du sie dann noch nicht gefragt? Schreckt dich die Tatsache ab, dass sie mit anderen Männern gegen Bezahlung ins Bett geht?«

»Du nimmst aber auch kein Blatt vor den Mund, was? Nein«, versicherte er ihr, »es ist nicht ihr Beruf. Im Gegenteil, ich fühle mich sogar zum Teil mitverantwortlich für Courtesans, Inc. Während der vergangenen zehn Jahre habe ich die Firma voller Freude wachsen sehen und beobachtet, wie sich Erika zu der Frau entwickelt hat, die sie heute ist. Courtesans, Inc. ist ein wichtiger Teil dieses Prozesses gewesen. Deshalb würde ich ihr da nie etwas vorwerfen.«

Brook nippte an ihrem Tee. »Warum hast du ihr dann noch nicht gesagt, was du für sie empfindest?«

»Dafür gibt es eine ganze Reihe von Gründen. Als wir das erste Mal Liebe miteinander gemacht haben, hatte ich furchtbare Angst, dass es unserer Beziehung schaden würde. Wenn es nicht geklappt hätte, hätte ich nicht nur eine Frau verloren, mit der ich ins Bett gehen konnte, sondern auch meine beste Freundin. So ähnlich ist es wohl mit dem Heiratsantrag.«

»Aber es war doch gut für eure Beziehung, dass ihr miteinander ins Bett gegangen seid, oder?«

Sein Gesichtsausdruck verklärte sich, und er wurde rot. »O ja.«

»Erika hat mir monatelang verschwiegen, dass ihr zwei miteinander geschlafen habt. Sie hat mir nie irgendwelche Details erzählt. Holst du das nach?« Brook wackelte mit den Augenbrauen. »Na?«

Stuart erinnerte sich nur allzu gut. »Keine Chance.«

»Schade«, sagte Brook und machte sich auf den Weg zurück zum Wartezimmer.

Seinen Becher Tee in der Hand, lehnte sich Stuart gegen den Kaffeeautomaten und ließ seine Gedanken zwei Jahre zurückschweifen.

»Du siehst gut aus«, sagte Erika, als sie sich eines Abends im Spätherbst vor der rot lackierten Eingangstür des Pagoda Palace trafen.

»Ich fühl mich auch gut. Der Job macht mir Spaß, und den Kindern geht es gut. Kevins Frau ist schwanger. Bald werd ich Großvater.« Er hielt Erika die Tür auf. »Eigentlich müsste ich mich jetzt ja alt fühlen, aber ich tu's nicht.« Er half ihr aus dem Mantel und gab ihn zusammen mit seiner Lederjacke an der Garderobe ab. Erika trug einen grünen Pullover und Jeans. Es ist einfach immer toll, sie anzuschauen!, ging ihm durch den Kopf.

»Guten Abend, Ms. Holland, Mr. Dunlop. Es freut mich, Sie wiederzusehen. Wie immer der Tisch hinten in der Ecke? Ich bringe Ihnen sofort Ihren Wein. Soll ich auch schon mal die Reisbällchen kommen lassen?«

Obwohl Erika jetzt am Riverside Drive wohnte, trafen sie sich weiter mehrmals im Monat in dem Restaurant gleich um die Ecke von ihrem alten Apartment. Erika beugte sich zu Stuart hinüber. »Es ist ja schön, behandelt zu werden, als gehöre man zur Familie, wenn man reinkommt, aber ich fürchte, sie halten uns allmählich für so was wie ein altes Ehepaar. Wie wär's, wenn wir mal was anderes als Reisbällchen bestellen würden?«

Altes Ehepaar, dachte er – und in seinem Körper regte sich etwas. Wenn sie ein altes Ehepaar wären, würden sie jetzt essen, nach Hause gehen und sich in ein gemeinsames Bett legen. »Diese Enttäuschung können wir George nicht zumuten«, flüsterte er.

Erika lächelte. »Glaube ich auch.«

»Wir könnten uns ja mal woanders treffen. Vielleicht beim Italiener oder Inder.«

»Und mit dieser wunderbaren Gewohnheit brechen? Keine Chance. Es hat so etwas Vertrautes.«

Vertraut. Dieses Wort hatte Stuart in der letzten Zeit merkwürdig irritiert, wenn er über seine Beziehung zu Erika nachdachte. Sicher, sie war ihm vertraut, aber er wollte mehr. Immer öfter stellte er sich vor, wie sie miteinander schliefen, malte er sich aus, mit ihr ein paar von den Spielen zu spielen, von denen sie ihm erzählt hatte. Obwohl er ihr gern seine Gefühle gestanden hätte, traute er es sich letztendlich nie. Erika sah in ihm einen guten Freund – und vielleicht sollten sie es dabei belassen. Wenn er ihr vorschlug, mit ihm ins Bett zu gehen, konnte er ja schließlich wer weiß was lostreten.

Der Wein und die Reisbällchen kamen rasch. Schon während der Vorspeise trank er entgegen seiner Gewohnheit seinen Wein aus und bestellte ein zweites Glas zum Hauptgericht. Während Erika sich über den jüngsten Politskandal ereiferte, betrachtete er ihren Mund. Sie hatte die sinnlichsten Lippen, die er je gesehen hatte. In seinen erotischen Träumen hatte ihr Mund in letzter Zeit eine immer stärkere Rolle gespielt. Anfangs hatte er geglaubt, mit diesen Träumen betrüge er Lorraine, aber dann hatte er sich immer wieder gesagt, dass seine Frau jetzt fast eineinhalb Jahren tot war. Bestimmt wäre es in ihrem Sinne, wenn er sich ein neues Leben aufbaute. Selbst wenn er demnächst Großvater werden würde, war er immerhin erst siebenundvierzig.

Stuart betrachtete Erikas lange, schlanke Finger, die die Essstäbchen hielten. Seit acht Jahren waren sie jetzt befreundet, und sie war so etwas wie eine Schwester für ihn. Geschickt führte Erika die Stäbchen zum Mund und leckte dann genussvoll etwas Soße von der Unterlippe. Gott, alles was sie machte, war erotisch. Nervös rutschte er auf seinem Stuhl herum, als sein Körper auf ihre Reize reagierte.

»Was guckst du so, Stuart?«, fragte Erika . »Hab ich irgendwas zwischen den Zähnen hängen?«

»Nein«, brachte er mühsam hervor. Er wollte sein Huhn essen, wusste jedoch, dass er kaum in der Lage sein würde, die Stäbchen zu benutzen, so sehr zitterten seine Hände. Er trank noch einen Schluck Wein.

Erika legte ihre Stäbchen hin und beugte sich zu ihm vor. »Stuart, was ist denn los? Du hast fast den ganzen Abend nichts gesagt und dein Essen kaum angerührt. Macht es dir so sehr zu schaffen, Opa zu werden?«

Stuart wusste nicht, was er darauf antworten sollte. Nach Lorraines Tod hatte er sich mit ein paar Frauen getroffen, wobei er sich jedoch jedes Mal dabei ertappt hatte, dass er sie insgeheim mit Erika verglich. Waren sie so attraktiv, charmant und sexy wie Erika? Konnte er sich mit ihnen genauso gut unterhalten? Natürlich hatte keine den »Erika-Test« bestanden. Aber wenn er sich ihr anvertraute, würde er womöglich eine Freundin verlieren – und ihre Freundschaft bedeutete ihm alles. »Es ist nichts«, druckste er. »Hast du schon den neuen Grisham gelesen?«

»Jetzt lenk nicht ab. Dir liegt doch irgendwas auf der Seele. Bist du ganz sicher, dass du nicht darüber reden willst?«

»Zumindest jetzt noch nicht.«

»Na schön. Der neue Grisham? Hab ich gelesen.« Sie begannen ihre Eindrücke von dem Buch auszutauschen, aber schon bald war Stuart mit den Gedanken wieder ganz woanders. Was sollte er bloß machen?

Als der Kellner das Geschirr abräumte und sie ihren Tee tranken, richtete Stuart seine Aufmerksamkeit erneut auf Erikas Mund. Ihre Lippen glitten über den Rand der Tasse, und er stellte sich vor, wie diese Lippen über seinen Schwanz fuhren. Sie würde ihn lecken, an ihm saugen, mit ihm spielen, Dinge mit ihm machen, die er noch nie zuvor erlebt hatte. War es das, was ihn reizte? Das Neue, das Verbotene? Nein, es lag einzig und allein an Erika. An ihrem Wesen, ihrer Art. Er schluckte. »Weißt du eigentlich, dass du einen sehr erotischen Mund hast?«

Erika fuhr leicht zusammen und starrte ihn verblüfft an. Nach einem langen Moment des Schweigens sagte sie: »Danke.« Sie machte ein Geräusch, das einem Hüsteln ähnelte, und stellte ihre Tasse auf den Tisch. »Mir war gar nicht klar, dass du Augen dafür hast.«

Stuarts Hände wurden feucht. Wie hatte sie diese Bemerkung gemeint? »Jetzt weißt du's«, sagte er leise.

Sie schauten sich noch immer in die Augen. »Ich hab das Gefühl, als sei meine Welt gerade aus den Fugen geraten«, sagte Erika. »Geht es dir nicht auch so?«

»Schon die ganze Zeit.« Er hoffte, dass sie über dasselbe redeten. Er liebte sie wie eine Schwester, aber in diesem Moment wollte er sie als Geliebte. Er streckte die Hand über den Tisch aus, mit der Innenseite nach oben. Mit einem kleinen Lächeln legte Erika ihre Hand auf seine. »Du weißt, dass ich dein Freund bin.«

»Mein bester Freund, Stuart«, sagte sie und verschränkte ihre Finger mit seinen. Als er darauf nichts erwiderte, fuhr sie fort: »Aber du fragst dich, ob da möglicherweise mehr ist?«

O Gott, sie hatte es gesagt! Wenn er noch einen Rückzieher machen wollte, musste er das jetzt tun. Aber das wollte er ja gar nicht. Er wollte ... »Wieso kannst du meine Gedanken lesen?«

Erikas Lachen war offen und einladend. »Weil ich mich schon eine ganze Weile das Gleiche frage.«

Stuart fiel vor Schreck die Kinnlade herunter. »Wirklich?«

»Stuart, du bist mein bester Freund, aber du bist auch ein attraktiver Mann mit einer erotischen Ausstrahlung. Ich habe immer gezögert, irgendwas in der Richtung zu sagen, aus Angst, damit unsere Freundschaft zu zerstören. Außerdem bin ich echt nervös.«

Mit allem hatte er gerechnet, aber nicht damit. »Du? Nervös? Warum in aller Welt solltest du nervös sein?«

Erika zuckte mit den Schultern und seufzte. »Du weißt doch besser als jeder andere, dass ich einen Ruf zu verteidigen habe. Jedes Mal, wenn ich einen Abend mit einem Mann verbringe, stehe ich auf dem Prüfstand. Er hat gewisse Erwartungen, denen ich gerecht werden muss, sonst bekomm ich kein Geld, und mein Ruf ist hin. Kannst du dir vorstellen, wie das ist?«

Stuart schüttelte den Kopf. »So hab ich das eigentlich noch nie betrachtet.«

»Das glaub ich dir gern, aber lass uns ehrlich miteinander sein. Hast du dir schon einmal vorgestellt, einige von den Dingen, von denen ich dir erzählt habe, mit mir zu machen? Denkst du vielleicht schon mal, ›Lorraine und ich haben so etwas nie gemacht. Ob ich da nicht was verpasst habe?‹?«

Stuart wollte sie nicht anlügen. »Ja, das denke ich manchmal.«

Sie drückte seine Hand und sah ihn mit einem warmen Lächeln an. »Danke, dass du so ehrlich bist. Okay, gehen wir einen Schritt weiter. Mache ich in deinen Träumen nicht alles, was du gern möchtest? Erfülle ich dir da nicht deine geheimsten Wünsche?«

Stuarts Körper reagierte auf die Bilder, die ihm durch den Kopf schossen, und er veränderte seine Sitzposition. »Ich weiß nicht.«

»Ich hab gesehen, wie du gerade auf deinem Stuhl herumgerutscht bist, weil dir deine Hose zu eng geworden ist. In diesen Dingen kannst du mir nichts vormachen. Ich bin ein Ass im Deuten von Körpersprache – was in unserem Fall vielleicht gar nicht so gut ist.«

Stuart zog seine Hand weg und lehnte sich zurück. »Okay, dann will ich mal brutal ehrlich sein, selbst auf die Gefahr hin, dass ... nun, du weißt schon. In der letzten Zeit habe ich immer häufiger erotische Träume von dir. Ist das schlimm? Ich lausche deinen Geschichten und werde scharf. Du bist auf eine Weise erfahren, von der ich nur träumen kann. Ist es da so abwegig, dass ich mich frage, wie es wohl wäre, wenn wir beide zusammen wären?«

Ihr Lächeln hatte etwas Wehmütiges. »Nein, überhaupt nicht. Ich möchte nur nicht einen Riesenfehler begehen. Der Gedanke, im Bett zu versagen und dich sowohl als Geliebten wie auch als Freund zu verlieren, jagt mir eine Heidenangst ein.«

»Mir auch«, sagte Stuart. »Ich meine, nicht dass du alles vermasselst, sondern ich. Aber was mir noch mehr Angst macht, ist der Gedanke, deswegen etwas nicht zu tun, was vielleicht wunderschön sein könnte.« Er hielt inne, um sich wieder zu sammeln. »Es gab vor Lorraine oder während unserer Ehe keine andere Frau. Seitdem habe ich mich ein paar Mal mit Frauen getroffen, aber ... Verglichen mit dir, bin ich total unerfahren, und das macht mir Angst.«

Erika schaute ihm tief in die Augen. »Das kann ich mir vorstellen. Wahrscheinlich befürchtest du, mit jedem anderen Mann verglichen zu werden, mit dem ich zusammen gewesen bin.«

Stuart nickte langsam. Er fühlte, wie er errötete. »Das ist albern, aber es ist so.«

Erikas Blick blieb fest. »Ich vergleiche niemals. Ich schlafe mit jedem Mann so, als wäre er der einzige Mann auf der Welt. Deshalb bin ich so gut in meinem Beruf. Bei dir wäre es so, dass ich mit meinem besten Freund schlafen würde – und im Traum habe ich das auch schon oft getan.«

»Du hast von mir geträumt? Wie war das?«, fragte Stuart, nicht sicher, ob er die Antwort wissen wollte.

»Ich kann mich nicht genau daran erinnern, weiß aber noch, dass ich nass und erregt aufgewacht bin.«

Er hatte gewagt, und er hatte gewonnen. Schlagartig hob sich seine Stimmung. »Das geht mir genauso, wenn ich von dir träume.«

»Schon komisch, wenn man plötzlich einen Freund begehrt.« Sie stand auf, ging um den Tisch herum und setzte sich neben ihn. Als sie die Hand auf seine Wange legte, fühlte er die Wärme ihrer langen Finger. Sie lächelte. »Ich will dich nicht verlieren.«

Er legte seine Hand auf ihre. »Ich dich auch nicht, aber …«

Sie rückte noch näher an ihn heran, bis sich ihre Lippen fast berührten. »Aber es nicht zu versuchen wäre feige.«

Er ließ die Hand in ihren Nacken gleiten und küsste sie sanft. Ihr Mund schmeckte genauso sexy, wie er aussah. Obwohl er sie leidenschaftlicher küssen wollte, hielt er plötzlich inne. »Das hier ist nicht der richtige Ort.«

»Stimmt.«

»Dein altes Apartment ist gleich um die Ecke.«

Erika setzte sich wieder auf ihren Platz zurück, als Stuart dem Kellner signalisierte, dass sie zahlen wollten. »Ich halte mir das Apartment ausschließlich für geschäftliche Zwecke – und du bist kein Kunde. Eine kurze Fahrt mit dem Taxi, und wir sind bei mir. Ich habe noch nie einen Mann mit zu mir genommen, aber es ist der einzige Ort, wo ich Liebe mit dir machen möchte.«

Mit zitternden Händen zog er seine Kreditkarte aus der Brieftasche und gab sie dem Kellner. »Ich bin nervös wie ein Teenie.«

»Ich auch«, gestand Erika.

Während der Taxifahrt und im Aufzug küssten sie sich ständig und hielten die ganze Zeit Händchen. In ihrer Wohnung warfen sie die Mäntel auf das Sofa und standen kurz verlegen in der Mitte des Wohnzimmers, bis Erika die Arme um seinen Hals schlang. »Komm, erzähl mir, wovon du geträumt hast.«

Mist. Wie konnte er ihr von den Nächten erzählen, in denen er aufwachte, in Schweiß gebadet, mit einer Erektion, die so hart war, dass es fast wehtat, den Kopf voller Bilder von ihrem nackten Körper? Davon, wie er dann seinen Schwanz packte und sich dabei vorstellte, wie sie sich rittlings auf ihn setzte, in einem eng anliegenden Korsett, mit nackten Brüsten und schwarzen Strümpfen, die von Strumpfbändern gehalten wurden? Wie sie den Kopf in den Nacken warf und schrie, während ihr Körper von unbändiger Lust geschüttelt wurde.

Er schluckte schwer, brachte aber keinen Ton heraus. Sie ließ die Finger durch sein Haar gleiten. »Ich möchte es besonders gut machen. Für dich. Für uns.« Sie küsste ihn. Wieder war sie es, die anfing. Der Gedanke, dass sie dies wahrscheinlich schon Hunderte von Malen getan hatte, schoss ihm durch den Kopf, berührte ihn jedoch nicht weiter. Er war ja froh, dass sie die Initiative übernahm. »Ich will dich«, hauchte sie.

»Und ich dich erst«, sagte er. Er nahm ihr Gesicht in beide Hände und küsste sie. »Ich kann an nichts anderes mehr denken.«

Sie führte seine Hände zu ihren Brüsten. »Denk nicht, fühl einfach.«

Sie zog ihren Pullover aus. Ihre Brustwarzen drückten gegen den hauchdünnen Stoff ihres Spitzen-BHs. Er knetete ihre Brüste, während seine Lippen und seine Zunge mit ihrem Mund spielten. Ihr Herz raste wie wild und ihre Brust hob und senkte sich. Da er sie nackt spüren wollte, zog er flink sein Hemd aus. Als sie hinter sich fasste, um den Verschluss ihres winzigen BHs zu lösen, sagte er: »Nein, warte noch. Wir machen das so.« Langsam schob er die Träger über ihre Schultern und zog die Spitze von ihren wunderschönen Brüsten. »So hab ich mir dich in meinen Träumen immer vorgestellt.«

Wie eine rollige Katze rieb sie ihre Brustwarzen an seiner leicht behaarten Brust. Überall, wo sie ihn berührten, schossen Hitzewellen durch seinen Körper. Beide machten sie sich daran, ihre Hosen auszuziehen. »Ich trage nie Jeans, wenn ich arbeite – aber es ist sehr erotisch, sie vor dir auszuziehen.« Sie biss sich auf die Lippen. »Tut mir Leid«, sagte sie, »ich sollte nicht über die Arbeit reden.«

»Eigentlich ist das sogar ganz gut.« Er zwinkerte. »Ich habe da eine Freundin, die Profi in dem Metier ist. Falls sie mir endlich ein paar Tricks beibringen würde, könnte ich alle deine Fantasien wahr werden lassen.«

Erika kicherte. »Stuart, du bist wunderbar.«

Unter ihrer Jeans trug sie ein winziges Spitzenhöschen. Vielleicht würde sie ja beim nächsten Mal Strümpfe mit Strumpfbändern für ihn tragen – falls es ein nächstes Mal gab. Als er seine Hose auszog, fragte er sich, ob er ihr gefallen würde. Für einen Mann von Ende vierzig war er zwar noch durchaus gut in Form, aber sie war mit so vielen Männern zusammen gewesen ...

»Hör auf damit«, sagte Erika, nahm sein Gesicht in beide Hände und schaute ihm tief in die Augen. »Ich kann deine Gedanken lesen. Ich vergleich dich nicht mit anderen Männern, mit denen ich zusammen gewesen bin.« Sie deutete auf seine Shorts und knurrte: »Und die ziehst du jetzt aus.«

Kaum war er nackt, fanden sie sich auch schon in ihrem Schlafzimmer wieder. Sie warf die Tagesdecke auf den Fußboden, legte ein Kondom bereit und setzte sich auf die Bettkante, immer noch in Höschen und BH. »In diesem Bett habe ich noch nie mit einem Mann geschlafen.«

»Ich ... ich weiß das zu würdigen.« Er drückte sie auf den Rücken und legte sich neben sie. »Ist dir eigentlich klar, wie sehr ich dich begehre?« Er rieb seinen voll erigierten Schwanz an ihrem Körper. Als er die Hitze ihres Körpers spürte, hatte er Angst, dass er allein deshalb schon kommen würde. Er wälzte sich auf den Rücken, und sein Schwanz ragte pfeilgerade in die Höhe. Sie hockte sich neben ihn. »So?«, flüsterte sie.

Er fasste sie an den Hüften und zog sie auf sich, dann schob er die Hand zwischen ihre gespreizten Schenkel. Ihr Höschen war klitschnass. Durch den Stoff ertastete er ihre Klitoris und streichelte sie. Er beobachtete ihr Gesicht, während ihre Hüften geschmeidig über seinen Fingern kreisten. »Ja, Stuart«, sagte sie, »genau so.«

Durch den Schleier aus Lust nahm er wahr, dass sie ihn mit Namen angeredet hatte. Sie schlief mit ihm, nicht mit irgendeinem namenlosen Kunden. Er streichelte sie weiter, fand exakt die Stelle, wo sie am empfindlichsten auf seine Liebkosungen reagierte. Schon bald hatte er das Gefühl, es nicht mehr lange auszuhalten. Auch Erika schien kurz vor dem Höhepunkt zu sein. Er griff sich das Kondom und gab es ihr, damit sie es ihm überzog.

Unendlich langsam streifte sie ihm das kalte Gummi über, um seinen Schwanz dann zu ihrer Muschi zu führen. Sie schob den schmalen Steg ihres Höschens zur Seite und ließ sich langsam auf ihn herabgleiten. Ihre nackten Brüste wippten prall und fest über ihm, die Brustwarzen waren voll erigiert. Tief steckte sein Schwanz in ihr – und es war genauso, wie er es sich in seinen Träumen ausgemalt hatte, nur viel, viel besser. Während ihr Körper sich rhythmisch auf und ab bewegte, hielt er sie bei den Hüften gepackt und beobachtete ihr Gesicht. Als sie den Kopf zurückwarf, ihre Nägel in seine Haut grub und schrie, fühlte er die wilden Zuckungen ihres Körpers an seinem steifen Schwanz. Jetzt kam auch er. Genüsslich ließ er sich von einer Welle der Lust fortreißen.

Sein Penis steckte noch immer tief in ihrem Körper, als Erika ermattet auf ihn fiel. Ihr Atem ging genauso schnell wie seiner, ihr Herz klopfte im selben Rhythmus wie seins. Glücklich hielt er sie in seinen Armen.

Mehrere Minuten lagen sie erschöpft da, bis sie sich schließlich aufstützte und auf ihn hinunterschaute. »Mein Gott, war das schön, Stuart. Einfach sensationell.«

»Du bist sensationell, Erika. Du hast genau das gemacht, was ich mir seit Monaten in meiner Fantasie vorgestellt habe. Du bist so schön, so erotisch.«

Nachdem er seinen Penis aus ihrem Körper hatte gleiten lassen, reichte sie ihm ein paar Papiertücher. Sie machten sich sauber, kuschelten sich aneinander, und Erika zog die Decke über sie. »Kannst du heute Nacht bei mir bleiben?«

»Ja«, flüsterte er. »Gern.«

Mit einem Seufzer kehrte Stuart in die Gegenwart zurück, die aus dem Kaffeeautomaten und dem Warteraum bestand – und aus nervenaufreibender Warterei. Obwohl er Erika nie gesagt hatte, wie sehr er sie liebte, glaubte er, dass sie es wusste. Aber wusste sie auch, dass er sie heiraten wollte? Er würde ihr einen Antrag machen, sobald sie aufwachte. Falls sie ... Nein! Kein Falls. Sobald sie aufwachte!

Immerhin hatte Erika die Nacht überlebt, was der Arzt als »gutes Zeichen« gewertet hatte. Voller Entsetzen erinnerte sich

Stuart an seinen ersten Besuch an ihrem Bett heute früh um kurz nach sechs. Obwohl man ihn vorgewarnt hatte, war er zutiefst erschrocken, als er Erika – seine strahlende Erika – so bleich und regungslos vorfand, den Kopf dick verbunden, an eine Herz-Lungen-Maschine angeschlossen, inmitten von Apparaten, die piepten, summten und zischten.

Er hatte an ihrem Bett gesessen, ihre schlaffe Hand gehalten, ihre bleichen Finger gestreichelt und leise zu ihr gesprochen. »Ich liebe dich, Erika«, hatte er gesagt. Jetzt konnte er es plötzlich sagen. Wo waren diese Worte nur während des vergangenen Jahres gewesen? Jetzt gingen sie ihm plötzlich ganz leicht über die Lippen. Er malte ihr aus, was sie alles zusammen unternehmen würden, wenn sie erst wieder auf den Beinen war, versprach ihr hunderterlei Sachen.

Viel zu schnell hatte ihm eine Krankenschwester auf die Schulter getippt und gesagt, dass er jetzt gehen müsse. Noch einmal hatte er Erika auf die Hand geküsst, die er dann behutsam zurück auf das weiße Bettlaken gelegt hatte.

Gedankenverloren war er wieder zurück in den Warteraum gegangen und hatte sich zu Brook gesetzt. Es würde alles gut werden. Es musste einfach alles gut werden.

Als Shara um halb acht aufwachte, überredete Brook sie, nach Hause zu fahren und sich in einem richtigen Bett auszuschlafen. »Ich ruf dich an, wenn es was Neues gibt. Versprochen.«

Gegen zehn hatten sich Mei Lee und Carolynn Bruno zu Stuart und Brook gesellt. Jetzt saßen die vier zusammen und unterhielten sich in gedämpfter Lautstärke. Irgendwann betrat eine hoch gewachsene, schlanke Frau den Warteraum, die eng anliegende schwarze Jeans, ein weißes Hemd mit einem schmalen roten Streifen und ausgelatschte blau-weiße Turnschuhe trug. In der einen Hand hatte sie einen kleinen Koffer, über der Schulter hing eine Laptop-Tasche, unter ihrem anderen Arm klemmte eine Skijacke. Sie war Erika wie aus dem Gesicht geschnitten.

Das musste Rena sein. Sicher hatte Brook sie verständigt, denn in dieser Situation würde Erika ihre Tochter bei sich haben wollen. Dennoch war Stuart ein wenig überrascht, dass Rena den weiten Weg von Chicago hierher auf sich genommen hatte. Verstohlen musterte er die jüngere Version von Erika. Im Unterschied zu ihrer Mutter war sie nicht geschminkt und trug keinen Schmuck. Dafür hielt sie den Kopf leicht zur Seite geneigt – ganz wie Erika es tat, wenn sie sich in ihrer Umgebung unsicher fühlte. Stuart musste schmunzeln. Ungefähr so musste Erika ausgesehen haben, als Rick sich in sie verliebt hatte. In Renas Alter war Erika allerdings schon seit zwei Jahren Mutter gewesen. Stuart und Brook standen gleichzeitig auf, um sie zu begrüßen.

»Sie müssen Rena sein«, sagte Brook und reichte ihr die Hand. »Sie sehen Ihrer Mutter sehr ähnlich. Ich bin Brook Torrance. Wir haben gestern Abend miteinander telefoniert. Unter den gegebenen Umständen schlage ich vor, dass wir uns einfach alle duzen.«

»Ja«, sagte Rena matt.

Stuart nahm ihr den Koffer ab und stellte ihn auf die Erde. Rena legte ihren Computer und ihre Jacke auf einem Tisch ab. »Mein Name ist Stuart Dunlop«, stellte Stuart sich der jungen Frau vor. »Ich bin ein alter Freund deiner Mutter. Brook und ich sind so froh, dass du gekommen bist. Und ich weiß, dass deine Mutter es auch wäre.«

Rena ließ die Schultern hängen. Sie sah ziemlich müde aus. Stuart vermutete, dass sie die ganze Nacht nicht geschlafen hatte. »Ich nehme an, dass sie noch am Leben ist«, sagte sie mit gepresster Stimme.

»Ihr Zustand ist kritisch, scheint im Moment aber stabil zu sein«, informierte Brook sie.

»Wird sie durchkommen?«, fragte Rena. Es klang eher neugierig als besorgt.

»Das lässt sich noch nicht sagen. Ein Verwandter oder Freund darf einmal pro Stunde für fünf Minuten zu ihr. Ich werde der Schwester sagen, dass du als Nächste dran bist.«

»Mach dir bloß keine Umstände«, sagte Rena. »Es wird ihr eh egal sein, ob ich hier bin oder nicht.«

»O nein«, sagte Stuart leise. »Das wird ihr ganz bestimmt nicht egal sein. Sie wird sich im Gegenteil sehr freuen. Mehr, als du dir vielleicht vorstellen kannst.«

»Setz dich erst mal«, sagte Brook. »Du musst ja völlig k.o. sein.«

»Du bist bestimmt Erikas Tochter«, begrüßte Mei sie. »Ich heiße Mei Lee. Bisher wusste ich zwar nicht, dass Erika eine Tochter hat – aber die Ähnlichkeit zwischen euch beiden ist umwerfend.«

»Carolynn Bruno«, stellte sich die andere Frau vor. Carolynn, eine Rothaarige von Anfang dreißig, hatte Augen, die fast violett waren, und einen absolut makellosen Teint. »Mir war auch nicht klar, dass Erika eine Tochter hat. Ist es nicht toll, eine so wunderbare Frau zur Mutter zu haben? Ich kenne sie zwar erst seit einem Jahr, aber ich bin mir sicher, dass sie sich darüber freut, dass du hier bist.«

»Das bezweifle ich«, sagte Rena so leise, dass nur Stuart und Brook es hören konnten. Sie setzte sich neben Mei auf das Sofa.

»Willst du einen Kaffee?«, fragte Stuart. »Er kommt zwar aus dem Automaten, soll aber gar nicht so schlecht sein. Ich glaube, es sind auch noch ein paar Doughnuts übrig.«

»Ich habe schon im Flugzeug gefrühstückt«, sagte Rena. »Aber falls es auch Tee gibt, würde ich gern einen haben.«

»Gibt es«, sagte Stuart und lächelte in sich hinein. Tee! »Lass mich mal raten. Mit Süßstoff – ein halbes Päckchen.«

»Stimmt«, meinte Rena leicht verwirrt.

Als Stuart vom Kaffeeautomaten zurückkam, stand Brook mit einer Krankenschwester zusammen und informierte sie darüber, dass Ms. Hollands Tochter gerade eingetroffen war. »Ashley«, sagte sie zu der Schwester, »sag allen Bescheid und mach bitte einen entsprechenden Vermerk auf Ms. Hollands Karte. Je eher sie zu ihrer Mutter kann, desto besser.«

»Mach ich, Brook«, versprach die Krankenschwester. Es war immer wieder erstaunlich, wie schnell Brook mit den Leuten beim vertraulichen Du war.

Gerade als Stuart Rena den Tee gab, winkte die Krankenschwester ihr zu. Sofort erhob sie sich. »Sie können gleich für ein paar Minuten zu ihr, wenn Sie wollen«, sagte Ashley, worauf Rena den Becher auf einen kleinen Tisch stellte, die Schultern durchdrückte und tief Luft holte. Stuart und Brook wechselten einen bedeutungsvollen Blick.

Rena folgte der Schwester durch die schwere Tür zu einem Zimmer am Ende des Gangs. Olkowski stand auf dem Namensschild der Schwester. Ashley Olkowski. Links und rechts konnte Rena durch die Glaswände der einzelnen Zimmer Frauen und Männer sehen, die an unzählige Apparate angeschlossen waren. Nie im Leben hätte sie damit gerechnet, eines Tages an einem solchen Ort ihre Mutter zu besuchen. Ausgerechnet ihre Mutter.

»So, da wären wir«, sagte Ms. Olkowski und führte sie in einen Raum, der vollgestopft war mit medizinischen Geräten. Auf dem Bett lag die Frau, die Rena schon so lange hasste. Sie sah zerbrechlich und verwundbar aus. Was mach ich hier bloß?, fragte sie sich. Wozu bin ich hergekommen und muss mit eigenen Augen ansehen, wie das Monster verreckt? Warum konnte ich nicht einfach zu Hause in Chicago bleiben?

Rena schaute ihre Mutter an. Sie war so weiß, so zart, so verletzlich. Bilder schossen ihr durch den Kopf, Bilder von der Frau, die sie als Kind geliebt hatte, von der Frau, die hinter ihr hergerannt war, als sie Rad fahren gelernt hatte, die mit ihr gespielt hatte, die ihr die Krusten von ihren Erdnussbutter-Sandwichs abgeschnitten hatte, die sie ins Bett gebracht und ihr einen Gutenachtkuss gegeben hatte – und die sie im Alter von sechs Jahren weggeschickt hatte.

Die Schwester zog einen Stuhl ans Bett. Rena setzte sich und fühlte sich mit einem Mal müde und erschöpft. »Es tut mir Leid, aber ich kann Sie nicht länger als ein paar Minuten bei ihr lassen«, sagte die Schwester. »Reden Sie mit ihr. Wir wissen nicht, ob sie Sie hören kann, aber schaden kann es auf keinen Fall. Sagen Sie ihr irgendwas Aufmunterndes. Die Psyche spielt eine sehr große Rolle beim Heilungsprozess.« Mit lautlosen Schritten verließ Ms. Olkowski das Zimmer.

Schweigend saß Rena da und lauschte den Maschinen. Die Brust ihrer Mutter hob und senkte sich im Rhythmus des Beatmungsgeräts. Angeblich fühlte Erika im Moment nichts – aber das war ja nichts Neues. Schließlich hatte sie für sie, Rena, nie irgendwelche Gefühle übrig gehabt. »Was kann ich dir schon sagen, Mutter?«, sagte Rena schließlich im Flüsterton. »Soll ich dir sagen, wie ich dich sehe? Für mich bist du eine Frau, die ihrer Bequemlichkeit halber ihre Tochter abgeschoben hat. Warum hast du mir das angetan, Mutter? Warum?« Sie blinzelte mehrere Male. Nein! Ich werde nicht weinen. Dazu habe ich überhaupt keinen Grund, rief sie sich zur Ordnung.

»Okay, ich will ehrlich sein«, sagte sie mit gepresster Stimme. »Ich bin nicht so dumm, dass ich Daddys Schwächen nicht sehe. Seine Karriere geht ihm über alles. Wahrscheinlich war er sogar derjenige, der mich aus dem Wege haben wollte, damit er sich mit deiner Hilfe die Karriereleiter hinaufboxen konnte.« Nun traten ihr doch Tränen in die Augen. »Aber warum hast du nicht um mich gekämpft? Hast du mich so gehasst? Warum hast du so schnell nachgegeben? Hast du mich eigentlich je gewollt? Oder hast du mich Daddy wirklich bloß angedreht, wie er behauptet?«

Die Tränen liefen ihr jetzt ungehemmt über die Wangen. »Du wolltest genauso dein eigenes Leben leben wie er – und da war für mich halt kein Platz.« Sie reckte sich und wischte sich mit der Hand über die Wangen. »Und was ist jetzt aus dir geworden, Mutter? Schwach bist du, verletzlich – genauso wie ich damals. Nur dass ich jetzt diejenige bin, die dich verstoßen kann. Nicht sehr schön, wenn man was heimgezahlt kriegt, was, Mutter?«, presste sie zwischen den Zähnen hervor.

Nachdem sie noch ein paar Minuten schweigend dagesessen hatte, tippte Ms. Olkowski ihr auf die Schulter und sagte: »Ich muss Sie leider jetzt bitten zu gehen. Ihre Mutter braucht ihre Ruhe.«

Als sie aufstand, formte Rena noch einmal mit dem Mund die Worte: »Nicht sehr schön, was?« Schweigend ging sie durch den langen Gang zurück zum Warteraum.

Nun, da sie ihre Mutter gesehen hatte und das losgeworden war, was sie schon so lange mit sich herumgeschleppt hatte, nahm sie sich die Zeit, sich Erikas Freunde ein wenig näher anzuschauen. Brook war eine gut aussehende Frau, nicht direkt schön, aber dafür eine Persönlichkeit.

Der Mann, der sich ihr als Stuart vorgestellt hatte, sah reichlich mitgenommen aus. Seine Hose und sein hellgrünes Hemd waren zerknittert. Überhaupt sah er aus, als hätte er sich in Rekordzeit angezogen. Er wirkte recht sympathisch und schien viel für ihre Mutter übrig zu haben. Bestimmt gingen die beiden miteinander ins Bett.

Die anderen im Raum, die beiden Frauen, die schon dort

gewesen waren, als sie angekommen war, und der neu hinzugekommene attraktive Mann sahen sie erwartungsvoll an. Sie alle schienen sich große Sorgen um ihre Mutter zu machen. »Irgendeine Veränderung?«, fragte die Frau, die sich als Carolynn vorgestellt hatte.

»Ich weiß nicht, in was für einem Zustand sie vorher war, aber im Moment reagiert sie auf nichts.«

Die Gruppe schien in sich zusammenzusacken. Interessante Leute. Ihre Mutter hatte ganz offensichtlich treue Freunde. »Das tut mir so Leid«, sagte Mei. Die zierliche Asiatin mit dem langen glatten Haar tupfte sich mit einem Taschentuch die Augen ab. »Ich kann mir vorstellen, was du jetzt durchmachst.«

Ich brauche dein Mitleid nicht! »Ach ja?«, meinte Rena kühl.

»Kannst du ein paar Tage bleiben?«, fragte Brook.

Damals als ihre Mutter noch jeden Sonntag angerufen hatte, hatte sie oft von dieser Brook gesprochen.

»Ich weiß noch nicht. Ich habe meinen Rückflug offen gelassen. Vielleicht fliege ich schon heute Nachmittag nach Chicago zurück.«

»Ohne abzuwarten, ob sich ihr Zustand verändert?«, fragte Carolynn ungläubig, während sie mit langen, nervösen Schritten im Zimmer auf und ab ging. »Das kannst du doch nicht machen! Natürlich würden wir dich telefonisch auf dem Laufenden halten, aber das ist doch nicht das Gleiche.« Sie muss Fotomodell sein, dachte Rena. Bei der Größe und dieser Figur, die an eine griechische Statue erinnerte.

»Damit würde ich schon klarkommen«, sagte sie ausweichend. Im Moment sollte sie wohl besser den leichteren Weg gehen und alle Anwesenden in dem Glauben lassen, sie sei die liebevolle Tochter ihrer Mutter.

»Musst du wieder zurück an deine Arbeit?«, fragte Brook,

die offenbar nicht zugeben wollte, dass sie keine Ahnung hatte, was Rena beruflich machte.

»Ich habe mir Arbeit mitgebracht.« Sie klopfte auf die Computertasche. »Hier drin.«

»Aber dann ist ja alles in Ordnung«, sagte der neu hinzugekommene Mann. Wow, dachte Rena, von dir könnte sich sogar Antonio Banderas noch eine Scheibe abschneiden. »Wir kennen uns noch nicht. Ich bin Alex Kosta.« Seine Stimme war so geschmeidig, dass sie augenblicklich für ihn eingenommen war. Er schien alterslos und sah unglaublich gut aus. Wie einer jener Latin Lovers aus ihren geliebten Schmonzetten hatte er etwas leicht Verwegenes. Puh!, dachte Rena. Dieser Mann wird meine erotische Fantasie mit Sicherheit eine Zeit lang anregen. Nun hör aber auf damit!, ermahnte sie sich. Wie kann mein Hirn nur solche Bocksprünge machen? Eben wünsche ich meine Mutter noch zum Teufel, und jetzt geht meine Fantasie mit mir durch, wenn ich diesen Typ ansehe. Aber ich muss zugeben, dass ich immer neugieriger werde. Was ist das für eine Frau, die solche Freunde hat? Freunde, die offenbar durch dick und dünn für sie gehen? Sie riss ihren Blick von dem Mann namens Alex los.

»Hör mal, Rena«, sagte Brook, »ich weiß, dass deine Mutter wollen würde, dass du in ihrem Apartment wohnst.« Sie griff in ihre Handtasche, löste einen Schlüssel von ihrem Bund und gab ihn Rena. »Hier. Nimm den. Ich rufe den Portier an und sage, dass du kommst.« Verstohlen kritzelte sie die Adresse von Erikas Apartment auf einen Zettel und steckte ihn Rena zu. Interessant. Offenbar wollte Brook nicht, dass irgendeiner von den anderen merkte, dass Rena keine Ahnung hatte, wo ihre Mutter wohnte. Höchst interessant. Wen wollte sie damit schützen? Sie, Rena? Ihre Mutter? »Wenn du willst, fahr doch eben hin und stell deine Sachen dort ab. Später kannst du ja noch mal wiederkommen und zu deiner Mom rein.«

Sie sollte im Apartment ihrer Mutter wohnen? Sehen, wo und wie Erika lebte? Rena fühlte sich in die Enge getrieben. Sie wischte sich die feuchten Handflächen an den Hosenbeinen ihrer Jeans ab. Von diesen Leuten wusste offenbar niemand, was für ein Mensch ihre Mutter war. Die hielten sie allem Anschein nach für eine wunderbare Frau. Aber sie, Rena, kannte die ganze Wahrheit. Ihre Mutter war ein Monstrum – und würde es auch dann bleiben, wenn sie wusste, wie dieses Monstrum lebte. Warum nur mussten es ihr diese Leute so schwer machen, das Bild der pflichtbewussten Tochter aufrechtzuerhalten? Plötzlich überkam sie das Bedürfnis, dem allem zu entfliehen. Sie stand auf, schulterte ihre Laptop-Tasche, nahm ihren Koffer und ihre Jacke und rannte ohne ein weiteres Wort Richtung Aufzug.

Im Foyer des Krankenhauses fand sie einen kleinen Besucherbereich und ließ sich in einen Kunstledersessel fallen. Sie zwang sich, ruhig zu atmen. Erst einmal musste sie jetzt über alles in Ruhe nachdenken – und das war nicht der richtige Ort dafür. Sie fischte den Zettel, den Brook ihr zugesteckt hatte, aus ihrer Jeanstasche. Ihr wurde klar, dass sie aus irgendeinem Grund für mindestens einen oder zwei Tage in New York bleiben musste.

Nachdem diese Entscheidung gefallen war, fragte sie sich, ob sie nicht doch in der Wohnung ihrer Mutter wohnen sollte. Dadurch würde sie das Monstrum bestimmt nicht in anderem Licht sehen. Sicher, ihre Mutter schlief wie alle Menschen in einem Bett, trug Kleider, putzte sich die Zähne – aber sie war und blieb die Frau, die ihre Tochter fortgeschickt hatte.

Sie schaute auf den Zettel. Warum also nicht? Was sprach dagegen, sich in die Höhle des Löwen zu begeben? Sie würde ein paar Tage dort bleiben und dann ein für alle Mal mit ihrer Mutter abrechnen, wenn diese das Bewusstein zurückerlangt hatte. Hatte sie sich erst von dieser Last befreit, würde es ihr sicher wesentlich besser gehen. Die Möglichkeit, dass ihre Mutter sterben konnte, kam Rena überhaupt nicht in den Sinn. Erika konnte nicht sterben – dazu war sie zu zäh.

Allmählich entspannte sich Rena wieder. Sie schaute sich die Leute an, die um sie herum waren. Manche hatten es eilig, manche warteten bloß. Patienten, Krankenschwestern, Pfleger, Ärzte, Angehörige und Freunde waren irgendwie untrennbar miteinander verbunden – nur sie gehörte nicht dazu. Was machte sie eigentlich hier? Sie hob das Kinn, stand auf und zog ihre Jacke an. Dann schnappte sie sich ihren Koffer und ihren Laptop und ging nach draußen. Sie winkte ein Taxi heran, stieg ein und las die Adresse von dem Zettel ab. Seltsame Ironie des Schicksals, dachte sie. Gestern Abend hatte ihre Mutter wahrscheinlich das Gleiche gemacht. Jetzt lag sie in diesem scheußlichen Zimmer, während ihre Freunde im Warteraum saßen. Der Teufel soll dich holen, Mutter!

9. Kapitel

Im Taxi gelang es Rena, sich mit verschiedenen Entspannungstechniken wieder so weit zu beruhigen, dass sie die Fahrt durch Manhattan genießen konnte. Das Wetter hatte sich inzwischen aufgeklart. Überall, wo die Wolkenkratzer den Blick auf den Himmel freigaben, erstrahlte er in tiefem Blau. Die Bäume im Central Park waren bereits kahl, das Gras braun. Wo man hinsah, flogen, hockten oder watschelten Tauben. Jetzt um die Mittagszeit kam das Taxi nur langsam durch die verstopften Straßen und brauchte mehr als eine halbe Stunde bis zum Riverside Drive.

Der Fahrer hielt vor einer dunkelgrünen Markise. Zu ihrer Linken entdeckte Rena ein Stück Park, dahinter lag der Hudson River. Das Wasser war noch immer vom Unwetter letzte Nacht aufgewühlt. Einen Augenblick lang beobachtete Rena einen Schlepper, der einen Kahn flussaufwärts zog. Als sich der Fahrer schließlich räusperte, schnappte sie sich ihr Gepäck und bezahlte. Bevor sie jedoch den Wagenschlag öffnen konnte, riss der Portier des Gebäudes ihn auf und streckte die Hand aus, um ihr aus dem Taxi zu helfen.

»Guten Tag, Ma'am. Womit kann ich Ihnen dienen?«, fragte er und griff nach ihrem Koffer und dem Laptop.

»Ich bin die Tochter von Erika Hughes, ich meine, von Erika Holland.«

»Wir wurden von Ms. Brook bereits über Ihr Kommen informiert, Ms. Rena.« Er tätschelte ihr die Hand. »Es tut mir so Leid, was mit Ihrer Mutter passiert ist. Richten Sie Ihr bitte die besten Wünsche von Walter aus.«

»Mach ich. Vielen Dank«, stammelte sie, verblüfft von seiner offenbar aufrichtigen Anteilnahme.

»Werden Sie lange bleiben?«

»Das weiß ich noch nicht.«

Walter wies auf einen uniformierten Mann, der neben den Briefkästen stand. »Geben Sie mir oder Martin – das ist der Hausmeister – Bescheid, wenn wir irgendetwas für Sie tun können. Wir alle haben Ihre Mutter sehr gern und möchten Ihnen so gut es geht helfen.« Dann trug er ihr Gepäck zum Fahrstuhl. »Das ist Ms. Rena Holland«, wandte er sich an Martin. »Sie wird ein paar Tage im Apartment ihrer Mutter wohnen.«

»Ich werde das übrige Personal davon unterrichten, Ms. Holland. Können Walter oder ich sonst noch etwas für Sie tun?«

»Nein, vielen Dank«, sagte sie, als sie den Fahrstuhl betrat. »Und übrigens heiße ich Hughes. Rena Hughes.«

»Natürlich, Ms. Hughes. Ich bitte vielmals um Entschuldigung.«

Die Türen des mit Spiegeln ausgekleideten und mit einem dicken blauen Teppich ausgelegten Fahrstuhls schlossen sich. »Puh«, murmelte sie. »Meine Mutter hat's ja offenbar zu was gebracht. Was das Apartment wohl pro Monat kostet?« Im sechzehnten Stock stieg sie aus. Nachdem sie Apartment Nummer zwei gefunden hatte, schloss sie auf und trat in den schwarz und weiß gefliesten Flur. Sie schaltete das Licht an und machte die Tür zu. Unwillkürlich stieß sie einen leisen Pfiff aus. »Donnerwetter!«

Von der Eingangstür aus konnte sie in das große Wohnzimmer sehen, das in Burgunderrot und Moosgrün gehalten war. Auf dem Boden lag ein dicker orientalischer Teppich. Die Sessel und das Sofa luden förmlich dazu ein, sich gemütlich in sie hineinzukuscheln. An den Wänden hingen silbergerahmte Stiche, auf denen Blumen, Wasserfälle und Stadtansichten zu sehen waren. Auf den Tischen standen prächtig gedeihende Grünpflanzen.

Rena stellte ihr Gepäck ab, um sich erst mal alles in Ruhe anzusehen. Auf der anderen Seite des Flurs lag das Esszimmer, in dem ein antiker Tisch für sechs Personen stand. Auch hier hingen diverse Stiche an der Wand. Auf einer glänzend polierten Anrichte neben der Tür standen zwei kunstvoll gearbeitete Kerzenleuchter. Über der Anrichte hing eine Landschaft in Öl. Als Rena die oberste Schublade aufzog, entdeckte sie Silberbesteck für acht Personen. Die Schublade darunter enthielt Tischwäsche.

Gegenüber der Anrichte befand sich eine weitere Tür, die zur Küche führte. Die vierte Wand wurde fast vollständig von drei riesigen, bis zur Decke reichenden Fenstern eingenommen, durch die man auf den Hudson River hinausblickte. Das Panaroma war atemberaubend. Eine ganze Weile schaute sie einfach nur hinaus und beobachtete die Schiffe, die den Fluss auf und ab fuhren. Ein Glück, dass ich nicht hier wohne, dachte sie. Ich würde ja den ganzen Tag nur aus dem Fenster glotzen und keinen Handschlag tun. Seufzend drehte sie sich wieder um und ließ den Blick durchs Zimmer schweifen. Trotz der luxuriösen Einrichtung wirkte das Ambiente irgendwie verlassen und unbewohnt, fast als würden diese Räume nie benutzt.

Sie verließ das Esszimmer und ging den Flur hinunter, bis sie zu drei Schlafzimmern gelangte. Bei zweien handelte es sich offenkundig um Gästezimmer, denn sie hatten das behagliche, aber auch irgendwie sterile Aussehen von Räumen, die selten oder nie benutzt wurden. Der dritte Raum war offenbar das Schlafzimmer ihrer Mutter. Hier hatte man viel eher als in den anderen Räumen den Eindruck, dass tatsächlich jemand darin lebte. Über das große Messingbett war eine bunte Flickendecke gebreitet, daneben stand ein gemütlicher, mit weichem grauen Samt bezogener Sessel, in der Ecke fand sich ein kleiner Kühlschrank.

Auf der Frisierkommode standen allerlei Nippes sowie eine Sammlung von Flaschen mit Parfüm und Body Lotion. An der Wand entdeckte Rena zu ihrer großen Verblüffung über ein halbes Dutzend silbergerahmter Fotos von sich, auf denen sie teils allein, teils zusammen mit ihren Eltern zu sehen war. Die meisten davon waren vor ihrer Schulzeit in Frankreich aufgenommen worden, einige waren jedoch auch jüngeren Datums. Da war das Foto, das bei der Abiturfeier von ihr gemacht worden war, und eines, das sie während der Collegezeit zeigte. Wie ihre Mutter wohl an diese Bilder gelangt war? Geschickt hatte Rena sie ihr jedenfalls nicht.

Rena ging zur Frisierkommode hinüber und nahm einen schlichten Silberrahmen in die Hand, der ein Foto enthielt, an das sie sich nur zu gut erinnerte. Darauf waren sie und ihre Mutter vor einem kleinen Bistro zu sehen, das sich in der Nähe ihrer französischen Schule befunden hatte.

Sie schloss die Augen und dachte an diesen Besuch zurück. Warum hatte ihre Mutter so lange gewartet, bis sie nach Frankreich gekommen war? Sie hatte behauptet, pleite zu sein, obwohl Renas Vater sie großzügig abgefunden hatte. Das hatte er Rena wortwörtlich gesagt. Warum hatte sie sie dann nicht besucht? Renas Augen verschleierten sich. Warum hat sie mich so im Stich gelassen?

Sie schloss die Augen. Als sie sie wieder öffnete, richtete sich ihr Blick wie von selbst auf das Bild. Ihre Mutter hatte ihr den Arm um die Schultern gelegt und lächelte heiter, vielleicht zu heiter. In ihrem Gesicht war etwas, das irgendwie an den Gesichtsausdruck einer misshandelten Frau erinnerte, die auf den nächsten Hieb wartete. Ohne zu begreifen, was sie sah, richtete Rena den Blick auf ihr eigenes Abbild und schüttelte den Kopf. Sie schaute extrem mürrisch drein und hatte ihren Mantel mit beiden Händen eng um sich gezogen. Ihre ganze Körperhaltung drückte aus, dass sie sich bemühte, so wenig wie möglich mit ihrer Mutter in Berührung zu kommen. Unsanft stellte Rena das Foto auf die Frisierkommode zurück.

Auf dem Anrufbeantworter ihrer Mutter waren drei Anrufe, die sie ohne weiter darüber nachzudenken abhörte. »Hi, Erika, hier ist Clay. Ich wollte dir nur sagen, wie toll es gestern Abend gewesen ist. Ganz, wie ich's von dir kenne. Der Form halber wollte ich dich auch noch mal daran erinnern, dass du dir das Geld einfach abbuchen kannst. Vermutlich bin ich um den zwanzigsten herum wieder in der Stadt. Ich geb dir noch Bescheid, wenn ich Genaueres weiß. Danke für alles.«

Rena überlegte, wer Clay sein und was es wohl mit dieser Abbuchung auf sich haben mochte. Dann war die nächste Nachricht zu hören. »Hey, Erika, Greg Haslett hier. Gestern Abend habe ich eine Nachricht auf deinem AB hinterlassen und gesagt, dass dieses Gruppending im nächsten Monat ausfällt. Jetzt soll es doch stattfinden, hundertprozentig. Ich brauche drei Frauen, wobei ein Mann auf Asiatinnen steht, vor allem, wenn sie lange Haare haben. Ich weiß, du hast da ein ganz umwerfendes Mädel, ich glaube, Mei heißt sie. Ist sie frei? Ruf mich doch zurück.«

Rena ließ sich auf den Sessel fallen. Das kann nicht das sein, wofür ich es halte! Jetzt bloß keine voreiligen Schlüsse ziehen!

Schließlich folgte der dritte Anruf. »Erika, Schatz, ich bin's,

Marty. Vielen Dank für dieses schwarze Mädel mit den großen Titten – die waren jeden Penny wert. Wenn ich das nächste Mal anrufe, will ich sie wieder haben. Bis dann, tschüs.« Zum Abschluss schmatzte er einen Kuss in den Hörer.

Diese Männer riefen doch wegen Prostituierten an, oder? Nein, es musste noch eine andere Erklärung geben. Sie hörte die Nachrichten noch einmal ab. Es gab nicht den geringsten Zweifel. Dazu war alles viel zu eindeutig. Ihre Mutter war eine Puffmutter, eine Hure. Rena schaute sich um. Eine gut bezahlte Hure, aber trotzdem eine Hure. »Eine gottverdammte Hure!« Ihre sardonisches Gelächter hallte von den Wänden wider. »Diese gottverdammte Schlampe. Meine Mutter, die Nutte!« Kein Wunder, dass sie mich nicht bei sich haben wollte!, schoss es ihr durch den Kopf.

Und die Frauen im Krankenhaus mussten auch Huren sein. Mei und Carolynn waren Nutten! Und was war mit den Männern? Waren das auch Prostituierte? Dieser Stuart sah eigentlich nicht so aus. Alex auch nicht – obwohl der andererseits so gut aussah, dass er eigentlich nur ein Callboy sein konnte! Sie hatte sich also zu einer männlichen Prostituierten hingezogen gefühlt. Widerwärtig! Aber vielleicht arbeiteten ja gar nicht alle in dem Gewerbe. Vielleicht war er nur ein Freund. Und was war mit Brook, der besten Freundin ihrer Mutter? War sie gleichzeitig auch ihre Geschäftspartnerin? Vielleicht gab es ja doch eine logische Erklärung für all das. Brook würde sicher alles wissen – aber konnte sie sie einfach fragen? Was sollte sie denn sagen? Ach, Brook, kann es sein, dass ihr beide, meine Mutter und du, ein Bordell betreibt?

Völlig verwirrt ging sie in den Flur zurück und schnappte sich ihre Sachen, um sich in einem der Gästezimmer einzurichten. Im Zimmer ihrer Mutter konnte sie nicht bleiben! Dann ging sie in die Küche, um sich weiter umzusehen. Sie wollte alles über die Frau herausbekommen, die sie zur Welt gebracht hatte und die sie im Grunde nicht kannte. Der Kühlschrank war fast leer. Rena nahm sich eine Flasche Perrier. Scheiße!, dachte sie. Was um alles in der Welt soll ich jetzt bloß machen?

Mit der Flasche in der Hand begab sie sich ins Bad, das blitzsauber war und einen extrem gepflegten Eindruck machte. Kein Rasierzeug!, registrierte Rena. Offensichtlich lebte sie allein, auch wenn sie nicht oft allein schlief. Aber wahrscheinlich blieb kein Mann lange genug, um persönliche Dinge zurückzulassen.

Neugierig öffnete sie die Tür des Medizinschränkchens, in dem sie das übliche Sortiment an verdauungsfördernden Mitteln, Kopfschmerztabletten, Pflastern, Binden und Medikamenten gegen Erkältung fand. Im untersten Fach lagen drei Päckchen mit Kondomen – einfache, genoppte und welche mit Pfefferminzgeschmack. Daneben befand sich ein Diaphragma samt Gel. »Offenbar geht sie kein Risiko ein«, murmelte Rena. Keine weiteren Kinder! Aber was heißt weitere? Sie tut doch so, als hätte sie überhaupt keine!

Dann inspizierte Rena den Wandschrank ihrer Mutter. Voller Ehrfurcht betrachtete sie die teuren Kleider. Es gab für jede Gelegenheit etwas: Cocktail- und Abendkleider, paillettenbesetzte Tops, lange Röcke, elegante Kostüme und weiche Seidenblusen, alles in unterschiedlichen Farbtönen, die von hellen Grundfarben bis zu zarten Pastelltönen reichten. Insgesamt dominierten jedoch schwarze Kleider mit klassischem Schnitt. Als Rena die Marken durchging, entdeckte sie alles, was Rang und Namen hatte: Hervé Leger aus Paris, Gigli aus Bologna und Gap, aber auch Hemden mit kleinen Bildern von Micky Maus auf der Tasche. Die Schuhe kamen von Manolo Blahnik und Gucci. In den Fächern auf der anderen Seite stapelten sich Handtaschen von Fendi.

Dann nahm sich Rena die Kommode vor. In der obersten Schublade befanden sich ganz normale, wenn auch offenbar sehr teure BHs, Höschen und Unterröcke sowie Strümpfe in allen nur denkbaren Farben. Die Schublade darunter enthielt schärfere Sachen wie Bustiers, BHs, die die Brustwarzen frei ließen, und im Schritt geschlitzte Höschen. Negligés oder durchsichtige erotische Gewänder waren zu Renas Erstaunen jedoch nirgendwo zu entdecken. Die unterste Schublade war voller Sexspielzeug. Mit einem Knall schob sie sie sofort wieder zu.

Rena warf einen Blick in Richtung Fenster, durch das die Sonne hereinströmte. Als sie auf den Radiowecker auf dem Nachttisch sah, stellte sie fest, dass es bereits nach drei war. Plötzlich klingelte das Telefon. Natürlich würde sie nicht rangehen. Sie ließ es klingeln, bis sich der Anrufbeantworter einschaltete. »Guten Tag, Sie sind mit Erika Holland und Courtesans, Inc. verbunden«, sagte die Stimme ihrer Mutter. »Bitte hinterlassen Sie nach dem Signalton eine Nachricht, ich rufe dann so bald wie möglich zurück.« Dann wurden die Nachrichten, die Rena bereits kannte, noch einmal abgespielt. Anschließend teilte der AB mit: »Alte Nachrichten gelöscht.« Nach einigen Pieptönen sagte dann eine Frauenstimme: »Guten Tag, hier spricht Brook Torrance. Da Erika zur Zeit leider verhindert ist, bitte ich Sie, mich anzurufen. Meine Nummer ist 212-555-2477.«

Kurz darauf klingelte ein zweites Telefon. »Hallo, hier ist Erika. Nachrichten bitte wie üblich.« Dann erklang die Stimme einer Frau. »Hallo, Rena, hier ist Brook. Wenn du da bist, geh doch bitte an das beige schnurlose Telefon auf dem Nachttisch.« Offenbar hat meine Mutter zwei Anrufbeantworter, dachte Rena. Einen fürs Geschäftliche, einen fürs Private. Anscheinend wollte Brook sich von nun an um die geschäftlichen Anrufe kümmern. »Na prima«, sagte Rena mit einem gehässigen Unterton in der Stimme. »Dann rollt der Rubel wenigstens weiter. All die geilen Typen werden auch ohne meine Mutter auf ihre Kosten kommen.«

»Rena, nimm bitte das beige Telefon ab, falls du da bist.«

Da Rena nicht wollte, dass Brook mitbekam, dass sie herumgeschnüffelt hatte, wartete sie einen Moment, bis sie ans Telefon ging. »Hallo?« Sie versuchte atemlos zu klingen.

»Rena, hier ist Brook.«

»Tut mir Leid, dass es so lange gedauert hat, bis ich rangegangen bin«, sagte Rena. »Ich hatte mich im Gästezimmer ein bisschen hingelegt.«

»Ich wollte dir nur sagen, dass der Zustand deiner Mutter nach wie vor unverändert ist. Außerdem habe ich mich darum gekümmert, dass du nicht dauernd von Anrufen belästigt wirst, die für deine Mutter sind.«

»Danke.« Was hätte sie auch sonst sagen sollen?

»Ich hab mir schon gedacht, dass du dich hingelegt hast. Hoffentlich hat das Telefon nicht zu oft geklingelt.«

»Abgesehen von dir hat niemand angerufen.«

Sie hörte, wie Brook erleichtert aufseufzte. »Gut. Kommst du heute noch mal ins Krankenhaus? Ich dachte, wir könnten vielleicht etwas zusammen essen und uns ein bisschen unterhalten.«

Unterhalten. Es gab in der Tat einiges, worüber sie sich unterhalten mussten. »Können wir machen«, sagte sie.

»Fein«, erwiderte Brook. »Dann warte ich auf dich.«

Rena sah auf die Uhr. »Ich denke, du kannst so um halb sechs mit mir rechnen. Ich muss wohl wieder ein Taxi nehmen, oder?«

»Nicht unbedingt.« Brook beschrieb Rena, wie sie mit dem Bus zum Krankenhaus kam. »Bis später«, verabschiedete sie sich.

»Okay«, sagte Rena und legte auf.

Nachdem Rena rasch geduscht hatte, machte sie sich auf den Weg ins Krankenhaus. Trotz ihrer Erschöpfung war sie entschlossen, so viel wie möglich über das Treiben ihrer Mutter herauszufinden.

Einige Stunden später saßen Rena und Brook zusammen in einem kleinen Bistro in der Nähe des Krankenhauses. Im Warteraum der Intensivstation hatte Rena neben Stuart und Brook ein halbes Dutzend Frauen und zwei Männer vorgefunden, die sich leise miteinander unterhielten. Als sie den anderen vorgestellt worden war, hatte sie versucht, sich jeden Einzelnen von ihnen als weibliche oder männliche Prostituierte vorzustellen, jedoch ohne Erfolg. Sie musste aus ihren Informationen die falschen Schlüsse gezogen haben, auch wenn ihr schleierhaft war, welche Schlüsse man sonst hätte ziehen können.

Bevor sie mit Brook zum Essen gegangen war, hatte sie fünf Minuten am Bett ihrer Mutter gesessen, sie angesehen und versucht, die Einzelheiten, die sie kannte, zu einem Ganzen zusammenzusetzen. Beim Hinausgehen hatte der Arzt ihr kurz mitgeteilt, wie die Dinge standen. »Es gibt im Grunde keine Veränderungen, aber die Tatsache, dass Ihre Mutter noch lebt, stimmt uns zuversichtlich. Leider können wir noch nicht sagen, ob sie einen Gehirnschaden hat. Die Blutung im Gehirn muss sich nicht unbedingt negativ auswirken, könnte aber auch einen beträchtlichen Schaden verursacht haben.«

Hinterher hatten sich im Warteraum alle um sie geschart, um zu hören, wie es ihrer Mutter ging. Jeder hatte ihr auf die Schulter geklopft oder ihr die Hand gedrückt und ihr Hilfe angeboten. Bei den Worten beträchtlicher Schaden hatte die Gruppe entsetzt aufgeschrien.

Und nun saß sie also der Frau gegenüber, die ihr einige der

Fragen beantworten konnte, die sie zum Leben ihrer Mutter hatte. Da keine von ihnen großen Appetit hatte, hatte sich jede nur einen Salat bestellt. Nachdem sie über dies und das geplaudert hatten, sagte Rena schließlich: »Und jetzt erzähl mir mal von eurer Firma.«

»Firma?«

Auf dem Weg ins Krankenhaus hatte Rena beschlossen, Brook gegenüber ganz offen zu sein. »Ich habe die Anrufe gehört, die auf dem AB meiner Mutter waren.«

Brook sank in sich zusammen. »Tut mir Leid, dass du es auf diese Weise herausfinden musstest, aber jetzt weißt du wenigstens Bescheid.«

»Ich bin mir nicht sicher, ob ich wirklich Bescheid weiß. Vielleicht wäre es besser, wenn du mir alles erzählst.«

»Und was glaubst du?«

»So kommen wir nicht weiter.« Als Brook schwieg, sagte Rena: »Ich glaube, du bist eine Hure.«

Brook schloss die Augen und sank noch weiter in sich zusammen. Nach einer Weile machte sie die Augen wieder auf und beugte sich vor. »Deine Mutter und ich betreiben einen Service, der einsamen Männern und Frauen Begleiter anbietet.«

»Mit anderen Worten, ihr betreibt ein Bordell«, stieß Rena hervor.

»Wir stellen Begleiter für Partys, intime Abendessen oder sonstige Anlässe zur Verfügung, bei denen der Kunde Wert auf intelligente Gesellschaft und interessante Konversation legt.«

»Konversation«, zischte Rena. »Heißt das neuerdings so?«

»Wenn die Begleitdamen hinterher mit den Kunden noch etwas anderes abmachen, dann ist das ihre Angelegenheit.«

»Klar, und im Himmel ist Jahrmarkt. So naiv bin ich nicht. Bei eurem Geschäft handelt es sich um Edelprostitution.«

Brook schluckte schwer. »Ich glaube, darüber solltest du dich lieber mit deiner Mutter unterhalten.«

»Das ist im Moment ja wohl schwer möglich, nicht wahr?«, entgegnete Rena.

In dem Moment brachte der Kellner zwei Teller mit Salat. Brook spießte ein Blatt Salat auf die Gabel, legte sie danach jedoch wieder auf den Teller. »Ich habe nicht die Absicht zu rechtfertigen, was wir machen. Das halte ich wirklich nicht für nötig. Trotzdem würde ich gern wissen, was dagegen einzuwenden ist, wenn ein einsamer Mensch ein bisschen Unterhaltung haben möchte und ein anderer bereit ist, ihm Gesellschaft zu leisten.«

»Was dagegen einzuwenden ist?«, schnaubte Rena. »Dass es unmoralisch und widerwärtig ist.«

»Warum?«

Rena zögerte. Sie hatte nicht die Absicht, sich auf eine Diskussion über das Pro und Kontra von Prostitution einzulassen. »Weil es so ist.« Sie legte ihre Serviette auf den Tisch und stand auf. »Hast du sie in diese Sache reingezogen?«

Brook sah aus wie ein Häufchen Elend. »Nein, es war eher umgekehrt.«

Rena zog ihre Brieftasche aus der Jacke, entnahm ihr eine Banknote und legte sie auf den Tisch. »Na großartig. Ich hoffe, ihr zwei seid glücklich.«

»Das sind wir durchaus«, erwiderte Brook, indem sie Rena unverwandt ansah. »Das einzige wirkliche Problem, das deine Mutter hatte, war, dass sie es nicht geschafft hat, die Mauer zu durchbrechen, die du um dich errichtet hast.« Als Rena sich zum Gehen wandte, griff Brook nach Renas Hand. »Sie liebt dich nämlich wirklich, weißt du.«

»Nein, das weiß ich nicht, und das ist mir auch egal.« Rena riss sich von Brook los und stürmte aus dem Restaurant. Fast eine Stunde lang lief sie wutentbrannt durch die Straßen von Manhattan. Wie konnte diese Frau es wagen zu rechtfertigen, was sie und ihre Mutter machten? Das Ganze war illegal und unmoralisch. Das Ganze stellte eine Beleidigung für jede liebevolle Familie dar.

Schließlich kehrte Rena ins Krankenhaus zurück, blieb zunächst aber im Eingangsbereich, wo sie auf einem der Sofas Platz nahm. Während ihres Spaziergangs hatte sie beschlossen, über Nacht im Apartment ihrer Mutter zu bleiben und am nächsten Morgen nach Chicago zurückzufliegen. »Sie sind Maureen Hughes, nicht wahr?«

Sie zuckte zusammen. Seit ihrer Kindheit hatte sie niemand mehr Maureen genannt. Und wer kannte sie hier überhaupt? Ein Mann in den Dreißigern ließ sich ihr gegenüber auf einem Stuhl nieder und lächelte sie freundlich an. Er hatte feuerrote Haare und ein Gesicht voller Sommersprossen. Über einem grauen Rollkragenpullover trug er ein grau-schwarz kariertes Flanellhemd, über seinem Arm hing ein schwarzer Trenchcoat. »Ich heiße Rena. Kennen wir uns? Sind Sie ein Freund meiner Mutter?«

»So was wie ein Bekannter. Mein Name ist Sean Fredericks.« Er streckte ihr die Hand hin. »Freut mich, Sie kennen zu lernen.« Sie schüttelte ihm die Hand. »Wie geht es ihr denn?«

»Unverändert.« Sie machte Anstalten aufzustehen. »Woher wussten Sie, wer ich bin?«

»Ich habe gehört, wie eine der Schwestern Sie beim Namen genannt hat. Ich glaube, wir sollten uns mal unterhalten.«

»Leider nichts zu machen. Ich bin gerade auf dem Weg in ihr Apartment.«

Sie standen beide auf, und Sean half Rena in die Jacke. »Vielleicht ginge es morgen?«, fragte er.

»Morgen fliege ich zurück nach Chicago.«

»Dann sollten wir uns unbedingt noch heute Abend unterhalten. Vielleicht darf ich Sie zu einem Drink einladen?«

Obwohl sie zugegebenermaßen neugierig war, hatte sie keine Lust, sich mit irgendjemandem über ihre Mutter zu unterhalten. Sie wollte nur nach Chicago zurück und diesen ganzen scheußlichen Tag so schnell wie möglich vergessen. »Nein, danke.«

»Ich habe Recherchen über Ihre Mutter angestellt und weiß einiges über Sie. Ich weiß zum Beispiel, dass Sie sie seit Jahren nicht mehr gesehen haben, und könnte mir vorstellen, dass Sie über das, was sie beruflich macht, nicht allzu glücklich sind. Ich glaube, wir haben einiges gemeinsam.«

»Tut mir Leid, aber das möchte ich bezweifeln«, erwiderte Rena. »Und jetzt muss ich los.«

»Ich bin ein ganz guter Menschenkenner«, sagte er mit gesenkter Stimme, »und ich könnte wetten, dass Sie gerade herausgefunden haben, was Ihre Mutter treibt, und extrem aufgebracht sind. Was ich Ihnen nicht verdenken kann. Sie führt ein Bordell für reiche und berühmte Leute, und ich versuche schon seit mehreren Jahren, sie dazu zu bringen, ihr Geschäft aufzugeben.«

Auch wenn es der Wahrheit entsprach – dass jemand anders ihre Mutter als Puffmutter bezeichnete, ließ es Rena innerlich zusammenzucken. »Gute Nacht, Mr. Fredericks.« Sie drehte sich um und steuerte auf die Tür zu.

»Ich will ja nicht, dass sie verhaftet wird oder so«, sagte er, während er mit ihr Schritt hielt. »Ich will nur, dass sie diese Sache aufgibt.«

Rena blieb stehen und sah Sean an. »Sind Sie ein Cop?«

Er lachte schallend. »Aber nein! Ich will ganz offen zu Ihnen sein, Rena. Ich darf Sie doch Rena nennen, ja? Ich schreibe für den National Informer.«

»Für dieses Skandalblatt?«

Sean besaß den Anstand, betreten dreinzublicken. »Ja, für dieses Skandalblatt.« Er sah sich im Raum um. Als Rena seinem Blick folgte, bemerkte sie, dass mehrere Leute ihrem Gespräch lauschten. »Könnten wir uns nicht doch miteinander unterhalten?«, fragte er. »Bitte!«

Rena nickte. »Aber nur ganz kurz. Ich habe einen langen Tag hinter mir.«

»Kann ich mir vorstellen.« Nachdem Sean seinen Mantel angezogen hatte, verließen sie gemeinsam das Krankenhaus und gingen einen Häuserblock weiter, bis sie zu einer kleinen Bar gelangten. »Hier ist es so laut, dass man nicht befürchten muss, belauscht zu werden. Okay?«

Als sie nickte, öffnete er die Tür. Der Lärmpegel drinnen war so hoch, dass Stammkunden Gefahr liefen, eines Tages taub zu werden. Sean nahm ihr die Jacke ab und führte sie zu einer leeren Sitznische im hinteren Teil der Bar. »Darf ich Ihnen einen Drink holen?«, fragte er, nachdem Rena sich gesetzt hatte.

Als sie sich gegen die Rückenlehne aus braunem Leder sinken ließ, kam ihr zu Bewusstsein, wie müde sie war. »Ich hätte gern ein Bier.«

Er ging zur Theke, um die Bestellung aufzugeben. »Die Kellnerin bringt uns gleich unsere Drinks«, sagte er, als er zurückkam. »Ich hab mir noch einen Snack bestellt. Hab nämlich den ganzen Abend noch nichts gegessen.«

»Also was wollen Sie denn nun von mir?«, fragte Rena ohne Umschweife.

»Ich will ganz offen zu Ihnen sein. Ich interessiere mich schon seit einer Weile für das, was Ihre Mutter macht. Zu ihren Kunden gehören zahlreiche Leute, die im Blickpunkt der Öffentlichkeit stehen. Ich will eine Liste dieser Kunden und so viele Insiderinformationen wie möglich.«

»Ich fürchte, ich weiß weniger über die Firma meiner Mutter als Sie.«

»Ist mir klar. Aber Sie sind im Gegensatz zu mir in der Lage, allerlei Dinge herauszufinden.«

»Was für Dinge?«

»Das Wer, das Was und das Wie, pikante Details eben, die für die Leser des Informer von Interesse sind.«

»Und warum sollte ich das für Sie tun?«

»Weil ich, wenn ich die Kundenliste und ein paar interessante Informationen über sexuelle Vorlieben und so hätte, dafür sorgen könnte, dass Ihre Mutter aus dem Geschäft aussteigt. Nach den Preisen zu urteilen, die sie verlangt, hat sie sicher genug gespart, um bis an ihr Lebensende herrlich und in Freuden leben zu können.«

»Aber wenn Sie das Ganze publik machen, kommt sie ins Gefängnis. Tut mir Leid, da mach ich nicht mit.«

Bevor sie aufstehen und gehen konnte, sagte er: »Dass sie verhaftet wird, ist gar nicht drin. Sie hat Polizisten, Politiker, Rechtsanwälte und Richter in der Tasche, die gern ein Auge zudrücken. Dafür bekommen sie von ihr oder vielmehr von ihren Mädchen ab und an einen Gratisfick.«

Es überraschte Rena, wie sehr sie sich von diesem schleimigen Mann gekränkt fühlte. Dennoch musste sie zugeben, dass sie Erika aus diesem Gewerbe raushaben wollte. Sie wollte einfach nicht die Tochter einer Nutte sein. »Wie kommen Sie eigentlich darauf, dass sie mir in irgendeiner Weise am Herzen liegt? Könnte doch sein, dass es mir völlig egal ist, was sie macht.«

Sean wartete, bis die Kellnerin zwei Glas Bier und einen Teller mit Snacks auf den Tisch gestellt hatte. »Ich glaube schon, dass Ihnen Ihre Mutter am Herzen liegt, obwohl ich natürlich nicht weiß, was sich in der Vergangenheit zwischen Ihnen beiden abgespielt hat. Sicher haben Sie Ihre Gründe, warum Sie nicht die liebende Tochter mimen wollen. Aber wenn ich eine Mutter hätte, die den bekanntesten Begleitservice von New York betreibt, ginge mir das extrem gegen den Strich.«

Was für ein grässlicher Typ, dachte Rena, aber in einem hat er Recht. Ich will in der Tat nicht, dass sie ein Bordell betreibt. »Also was wollen Sie von mir?«

Er kniff die Augen zusammen. »Ich will Namen und Details bizarrer Art. Sie kennen meine Zeitung, wissen also, was für Sachen ich brauche.«

»Und meine Mutter halten Sie aus dem Ganzen raus?«

»Selbstverständlich.«

Rena zog eine Augenbraue hoch. »Ich bin kein Kind mehr. Wie wollen Sie mir garantieren, dass ihr nichts passiert?«

»Soll das heißen, Sie trauen mir nicht?« Sean sah gekränkt aus.

»Soll es, Mr. Fredericks.«

Er lachte. »Und wenn ich Ihnen irgendeine Garantie geben würde, dass Ihrer Mutter nichts passiert, wären Sie dann interessiert?«

»Darüber muss ich erst nachdenken. Und Sie sollten auch darüber nachdenken, wie Sie mir garantieren wollen, dass meine Mutter nicht in die Sache hineingezogen wird. Und Brook Torrance ebenfalls nicht. Mein Name darf natürlich auch nicht fallen.«

Rena bemerkte, dass Sean sich alle Mühe gab, nicht allzu triumphierend dreinzublicken. »Okay, dann lassen Sie mal hören, was Sie für Vorstellungen haben.«

»Ich will eine hieb- und stichfeste Garantie, zum Beispiel eine schriftliche Erklärung des Informer, dass er sich verpflichtet, fünfhunderttausend Dollar zu zahlen, falls die Anonymität der genannten Personen nicht gewahrt bleibt.«

Nach kurzem Zögern sagte Sean: »Das lässt sich machen.«

Als Sean so schnell einwilligte, erkannte Rena, dass sie nicht genug verlangt hatte. Sie lehnte sich zurück und trank einen Schluck Bier. »Ich meine natürlich, eine halbe Million für jede, falls etwas, das in Ihrem Blatt steht, dazu führt, dass meiner Mutter, Brook oder mir irgendein Nachteil daraus erwächst.«

»Puh«, sagte Sean, »das ist eine ganz schöne Summe. Da muss ich erst mit ein paar Leuten reden.«

»Tun Sie das.«

»In der Zwischenzeit können Sie sich ja schon mal ein bisschen mit den Leuten anfreunden, die mit Ihrer Mutter zusammenarbeiten. Da Erika in einem derart schlechten Zustand ist, werden sie Ihnen gegenüber sicher sehr zugänglich sein. Möglicherweise plaudern sie ja sogar ein bisschen aus dem Nähkästchen.« Er machte eine Pause. »Außerdem kann ich Ihnen für jeden Artikel, den ich schreibe, fünfundzwanzigtausend Dollar anbieten.«

»Das ist eine Menge Geld«, erwiderte sie, während sie an ihr Bankkonto dachte, das fast leer war, nachdem sie ihr Flugticket von Chicago nach New York gekauft hatte. »Wie viele Artikel wollen Sie denn schreiben?«

»Einen über jede Berühmtheit, über die Sie Informationen beschaffen können. Reden Sie einfach mit den Leuten und versuchen Sie, so viel wie möglich herauszubekommen. Ich brauche Namen, Daten und Ortsangaben, Details, die ich nachprüfen kann.«

Fünfundzwanzigtausend Dollar und die Aussicht, dass ihre Mutter aus dem Geschäft aussteigen würde, waren kein schlechter Anreiz. Ob sie allerdings genug Informationen sammeln konnte? Und wenn ja, würde sie es über sich bringen, diesem schmierigen Typ die pikanten Details zu erzählen? Aber darüber brauchte sie sich jetzt noch keine Gedanken zu machen. Erst einmal musste sie Nachforschungen anstellen. »Ich werde sehen, was sich machen lässt. Und Sie können inzwischen die Sache mit der Garantieerklärung regeln.«

Sean trank sein Bier aus und stand auf. Als er seinen Mantel anzog, sagte er: »Ich werde Sie über Erikas Privatanschluss anrufen, aber wenn Sie nicht da sind, hinterlasse ich keine Nachricht auf dem AB. Ich will nicht, dass irgendjemand von der Sache Wind bekommt.« Er zog eine Visitenkarte aus der Brieftasche. »Wenn Sie irgendwelche Informationen haben, können Sie mich jederzeit anrufen.«

Sie steckte die Karte in ihre Handtasche. »Und denken Sie daran, dass es mir nur darum geht, meine Mutter da rauszuholen.«

»Klar.« Sean legte einen Zwanzig-Dollar-Schein auf den Tisch und schüttelte ihr zum Abschied die Hand. Nachdem er gegangen war, saß Rena mehrere Minuten lang da und starrte vor sich hin. Sie hasste ihre Mutter. Warum war es ihr dann nicht egal, ob sie eine Nutte war oder nicht? Warum war ihr Brook nicht egal? Sie wurde einfach aus sich selbst nicht schlau.

Als Rena merkte, dass sie es nicht schaffte, Ordnung in das Chaos ihrer Gefühle zu bringen, stand sie auf, zog ihren Mantel an und trat in die frostige Nachtluft hinaus. Nachdem sie erneut mehrere Minuten nachdenklich vor sich hingestarrt hatte, winkte sie ein Taxi heran und fuhr zum Apartment ihrer Mutter.

10. Kapitel

Als Rena am nächsten Morgen erwachte, fühlte sie sich wie erschlagen. Fast die ganze Nacht hatte sie sich im Bett herumgewälzt. Nachdem sie endlich eingeschlafen war, hatte sie geträumt, sie werde von zwei gesichtslosen Monstern, die ihre Eltern waren, in verschiedene Richtungen gezerrt. Unter der morgendlichen Dusche beschloss sie dann, im Moment noch keine Entscheidungen zu treffen, sondern zunächst zu versuchen, an Informationen heranzukommen. Ob sie diese dann an Sean weiterleiten würde oder nicht, spielte vorerst keine Rolle.

Kurz nach neun kam Rena im Krankenhaus an. Bevor sie sich zu Brook in den Warteraum gesellte, schlüpfte sie kurz zu ihrer Mutter ins Zimmer hinein. Danach machte sie den behandelnden Arzt ihrer Mutter ausfindig. Dr. Petrie war etwa dreißig, hatte kurz geschnittenes, dunkelblondes Haar und ein jungenhaftes Gesicht mit haselnussbraunen Augen und abstehenden Ohren. »Es freut mich sehr, Ihnen sagen zu können, dass Ihre Mutter auch heute eine ruhige Nacht gehabt hat. Für den körperlichen Heilungsprozess ist das Koma durchaus von Vorteil, und mit ihrem Gesamtzustand sind wir recht zufrieden. In solchen Fällen reagiert jeder Körper anders, so dass wir nie im Voraus sagen können, wann und ob ein Patient aus dem Koma erwacht. Ihre Mutter kann heute oder morgen wieder zu sich kommen, es kann aber auch noch Wochen oder sogar

Monate dauern. Solange sie aber noch bewusstlos ist, können wir über ihre geistige Verfassung leider gar nichts sagen.« Er tätschelte Renas Schulter. »Ich glaube aber trotzdem, dass wir optimistisch sein können.«

»Das freut mich zu hören. Vielen Dank, Herr Doktor.« Eigentlich hatte sie die ganze Zeit gewusst, dass ihre Mutter zu zäh war, um sich von einer Kleinigkeit wie einer Kopfverletzung unterkriegen zu lassen.

Im Warteraum traf sie auf Brook, die in einer Ecke saß und sich mit einem Mann und einer Frau unterhielt, die Rena noch nicht kannte. Es war schon komisch, dass sie jetzt in allen Freunden von Brook und ihrer Mutter zunächst Prostituierte vermutete, obwohl diese beiden ganz entschieden nicht danach aussahen. Als sie auf die drei zuging, erhob sich Brook, während sich die beiden anderen zu ihr umdrehten. Die Frau war offenbar in den Vierzigern. Sie war gertenschlank, hatte lockiges schwarzes Haar und leicht gebräunte Haut. Zu ihren Jeans trug sie ein Sweatshirt, auf dem die Fahne von Texas prangte.

Der große Mann neben ihr hatte kräftige, wie gemeißelt wirkende Gesichtszüge, grüne Augen, einen gepflegten hellbraunen Bart und grau meliertes Haar. Er trug ebenfalls Jeans, dazu ein hellblaues Hemd und eine jener Kordelkrawatten mit silbernem Schieber, wie man sie aus Western kennt. Seinen Gürtel zierte eine silberne, mit Türkisen besetzte Schnalle, die zum Armband seiner Uhr passte.

»Ich hab gesehen, dass du mit dem Arzt gesprochen hast«, sagte Brook nervös. »Wie geht es deiner Mutter heute Morgen?«

»Der Arzt ist optimistisch, auch wenn er nichts Genaues sagen kann, bis sie aus dem Koma aufwacht. Falls sie das tut.«

Brook seufzte erleichtert auf und fuhr sich mit den Händen übers Gesicht. »Das wird sie, da bin ich mir ganz sicher. Hat der Arzt eine Vorstellung, wie lange das noch dauern kann?«

»Leider nicht. Ich hab im Internet ein paar Recherchen über Koma angestellt. Offenbar ist es unmöglich vorauszusagen, wann jemand wieder aufwacht.«

»Ich weiß, dass sich das Ganze lange hinziehen wird, wenn sie erst einmal erwacht ist, aber ich weiß auch, dass sie es schaffen wird. Sicher wird sie bald wieder mit uns allen herumalbern.« Brook sah so aus, als hätte sie kaum besser geschlafen als Rena. Wie das Pärchen trug sie Jeans, während auf ihrem knallroten Sweatshirt ein Bild von Tweetie prangte. »Wolltest du nicht eigentlich heute wieder nach Hause fliegen?«

Nach dem schlechten Eindruck, den sie gestern gemacht hatte, musste Rena heute alle mit Glacéhandschuhen anfassen, da sie sonst nie herausfinden würde, was sie wissen wollte. »Ich hab beschlossen, deinem Rat zu folgen und noch ein paar Tage zu bleiben. Ich kann natürlich nichts versprechen, aber vielleicht brauch ich tatsächlich etwas Zeit, um alles besser zu verstehen.« Sie warf einen Blick auf das Paar, in dessen Gegenwart sie auf keinen Fall über Erikas Geschäfte reden wollte.

Brook fasste nach ihren Händen. »Du kannst dir gar nicht vorstellen, wie sehr mich das freut. Erika hängt so an dir. Ich hoffe sehr, dass ihr beide euch irgendwie zusammenrauft.«

»Wie gesagt«, entgegnete Rena, »ich kann nichts versprechen.«

»Klar.«

Das Paar hatte bisher geschwiegen. Jetzt sagte die Frau lächelnd: »Sie müssen Rena sein.«

Wie vielen Leuten hatte ihre Mutter bloß von ihr erzählt? »Stimmt. Wie kommen Sie darauf?«

»Ich bin eine alte Freundin Ihrer Mutter. Sie hat mir oft Fotos von Ihnen gezeigt.« Dann streckte sie die Hand aus. »Ich bin Valerie Hackett, und das ist mein Mann Madison.«

»Angenehm«, meinte Rena, als sie den festen Händedruck der Frau erwiderte und dann dem Mann zunickte. Welche Rolle die beiden wohl im Leben ihrer Mutter spielten? »Sie haben gesagt, Sie seien eine alte Freundin meiner Mutter«, meinte sie, als sie auf dem kleinen Sofa Platz nahm. »Wie haben Sie beide sich denn kennen gelernt?«

»Du kannst ganz offen mir ihr reden«, versicherte Brook Valerie. »Sie weiß alles über *Courtesans, Inc.*«

»Bevor ich Madison kennen gelernt habe, hab ich den Laden geführt.« Valerie griff nach der Hand ihres Mannes. »Er war ein Kunde von mir und hat dann beschlossen, was Dauerhaftes aus unserer Beziehung zu machen.« Sie lächelte Madison liebevoll an.

»Meine Mutter hat den Begleitservice von Ihnen übernommen?«, fragte Rena völlig verblüfft.

»Genau die Reaktion habe ich von Erikas Tochter erwartet. Sie sind ihr wirklich sehr ähnlich. Ich kann mich noch genau an den Abend erinnern, als ich sie kennen gelernt habe. Sie konnte kaum glauben, dass ich Prostituierte und Puffmutter bin.«

Rena schluckte schwer. »Das geht mir auch so.« Obwohl Valerie eine attraktive Frau war, schien es kaum vorstellbar, dass sich die Männer auf der Straße nach ihr umsahen.

»Glaub ich gern. Das erleb ich nicht zum ersten Mal.« Sie grinste. »Nicht dass ich nun jedem auf die Nase binde, was ich früher gemacht habe, aber wenn ich es erzähle, sind die Leute immer ziemlich perplex.«

Jetzt ergriff auch Madison das Wort. Er hatte eine warme und freundliche Stimme. »Ich habe Valerie auf einer internationalen Tagung von Ölhändlern kennen gelernt. Ich handle mit Rohstoffen, wissen Sie, und als ich sie gesehen habe, wusste ich sofort, dass Valerie genau der Stoff ist, den ich brauche.«

»Als er herausfand, dass ich eine bezahlte Gesellschaftsdame bin«, fuhr Valerie fort, »hat er mir tausend Dollar in die Hand gedrückt, mich beim Arm gepackt und mich auf sein Zimmer geschleppt. Es hat drei Tage gedauert, bis wir wieder einen Fuß vor die Tür gesetzt haben – und ich hab das Ganze noch nicht mal extra berechnet.«

Rena konnte es kaum fassen. »Und schließlich haben Sie geheiratet, und er hat Sie aus allem rausgeholt, ja?«

»Valerie war zum Glück bereit, ihr Leben zu ändern«, sagte Madison, wobei er die Hand seiner Frau tätschelte. »Und ich glaube, sie ist damit glücklich.« Er sah seine Frau an. »Oder hast du diesen Schritt je bereut?«

»Nein. Meine Arbeit hat mir gefallen, solange ich sie gemacht habe. Aber jetzt liebe ich nur noch dich.« Nachdem Valerie Madison einen Kuss auf die Wange gegeben hatte, wandte sie sich wieder an Rena. »Ich war sehr bestürzt, als ich vom Unfall Ihrer Mutter hörte. Wir sind gestern Abend in New York angekommen, aber als wir endlich im Krankenhaus waren, waren Sie schon wieder weg.«

»Wie lange bleibt ihr?«, fragte Brook.

»Madison muss heute Abend zurückfliegen, aber ich habe mir für ein paar Tage ein Zimmer im Plaza genommen. Ich hoffe sehr, dass Erika in dieser Zeit wieder zu sich kommt. Allerdings muss ich am Donnerstag wieder los. Wir müssen jetzt einfach alle für Erika da sein, denn ihr steht eine schwere Zeit bevor.«

»Schön, dass du noch bleiben kannst«, sagte Brook. »Danke.«

»Kann ich dir irgendwie helfen, Brook?«, wollte Valerie wissen. »Soll ich Telefondienst für dich machen oder für dich einspringen, wenn's irgendwo brennt?«

»Bisher kriege ich alles noch einigermaßen auf die Reihe«, versicherte Brook, bevor sie sich an Rena wandte. »Du kannst dir gar nicht vorstellen, wie kompliziert das Management von *Courtesans, Inc.* ist. Darin war deine Mutter ...« Brook hielt abrupt inne und holte tief Luft. »... ich meine, darin ist sie unschlagbar.«

Management, sinnierte Rena. So kann man das natürlich auch nennen, auch wenn diese Art von Management sicher nicht an der Universität gelehrt wird. Rena musste innerlich grinsen, als sie sich die Ankündigung im Vorlesungsverzeichnis vorstellte: *Einführung in die effiziente Führung eines Bordells. Abgehandelt werden unter anderem Bestechungstaktiken gegenüber der Polizei und Steuerhinterziehung.* Um sich nicht zu verplappern, nickte Rena nur langsam. Dann beugte sie sich vor und stützte die Ellbogen auf die Schenkel. »Wann hat meine Mutter das Geschäft denn übernommen?«

»Vor etwas über fünf Jahren, als Madison und ich geheiratet haben.«

»Das muss ein ziemliches finanzielles Opfer für Sie gewesen sein«, sagte Rena, die herausbekommen wollte, wie viel ihre Mutter ungefähr verdiente. Würde sie wirklich, wie Sean gesagt hatte, ohne das Geschäft über die Runden kommen?

»Eigentlich nicht. Ich habe noch drei Jahre lang einen Anteil an den Profiten bekommen, der mehr als zufriedenstellend war.«

Wenn ihre Mutter von dem Gewinn hatte leben können, während sie Valerie ausbezahlt hatte, lief der Laden offenbar wirklich recht gut. »Verstehe«, sagte Rena. »Das Ganze verwirrt mich noch immer ein bisschen. Kümmert meine Mutter sich denn auch selbst noch viel um die Kunden?«

»Sie geht an ein oder zwei Abenden in der Woche aus«, teilte Brook ihr mit. »Sie hat so viele Stammkunden, dass sie selten die Gelegenheit hat, neue Kunden kennen zu lernen.«

»Stammkunden?«

»Männer, die ausdrücklich sie verlangen. *Courtesans, Inc.* ist nicht nur ein Begleitservice, auch wenn wir den Behörden gegenüber so tun.«

Valerie warf Brook einen warnenden Blick zu. »Keine Bange, Val«, beruhigte Brook sie. »Rena hat ein Recht darauf, die ganze Geschichte zu erfahren, vor allem wenn sie Erika besser kennen lernen will.«

»Stimmt«, nickte Valerie, bevor sie sich an Rena wandte: »Es ist sicher nicht leicht für Sie, all das zu akzeptieren, aber Ihre Mutter braucht Sie jetzt. Sie und Ihr Verständnis.«

»Klar«, sagte Rena, obwohl ihr in Wirklichkeit nichts klar war. »Habt ihr denn keine Angst vor der Polizei?«, fragte sie dann.

»Eigentlich nicht«, antwortete Brook. »Offiziell sind wir ein Begleitservice, kein Bordell. Wir haben nur langjährige Kunden oder Kunden, die uns von Stammkunden empfohlen werden. Da meist ein Dinner oder eine Party zum Programm gehört, können wir ohne weiteres behaupten, dass wir nur charmante, intelligente Frauen zur Verfügung stellen, deren Aufgabe es ist, Konservation zu treiben.«

»Und was ist mit Steuern und so?«

Valerie schlug die langen Beine übereinander. »Wir geben dem Finanzamt genau das, was ihm zusteht.« Sie zwinkerte Rena zu. »Alle unsere Gesellschaftsdamen sind auf freiberuflicher Basis tätig. Wenn sie für besondere Dienstleistungen Trinkgeld bekommen, dann ist das eine Sache, die nur sie selbst und ihren Steuerberater etwas angeht.«

Valerie sah ihren Mann an. »Ich weiß ja nicht, wie's mit dir steht, aber ich hab Hunger.« Dann wandte sie sich an die beiden anderen Frauen. »Mir geht es nicht so wie den meisten Menschen, die bei Stress keinen Appetit haben. Seit wir in

New York sind, sehne ich mich nach einem Bagel mit Lachs.« Mit diesen Worten stand sie auf und schlüpfte in ihre mit Schaffell gefütterte Lederjacke. »Ich kenn da einen tollen Laden. Will eine von euch vielleicht mitkommen?«

»Ich hab schon was gegessen«, sagte Rena.

»Und ich hab keinen Hunger«, lehnte Brook ebenfalls ab. »Geht ruhig und lasst es euch schmecken. Wir sehen uns dann später.« Sie erhob sich und umarmte Valerie. »Es tut mir Leid, dass du dir solche Umstände machst«, sagte sie mit zitternder Stimme. »Aber ich bin wirklich froh, dass du hier bist.«

»Ich auch, Schätzchen«, erwiderte Valerie. »Bis dann.« Hand in Hand steuerten Valerie und Madison auf den Fahrstuhl zu.

»Wie wär's mit einem Tee?«, fragte Brook.

»Gern.« Als sie vor dem Automaten standen, sagte Brook: »Du siehst ganz schön mitgenommen aus. Hast du überhaupt geschlafen?«

»Ein bisschen. Die ganze Sache mit Courtesans, Inc. hat mich ziemlich schockiert. Werde wohl ein Weilchen brauchen, um mich an den Gedanken zu gewöhnen.«

»Kann ich mir vorstellen«, erwiderte Brook, während sie mit ihrem Plastikbecher in Richtung Warteraum ging.

Rena schnappte sich ihren Becher und folgte Brook. Da sie unbedingt an Informationen herankommen musste, fragte sie sie, nachdem sie sich auf einen Stuhl hatte fallen lassen: »Wie bist du eigentlich in die ganze Sache hineingeraten?«

Brook machte es sich auf dem Sofa gemütlich und trank einen Schluck Tee. »Deine Mutter und ich haben uns kennen gelernt, als sie in ein winziges Apartment in der Nähe vom Broadway gezogen ist. Da keine von uns Familie hat – von dir natürlich abgesehen –, haben wir uns angefreundet. Ich habe ihr geholfen, eine Stelle bei einer Versicherungsagentur zu bekommen, und wir haben viel Zeit damit verbracht, um die Häuser zu ziehen.«

»Wie ist meine Mutter an das geraten, was sie jetzt macht?«

»Das geht auf Stuart zurück.«

»Ist das der Mann, den ich gestern kennen gelernt habe?«

»Ja. Er arbeitet mit deinem Vater zusammen, weißt du.«

Rena fiel es mit einem Mal wie Schuppen von den Augen. »Aber natürlich! Stuart Dunlop!«

»So ist es. Nun ja, die Firma brauchte für eine Dinnerparty noch eine Frau, und Stuart hat deiner Mutter vorgeschlagen einzuspringen.« Brook erzählte Rena von Erikas erster Dinnerparty und ihrer Begegnung mit Valerie. »Und wie es so schön heißt: Der Rest ist Geschichte.«

»Und wie war es bei dir?«

Brook berichtete Rena von dem ersten Abend, den sie als bezahlte Gesellschaftsdame auf einer Party verbracht hatte. »War große Klasse. Plötzlich wurde ich für etwas bezahlt, was ich früher immer umsonst gemacht hatte.«

»Das ist doch krank«, stieß Rena hervor, die ihre Worte jedoch sofort bereute.

»Überhaupt nicht«, erwiderte Brook mit ruhiger Stimme, »obwohl ich deine Einstellung verstehen kann. Aber in solchen Situationen sage ich den Leuten immer Folgendes: Es gibt viele Männer, die für Sex bezahlen, indem sie eine Frau zum Essen oder ins Kino einladen. Dafür erwarten sie dann, dass die Frau am Ende des Abends die Beine breit macht. Vielleicht nicht gleich beim ersten Date, aber beim zweiten oder dritten schon. Dabei geht es nicht um Liebe oder eine längere Beziehung, sondern einzig und allein um Sex. Das ist weder gut noch schlecht, das ist einfach eine Tatsache.«

Sie versucht zu rechtfertigen, dass sie eine Hure ist, dachte Rena bei sich. Es ist wirklich verblüffend, dass eine offenbar rundum vernünftige Frau wie Brook es fertig bringt, Prostitution so darzustellen, als sei es das Natürlichste von der Welt.

»In unserem Job«, fuhr Brook fort, »wird von vornherein mit offenen Karten gespielt. Geld wechselt den Besitzer, alles ist von Anfang an klar.«

Da Rena es sich nicht mit Brook verderben wollte, sagte sie zähneknirschend: »Interessante Sichtweise.«

»Denk ruhig mal ein bisschen drüber nach. Wir gehen schließlich nicht auf den Straßenstrich«, fuhr sie mit gesenkter Stimme fort. »Wir gabeln keine Männer auf, denen wir auf dem Vordersitz ihres Autos einen blasen. Und es geht auch nicht nur um Sex. Alle, die für Courtesans, Inc. arbeiten, sind Collageabsolventen oder treten zumindest wie solche auf. Wir haben eine gute Allgemeinbildung oder können zumindest interessiert dreinblicken, wenn ein Gesprächsthema uns fremd ist. Die meisten von uns lesen pro Tag mindestens eine Zeitung, zu der im Laufe der Woche noch mehrere Zeitschriften kommen. Wir können uns über alles unterhalten, worüber ein Kunde sprechen möchte, über Bücher, Filme, Fernsehshows, Politik, internationale Probleme, Naturwissenschaft. Wir werden dafür bezahlt, dass wir wesentlich mehr sind als nur ein Wesen, mit dem ein Mann ins Bett steigen kann.«

Rena überlegte, ob Brook wohl tatsächlich an das glaubte, was sie gerade von sich gab. Dann fiel ihr ein, dass Sean sie nach ungewöhnlichen Sexpraktiken von Kunden gefragt hatte. »Aber sicher müsst ihr von Zeit zu Zeit auch abartige Wünsche erfüllen«, sagte sie betont lässig.

»Wir machen oft Dinge, die die Kunden zu Hause nicht machen würden, falls du das meinst. Viele der Männer, mit denen ich zusammen bin, beklagen sich darüber, dass ihre Frauen nicht an kreativem, spielerischem Sex interessiert sind.«

»Sie betrügen also ihre Frauen.«

»Stimmt. Allerdings versuche ich immer, sie dazu zu überreden, dass sie mit ihren Frauen offen über diese Dinge reden. Das Risiko ist ihnen jedoch zu groß. Wenn ich denke, dass sie abartig veranlagt sind, gehen sie kein Risiko ein, denn was ich denke, ist ihnen ohnehin egal. Hauptsache, ich mache, was sie wollen. Und meistens mache ich das auch.«

»Meistens?«

»Es gibt bestimmte Dinge, zu denen ich nicht bereit bin. Das stelle ich von vornherein klar. Eine von Erikas Aufgaben besteht darin, die Wünsche der Kunden auf die Neigungen der Gesellschaftsdamen abzustimmen. Einige der Frauen lieben die harte Tour, andere nicht. Einige spielen gern die Domina, während andere sich lieber unterwerfen. Natürlich gilt das alles auch für männliche Begleiter.«

»Mir ist noch nie in den Sinn gekommen, dass es auch männliche Prostituierte gibt.« Sie stellte sich vor, wie sich Alex in einem Hotelzimmer mit einem homosexuellen Mann verlustierte. Wirklich schade! Alex war so attraktiv und sexy.

»Es gibt wahrscheinlich genauso viele einsame Frauen wie einsame Männer. Diesen Frauen bietet *Courtesans, Inc.* gebildete, charmante Männer, die ihrem Ego ebenso gut tun wie ihrem Körper.«

»Soll das heißen, Alex und Männer wie er sind gar nicht schwul?«

»Alex ist durch und durch hetero. Ein anderer Begleiter ist schwul und kümmert sich um Männer, die diese Art von Sex wollen.«

Alex war also hetero. Überrascht stellte Rena fest, wie sehr sie diese Tatsache erleichterte, auch wenn es natürlich nicht für sie in Frage kam, dass sie sich zu einem männlichen Prostituierten hingezogen fühlte. Sie doch nicht.

»Alex ist ein toller Mann, oder? Wenn er nur ein bisschen

älter wäre, dürfte er umsonst zu mir ins Bett kriechen.« Sie hielt kurz inne. »Du solltest dich mal mit ihm unterhalten. Er kann Geschichten erzählen, da bleibt dir die Spucke weg. Überhaupt solltest du mal mit einigen unserer Leute reden. Dann würdest du deine Mutter vielleicht besser verstehen.«

»Gute Idee.« Eine sehr gute Idee sogar. Auf diese Weise konnte sie Informationen sammeln und diese gegebenenfalls an Sean weitergeben. Sie verkniff sich ein Grinsen. »Was ist mit dir? Hast du auch ein paar solcher Geschichten auf Lager?«

Brook schnaubte. »Wer hätte das nicht? Ich habe schon etlichen Kunden dazu verholfen, ihre bizarren Fantasien auszuleben, und hab vor, das auch weiterhin zu tun.«

Nicht, wenn ich es verhindern kann, dachte Rena bei sich. »Zum Beispiel?«

Brook starrte Rena an. Die Frau war ihr einfach ein Rätsel. Einerseits schien sie sich Sorgen um ihre Mutter zu machen, andererseits hasste sie Erika offenbar. Und zwar sowohl wegen ihrer gemeinsamen Vergangenheit als auch wegen *Courtesans, Inc.* Insgesamt konnte sich Brook aber nicht des Eindrucks erwehren, dass die Sorge weitaus geringer war als die Feindseligkeit. Trotzdem schien sie dem Job ihrer Mutter und den bizarren Seiten des Sex eine natürliche Neugier entgegenzubringen. »Ich hatte mal einen Kunden, der stand auf Sexspielzeug und schräge Kleidung. Nennen wir ihn der Einfachheit halber Sloan.«

»Du machst mich ganz schön neugierig«, sagte Rena.

»Sloan liebte es, wenn ich ihn mit einer neuen Kluft oder einem neuen Spielzeug überraschte. Eines Abends bin ich in einem engen roten Latexbody bei ihm aufgekreuzt, der vorne einen Reißverschluss hatte. Für ihn hatte ich auch einen besorgt, so dass wir uns unter der Dusche miteinander vergnügen konnten. An einem anderen Abend habe ich ihm einen Masturbator mitgebracht. Das ist eine Art Vibrator, der wie eine Hand geformt ist, die genau über einen Ständer passt. Na ja, den Rest kannst du dir denken.« Bei der Erinnerung musste Brook grinsen. »Zweimal ist er an dem Abend gekommen, erst mit dem Gerät, dann mit mir.«

»Ich hoffe, das ist nicht indiskret«, sagte Rena, »aber wie viel bekommst du denn für einen Abend?«

Brook war eher überrascht, dass die Frage erst jetzt kam. »Normalerweise zwischen tausend und tausendfünfhundert Dollar für ein Dinner plus Zugabe. Da es in diesem Fall nur die Zugabe gab ...« Brook zwinkerte. »... hat Sloan nur tausend bezahlt.«

»Tausend Dollar? Für eine Stunde?«

»Oder zwei. Mehr wollte er nicht. Bei anderen Männer kann sich das Ganze jedoch über den ganzen Abend oder bis in die frühen Morgenstunden hinziehen. Je nach dem, was sie wollen.« Sie beugte sich vor und senkte die Stimme noch weiter. »Bei Partys nehmen wir einen Festbetrag von tausend Dollar pro Frau, während sämtliche Aktivitäten danach extra bezahlt werden müssen.«

»Tausend Dollar?«, wiederholte Rena ungläubig. »Bekommt *Courtesans, Inc.* etwas davon ab?«

»Wir nehmen zwanzig Prozent für die Vermittlung des Kontakts und das ganze organisatorische Drum und Dran. Das ist nicht übermäßig viel.«

»Aber tausend Dollar sind eine ganz schöne Stange Geld!«

»Die Leute, die unsere Dienste in Anspruch nehmen, können sich's leisten. Außerdem wissen sie, was sie dafür bekommen.«

»Und was bekommen sie?«

»Männer wie Sloan bezahlen für eine Frau, die bereit ist, auf ihre ausgefallenen Neigungen einzugehen. Andere Männer wollen einfach was Hübsches am Arm haben, wenn sie auf eine Party gehen. Wieder andere greifen auf uns zurück, weil sie Wert auf Diskretion legen. Viele unserer Kunden sind Prominente, die unbedingt anonym bleiben wollen. Bei uns können sie davon ausgehen, dass wir keine intimen Details an die Presse weitergeben.« Brook musste unwillkürlich an Sean Fredericks denken. »Viele Menschen sind im Grunde ihres Herzens Voyeure. Sie genießen es, solche Details in Erfahrung zu bringen, um sich dann nach außen hin über uns zu entrüsten, während sie insgeheim wünschen, machen zu können, was die Reichen machen.«

»Dieser Sloan konnte es sich ja offenbar leisten. Was macht er denn beruflich?«

»Er ist Geschäftsführer einer erfolgreichen Firma für Computerzubehör. An Geld fehlt es dem ganz gewiss nicht.«

»Wie oft hast du dich denn schon mit ihm getroffen?«

»Er wohnt in Connecticut, hat aber ein Apartment in der Fifth Avenue, das er unter der Woche benutzt. Wir treffen uns seit fast zwei Jahren etwa einmal im Monat, so dass du dir ausrechnen kannst, was er schon hingeblättert hat.«

»Ist er verheiratet?«

»Ja, aber seine Frau hat kein Interesse an Sex. Ihm zufolge schwört sie auf die Missionarsstellung, aber da er sie liebt, will er sie zu nichts zwingen, das ihr vielleicht unangenehm ist. Aus dem Grunde stillt er seine Lüste bei mir. Und vermutlich auch bei anderen. Abgesehen davon, ist er meiner Meinung nach jedoch ein guter Ehemann.«

»Ein guter Ehemann? Aber er betrügt seine Frau!«

»Ja, stimmt, aber ich bin nicht die Sittenpolizei. Wenn er nicht mit mir zusammen wäre, würde er mit jemand anderem zusammen sein. Deshalb enthalte ich mich jedes Urteils und streiche einfach mein Geld ein.«

»Es geht also einzig und allein um Geld?«, fragte Rena mit unangenehmem Unterton in der Stimme.

»Überhaupt nicht. Natürlich ist mir das Geld willkommen, aber es gefällt mir auch, Männern Vergnügen zu bereiten. Und ich kann das auch ziemlich gut.«

»Vermutlich hast du Recht«, sagte Rena, obwohl sie nicht sonderlich überzeugt klang. »Wie war das denn nun mit Sloan?«

»Willst du wirklich alle Einzelheiten hören? Die sind nämlich ziemlich happig.«

»Ja, will ich«, erwiderte Rena, nachdem sie kurz überlegt hatte.

»Okay. Also es ist so, dass ich mir für ihn eine Menge Extraarbeit mache, indem ich Kataloge studiere oder im Internet nach neuen Dingen suche, mit denen ich ihn überraschen kann. Ein Abend im letzten Sommer ist mir besonders in Erinnerung. Als ich um neun Uhr zu seinem Apartment kam, hatte ich mich besonders sorgfältig für ihn zurechtgemacht und einen leichten Regenmantel aus Seide über meine Sachen gezogen.« Sie beugte sich vor, verschränkte die Finger und ließ den Abend vor ihrem inneren Auge Revue passieren. »Sloan machte die Tür auf ...«

»Du siehst hinreißend aus, Brook. Komm rein.« Nachdem er die Tür geschlossen hatte, sagte er: »Was denn, heute ohne braune Papiertüte?«

»So ist es«, erwiderte Brook, indem sie durch seine Jeans hindurch seinen erigierten Schwanz packte. »Enttäuscht?«

»Offen gestanden, ja. Deine kleinen Überraschungen gefallen mir immer ausnehmend gut.« Er schloss sie in die Arme. »Aber du bist auch ohne Extras extrem verführerisch.« Während sie sich leidenschaftlich küssten, presste Brook ihr Becken gegen seinen Schwanz und rieb sich an ihm.

»Du machst mich ganz verrückt, Brook«, stöhnte er.

»Wär das so schlimm?«, gurrte sie.

Er legte ihr die Hand auf den Hintern und drückte sie noch fester gegen seinen Unterleib. »Überhaupt nicht.« Er zerrte an ihrem Mantel herum. »Zieh das aus.«

Sie entzog sich ihm und wich ein Stück zurück. »Du scheinst es ja sehr eilig zu haben.«

Er versuchte, sie zu packen. »Darauf kannst du Gift nehmen. Ich habe den ganzen Abend nur an dich gedacht.«

Kichernd und ausgelassen wie Kinder spielten sie eine Zeit lang im Schlafzimmer Fangen. Schließlich gelang es Sloan, den Ärmel ihres Regenmantels zu erwischen und daran zu ziehen. Als der Mantel zu Boden glitt, fielen Sloan fast die Augen aus dem Kopf. Brook trug einen hautengen weißen Lederrock, der kaum mehr als ein breiter Gürtel war. Ihr nabelfreies Top bestand aus Stretch, der die Farbe reifer Wassermelonen hatte. Darunter trug sie einen Push-up-BH, so dass ihre Brüste aus dem tiefen Ausschnitt des Tops quollen. Ihre Schuhe waren eindeutig aus Plastik und hatten extrem hohe Absätze. »Mein Gott!«, flüsterte er.

»Gefalle ich dir?«

»Verdammt noch mal, Brook, du siehst zum Anbeißen aus. Komm sofort her!«

»So weit sind wir noch nicht.« Sie versetzte ihm einen Stoß gegen die Brust, so dass er aufs Bett fiel. »Erst will ich dir mal zeigen, was dich heute Abend erwartet.« Sie stellte einen Fuß auf die Bettdecke, um Sloan einen Blick auf ihren Schritt zu gewähren. »Gefallen dir meine Schuhe?« Als er nickte, sagte sie: »Die habe ich extra für dich gekauft, weil ich weiß, dass du auf Knöchelriemen stehst. Möchtest du sie vielleicht aufbinden?«

Grinsend beobachtete sie, wie er sich mit zitternden Händen daranmachte, ihre Schuhriemen aufzubinden. »Du weißt wirklich, wie du mich verrückt machst«, sagte er mit heiserer Stimme.

Nachdem sie sich die Schuhe abgestreift hatte, stellte sie den Fuß wieder auf die Bettkante. »Wie wär's, wenn du mir aus den Strümpfen hilfst?« Sie seufzte. »Mir ist furchtbar heiß.«

»Du kannst dir gar nicht vorstellen, wie heiß mir erst ist«, sagte Sloan. Dann ließ er seine Hände über ihren Schenkel gleiten, bis er zum oberen Rand ihres mit einem Strumpfband befestigten Strumpfs gelangte. Als er weiter nach oben vordringen wollte, gab sie ihm einen Klaps auf die Hand. »Nicht so schnell. Nur den Strumpf.«

»Du bist ganz schön hart zu mir.«

Grinsend beugte Brook sich vor und packte durch seine Hose hindurch seinen steifen Schwanz. »Hier gibt's noch was anderes, das hart ist.« Dann richtete sie sich wieder auf. »Nun mach schon.«

Langsam zog er ihr erst den einen, dann den anderen Strumpf aus. Anschließend entledigte sie sich ihres Tops, unter dem ein BH aus dunkelrosafarbener Spitze zum Vorschein kam. Dann setzte sie sich rittlings auf ihn und presste ihre Titten gegen sein Gesicht.

Er schob die Hände unter ihren BH und vergrub sein Gesicht noch tiefer in der Spalte zwischen ihren Brüsten. »Gott, wie gut du riechst«, stöhnte er, während er mit Lippen und Zunge ihr Fleisch bearbeitete. Brook langte nach hinten, machte den BH auf und warf ihn zu Boden.

Nachdem er eine Weile an ihren Brustwarzen gesogen hatte, stand sie auf, um ihm beim Ausziehen zu helfen. Dann entledigte sie sich ihres Rocks. Mit steil nach oben ragendem Schwanz legte er sich aufs Bett. Brook griff nach ihrer Handtasche und entnahm ihr zwei Dinge, die sie auf den Nachttisch legte. Dann riss sie ein Päckchen mit einem Kondom auf und streifte ihm ein genopptes Gummi über den Schwanz. »Wie ich gehört habe, soll es mit dieser Art von Gummis besonders viel Spaß machen. Bin gespannt, wie du es findest.«

»Was ist mit deinem Höschen?«

»Mach dir darüber keine Gedanken«, sagte sie, während sie sich über ihn kniete und ihre klatschnasse Muschi seinem Schaft näherte. Der geschlitzte Schritt des Höschens öffnete sich, so dass Sloan in sie eindringen konnte.

Als sie sich ganz auf ihm niederließ, fragte er auf einmal: »Was zum Teufel ist denn das?«

»Ah, du hast meinen kleinen Freund gespürt.« Sie hatte sich einen eiförmigen Vibrator in die Scheide gesteckt, den sie jetzt mit der auf dem Nachttisch liegenden Fernbedienung in Gang setzte.

»O mein Gott!«, stieß er hervor, als das Ei anfing zu vibrieren.

»Ist ja wirklich klasse«, sagte sie. »Ich probier das auch zum ersten Mal aus.« Während sie auf ihm ritt, spürte sie, wie der Vibrator immer wieder mit seinem Schwanz in Berührung kam. Nach weniger als einer Minute schrie er auf und kam.

Nachdem sie von ihm heruntergeklettert war und sich neben ihn gelegt hatte, drückte er sie an sich. »Dein kleiner Freund ist eine starke Sache.«

»Hab mir schon gedacht, dass er dir gefallen wird. Hab ihn extra für dich gekauft.«

»Mit dir ist es immer umwerfend, Brook. Einfach umwerfend.«

»Wow«, flüsterte Rena. »Muss ja ein toller Abend gewesen sein.«

»Kann man wohl sagen«, erwiderte Brook grinsend in der Erinnerung.

Rena schüttelte verblüfft den Kopf. »Dir scheint das, was du machst, wirklich Spaß zu machen.«

Brook sah Rena unverwandt an. Aus irgendeinem Grund war ihr sehr daran gelegen, dass Erikas Tochter verstand, was es mit der Arbeit von *Courtesans, Inc.* auf sich hatte. »Pass mal auf, Rena. Wenn du einige der Leute kennen lernst, die für uns arbeiten, dann wirf erst mal deine Vorurteile über Bord und hör ihnen einfach zu. Wie all die Männer und Frauen, die mit deiner Mutter zusammenarbeiten, macht mir mein Job ungeheuren Spaß. Ich gehe in teure Restaurants und auf schicke Partys. Ich trage Designerkleidung und lasse mir jede Woche die Haare machen und die Nägel maniküren. Ich lerne faszinierende Männer kennen, die mich im Großen und Ganzen wie eine Dame behandeln. Ich verdiene eine Menge Geld, so dass ich in meiner Freizeit tun und lassen kann, was ich will.«

»Aber was ist mit deiner Selbstachtung?«

»Damit habe ich keine Probleme. Ich bin eine tolle Frau, die jeden Cent, den man ihr zahlt, wert ist. Und die meisten Männer, mit denen ich zusammenkomme, achten mich ebenfalls.«

»Aber manche nicht?«

»Es kommt schon mal vor, dass mich jemand behandelt, als sei ich nur ein Stück Fleisch. So was könnte der Betreffende allerdings billiger haben.«

Rena schüttelte den Kopf. »Das alles will mir einfach nicht in den Kopf.«

»Das macht nichts. Hauptsache, du gehst vorurteilslos an die Sache ran und bildest dir selbst ein Urteil. Meinst du, das schaffst du?«

»Ich will's versuchen.«

11. Kapitel

Die sexuell aufgeladene Geschichte, die Brook eben erzählt hatte, machte Rena ziemlich an. Offenbar fand Brook an ihrem Leben Gefallen. Aber wie hätte das auch anders sein können? Bei dem heißen Sex und dem ganzen Geld ... Allerdings war es ein Vergnügen ohne jede Perspektive. Auf Ehe und ein glückliches Familienleben konnte Brook nicht hoffen. Okay, sie selbst glaubte auch nicht unbedingt an das große Glück. Aber was war mit Stabilität, mit gemeinsamen Interessen?

Rena dachte an ihren Vater. Nachdem er und Sandy geheiratet und eine Tochter in die Welt gesetzt hatten, war es nach nur einem Jahr zu einem langen, erbitterten Scheidungsprozess gekommen. Seit mehreren Jahren hatte Rena zu ihrem Bedauern ihre Halbschwester nicht mehr gesehen. Ihr Vater hatte geschworen, nie wieder zu heiraten, und bändelte jetzt mit Frauen an, die fast so jung waren wie Rena. Obwohl er sich in den Staaten nicht mehr blicken ließ, lud er Rena immer wieder ein, einige Wochen mit ihm zusammen in einer gemieteten Villa in Italien oder einer Wohnung in London zu verbringen.

Vielleicht hatte Brook ja Recht. Vielleicht war es tatsächlich besser, in Saus und Braus zu leben, das Leben in vollen Zügen zu genießen, statt auf einen kleinen goldenen Ring zu hoffen. Doch als sie sich vor Augen hielt, dass ihre Mutter auch so ein Leben führte, wurde ihr klar, wie falsch das Ganze war. Ihre Mutter ging mit Männern jeden Alters ins Bett, hatte Sex unterschiedlichster Art, liebte aber niemanden. Das Leben, das sie führte, war oberflächlich und gekünstelt. Sie musste ihre Mutter da unbedingt rausholen. Sean würde ihr dabei helfen. Zusammen würden sie *Courtesans, Inc.* den Garaus machen. Sie brauchte bloß noch die nötigen Informationen zu sammeln.

»Tut mir Leid Brook, ich war eben irgendwie weggetreten. Wenn du das für eine gute Idee hältst, werde ich mich mal mit einigen eurer ...« Sie suchte nach einem unverfänglichen Wort. »... Mitarbeiter zusammensetzen und versuchen, mir ohne Vorurteile anzuhören, was sie zu sagen haben.«

»Vielen Dank. Du würdest deiner Mutter bestimmt eine Freude damit machen.« Brook erhob sich. »Hallo, Stuart. Du siehst ziemlich mitgenommen aus.«

Rena stand ebenfalls auf, um den Mann zu begrüßen, der gerade hereingekommen war. »Wie geht es ihr?«, fragte er.

»Die Ärzte sind recht optimistisch«, sagte Rena und setzte ihn über ihr Gespräch mit dem Neurochirurgen ins Bild.

»Gut«, meinte er und atmete tief aus. »Schön, dass du noch da bist, Rena.«

»Ich hab beschlossen, noch ein bisschen zu bleiben«, sagte sie. »Ich hab meinen Laptop dabei, so dass ich hier genauso gut arbeiten kann wie in Chicago.« Die drei setzten sich wieder.

»Stuart, stell dir vor, wer heute Morgen gekommen ist«, wandte sich Brook an ihn. »Valerie und Madison.«

Wenn Stuart lächelte, wirkte er fast attraktiv. »Irgendwie hab ich geahnt, dass sie kommen würden.« Dann drehte er sich Rena zu. »Hast du sie schon kennen gelernt?« Sie nickte. »Und? Wie findest du sie?«

»Ich hab sie mir ganz anders vorgestellt.« Diese ehemalige Prostituierte und ihren Mann. Obwohl sie das nicht aussprach, hingen die Worte förmlich in der Luft.

»Sie sind wirklich nett«, meinte Stuart leise. »Was man heutzutage ja von den wenigsten Leuten sagen kann.«

Brook sah auf die Uhr. »Gleich fängt die Besuchszeit an. Möchtest du sie sehen, Rena?«

»Ich war vorhin schon bei ihr, also geh ruhig.« Als Stuart zustimmend nickte, ging Brook langsam in Richtung Intensivstation.

Stuart liebt meine Mutter, schoss es Rena durch den Kopf. Obwohl er weiß, was sie macht, liebt er sie. Wie war das bloß möglich? Nach einigen Minuten befangenen Schweigens sagte Rena: »Brook hat mir erzählt, dass meine Mutter ihre jetzige Tätigkeit dir zu verdanken hat.«

»Stimmt. Sie hat an einer Dinnerparty mit Leuten aus der Firma deines Vaters teilgenommen und wurde dafür bezahlt.«

»Oh.« Krampfhaft suchte sie nach weiterem Gesprächsstoff. »Ziemlich ruhig heute Morgen. Normalerweise sind um diese Zeit doch immer mehrere von ihren Freundinnen hier.«

»Das liegt daran, dass heute Sonntag ist, Rena. Die meisten Freundinnen deiner Mutter waren gestern bis spät in die Nacht aus.«

»Ach ja«, stieß sie hervor. »Die große Nacht der Dates.«

»So ist es«, gab er ruhig zurück. Offensichtlich wollte er sich nicht provozieren lassen.

»Du scheinst meine Mutter doch zu mögen. Wie kannst du es da zulassen, dass sie so etwas macht?«

»Zulassen? Ich habe doch kein Recht, ihr vorzuschreiben, wie sie ihr Leben führen soll. Ich liebe sie sehr.« Er seufzte. »Es liegt mir schwer auf der Seele, dass ich ihr nie gesagt habe, wie sehr.« Er nahm die Brille ab und rieb sich den Nasenrücken. »Sobald es ihr besser geht, frage ich sie, ob sie mich heiraten will.«

Renas Herz machte einen Hüpfer. Das war die Lösung. Er

würde sie da rausholen, und sie, Rena, bräuchte sich nicht mit dem schleimigen Mr. Fredericks zu befassen. »Aber wenn ihr erst mal verheiratet seid, wirst du doch nicht zulassen, dass sie ihre Tätigkeit fortsetzt, oder?«

Langsam setzte er seine Brille wieder auf. »Ich weiß ja nicht mal, ob sie überhaupt ja sagt. Außerdem kann sie tun und lassen, was sie will. Ich würde nicht im Traum daran denken, sie zu bitten, ihre Arbeit aufzugeben.«

»Und es würde dir nichts ausmachen, mit einer Prostituierten verheiratet zu sein?«

»Ich liebe Erika so, wie sie ist, Rena.« Er schüttelte den Kopf. »Das mag dich schockieren, und sicher wäre es dir lieber, wenn sie etwas anderes machen würde, aber das geht weder dich noch mich etwas an.«

Warum wollte er sie bloß nicht verstehen? »Wer meine Mutter liebt, sollte ihr meiner Ansicht nach helfen zu verstehen, dass das, was sie macht, schlecht ist.«

Stuart lächelte. »Willst du damit sagen, dass du sie liebst?«

Scheiße. »Ich weiß nicht, was ich damit sagen will, aber ich weiß, dass ihre Arbeit unmoralisch ist.«

»Moral ist etwas sehr Relatives.«

»Das ist doch lächerlich. Es gibt bestimmte Dinge, die einfach schlecht sind. Zum Beispiel jemanden zu töten.«

»Na schön, und wie steht es mit Notwehr? Wie steht es damit, wenn man jemand tötet, um das Leben seiner Kinder zu retten?«

»Das ist natürlich etwas völlig anderes ...«

»Dann ist Töten also nicht immer etwas Schlechtes. Allerdings gebe ich zu, dass es einige Dinge gibt, die grundsätzlich schlecht und verwerflich sind.« Stuart sprach jetzt mit leiser, aber fester Stimme. »Zum Beispiel jemanden zu missbrauchen, der schwächer ist als man selbst, sei es nun ein Kind oder eine Ehefrau. Doch hier geht es um Erwachsene, die in gegenseitigem Einverständnis handeln. Ich finde deine Einstellung ein bisschen engstirnig.«

»Na logisch«, erwiderte Rena wütend. »Schließlich versucht ihr beide, du und Brook, ja die ganze Zeit, die Tätigkeit meiner Mutter schönzureden. Sie ist eine Hure, und niemand wird mich davon überzeugen, dass das in Ordnung ist.« Sie schnappte sich ihre Jacke und stürmte zum Kaffeeautomaten.

Vor dem Automaten ballte sie mehrmals hintereinander die Hände zu Fäusten zusammen. Stuarts und Brooks Einstellung war ihr unbegreiflich. Das Ganze war nicht okay. Nicht, wenn ihre Mutter diese Tätigkeit ausübte. Ihre Gefühle verwirrten sich immer mehr. Hasste sie ihre Mutter eigentlich, weil sie eine Prostituierte war oder weil sie als Mutter versagt hatte? Das Einzige, was sie mit Sicherheit wusste, war, dass sie nicht die Tochter einer Nutte sein wollte.

Sie zog ihre Jacke an und lief einige Stunden durch die Straßen von New York, wobei sie versuchte, über all das nicht weiter nachzudenken. Als sie ins Krankenhaus zurückkam, setzte sie sich ans Bett ihrer Mutter, um dem monotonen Surren der Maschinen zu lauschen, den Geruch der Desinfektionsmittel einzuatmen und das Zickzackmuster auf dem Monitor anzustarren. »O Mutter, wie konntest du nur? Sicher, du warst jung und in einer Notlage, aber musstest du denn gleich Prostituierte werden?« Tränen liefen ihr über die Wangen. »Du hattest doch mich. Warum hast du mir das angetan?«

Als die Krankenschwester sie nach fünf Minuten wieder aus dem Zimmer schickte, flüchtete sie sich zur Damentoilette, um sich kaltes Wasser ins Gesicht zu spritzen. Danach ging sie wieder in den Warteraum, wo sie nur Mei Lee antraf, die eine Zeitschrift las. »Wie geht es ihr?«

»Unverändert. Heute Morgen hat mir der Arzt gesagt, dass

er recht optimistisch ist. Aber es wird noch lange dauern, ehe sie wieder ganz die Alte ist. Falls das überhaupt je der Fall sein wird.«

»Das tut mir alles so Leid. Wie geht es dir?« Ihre Sorge schien echt.

»So weit okay.« Vielleicht sollte sie allmählich mit ihren Nachforschungen anfangen. »Allerdings habe ich ziemlichen Hunger. Weißt du, wo ich in der Nähe was essen könnte?«

»Klar, es gibt hier praktisch an jeder Ecke irgendein Bistro oder so.«

»Willst du vielleicht mitkommen? Ich habe lange mit Brook gesprochen. Sie meint, ich würde die ganze Situation besser verstehen, wenn ich mich mit einigen ... Freundinnen von Mom unterhalten würde.«

»Stimmt, deine Mom und ich, wir sind Freundinnen. Und Kolleginnen. Möchtest du darüber sprechen? Über *Courtesans, Inc.*?«

Rena holte tief Luft. »Ja, auch wenn es mir nicht leicht fällt.«

Mei nahm Renas Hand. »Das braucht dir nicht peinlich zu sein. Wenn ich an deiner Stelle wär, könnte ich das alles auch nicht so ohne weiteres verkraften. In meiner Familie weiß bis auf meinen Mann auch kaum jemand, was ich mache.«

»Du bist verheiratet?«

»Hm. Chuck passt gerade auf die Kinder auf, damit ich hier im Krankenhaus sein kann. Selbst wenn Erika nicht mitbekommt, was um sie herum passiert, ist es für mich wichtig, bei ihr zu sein. Zusammen essen zu gehen ist übrigens eine gute Idee. Vielleicht kann ich dir ja auch was über deine Mutter erzählen, was du sonst nicht erfahren würdest. Ich kann mich noch gut daran erinnern, wie sie bei Valerie angefangen hat.«

Nachdem Rena sich ihre Jacke angezogen hatte, gingen die beiden los. Da es schon nach zwei war, war es überall ziemlich leer. In einem Bistro bestellte Rena ein Thunfischsandwich und Tee, während Mei eine Diätcola und einen Salat nahm.

»Wenn du meine Mutter noch aus ihrer Anfangszeit kennst, musst du ja schon ziemlich lange dabei sein«, meinte Rena. »Dabei siehst du so jung aus.«

»Es heißt ja immer, man würde Asiatinnen ihr Alter nicht ansehen. Ich bin sechsunddreißig.«

Rena war völlig baff. »Ich hätte dich auf etwa zwanzig geschätzt.«

Mei strahlte. »Da bist du nicht die Erste. Manchmal werde ich sogar noch nach meinem Alter gefragt, wenn ich in einem Restaurant ein Glas Wein bestelle. Das kann ganz schön peinlich sein, vor allem wenn ich beruflich unterwegs bin. Wenn ich mit Chuck und den Kindern ausgehe und sie mich Mommy nennen, gucken mich die Leute oft ziemlich befremdet an – so als ob Chuck es mit einer Minderjährigen getrieben hätte. Meine Jungs sind immerhin zwölf und zehn.«

»Wirklich erstaunlich«, sagte Rena. »Erzähl doch mal ein bisschen von deinem Mann.«

»Er ist Steuerberater und hat sich vor kurzem selbstständig gemacht, so dass er jetzt zu Hause arbeitet. Für die Jungs ist das natürlich großartig. Sie versuchen ständig, ihn zum Spielen zu überreden.«

»Hört sich eigentlich so an, als sei er ziemlich erfolgreich.« Sie wurde verlegen. »Warum ...?«

»Warum ich trotzdem weiter arbeite? Ehrlich gesagt, weil mir meine Arbeit gefällt. Und weil wir uns mit dem Geld eine Menge Dinge leisten können, die sonst nicht drin wären, zum Beispiel lange Urlaubsreisen und ein echt schönes Haus auf Long Island.«

»Hat denn dein Mann nichts dagegen?«

»Im Großen und Ganzen nicht. Manchmal wird er ein bisschen eifersüchtig, vor allem bei Stammkunden, aber da ich ihm normalerweise alles erzähle, haben wir hinterher oft selbst heißen Sex miteinander. Es turnt ihn nämlich echt an zu hören, was ich beruflich alles erlebe.«

»Das ist doch nicht dein Ernst.«

»Doch, doch«, kicherte Mei. »Viele Männer fahren auf erotische Geschichten ab.«

»Du erzählst ihm, was du mit einem anderen Mann gemacht hast?«, fragte Rena fassungslos.

»So ist es. Aber ich sollte dir vielleicht erzählen, wie es mit uns beiden angefangen hat. Als wir uns kennen gelernt haben, hatte ich bereits die beiden Jungs und arbeitete auch schon für *Courtesans, Inc.* Ich habe ihm ohne Umschweife gesagt, wovon ich lebe und dass ich nicht vorhätte, meinen Job aufzugeben. Am Anfang hatte er echte Probleme damit, aber dann hat er sich damit abgefunden und mich gefragt, ob ich ihn heiraten wolle. Vielleicht höre ich eines Tages tatsächlich damit auf, aber im Moment macht mir das Ganze einfach noch zu viel Spaß.«

Verblüfft schüttelte Rena den Kopf. Schon wieder eine Frau, die gern Prostituierte war! »Brook hat mir auch schon erzählt, wie sehr sie ihre Arbeit liebt, aber irgendwie will mir das einfach nicht in den Kopf.«

»Kann ich mir vorstellen.«

»Wenn es nicht zu indiskret ist, würde ich gern mal hören, was du so alles erlebt hast.«

»Klar, wenn du glaubst, dass du es dann besser verstehst. Erika ist eine wunderbare Frau, aber ich merke dir an, dass ihre Arbeit dich schockiert.«

»Das ist noch milde ausgedrückt.«

Mei sah Rena nachdenklich an. Es war kaum zu übersehen, dass zwischen der jungen Frau und ihrer Mutter einiges im Argen lag. Was Mei ungemein überraschte. Sie selbst hätte sich kaum etwas Schöneres vorstellen können, als eine Mutter wie Erika zu haben. Natürlich würde sie dieser mehr oder weniger Fremden nicht erzählen, was für eine große Hilfe Erika ihr damals gewesen war, als sie noch mit ihrem ersten Mann verheiratet war. Frank hatte zwar nichts gegen ihren Job gehabt, war aber der Ansicht gewesen, dass sie ihm, wenn sie schon Prostituierte war, jeden Wunsch erfüllen musste – ob sie nun in Stimmung war oder nicht. Als er dann auch noch gewalttätig geworden war, hatte Mei sich ihre Handtasche, ein Paket Windeln und ihre beiden kleinen Kinder geschnappt und ihn verlassen. Fast drei Monate hatte sie damals bei Erika gewohnt, die ihr in dieser schlimmen Zeit mit Rat und Tat beigestanden hatte. Erika hatte sich auch um einen Anwalt gekümmert, der dafür gesorgt hatte, dass Frank aus ihrem Leben verschwand.

Ein Jahr später hatte sie Chuck kennen gelernt, als sie sich für ein Literaturseminar am College angemeldet hatte. Sie wollte diesen Kurs aus Interesse machen, aber auch um besser mit ihren Stammkunden über Bücher sprechen zu können. Chuck hatte ihn nur zum Vergnügen belegt. Eines Abends hatte er sie gefragt, ob sie nicht noch einen Kaffee mit ihm trinken wolle. Auf Erikas Rat hin hatte Mei ihm beim nächsten Date von ihrem Beruf erzählt. Zu ihrer Überraschung war er nicht allzu schockiert und überhaupt nicht angeekelt gewesen. Dann hatte sie ihm ihre Jungs vorgestellt, die er schnell ins Herz schloss. Sechs Monate später hatten sie geheiratet. Die vergangenen fünf Jahre waren für beide wunderbar gewesen.

Die Kellnerin brachte ihr Essen. »Bist du schon mal mit berühmten Leuten zusammen gewesen?«, wollte Rena jetzt wissen.

»Klar, viele unserer Kunden sind ziemlich bekannt. Ich habe ein paar Stammkunden, deren Namen dir auch etwas sagen würden.«

»Erzähl doch mal, wie ein typischer Abend so verläuft.«

Mei grinste, während sie ihren Salat herunterkaute. »So etwas wie einen typischen Abend gibt es eigentlich nicht, aber wenn du willst, erzähl ich dir von einem Abend mit einem Mann, den wir der Einfachheit halber Joe nennen wollen. Er würde nämlich mit Sicherheit nicht wollen, dass ich seinen richtigen Namen ausplaudere.«

»Keine Bange, ich hab nicht die Absicht, irgendetwas weiterzuerzählen.«

»Willst du alle bizarren Einzelheiten hören?«

»Ja, will ich, auch wenn das vielleicht pervers ist.«

»Das ist überhaupt nicht pervers. Das letzte Mal habe ich Joe vor ein paar Wochen gesehen. Wie immer habe ich um etwa drei Uhr nachts bei ihm angerufen und ihm mitgeteilt, dass ich in einer Viertelstunde bei ihm sein würde.« Das Ganze war ihr noch deutlich in Erinnerung.

»Hallo, Süßer«, hauchte sie in den Hörer.

»Hi, Baby«, antwortete er. »Ich kann es kaum noch erwarten, dich zu sehen. Du kommst doch gleich, oder?«

»Aber klar. Ich wollte nur hören, ob es dir auch passt.«

»Passt? Du, ich hab einen Ständer, dass es schon nicht mehr feierlich ist.«

»Und ich habe eine Überraschung für dich. Aber vorher musst du noch etwas für mich tun.«

»Was immer du willst.«

»Während wir hier miteinander sprechen, möchte ich, dass du dein Hemd ausziehst und deine wundervolle behaarte Brust entblößt.«

Sie hörte, wie er den Hörer hinlegte und Stoff raschelte. »Erledigt, Baby.«

»Und jetzt die Hose und die Shorts. Tu es für mich, Süßer.« Während sie wartete, wickelte sich Mei eine ihrer langen schwarzen Haarsträhnen um den Finger.

»Fertig. Ich bin splitternackt.«

»Sehr schön. Dann stell dich jetzt hin und schau an dir runter. Kannst du deinen Schwanz sehen?«

»Klar, Baby. Der ragt steil in die Höhe und wartet auf dich.«

»Ich bin ja bald da. Nimm jetzt den Hörer in die rechte Hand und deinen Schwanz in die linke.«

»Ich soll meinen Schwanz halten?«

»Schling ganz langsam deine Finger um ihn. Komm schon, Süßer. Tu es für mich.«

»Okay, ich habe meine Hand um meinen Schwanz gelegt«, sagte Joe nach kurzem Zögern.

Mei grinste. Sie liebte solche Telefonspielchen. »Du würdest mich doch nicht beschwindeln, oder?«

Er seufzte schwer. »Ganz bestimmt nicht, Baby. Aber ich will mein Pulver auch nicht verschießen, bevor du da bist.«

»Bist du wirklich so geil?«, fragte sie.

»Geil wie ein Frettchen.«

»Nun, ich will natürlich auch nicht, dass du zu schnell kommst. Das würde uns den Spaß verderben. Wenn ich aufgelegt habe, gehst du deshalb ins Bad und duschst, um dich zu entspannen, damit du nachher länger durchhältst.«

»Ich kann's kaum noch erwarten.«

»Schließ vorsichtshalber die Zimmertür auf, falls du noch unter der Dusche sein solltest, wenn ich komme, ja, Süßer?«

»O Baby, ich kann's wirklich kaum noch erwarten.« Als sie hörte, wie er auflegte, steckte sie ihr Handy in ihre Handtasche zurück und schnappte sich den Koffer, den sie vor Joes Hotelzimmer abgestellt hatte. In dem Moment wurde die Tür von innen aufgeschlossen. Sie wartete, bis sie das Rauschen des Wassers hörte, dann betrat sie die luxuriös eingerichtete Präsidentensuite.

Sie hängte das Bitte-nicht-stören-Schild außen an die Tür, schloss von innen ab und zog sich die Schuhe aus, damit er ihre Schritte nicht hörte. Vor der Badezimmertür stellte sie ihren Koffer ab, entkleidete sich rasch und ging dann leise ins Badezimmer. Dort legte sie den Koffer auf eine Platte aus grauem Granit, öffnete ihn und entnahm ihm einen fleischfarbenen Dildo mit einer Verdickung am unteren Ende. Trotz des Wasserrauschens hörte sie, wie Joe vor sich hinsummte.

Sie legte den Dildo so auf den Boden, dass sie ihn sich später leicht greifen konnte. Dann schob sie den Vorhang zur Seite und schlüpfte in die Duschkabine, ohne dass Joe, der sich gerade die Arme einseifte, es bemerkte. Sie griff um ihn herum, nahm ihm die Seife aus der Hand und presste ihre Brüste gegen seinen glitschigen Rücken. »Hallo, Süßer. Was dagegen, wenn ich dir Gesellschaft leiste?« Nachdem sie sich die Hände eingeseift hatte, packte sie seinen halb steifen Schwanz und fing an, ihn zu reiben.

»Ich liebe es, wenn du mich überraschst, Mei«, erwiderte er, »aber damit solltest du besser aufhören, sonst komm ich zu schnell.«

»Keine Bange, Süßer, ich werd dich nicht enttäuschen.« Mei ließ seinen inzwischen hart gewordenen Schwanz los, um seinen Rücken und seine Gesäßbacken einzuseifen. »Ich möchte nur ein bisschen mit dir unter der Dusche spielen.« Sie langte nach dem Dildo und rieb ihn mit Seifenschaum ein, bis er ganz glitschig war. »Stütz dich an der Wand ab und spreiz die Beine«, sagte sie.

Nachdem er ihrer Aufforderung nachgekommen war, fuhr

sie ihm mit einem ihrer seifigen Finger über den Anus. Dann stellte sie das Wasser ab. »Bist du bereit, Süßer?«

»Für dich immer, Mei.«

Mei langte nach vorn und nahm seinen steifen Schwanz in die Hand. »Okay, folgendes Szenario. Du bist ein Mann, der noch nie penetriert worden ist. Während du gerade duschst, gesellt sich dein Zimmergenosse, ein attraktiver Bursche mit einem riesigen Schwanz, zu dir. Kannst du dir das vorstellen?«

»Klar, Mei. Beschreib mal, wie er aussieht.«

Mei wusste, worauf Joe abfuhr. Er war zwar nicht schwul, doch die Vorstellung, mit einem Mann zusammen zu sein, erregte ihn und stieß ihn gleichzeitig ab. »Er ist ein dunkler Typ mit schwarzen Haaren und schwarzem Vollbart. Seine Brust, seine Arme und seine Beine sind ebenfalls stark behaart. Er ist sehr groß und hat die Statur eines Football-Spielers. Du kannst an nichts anderes mehr denken als an seinen muskulösen Körper. Gleichzeitig ist es dir jedoch peinlich, dass er dich so anturnt.« Joes zuckender, pulsierender Schwanz verriet Mei, dass er immer erregter wurde.

»Er steht direkt hinter dir, so dass du seinen heißen Atem im Nacken spürst. Jetzt packt er deinen Schwanz und sagt lachend: ›Ich wusste, dass du scharf auf mich bist.‹ Aber das stimmt nicht, nicht wahr, Joe?«

»Nein. Ich will nicht, dass er mich erregt. Trotzdem tut er es.«

»Ich weiß. Und er weiß es auch. Sein Schwanz ist riesig. Du weißt, was du willst und was er mit dir machen wird, hast aber zugleich entsetzliche Angst davor.« Sie spürte, wie er zitterte. »Und er weiß, dass du es willst.« Sie platzierte die Spitze des Dildos gegen Joes Anus. »Du versuchst, ihn daran zu hindern. Du kneifst die Muskeln fest zusammen, aber es hat keinen Zweck. Er ist zu stark für dich.« Sie drückte den Dildo gegen seinen zusammengedrückten Schließmuskel, bis dieser sich öffnete und der Plastikstab in Joes Hintern eindrang.

»O Gott!«, stöhnte er, am ganzen Körper zitternd.

Langsam schob sie den Dildo tiefer in ihn hinein. Gleichzeitig packte sie seinen Schwanz fest an der Wurzel, um auf diese Weise zu verhindern, dass er zu schnell kam. »Er schiebt seinen Schwanz immer tiefer in dich hinein. Du willst, dass er aufhört, und willst es auch nicht, weil es sich so gut anfühlt. Gib's zu! Sag ihm, wie gut es sich anfühlt.« Als er schwieg, hörte sie auf, den Dildo weiterzuschieben. »Sag's ihm. Los!«

»O Gott!«, stöhnte er. »Das fühlt sich so gut an.«

»Soll er aufhören?«

»Mein Gott, nein.«

Sie drückte noch stärker zu, bis der Dildo fest in seinem Anus steckte. Dann machte sie sich daran, ihn auf und ab zu bewegen. »Du möchtest gern kommen, nicht wahr?«

»Ja.«

Mei lächelte. Sie wusste genau, was Joe wollte, und erfand oft solche Szenarios, um seine Erregung zu steigern. »Er macht sich über dich lustig, Süßer, weil er wusste, dass du dich von ihm in den Arsch ficken lassen würdest. Dass du es willst. Sag mir, was du willst.«

»Ich will ...«

»Du willst was?«

»Ich kann es nicht sagen.«

»Du willst, dass er dich in den Arsch fickt. Du willst, dass ich dich in den Arsch ficke. Sag es.« Als er zögerte, wiederholte sie: »Sag es.«

»Ich will, dass du mich in den Arsch fickst«, stieß er hervor.

Mei ließ seinen Schwanz los. Im selben Moment schrie er auf und entlud sich heftig. Nachdem sie vorsichtig den Dildo aus ihm herausgezogen hatte, wuschen sie sich schweigend und trockneten sich gegenseitig ab, um sich anschließend in dicke Badetücher zu hüllen. Joe wankte zum Bett und ließ sich auf die Matratze plumpsen. »Was du gemacht hast, war echt teuflisch«, sagte er.

»Klar«, erwiderte Mei lachend, »und du hast jede Sekunde genossen.«

»Stimmt. Auf der Kommode liegen dreihundert Dollar extra«, sagte er. »Für besondere Dienstleistungen.«

Sie zog sich an und steckte das Geld ein. »Ruf mich an, wenn dir der Sinn danach steht«, sagte sie und ging.

»Du wusstest genau, was er wollte, nicht wahr?«, fragte Rena. Meis Geschichte war genau das, was sie brauchte, aber sie musste auch noch herausfinden, wer dieser Joe war und wann und wo das Ganze stattgefunden hatte.

»Natürlich. Das gehört zu meinem Job.«

Rena beugte sich vor. »Ich weiß, dass ich das nicht fragen sollte, aber wie heißt er denn nun wirklich?«

»Ich weiß, dass ich dir das nicht erzählen sollte«, flüsterte Mei, »aber du bist ja schließlich Erikas Tochter. Sein richtiger Name ist Mickey Hernandez.«

»Der Typ aus der Soap?« Rena verschlug es die Sprache. Mickey Hernandez war der Star einer äußerst beliebten Fernsehserie. Sein Bild prangte ständig auf den Covers von Illustrierten.

»Genau.«

»Ich dachte, der sei durch und durch hetero.«

»Das soll das Publikum auch denken. Und eigentlich ist er es ja auch. Er genießt lediglich die Fantasie, zu etwas gezwungen zu werden, das er selbst für absolut verwerflich hält.«

»Es gibt Menschen, die durch etwas, das sie abstößt, erregt werden?«

»Ja. Man bezeichnet das als Angstlust.«

Rena dachte kurz über das nach, was Mei gesagt hatte. Sie musste unbedingt Genaueres herausfinden. »Sicher hat er sich inzwischen geändert. Ich meine, dieser Abend liegt doch schon eine ganze Weile zurück, oder?«

»Ein paar Wochen, wie gesagt, aber da wir so oft zusammen sind, könnte ich kein genaueres Datum angeben.«

Obwohl Rena auf mehr Einzelheiten gehofft hatte, hatte sie das Gefühl, dass es besser war, nicht weiter in Mei zu dringen. Immerhin hatte sie die erste konkrete Information für Sean. Um ihr Grinsen zu verbergen, biss sie in ihr Sandwich, das bisher unberührt auf ihrem Teller gelegen hatte. Fabelhaft. Einfach fabelhaft.

Am Abend rief sie Sean an. Sie verabredeten sich in der kleinen Bar, in der sie sich schon einmal getroffen hatten. Er sagte, das sei für ihn am bequemsten, da er ganz in der Nähe wohne.

Völlig durchnässt vom kalten Regen traf er dann kurz nach Rena ein und bestellte bei der Kellnerin, die er offenbar kannte, zwei Bier. »Also, was haben Sie für mich?«, stieß er ohne jede Einleitung hervor. Als sie die Augenbrauen hochzog, entschuldigte er sich. »Tut mir Leid, dass ich so kurz angebunden bin. Aber ich bin echt gestresst. Meine Frau und die Kinder haben mich den ganzen Tag genervt. Ist wirklich 'ne Wohltat, aus der Wohnung raus zu sein.«

Seine Frau? Irgendwie überraschte es sie, dass er verheiratet war. »Hat Ihre Frau denn nichts dagegen, dass sie abends allein ausgehen?«

»Jeder von uns führt mehr oder weniger sein eigenes Leben. Solange ich mich mit um die Kinder kümmer und regelmäßig einen Gehaltsscheck nach Hause bringe, lässt sie mich machen, was ich will.« Als er von seinen Kindern sprach, wurde sein Gesicht weicher. »Wie geht's denn Ihrer Mutter?«, fragte er anschließend.

»Sie liegt immer noch im Koma, macht nach Aussage der Ärzte aber Fortschritte. Tut mir wirklich Leid, dass Sie meinetwegen am Sonntagabend nicht bei Ihrer Familie sein können, aber ich war so aufgeregt, dass ich mich unbedingt mit Ihnen treffen wollte.«

»Kein Problem.« Er trank einen Schluck Bier. »Als ich gegangen bin, haben die Kinder schon fest geschlafen, und meine Frau hat sich einen Film angesehen, den ich schon kenne. Ich hab ihr gesagt, ich hätte noch was Berufliches zu erledigen, aber ich glaube, sie hat gar nicht hingehört.«

Sean reichte ihr einen Schnellhefter. Sie überflog das darin abgeheftete Schriftstück und machte die Abschnitte ausfindig, die ihr relevant vorkamen und denen sie entnahm, dass der *National Informer* sich verpflichtete, eine Entschädigung zu zahlen, falls Erika Holland oder Brook Torrance durch Sean Fredericks oder den *National Informer* irgendeinen Schaden erlitten.

»Das ist Ihr Exemplar«, sagte Sean ungeduldig. »Das können Sie später durchlesen, sooft Sie wollen.«

Da alles in Ordnung zu sein schien, übergab Rena Sean einen Umschlag. Sie hatte die ganze Geschichte aufgeschrieben, weil sie sich nicht vorstellen konnte, Sean zu erzählen, wie Mickey Hernandez und Mei es unter der Dusche getrieben hatten. »Es geht um Mickey Hernandez und seine bizarren sexuellen Vorlieben. Die Sache ist irgendwann vor ein paar Wochen passiert.«

Sean riss die Augen auf. »Mickey Hernandez? Das ist ja fantastisch, wo er doch angeblich solch ein Saubermann ist!« Er überflog die getippten Seiten. »Irgendwann vor ein paar Wochen? Das ist zu vage. Konnten Sie nichts Konkreteres herausbekommen? Ich meine, das genaue Wann und Wo, Dinge, die er nicht abstreiten kann.«

»Ich habe getan, was ich konnte«, erwiderte sie pikiert. »Schließlich durfte Mei ja nicht den Eindruck bekommen, dass ich sie aushorche. Geben Sie mir ein paar Tage Zeit, dann finde ich den Rest auch noch heraus.«

Der verärgerte Ausdruck in seinem Gesicht wich einem reumütigen Lächeln. »Ich muss mich schon wieder bei Ihnen entschuldigen. Ich weiß, dass sie Ihr Möglichstes tun. Es ist nur so, dass ich keine Geschichte daraus machen kann, wenn sich das Ganze nicht an Fakten aufhängen lässt.«

»Okay«, sagte Rena enttäuscht. »Ich werde sehen, was sich machen lässt.«

»Auf jeden Fall danke für alles, was Sie bisher für uns getan haben«, sagte er mit einem bemüht strahlenden Lächeln. Sonderlich sympathisch war Rena der Typ nicht, aber das war ja auch nicht nötig. Er war für sie ebenso Mittel zum Zweck wie umgekehrt. Er lehnte sich zurück und ließ den Umschlag in der Jackentasche verschwinden. »Ich kann es kaum erwarten, Ihren Bericht zu lesen. Ich bin mir ganz sicher, dass Sie noch an zusätzliches, überprüfbares Material kommen, damit wir *Courtesans, Inc.* endlich aus dem Verkehr ziehen können.«

»Ich werde mein Möglichstes tun«, erwiderte Rena. »Alle zeigen sich sehr kooperativ und versuchen, mir verständlich zu machen, was meine Mutter tut.«

»Und? Haben Sie Verständnis dafür?«

Obwohl Rena zugeben musste, dass sie inzwischen ein wenig aufgeschlossener war als noch vor vierundzwanzig Stunden, wollte sie trotzdem nicht, dass ihre Mutter irgendetwas damit zu tun hatte. »Nein. Eigentlich nicht. Jedenfalls nicht, soweit es meine Mutter betrifft.« Nachdem sie einige Schluck

Bier getrunken hatte, erhob sie sich. »Ich bin ziemlich geschafft und will sie nicht länger aufhalten.«

Sean blieb jedoch sitzen. »Ich denke, ich werd noch ein Weilchen hier bleiben, um etwas abzuschalten, bevor ich wieder nach Hause gehe.«

»Klar.« Sie zog ihre Jacke an und verabschiedete sich. Als sie in Richtung Tür ging, sah sie, dass er den Umschlag wieder herausgezogen hatte und grinsend ihren Bericht las.

Als sie kurze Zeit später in die Bar zurückkehrte, weil sie ihren Schirm vergessen hatte, beobachtete sie, wie Sean gerade zwei Frauen anbaggerte, die an der Theke saßen. Die beiden – eine leichte übergewichtige Rothaarige und eine schlanke Frau mit ebenholzfarbener Haut – sahen fast noch minderjährig aus. Er drängelte sich geschickt zwischen sie, schlang jeder einen Arm um die Schulter und bestellte noch ein Bier.

12. Kapitel

Am Montag nahm der Arzt weitere Tests vor und traf sich danach mit Rena und Brook. »Es sieht viel besser aus, als wir angenommen haben«, meinte Dr. Freed. »Der Körper ist wirklich eine erstaunliche Einrichtung. Oft genug müssen wir Ärzte ihn nur ein klein wenig unterstützen, während der eigentliche Heilungsprozess von ihm selbst geleistet wird.« Er sah Rena an. »Wir sind recht zufrieden und hoffen, dass Ihre Mutter im Laufe der Woche das Koma überwindet.«

»Heißt das, dass Sie dann wieder aufwacht?«, fragte Brook.

»Nicht im Handumdrehen. In Filmen wird uns da immer etwas vorgegaukelt. Ms. Holland wird nicht einfach die Augen aufschlagen und nach Essen verlangen. Wenn alles den Lauf nimmt, den wir erwarten, wird sie allmählich auf bestimmte Reize reagieren und ihre Augen öffnen oder eine Hand drücken. Nach ein paar Tagen könnte sie bereits wieder in der Lage sein, mit uns zu kommunizieren. Erst dann werden wir wissen, ob sie einen bleibenden Schaden davongetragen hat.«

»Das sind wirklich gute Neuigkeiten«, sagte Rena, die von der Freude, die sie empfand, selbst überrascht war.

»Leider müssen wir aber immer noch mit unangenehmen Überraschungen rechnen. Insgesamt sind wir jedoch durchaus zuversichtlich.«

»Was könnte sie denn für einen Schaden davongetragen haben?«, fragte Rena, obwohl sie sich nicht sicher war, ob sie die Antwort wirklich hören wollte.

»Ich will Ihnen nichts vormachen«, sagte Dr. Freed. »Es könnten verschiedene Probleme wie Teillähmung, Sprechschwierigkeiten, Konzentrationsschwäche oder Amnesie auftreten. Solange wir nichts Genaues wissen, sollten Sie aber versuchen, sich darüber keine Gedanken zu machen.«

»Vielen Dank, Herr Doktor«, sagte Brook.

»Ich bin gerade auf dem Weg in die Cafeteria«, meinte Dr. Freed, ohne den Blick von Brook zu wenden. »Möchte eine von Ihnen vielleicht etwas essen? Sie müssen schließlich bei Kräften bleiben.«

»Ehrlich gesagt«, erwiderte Brook, »wollte ich selbst gerade in die Cafeteria. Hätten Sie was dagegen, wenn ich mich Ihnen anschließe?«

Als Rena den Blick zwischen Dr. Freed und Brook hin und her wandern ließ, kam sie sich wie das fünfte Rad am Wagen vor. Zwischen den beiden war offenbar etwas im Gange. »Danke, ich hab schon gegessen, aber geht ruhig.« Unwillkürlich fragte sie sich, ob Brook Dr. Freed wohl von ihrem »Beruf« erzählen würde.

In den nächsten Tagen schaffte es Rena, an einigen ihrer laufenden Projekte weiterzuarbeiten und die E-Mails der Besucher ihrer Website zu beantworten. Mehrmals rief sie Sean an, um ihm zu sagen, dass sie noch keine Informationen für ihn habe. Obwohl er ziemlich ungehalten klang, forderte er sie auf, am Ball zu bleiben. Am Mittwoch traf sie sich mit Valerie und Brook zum Essen, bevor Valerie wieder nach Dallas flog.

Brook knapste sich bei *Courtesans, Inc.* Zeit ab, um zwischendurch immer wieder für mehrere Stunden ins Krankenhaus zu kommen. Stuart verbrachte mehr oder weniger Tag und Nacht im Warteraum oder an Erikas Bett. Während der unzähligen Gespräche, die er und Rena führten, schloss sie ihn allmählich ins Herz.

Wenn Rena am Bett ihrer Mutter saß, forderten die Krankenschwestern sie auf, ihr die Hand zu drücken oder etwas zu sagen, um so Kontakt mit Erika aufzunehmen. Bis jetzt war jedoch noch kein Reiz der Außenwelt zu ihr vorgedrungen.

Als Rena am Donnerstagnachmittag nach dem Besuch bei ihrer Mutter wieder in den Warteraum ging, grübelte sie darüber nach, ob Erika eben tatsächlich auf den Druck ihrer Hand reagiert oder ob sie sich das nur eingebildet hatte.

»Wie geht's ihr?«, fragte Shara, die mit einer Handarbeit beschäftigt war. Obwohl Rena wusste, dass Shara in ihrem Alter war, kam sie ihr heute eher wie ein hübscher sechzehnjähriger Teenager vor.

»Morgen soll meine Mutter auf eine andere Station kommen«, berichtete Rena. »Jetzt, wo sie das Beatmungsgerät nicht mehr braucht, besteht keine Notwendigkeit mehr, sie rund um die Uhr zu überwachen. Ich hoffe sehr, dass sie bald aufwacht.«

Shara griff nach ihrer Hand. »Du musst einiges durchmachen.«

Es ist alles so schwierig, dachte Rena. Im Moment täte ich nichts lieber, als Sean zum Teufel zu jagen und nach Chicago zurückzukehren, sobald meine Mutter wieder bei Bewusstsein ist. Aber irgendwie war der Reiz, nach Hause zurückzufliegen, nicht mehr ganz so stark wie noch vor ein paar Tagen. Allmählich fing sie an, Brook, Stuart und – wie sie zugeben musste – Erikas Angestellte zu mögen. Nein, dachte sie bei sich. Das sind nicht ihre Angestellten, das sind ihre Freunde. »Danke, aber so, wie ich euch einschätze, ist es für euch auch nicht gerade leicht.«

»Wir machen uns natürlich alle große Sorgen, denn wir haben Erika sehr gern.«

Rena holte tief Luft. Das war vielleicht eine gute Gelegenheit, an weitere Informationen zu kommen. »Wir haben uns noch gar nicht richtig miteinander unterhalten. Weißt du, ich versuche mir ein klareres Bild vom Geschäft meiner Mutter zu machen. Erzähl mir doch mal ein bisschen von dir.«

»Gern«, sagte Shara. »Ich kann verstehen, wie verwirrend das alles für dich ist. Brook hat mir verraten, dass du bisher noch gar nicht gewusst hast, was deine Mutter beruflich macht.«

»Wir stehen seit etlichen Jahren nicht gerade auf gutem Fuß miteinander. Von *Courtesans, Inc.* habe ich erst diese Woche erfahren. Ich brauch noch ein bisschen Zeit, um mich an den Gedanken zu gewöhnen.«

»Dich daran zu gewöhnen?«, entgegnete Shara lachend. »Das ist wahrscheinlich die Untertreibung des Jahres.«

»Du hast Recht, ich hab verdammt große Probleme damit.«

»Gut, dann kommen wir mal zu mir. Ich bin nicht verheiratet oder verlobt, habe aber einen Freund, den ich ein oder zwei Mal pro Woche sehe, wenn ich nicht gerade arbeiten muss.«

»Weiß er, was du machst?«

»Nein, so wichtig ist er mir nicht, dass ich ihm das erzählen würde. Damit würde ich mir nur Ärger einbrocken.«

»Was für Ärger?«

Shara zog eine Augenbraue hoch. »Bist du wirklich so naiv?«

Rena lächelte. »Nein. Sorry. Wie lange kennst du meine Mutter denn schon?«

»Ungefähr zwei Jahre. Ich habe als Sekretärin bei ihrem Steuerberater gearbeitet. Natürlich hab ich gewusst, was sie beruflich macht. Schon bei unserer ersten Begegnung hat mich ihre Freundlichkeit schwer beeindruckt. Sie ist wirklich ein rundum netter Mensch. Als sie mal lange warten musste, sind wir miteinander ins Gespräch gekommen. Wir fanden uns auf Anhieb sympathisch. Beim nächsten Mal habe ich sie dann auf ihre Firma angesprochen und gefragt, ob sie nicht ab und an farbige Frauen bräuchte.«

»Und was hat sie gesagt?«

»Sie hat gemeint, dass die Hautfarbe insgesamt keine so große Rolle spiele, obwohl schon manchmal Männer mit bestimmten ethnischen Vorlieben anriefen. Dann hat sie mich gefragt, ob ich Interesse an dem Job hätte – und das hatte ich. Seitdem arbeite ich für sie.«

Rena versuchte das Gespräch auf Sharas Kunden zu bringen. »Hast du häufig mit berühmten Leuten zu tun?«

»Klar, sogar meistens. Stars, die anonym bleiben wollen.« Shara zwinkerte ihr zu. »Und die es sich leisten können.«

»Ein paar von den anderen Frauen haben mir schon erzählt, welche Rolle Anonymität spielt. Aber warum müssen diese Leute für Sex bezahlen? Ich meine, es gibt doch jede Menge Groupies und so, da bräuchten sie doch bloß zuzugreifen.«

»Das Schlüsselwort ist Anonymität. Sie wollen nicht dauernd auf die Titelseite aller möglichen Boulevardblätter kommen, bloß weil irgendein süßes Ding, mit dem sie in die Kiste gegangen sind, nicht die Klappe halten kann. Sie legen großen Wert darauf, dass ihre Intimsphäre nicht verletzt wird.«

Rena unterdrückte die in ihr aufsteigenden Schuldgefühle. Schließlich war sie gerade dabei, eben diese Intimsphäre auszuspionieren. »So habe ich das noch nie gesehen.«

»Ich bin auch schon mit vielen Politikern zusammen gewesen, einmal sogar mit einem Gouverneur. Das war vielleicht ein Erlebnis! Eine Limousine mit abgedunkelten Scheiben hat mich abgeholt und zu seinem Amtssitz gebracht. Ich hatte eigentlich gehofft, es auf seinem Schreibtisch treiben zu können, statt dessen gab's aber nur eine Monica-Lewinsky-Nummer in der Besenkammer.«

»War es der Gouverneur des Staates New York?«

»Nein«, erwiderte Shara, die offensichtlich nicht bereit war, weitere Details preiszugeben. »Ich hab's mit einem Scheich auf Staatsbesuch getrieben, der in der Präsidentensuite im Waldorf wohnte, und mit dem ersten Tänzer einer Balletttruppe. Dabei dachte ich immer, Balletttänzer seien alle schwul. Also, der war's ganz bestimmt nicht, das kann ich dir versichern.«

Shara beugte sich vor. »Und wenn ich mal ein bisschen angeben darf«, fuhr sie mit gedämpfter Stimme fort, »letzte Woche war ich sogar zu einer Party bei den Kisses eingeladen. Die Rockgruppe, weißt du.«

»Echt?«, erwiderte Rena.

Shara kicherte. »Das muss man sich mal vorstellen. Sechs schnuckelige Jungs Anfang zwanzig, und die können noch nicht mal zu McDonald's gehen, ohne dass die Fans über sie herfallen. Was glaubst du, was die machen, wenn sie Unterhaltung brauchen?« Als Rena schwieg, fuhr Shara mit breitem Grinsen fort: »Sie lassen mich kommen, was sonst?«

»Kannst du mir was darüber erzählen?«, fragte Rena. Sie brauchte genaue Zeit- und Ortsangaben. »Letzte Woche, sagst du?«

»Letzten Donnerstag, um genau zu sein, am Abend vor dem Unfall deiner Mutter. Ihr Manager hatte Erika angerufen und ihr erzählt, dass die Jungs eine Party geben wollen, für die er drei Mädchen bräuchte. Das Ganze sollte in seinem Haus in Westchester stattfinden. Als Erika anrief, dachte ich, ich sei gestorben und in den Rockstarhimmel gekommen. Jede von uns bekam zweitausend Dollar, aber ich glaube, das hätte ich auch umsonst gemacht.«

»Wahrscheinlich wusste meine Mutter, dass du ein Fan von ihnen bist.«

»Ein Fan? Ich? Von den Kisses?« Sie senkte ihre Stimme noch weiter. »Es heißt zwar, dass nur Teenybopper auf sie abfahren, aber ich habe alle ihre Platten.«

Rena dachte bei sich, dass Shara selbst kaum mehr als ein Teenybopper war, auch wenn sie wahrscheinlich reifer als so mancher Erwachsene war, hätte sie sich doch sonst kaum so lange in dem Geschäft halten können. »Hast du dir die Platten von den Jungs signieren lassen?«

»Natürlich wollte ich sie eigentlich darum bitten, aber letztendlich bin ich doch durch und durch Profi. Und ein Profi macht so was nicht. Sie haben uns mit einer Limousine abholen lassen. Unterwegs haben Carolynn, Alissa und ich uns gegenseitig gestanden, wie aufgeregt wir waren. Das Anwesen war absolut riesig und hatte ein schmiedeeisernes Tor, das von einem uniformierten Wächter geöffnet wurde. Die Auffahrt war so lang, dass es fast fünf Minuten gedauert hat, bis wir vor dem Haus vorfuhren.

Dann wurden wir ins Haus gebracht, und da waren sie. Ich bin fast in Ohnmacht gefallen. Alle sechs Jungs saßen mit nacktem Oberkörper da und waren schon in richtiger Partystimmung, wenn du verstehst, was ich meine. Ich habe versucht, möglichst cool auszusehen, obwohl mein Herz wie wild raste.«

»In Partystimmung?«

»Na, du weißt schon: jede Menge Frauen, Alk und anderer Stoff.«

»Anderer Stoff? Du meinst Drogen?«

»Ich hab zwar nicht gesehen, dass irgendwer was genommen hat, aber ich glaube, dass das im Grunde alle Rockstars machen. Vor einem Monat oder so habe ich mich mal mit Sammy Seven darüber unterhalten.«

Sammy Seven hatte schon mehr als ein Dutzend Goldene Platten und etliche Grammy Awards. »Sammy Seven«, seufzte Rena, wobei sie vergeblich versuchte, nicht wie ein verzücktes Groupie zu klingen. Seit Jahren schwärmte sie für den attraktiven Sänger.

»Sammy kokst unglaublich, und ich habe ihn gefragt, warum er das macht. Er meinte: ›Kannst du dir vorstellen, wie das ist – jeden Abend raus auf die Bühne zu müssen, egal wie's dir geht? Du musst voll da sein, musst dir die Seele aus dem Leib singen und genau wie auf den Platten klingen. Manchmal bin ich aber einfach nicht in der richtigen Stimmung, und dann nehm ich halt was.‹ Irgendwie«, fügte Shara hinzu, »kann ich das verstehen.«

»Ein paar Opfer muss man schon bringen, wenn man so viel Geld verdient«, stellte Rena in leicht sarkastischem Ton fest

Die Bemerkung schien jedoch an Shara abzuprallen. »Die machen wirklich eine Menge durch. Abgesehen davon ist es nicht meine Aufgabe, über ihren Lebensstil zu urteilen, sondern da zu sein, wenn sie Gesellschaft haben wollen.«

»Nun erzähl doch mal was von den Kisses.« Rena hatte zwei Platten der Gruppe und konnte sich die sechs attraktiven Bandmitglieder nur zu gut halb nackt vorstellen.

»Deine Mutter hat vorgeschlagen, dass ich ein perlenbesetztes Tanktop und einen langen geblümten Rock anziehe. Ich sollte weder zu raffiniert noch zu jung aussehen. Deshalb habe ich mich auch nur leicht geschminkt. Hast du Alissa schon kennen gelernt?«

»Nein«, antwortete Rena.

»Sie ist etwa in meinem Alter. Carolynn kennst du aber schon, oder? Sie ist ein bisschen älter als wir.«

Renas Einschätzung nach war Carolynn fast Dreißig.

»Jedenfalls war das Haus einfach toll. Wir wurden in einen

riesigen Raum gebracht. An der einen Wand standen lauter tontechnische Geräte und ein gigantischer Fernseher, der auf MTV eingeschaltet war, allerdings ohne Ton. Statt dessen dröhnte ein Song von den Kisses durch den Raum.« Sharas Erinnerung schweifte zurück zu jenem Abend.

»Hi, Ladys«, sagte Chad, der gerade über eine schlanke Blondine drapiert war, die sich über den Billardtisch in der Ecke beugte. »Kommt doch her.« Als die Blondine mit ihrem Queue zum Stoß ansetzte, kniff er ihr in die Brustwarzen.

»Lass das«, kicherte sie. »Wie soll ich denn meinen Stoß hinkriegen, wenn du mich so ablenkst?«

»Sollst du ja gar nicht. Schließlich will ich gewinnen – das Spiel und dich.«

Während die Blonde immer noch kicherte, besah sich Shara ihre Kunden. Alle sechs trugen nur Jeans. Jedem hing das Logo der Gruppe um den Hals, ein zweikarätiger Diamant zwischen gespitzten Lippen aus Gold. Außerdem waren jedem Bandmitglied zwei zum Kuss gespitzte Lippen auf den Oberarm tätowiert.

Mit einem Glas Champagner in der Hand setzte sich Shara zwischen Hector und Patrick auf ein langes weißes Ledersofa. »Hallo, schöne Frau«, sagte Patrick, während Hector meinte: »Schön ist gar kein Ausdruck.« Ricky, der hoch gewachsene, kahlköpfige Drummer schien gerade einer halb nackten Rothaarigen beizubringen, wie man Trommelstöcke hielt, während BJ und Ken sofort Carolynn und Alissa mit Beschlag belegten.

»Ich glaub, die nehme ich«, meinte Patrick und schaute Shara mit seinen blauen Augen unter den fast feminin wirkenden blonden Wimpern hervor an.

»Wer sagt das?« Hectors dunkelbraune Augen funkelten. Er schnappte sich Shara, um sie leidenschaftlich zu küssen.

Shara erzitterte. Wow, gleich zwei Leute von den Kisses wollen mich haben! »Hört mal, Jungs«, sagte sie, während sie sich aus Hectors Umarmung befreite. »Ich reiche mit Sicherheit für euch beide. Ich heiße übrigens Shara.«

»Klar, wir werden uns schon zusammen amüsieren. Ich werde doch meinen besten Freund nicht um sein Vergnügen bringen. Ich bin Patrick, und das ist Hector.«

In dem Moment bemerkte sie, dass Patrick gar keine Tätowierung hatte. »Wo sind denn deine küssenden Lippen?«, fragte sie.

Hector brach in brüllendes Gelächter aus. »Unser guter Patrick hat Angst vor Nadeln. Deshalb wird ihm vor jedem Auftritt das angebliche Tattoo aufgemalt.«

»Halt's Maul«, brummte Patrick. »Das hier sind die einzigen Lippen, auf die es ankommt.« Dann presste er seinen Mund auf den von Shara.

Patricks Kuss war nicht weniger stürmisch als der von Hector. »Kann ich nur bestätigen«, sagte Shara, als Patrick wieder von ihr abließ.

Hector strich sich mit den schlanken Fingern durch sein schulterlanges, fast schwarzes Haar und sah Patrick an. »Hast du Lust auf ein Spielchen?«

»Klar«, sagte Patrick. »Bin gespannt, was du dir jetzt wieder ausgedacht hast.« Er wandte sich an Shara. »Wenn einer in der Gruppe Ideen hat, dann er.«

»Kann ich mir vorstellen«, erwiderte Shara. Sie fühlte sich wie im siebten Himmel.

»Ich habe eine wunderbare Idee. Ich wollte schon immer mal was ganz Bestimmtes in Burts Fitnessraum ausprobieren.« Er stand auf, packte Shara bei der Hand und zog sie hoch.

»Das ist eigentlich nicht die Art von Beschäftigung, die mir gerade vorschwebt«, grummelte Patrick.

»Mir auch nicht. Du wirst schon sehen.«

»Du bist derjenige mit den Ideen«, meinte Patrick und verbeugte sich spöttisch. »Also los.«

Nachdem Hector Shara eine Treppe hinuntergeführt hatte, gelangten sie in den Fitnessraum, der größer war als manches Fitnessstudio. Er war mit einem Laufband, einer Gewichtbank und etlichen anderen Kraft- und Fitnessgeräten ausgestattet.

Hector packte den Saum von Sharas Top. »Zieh das Ding aus.«

Ohne zu zögern zog Shara das Top und ihren Rock aus.

»Den Rest kannst du anbehalten«, sagte Patrick. »Das geilt mich mehr auf.«

Die Wände waren mit Spiegeln verkleidet, in denen Shara sich jetzt betrachtete. Sie trug weiße Strümpfe und Sandalen, einen BH aus weißer Spitze und ein dazu passendes Höschen, was einen effektvollen Kontrast zu ihrer schokoladenbraunen Haut bildete.

»Ich hab schon immer davon geträumt«, meinte Hector, »diesen Raum mal für Körperertüchtigung der etwas anderen Art zu benutzen.« Er ging zu einem Gerät zum Aufbau der Beinmuskulatur und klopfte neben sich auf den Sitz. »Setz dich hier hin.«

Shara ließ sich auf dem Sitz nieder. »Jetzt wollen wir doch mal sehen, wie gut du bist«, sagte Hector.

»Worin?«, fragte Shara mit einem Funkeln in den Augen.

»In allem.« Er erklärte ihr, wie das Gerät funktionierte. Shara schob die Füße unter die Stange. »Ich leg nur leichte Gewichte auf«, versicherte Hector. »So, und jetzt heb die Beine.«

Shara hob die Beine, bis sie sie waagerecht von sich gestreckt hatte. »Sehr schön«, lobte Hector. »Und jetzt halte sie so ...« Da die Gewichte kaum nach unten drückten, hatte Shara keine Probleme, ihre Beine ausgestreckt zu halten. »... egal, was passiert«, fuhr Hector fort, während er sich hinter sie setzte.

Im nächsten Moment umfasste Hector ihre Brüste, während Patrick, der sofort begriffen hatte, worauf das Ganze hinauslief, sich rittlings auf ihre Oberschenkel setzte und sie küsste.

Hector ließ die Finger unter ihren BH gleiten und fing an, ihre Brüste zu bearbeiten. Sie schlang die Hände um Patricks Nacken und erkundete mit der Zunge seinen Mund.

Nach einer Weile lehnte Patrick sich zurück. »Mensch, hast du einen tollen Mund.«

»Und tolle Titten«, fügte Hector hinzu. Erst in dem Moment fiel Shara auf, dass er ihr den BH ausgezogen hatte. Als er ihr fest in die Brustwarzen kniff, fuhr sie zusammen und ließ die Beine abrupt sinken. Die Fußstange fiel mit einem Klirren zurück in die Ausgangsposition.

»Ich bin diese Art von Konditionstraining echt nicht gewöhnt«, gestand Shara, während sie sich die Schenkel massierte.

»Lass mich das machen«, sagte Patrick und fing an, ihre zitternden Muskeln zu kneten. Hector hockte sich neben sie und nahm eine ihrer geschwollenen Brustwarzen in den Mund, um daran zu lutschen und zu saugen. Während die beiden Männer sie bearbeiteten, merkte Shara, wie sie zwischen den Beinen immer feuchter wurde.

Nach einer Weile stand Hector auf. »Jetzt kommt das hier dran«, sagte er und klopfte auf den Sitz eines anderen Geräts. Nachdem Shara Platz genommen hatte, hob Hector ihre Beine an und legte sie auf die seitlichen Ausleger des Geräts. An dieser Kraftbank trainierte man die Schenkelmuskulatur, indem man die Beine gegen einen bestimmten Widerstand zusammenpresste. Sonderlich bequem war es nicht, wie sie so mit gespreizten Beinen dasaß. Außerdem band Hector Shara jetzt auch noch mit einer elastischen Schnur am Sitz fest. »Damit du nicht herumzappelst«, erläuterte er. Dann betätigte er einen Mechanismus, der ihre Beine noch weiter auseinander drückte. »Das müsste reichen«, sagte er. »Versuch mal, die Beine zusammenzubekommen.«

Obwohl Shara sich echt anstrengte, schaffte sie es nicht. »Ich glaube, der Widerstand, den du eingestellt hast, ist zu groß.«

»Nicht für das, was ich vorhabe«, entgegnete Hector, der mit einer Schere auf sie zukam. »Ich hoffe, du legst keinen allzu großen Wert auf dein Höschen.« Kurzerhand schnitt er ihr mit der Schere den Slip im Schritt auf. Als das kalte Metall ihre klatschnasse Muschi berührte, stöhnte sie auf.

Dann kniete Hector sich zwischen ihre Beine und machte sich daran, ihre Muschi zu lecken. Unterdessen zog Patrick ihr Schuhe und Strümpfe aus, um an ihren Zehen zu saugen. Da sie extrem empfindliche Füße hatte, machte sie das fast verrückt. Rasch zogen sich beide Männer die Jeans aus, unter denen sie nackt waren. Zwei riesige steife Schwänze schnellten in die Höhe.

Patrick übernahm den Platz zwischen Sharas Beinen und ließ seine Zunge über ihre triefende Muschi gleiten, während Hector neben ihr Aufstellung nahm und seinen Schwanz an ihrer Brustwarze rieb. Als Shara im Spiegel beobachtete, wie die beiden attraktiven Männer sich über ihren Körper hermachten, wurde sie noch erregter.

»Ich nehm den Mund«, verkündete Hector.

»Gut. Ich will eh die Möse«, sagte Patrick. »Wer länger durchhält, ist Sieger.«

Shara vermutete, dass das ein Spiel war, das die beiden Männer schon oft gespielt hatten. Hector schob ihr seinen dicken Schwanz zwischen die Lippen, während Patrick sich ein

Kondom überstreifte und seinen Schwanz in Sharas Muschi stieß. »Auf die Plätze, fertig, los!«, sagte Hector.

Im gleichen Rhythmus legten die beiden Männer los. Shara überlegte, ob sie es wohl so hinbekam, dass die beiden gleichzeitig kamen. Mit einer Hand packte sie Hectors Eier, mit der anderen Patricks und drückte und zog daran, bis die zwei kurz vorm Höhepunkt waren. Dann presste sie ihre Scheidenmuskeln zusammen und ließ ihre Zunge hin und her schnellen.

»Scheiße, Baby, mir kommt's!«, schrie Hector, während Patrick nur stöhnte. Sie waren fast im selben Moment gekommen. Die beiden Männer sanken auf den Fußboden und brachen in unbändiges Gelächter aus. »Das hast du absichtlich gemacht, du Luder«, sagte Patrick.

»Klar«, erwiderte Shara grinsend.

»Dann hat keiner gewonnen.«

»Doch, ich«, sagte sie.

»Wir haben alle gewonnen«, meinte Hector und band Shara von dem Gerät los.

»Mannomann!«, sagte Rena, als Shara ihre Geschichte beendet hatte. »Ein Sexwettkampf.«

»Hat irren Spaß gemacht«, versicherte Shara. »Zu ihrer nächsten Party wollen sie mich auch einladen.«

Im Geiste schrieb Rena bereits einen Bericht für Sean, den sie ihm so bald wie möglich übergeben wollte.

Sean saß im hinteren Teil der Bar und wartete auf Rena Hughes. Am Telefon hatte sie gesagt, dass sie genau das für ihn habe, wonach er suche. Wenn ihre Informationen wieder so vage waren wie neulich, würde das dem grässlichen Tag, den er hinter sich hatte, die Krone aufsetzen. Leslie und er hatten sich wieder einmal gestritten, doch diesmal hatte sie von ihm verlangt, mit ihr zur Eheberatung zu gehen. »Wir müssen das irgendwie in den Griff kriegen, und sei es bloß um der Kinder willen«, hatte sie gesagt. Er hielt zwar nicht das Geringste von Eheberatung, liebte aber seine Jungs und war deshalb bereit, das Ganze auf sich zu nehmen. Schließlich wollte er nicht als Wochenend-Vater enden.

Als er Rena zur Tür hereinkommen sah, riss er sich zusammen und setzte eine freundliche Miene auf. Sie erspähte ihn, zog ihre Jacke aus und kam auf ihn zugeeilt. Sie sah wirklich klasse aus, das genaue Ebenbild ihrer Prosti-Mutter. Gute Figur und passable Titten, auch wenn Sean eher auf größere Brüste stand. Nachdem sie sich gesetzt hatte, winkte er die Kellnerin heran. »Was darf ich Ihnen bestellen?«, fragte er.

»Ich hätte gern ein Bier«, sagte sie.

»Wie geht's Ihrer Mutter?«, erkundigte er sich, sobald er bestellt hatte.

»Sie kommt langsam wieder zu sich. Sie macht schon wieder die Augen auf, nimmt jedoch noch nichts richtig wahr.«

»Das ist ja wunderbar«, heuchelte Sean. Er musste unbedingt an seine Informationen kommen, bevor Erika das Bewusstsein wiedererlangte und Frieden mit ihrer Tochter schloss. »Dann kommen wir mal zur Sache. Sie sagten am Telefon, dass Sie was für mich hätten.«

Rena zog einen weißen Umschlag aus der Handtasche. »Ich hab wieder alles aufgeschrieben.« Sie legte den Umschlag auf den Tisch. »Ich bin mir immer noch ziemlich unschlüssig«, sagte sie. »Ich will meine Mutter zwar da rausholen, habe aber gewisse Bedenken, ob es richtig ist, das alles zu enthüllen. Das sind keine schlechten Menschen, sondern einfach nur Männer, die ein bisschen Spaß haben wollen, ohne dass die Öffentlichkeit gleich davon erfährt.«

Sie hatte am Telefon erwähnt, dass ihre Geschichte etwas mit der Rockband Kisses zu tun hatte. »Wenn solche Typen berühmt sein wollen«, erwiderte er, um seine Informantin zu beschwichtigen, »müssen sie auch die Probleme, die damit einhergehen, akzeptieren. Und wenn sie vom Pfad der Tugend abweichen, müssen sie damit rechnen, dass es jemand herausfindet.«

Rena legte die Hand auf den Umschlag. »Stimmt schon. Aber trotzdem ist das, was ich mache, ziemlich hinterhältig. Gehe ich nicht ein bisschen zu weit, nur weil ich meine Mutter beschützen will?«

Auf diese Frage hin holte Sean seine Brieftasche hervor und entnahm ihr ein Foto, das zu Weihnachten von seinen Jungs gemacht worden war. Irgendwie bekam er wankelmütige Informanten immer herum, wenn sie annahmen, er sei ein kleiner Journalist, der eine Familie zu versorgen habe. Er reichte Rena das Foto. »Das sind meine Jungs«, sagte er. »Der links heißt Jason, er ist drei, und der daneben ist Bobby, er ist fast sechs. Ich würde alles tun, um sie zu beschützen. Und Ihrer Mutter droht auch Gefahr, und zwar durch das, was sie macht.«

Rena nahm das Bild in die Hand und betrachtete es eingehend. »Sie sehen Ihnen sehr ähnlich«, stellte sie fest.

Er zog ein weiteres Foto aus der Brieftasche. »Hier ist die ganze Familie drauf. Meine Frau ist eine großartige Mutter.« Die Phrase war so abgedroschen, dass sich ihm fast der Magen umdrehte.

Sie gab ihm die Fotos zurück und reichte ihm den Umschlag. »Vermutlich haben Sie Recht.«

Ungeduldig riss er den Umschlag auf und nahm mehrere Bögen Papier heraus. »Darf ich es gleich lesen, für den Fall, dass ich noch Fragen habe?«

»Natürlich«, sagte Rena.

Während er die Seiten überflog, kam die Kellnerin mit dem Bier. Er trank einen Schluck. Mannomann, dachte er, das ist ja 'ne echt starke Sache. Abgedrehter Sex im Fitnessraum! Womöglich Drogen? Ob er das erwähnen könnte, selbst wenn es nur eine Vermutung war? Das würde er später entscheiden. Patricks Tätowierung war also nicht echt. Fabelhaft! Die Fans würden entzückt sein zu erfahren, dass ihr Idol ein derartiger Waschlappen war und Angst vor Nadeln hatte.

»Das ist echt gutes Material, Rena.« Er steckte den Umschlag in die Innentasche seiner Jacke. Damit würde er Karriere machen. Endlich wäre er nicht mehr auf die finanzielle Unterstützung der Familie seiner Frau angewiesen. Er hatte es geschafft! »Natürlich muss ich es noch einmal in aller Ruhe lesen. Rufen Sie mich doch in ein oder zwei Tagen an. Aber ich habe den Eindruck, das ist genau das, was ich ... ich meine, was wir haben wollten.«

»Brauchen Sie noch mehr?«

»Sind Sie denn bereit, noch weitere Nachforschungen anzustellen?« Nachforschungen anstellen hört sich wesentlich besser an als herumschnüffeln, dachte er.

»Ich werd sehen, was sich machen lässt«, sagte Rena und stand auf. Ihr Bier hatte sie nicht angerührt. »Ich ruf sie dann an.«

Nachdem Rena gegangen war, trank er sein Bier aus, schnappte sich Renas volles Glas und schlenderte zur Theke hinüber. Er sondierte das Terrain und ließ sich neben einer nett aussehenden jungen Frau auf einem Barhocker nieder. »Hi, ich heiße Sean. Habe ich Sie nicht schon mal hier gesehen? Entschuldigung, das klingt, als wolle ich Sie anmachen, ist aber eine ernst gemeinte Frage. Wohnen Sie auch hier in der Gegend?«

13. Kapitel

Obwohl es erst fünf war, war es bereits dunkel, als Rena am Freitagnachmittag in den Warteraum kam. Fast eine halbe Stunde hatte sie am Bett ihrer Mutter gesessen, die inzwischen nicht mehr auf der Intensivstation lag. Mittlerweile konnte Erika ihr mühelos die Hand drücken und öffnete auf Kommando die Augen, hatte das Bewusstsein aber immer noch nicht vollständig zurückerlangt. Auf Fragen konnte sie nach wie vor nicht antworten. Das würde sich nach Aussage der Ärzte und Schwestern jedoch bald ändern. Dann würde es auch möglich sein, eine endgültige Diagnose zu stellen. Rena hatte Erika zwar nicht vergeben, gab sich aber so fröhlich wie möglich – schon allein für den Fall, dass plötzlich noch jemand ins Zimmer kam. Deshalb erzählte sie ihrer Mutter jetzt von ihrer Schulzeit, ihren Ferien, ihren Freundinnen und von all den anderen Dingen, die sie ihr damals schon gern erzählt hatte.

Gerade als sie das Zimmer hatte verlassen wollen, war Stuart hereingekommen. Er sah abgespannt, aber zuversichtlich aus. Seine Liebe zu Erika stand ihm so deutlich ins Gesicht geschrieben, dass Rena schmunzeln musste. »Es geht ihr besser, nicht?«, fragte er. »Das ist einfach wunderbar.« Er nahm auf dem Stuhl Platz, auf dem bis eben Rena gesessen hatte. »Ich bin froh, dass du so oft bei ihr bist«, meinte er, während er Erikas Hand ergriff. »Sie wird glücklich sein, dass du ihr verziehen hast.«

»Ich habe ihr nicht verziehen«, sagte Rena leise. »Aber alle sagen, dass meine Anwesenheit ihr gut tun würde. Deswegen bin ich hier.«

Stuart seufzte. »Na gut, das ist zumindest ein erster Schritt in die richtige Richtung. Jedenfalls danke, dass du da bist, aus welchem Grund auch immer.«

Im Warteraum traf Rena auf Brook, Shara und Alex, die sich leise miteinander unterhielten. Brook hatte einen Stoß Papiere auf dem Schoß und machte sich während des Gesprächs ab und an eine Notiz. Als sich Rena zu ihnen gesellte, sahen alle drei auf. »Hat sie die Augen aufgemacht?«, fragte Brook, die ihr zufriedenes Grinsen kaum unterdrücken konnte.

»Hat sie, aber wirklich erkannt hat sie mich nicht.«

»Mich auch nicht. Trotzdem macht sie täglich Fortschritte. Sie wird bald wieder ganz die Alte sein, das habe ich im Gefühl.«

Rena seufzte. Sie wünschte, so gehobener Stimmung wie Brook sein zu können, doch wenn ihre Mutter körperlich wiederhergestellt sein würde, bliebe sie immer noch eine Puffmutter – es sei denn, Sean konnte etwas dagegen unternehmen.

Da nur noch neben Alex ein Platz frei war, setzte sich Rena zu ihm. Als sie vor zwei Tagen ins Krankenhaus gekommen war, hatte sie ihn im Warteraum sitzen sehen, war jedoch nach ihrem Besuch bei Erika wieder unbemerkt nach draußen geschlüpft. Ging sie ihm etwa aus dem Weg? Warum versuchte sie eigentlich nicht, auch ihn ein bisschen auszuquetschen?

Der Grund war ihr nur zu bewusst: Ihr Körper vermochte sich seiner unglaublichen männlichen Ausstrahlungskraft nicht zu entziehen. Dieses Charisma war zweifellos auch der Grund dafür, dass sexuell bedürftige Frauen so auf ihn abfuhren. Dass sie sich jedoch ebenfalls zu ihm hingezogen fühlte, ärgerte Rena ungemein. Ständig musste sie sich in Erinnerung rufen, dass er eine männliche Prostituierte war und damit kein Mann, bei dem sie auf eine feste Beziehung hoffen konnte.

Als Alex sie mit tiefer, sanfter Stimme ansprach, fuhr sie zusammen. »Ich bin wirklich froh, dass alles so gut aussieht«, meinte er und drückte ihr die Hand. »Wie kommst du denn mit alldem zurecht?«

»So weit ganz gut«, presste sie hervor. Obwohl sie bereits ein paar Beziehungen mit Männern gehabt hatte, hatte noch kein Mann eine solche Wirkung auf sie gehabt.

Brook brach den Bann. »Ich weiß, dass du mit einigen von Erikas Freundinnen gesprochen hast. Vielleicht interessiert es dich ja auch, wie ein Mann die Sache sieht. Hättest du nicht Lust, auch mal mit Alex zu reden?«

»Alex hat sicher Besseres zu tun, als mit mir zu plaudern«, stammelte Rena völlig entgeistert.

Er sah sie unverwandt an. »Ehrlich gesagt, habe ich heute Abend noch nichts vor. Ich weiß, dass es für dich nicht leicht ist, den Beruf deiner Mutter zu akzeptieren. Vielleicht kann ich dir ja irgendwie behilflich sein.«

»Das ist wirklich nicht nötig.«

»Nötig vielleicht nicht«, erwiderte er, ohne ihre Hand loszulassen. »Aber ich würde dir gern meine Sicht der Dinge klar machen. Ich mag Erika sehr und weiß, dass sie jeden von uns brauchen wird, wenn sie wieder zu Bewusstsein kommt. Du bedeutest ihr viel. Wollen wir nicht irgendwo zusammen essen gehen und uns ein bisschen unterhalten?«

Sie entzog ihm ihre Hand, war aber nicht imstande, einen vernünftigen Gedanken zu fassen, geschweige denn, seinen Vorschlag abzulehnen. Als sie nichts sagte, fuhr er fort: »Also abgemacht.« Dann wandte er sich an Brook. »Ihr kommt sicher auch ohne mich klar. Ich bin nächsten Monat schon ziemlich ausgebucht, so dass du mich ohnehin nicht einplanen kannst.«

»Leider wahr.« Dann sah Brook Rena an. »Tut mir echt Leid, dass ich bisher so wenig Zeit für dich hatte, aber die Terminplanung ist der reinste Albtraum. Mir ist völlig schleierhaft, wie deine Mutter das schafft. Ich hoffe wirklich, dass sie sich bald wieder selbst darum kümmern kann.«

»Wenn es nach dir ginge«, mischte sich Shara ein, »würdest du ihr diesen Papierkram in die Hand drücken, sobald sie einen Stift halten kann.«

»Darauf kannst du Gift nehmen«, versicherte Brook. »Alex, danke, dass du dich heute um Rena kümmerst. Dann habe ich wenigstens nicht ein ganz so schlechtes Gewissen.«

»Mach ich gern.« Er hielt Rena die Jacke, damit sie hineinschlüpfen konnte. »Kennt sie das Apartment schon?«

»Welches Apartment?«, fragte Rena irritiert. »Ich wohne doch bei meiner Mutter.«

»Als deine Mutter zum Riverside Drive gezogen ist«, erklärte Brook, »hat sie ihr altes Apartment behalten. Einige von uns benutzen es von Zeit zu Zeit.«

Du meinst, ihr bringt eure Freier da hin, dachte Rena.

»Heute Abend ist doch niemand da, oder, Brook?«, fragte Alex. Als Brook den Kopf schüttelte, wandte sich Alex an Rena. »Dann zeige ich es dir, wenn wir essen waren. Da deine Mutter seit zehn Jahren nicht mehr dort wohnt, ist es inzwischen natürlich renoviert worden. Trotzdem kannst du dir vielleicht immer noch ein Bild davon machen, wie sie damals gelebt hat. In der Nähe gibt es auch einen guten Chinesen.«

Da Rena nicht wusste, wie sie den Vorschlag ablehnen sollte, sagte sie einfach gar nichts. Nachdem Alex seine Skijacke angezogen hatte, legte er ihr die Hand auf den Rücken, um mit ihr zum Fahrstuhl zu gehen. Sofort legte sie einen Schritt zu, so dass er ein Stück zurückblieb und sie nicht mehr berühren konnte.

Eine halbe Stunde später saßen sie im Pagoda Palace und bestellten sich eine Pupu-Vorspeisenplatte und Wein. »Liegt es nur an meinem Beruf oder gibt es noch einen anderen Grund, warum du mich nicht magst?«, fragte Alex ohne Umschweife.

»Du bist ja ganz schön direkt«, erwiderte Rena, um Zeit zu gewinnen.

»Ich weiß, was du in den letzten Tagen durchgemacht hast, und das tut mir Leid, aber ich finde, du solltest nicht so hart mit deiner Mutter oder mir ins Gericht gehen. Wir sind Profis, die ihren Job machen – und zwar so gut wie möglich.«

Gott, er war einfach umwerfend, doch seine unverblümten Worte holten sie zurück auf die Erde. »Seit meinem sechsten Lebensjahr habe ich meiner Mutter ständig irgendwas nachgesehen. Allmählich reicht's mir.«

»Das tut mir Leid.«

Da der Kellner gerade den Wein und die Pupu-Platte brachte, brauchte sie nicht weiter darauf einzugehen. Als sie an ihrem Cabernet nippte, fiel ihr Blick auf Alex' sinnliche Lippen, die sich gerade um eine knusprige Frühlingsrolle schlossen. Sie setzte das Glas ab und schluckte schwer. »Wie ist denn ein Mann wie du in diese Sache hineingeraten?«

»Ein Mann wie ich?«

»Du könntest doch mit Sicherheit jede Frau haben, so attraktiv und intelligent wie du bist. Warum also dieser Job?«

»Ich könnte jetzt natürlich sagen: Warum nicht? Aber ich will versuchen, es dir zu erklären.« Er kaute den letzten Bissen der Frühlingsrolle herunter. »Ich liebe Frauen. Ich liebe es, wie sie sich anfühlen, wie sie riechen und schmecken.« Er leckte sich die fettigen Finger ab. »Ich bin in Manhattan aufgewachsen und hatte mit dreizehn meine erste Geliebte. Irgendwann haben die Frauen angefangen, mir Geschenke zu machen, damit ich für sie da war. Anfangs wollte ich die Sachen nicht annehmen, doch sie haben drauf bestanden. Ich habe sie alle sehr gemocht, jede Einzelne von ihnen. Und jedes Mal, wenn ich einer Frau sagen musste, dass es aus war, hat mich das echt mitgenommen.«

Rena knabberte nervös an einem der Spareribs herum. Sie konnte sich ohne weiteres vorstellen, wie Frauen Alex anflehten, sie nicht zu verlassen.

»Mit vierundzwanzig habe ich dann Jennifer kennen gelernt. Wir haben uns prima verstanden, und als sie mich fragte, ob ich nicht zu ihr ziehen wolle, habe ich ja gesagt. Sie hatte ein Penthouse in Midtown. Obwohl ich als Kellner nicht gerade viel verdient habe, habe ich durch sie bestimmte angenehme Seiten des Lebens kennen gelernt – gutes Essen und guten Wein, elegante Kleidung, klassische Musik, Kunst. Dann hat sie mich mit einigen ihrer Freundinnen bekannt gemacht – und zwar in jeder Hinsicht. Wir haben Dreier veranstaltet, und ich habe sämtliche Formen von scharfem Sex mitgemacht. Jens Partys wuchsen sich regelmäßig zu Orgien aus, bei denen der Champagner in Strömen floss und es Designerdrogen en masse gab.« Er seufzte und trank einen Schluck Wein. »Irgendwann habe ich herausgefunden, dass Jen ihren Freundinnen Geld dafür abknüpfte, dass ich mit ihnen schlief. Ich war stinksauer.«

»Kann ich mir vorstellen«, sagte Rena.

»Ich war siebenundzwanzig, und sie hatte mich zur Hure gemacht. Noch am selben Abend bin ich bei ihr ausgezogen. Da ich ein bisschen Geld gespart hatte, nahm ich mir ein kleines Apartment auf der Upper East Side und überlegte, was ich mit meinem Leben anfangen sollte. Damals sind Erika und ich beruflich zusammengekommen.«

»Wie habt ihr euch denn kennen gelernt?«

»Sie war eine Bekannte von Jen. Wir waren uns vorher schon ein paar Mal begegnet, auf Dinnerpartys und so. Als Erika mitbekam, dass ich ausgezogen war, schwatzte sie Jen meine Telefonnummer ab und rief mich an, um sich mit mir zum Essen zu verabreden. Hier, um genau zu sein. Sie erzählte mir von ihrer Firma und dass sie von Zeit zu Zeit gefragt werde, ob sie auch männliche Begleiter für einsame Damen zur Verfügung stellen könne. Sie fragte mich ganz direkt, ob ich daran interessiert sei. Nachdem ich einige Tage darüber nachgedacht hatte, sagte ich zu. So hat alles angefangen.«

»Kümmerst du dich nur um Frauen?«

»Ja. Männer machen mich überhaupt nicht an. Wenn ich hingegen einer Frau begegne, springt der Funke normalerweise gleich über.«

»Bei allen Frauen?«, fragte Rena, nachdem sie erneut schwer geschluckt hatte.

»Natürlich nicht, aber bei überraschend vielen. Wenn ich eine Frau kennen lerne, frage ich mich oft schon nach kurzer Zeit, wie es wohl wäre, mit ihr ins Bett zu gehen, ihr Lust zu bereiten, sie wollüstig stöhnen zu hören.« Er sah Rena tief in die Augen. »Dagegen kann ich gar nichts machen. Das passiert einfach so.«

Rena stockte der Atem. Schnell wechselte sie das Thema. »Dann arbeitest du also schon eine ganze Weile für meine Mutter.«

»Etwa vier Jahre.« Er lehnte sich zurück, ohne Renas Blick freizugeben. »Passiert dir so was nie?«

»Was?«, fragte sie mit heiserer Stimme.

»Dass deine Brustwarzen hart werden und dein Höschen nass, wenn ein Mann dich ansieht.«

Sie schüttelte den Kopf.

»Lügnerin!«, sagte er lachend. »Aber lassen wir das.«

Danach war Rena kaum noch imstande, sich auf Smalltalk einzulassen. Außerdem brachte sie so gut wie keinen Bissen herunter. Wusste er, wie er auf sie wirkte? Höchstwahrscheinlich. Als der Kellner ihre Teller abräumte, gab Alex ihm seine Kreditkarte. »Ich würde bei der Rechnung gern halbe-halbe machen«, sagte Rena.

»Nicht nötig. Du kannst ja das nächste Mal bezahlen.« Das nächste Mal? In einer Woche würde sie wieder in Chicago und Alex nur noch eine süße Erinnerung sein. »Willst du dir jetzt das alte Apartment deiner Mutter ansehen?«

Sie gingen eine Ecke weiter, bis sie zu einem großen Apartmentgebäude kamen. Die Lobby wirkte recht bescheiden, war aber sauber und gepflegt. Während der Fahrstuhl sie in den zweiten Stock brachte, sagte Alex: »Brook hat damals über ihr gewohnt. So haben sie sich kennen gelernt, weißt du.«

»Das hat Brook mir schon erzählt«, sagte Rena. Weil sie so nahe bei Alex stand, fing ihr Puls an zu rasen, und ihr Atem ging immer schneller.

Eigentlich ein ganz normales Apartment, dachte Rena, als sie die Wohnung betrat. Polstermöbel in Moosgrün und Rosé, ein dicker, salbeigrüner Teppich, Holztische mit Terrakottatöpfen, in denen Efeu und Farn wuchsen, Bildbände auf dem Couchtisch, ein Fernseher und ein Videorecorder. »Sieht nicht gerade wie ein Bordell aus, was?«, meinte Alex. »Keine Perlenvorhänge, keine Plüschsofas, kein rotes Licht.«

»Hab ich auch nicht erwartet.«

»Lügnerin!«

»Na schön«, räumte sie mit einem schüchternen Lächeln ein, »hab ich schon erwartet.«

»Das ist nicht unser Stil. Das ist nur eine bequeme Wohnung, die wir ab und an benutzen, wenn wir ein Date haben.

Es ist sicherer, wenn keiner von unseren Kunden weiß, wo wir leben.«

Rena zog sich die Jacke aus und setzte sich aufs Sofa. Alex nahm neben ihr Platz. »Eines will mir immer noch nicht in den Kopf«, sagte sie. »Du wirst dafür bezahlt, mit Frauen Sex zu haben. Wie kann eine Frau Lust empfinden, wenn sie weiß, dass sie für den Sex bezahlt? Das ist doch nichts Echtes, da fehlt doch jede Beziehung.«

»Meinst du, dass man unbedingt eine Beziehung haben muss, um Sex zu genießen? Oder würdest du nicht auch mal gern mit einem Mann zusammen sein, dessen einzige Aufgabe es ist, dir einen Abend lang Lust zu bereiten?«

»Ich bin nicht so unbedarft, wie du anzunehmen scheinst. Ich bin schon mit etlichen Männern zusammen gewesen, von denen einige sehr gute Liebhaber waren. Aber damit ich das Ganze genießen kann, muss außer Sex auch noch was anderes da sein.«

Alex schwieg einen Moment. Dann schob er seine Finger unter ihr Kinn und zwang sie, ihn anzusehen. »Tatsächlich?«

Ihr Atem beschleunigte sich. »Ja, tatsächlich«, stieß sie hervor.

»Ich weiß, dass ich das später bereuen werde«, sagte er, »aber ich kann der Versuchung einfach nicht widerstehen.« Er beugte sich vor und hauchte ihr einen Kuss auf die Lippen. »Es muss also eine Beziehung geben, sagst du.«

Sie vermochte nicht mehr klar zu denken. Was hatte er gesagt? Sie schloss die Augen. Ach ja, Beziehung. Er fuhr ihr mit der Zunge über die Lippen. »Wäre es nicht wunderbar, wenn ein Mann dich an all den Stellen berühren würde, an denen du berührt werden möchtest?«

Nein! Sie zuckte zurück. »Lass das. Du bist ein ... ein Callboy.«

»Ich bin jemand, der dir Lust bereiten möchte. Spürst du nicht, wie es zwischen uns knistert? Das ist ein absolut wundervolles Gefühl.« Er strich ihr mit den Händen über die Wangen, wühlte die Finger in ihr Haar und zog sie näher. »Ich weiß genau, was du willst, und könnte dir so viel geben.«

»Nein«, flüsterte sie matt.

»Doch«, sagte er und machte sich über ihre Lippen her, um anschließend ihren Mund mit der Zunge zu erkunden. Sie hörte ein Stöhnen und begriff, dass sie selbst es von sich gegeben hatte.

Seine Finger liebkosten ihr Gesicht. Ohne dass sie sich dessen bewusst war, glitten ihre Hände über sein Hemd und schlangen sich um seinen Nacken. Sein Mund machte sie fast verrückt vor Lust. Warum sollte sie nicht einfach alles genießen? Was war schon dabei?

Als er anfing, zärtlich an ihrem Hals herumzuknabbern, ging ein Schauder durch ihren ganzen Körper. »Soll ich aufhören?«, murmelte er.

»Ja ... nein«, sagte sie, schlang die Arme um ihn und presste ihn an sich.

Sanft drückte er sie nach unten, bis sie auf dem Sofa lag. Dann kniete er sich neben sie auf den Fußboden. Mit geschickten Fingern knöpfte er ihr das Hemd auf und öffnete rasch den Vorderverschluss ihres BHs. Innerhalb von Sekunden hatte er ihren Oberkörper entblößt. Seine Finger zogen an ihren erigierten Brustwarzen, während sein göttlicher Mund sich ihrem Schlüsselbein zuwandte.

Eine alles verzehrende Hitze durchströmte sie. Wollüstig wand sie sich hin und her. »Gott, bist du heiß«, flüsterte er.

Ob er das wohl zu jeder Frau sagt, mit der er Liebe macht?, schoss es ihr durch den Kopf. Sie machte Anstalten, ihn wegzustoßen, doch in dem Moment machte sich sein Mund über eine ihrer Brustwarzen her. Die Lust, die sie dabei empfand, war so intensiv, dass es ihr egal war, wer sie ihr bereitete.

Rasch zog er ihr die Schuhe, die Socken und die Jeans aus. Jetzt hatte sie nur noch ein Bikinihöschen an. Sie packte ihn beim Hemd und fing an, es aufzuknöpfen, doch er zog ihre Hände weg. »Du wirst von jemandem bedient, der nur auf deine Lust aus ist. Lass mich's dir zeigen.«

»Bedient«, stöhnte sie. Er ist ein Callboy, und er bedient mich. Während sie versuchte nachzudenken, strich er ihr mit den Fingern über den klatschnassen Schritt ihres Höschens. »Wenn du das machst, kann ich nicht mehr klar denken.«

»Dann lass es«, sagte er, »und überlass dich ganz den Empfindungen, die dir jemand bereitet, der deinen Körper bald genauso gut kennen wird wie du selbst. Oder sogar noch besser.« Mit seinen geschickten Fingern erkundete er ihre Schamlippen. Sie öffnete die Augen und bemerkte, dass er sie aufmerksam betrachtete und jede ihre Reaktionen mit einem Lächeln quittierte.

Sie sah zu, wie er ihren Körper erforschte, um die Stellen zu entdecken, an denen sie besonders empfindlich war. Er knabberte an ihren Brustwarzen, bedeckte ihren Bauch mit Küssen, beleckte und biss sie. Sie stemmte die Hüften hoch, damit er ihr das Höschen ausziehen konnte.

Sofort war sein Mund an ihrer Muschi. Seine Zunge drang tief in ihre Hautfalten ein und arbeitete sich bis zu ihren geheimsten Stellen vor. Zusätzlich liebkoste er ihre Möse noch mit den Fingern. Sie vergrub die Finger tief in eines der Sofakissen. Ihr Herz hämmerte wie wild. Selbst als sie sich vor Lust wand, gab sein Mund ihre Klitoris nicht frei.

Sie verging fast vor Erregung, als er einen Finger in sie hineinschob, dem er sogleich zwei weitere folgen ließ. Eine Welle der Ekstase erfasste sie. Trotzdem machte er immer weiter und weiter, bis sie schließlich jede Kontrolle über sich verlor.

»Lass dich fallen«, flüsterte er. »Überlass dich der Lust, lass dich von ihr mitreißen, bis du glaubst, du würdest in einen Abgrund fallen. Aber das wirst du nicht. Im Gegenteil, du wirst in höchste Höhen aufsteigen.«

Sie war schon so hoch, doch er trieb sie immer noch höher. Alles war voller Farben. Spiralen von Purpurrot, glühendes Orange, schwefliges Gelb. Alles vermischte sich, ging ineinander über – und sie war ein Teil davon. Sie verlor sich in ihrer Lust, ging in der Ekstase auf. Dann kam sie, schreiend, keuchend. Als die Wellen der Lust nach einer Weile abebbten, trieb er sie wieder in höchste Höhen. Immer und immer wieder.

Schließlich stieß sie seine Hände und seinen Mund weg. Mehr verkraftete sie einfach nicht. Mit geschlossenen Augen lag sie da und lauschte ihrem keuchenden Atem. Sie hörte, wie er aufstand und einen Wasserhahn aufdrehte. Dann spürte sie, wie er ihr die gereizten Stellen mit einem warmen Waschlappen betupfte. »Mein Gott«, sagte sie. »Ich weiß gar nicht, was ich sagen soll.«

»Dann sag nichts, sondern genieß es einfach.« Noch einmal ging er ins Bad, um erneut mit einem warmen Waschlappen zurückzukommen. Sanft wusch er ihr den Schweiß und den Lustsaft ab. Dann reichte er ihr ein Glas kaltes Wasser und hüllte ihren nackten Körper in eine weiche Decke.

Nach einer Weile vermochte sie wieder einigermaßen klar zu denken. »Das hast du mit Absicht gemacht«, meinte sie. »Um mir eine Lektion zu erteilen.«

Alex setzte sich neben sie auf den Fußboden. »Wahrscheinlich schon, obwohl ich es ursprünglich nicht vorhatte. Doch je mehr ich über dich nachdachte, desto sinnvoller schien es mir, dich auf praktische Weise zu überzeugen. Verstehst du das Ganze jetzt ein bisschen besser?«

»Warum du diese Arbeit machst? Ja, ganz bestimmt. Es war einfach atemberaubend. Du bist wirklich begabt«, sagte sie.

»Ich habe ja auch lange genug geübt«, erwiderte er und zwinkerte ihr zu. »Ich hab dir doch gesagt, ich liebe Frauen. Es gibt nur wenig, was mir mehr Spaß macht als das, was wir eben gemacht haben.«

»Du selbst bist aber leer ausgegangen.«

»Das stimmt nicht. Obwohl ich natürlich nicht gekommen bin, falls du das meinst.«

»Habe ich dich nicht erregt?«, fragte sie.

»Doch, hast du. Aber ich wollte dir zeigen, dass es auf vielerlei Weise sehr schön sein kann. Ich habe keinen Orgasmus gehabt, aber dein Orgasmus hat mir ein unglaubliches Vergnügen bereitet. Weil mir das ein enormes Machtgefühl gibt.«

»Ein Machtgefühl?«

»Ja. Ich konnte dir diese Lust bereiten, obwohl du es zunächst gar nicht wolltest. Das ist einfach wunderbar.«

Mit einem Mal wollte Rena Alex auch Lust bereiten, wusste aber nicht, wie. Sie hatte all die Tricks, die ein Profi aus dem Effeff beherrschte, nie gelernt.

»Weißt du eigentlich, dass dir jeder Gedanke ins Gesicht geschrieben steht?« Als sie ihn überrascht ansah, fragte er: »Soll ich dir ein bisschen was beibringen?«

Sie wurde knallrot.

»Das muss dir nicht peinlich sein. Niemand weiß das alles einfach so. Und nichts würde mir mehr Vergnügen bereiten, als dir zu zeigen, was mir gefällt, damit du das gleiche Machtgefühl genießen kannst wie ich eben.«

Rena schloss kurz die Augen und streckte dann langsam die Hand aus, um den obersten Knopf seines Hemds aufzumachen. Er ergriff ihre Hand und küsste ihr die Fingerspitzen. »Fass mich an«, stöhnte er.

Rasch knöpfte sie sein Hemd ganz auf. Sie fuhr ihm mit den Fingern durch das weiche schwarze Brusthaar. Als sie seine Brustwarze mit dem Fingernagel bearbeitete, wurde sie sofort hart. Alex keuchte auf.

Rena warf die Decke ab und beugte sich vor, um mit der Zungenspitze über seine Lippen zu lecken. Sie streifte ihm das Hemd von den Schultern und machte seinen Gürtel auf. »Möchtest du, dass ich meine Hose ausziehe?«, fragte er.

»Ja«, sagte sie. Nachdem er aufgestanden war und sich entkleidet hatte, streckte er die Hand aus, um Rena hochzuziehen und mit ihr ins Schlafzimmer zu gehen. Er schlug die Bettdecke zurück und streckte sich auf dem Laken aus. Rena stand neben dem Bett und betrachtete seinen nackten, muskulösen Körper. Sein Schwanz war bereits halb steif. »Gefällt dir, was du siehst?«

Verlegen setzte sie sich auf den Bettrand und starrte auf den Teppichboden. Er nahm ihr Gesicht in die Hände und zwang sie, ihn anzusehen. »Gönn dir doch das Vergnügen«, sagte er. »Wenn du mich anschauen möchtest, dann tu es. Ich mag es, wenn du mich ansiehst.«

Als sie den Blick über seinen prächtigen Körper schweifen ließ, bemerkte sie, dass sein Schwanz immer steifer wurde. »Siehst du, was du für eine Wirkung auf mich hast?«, sagte er. »Das ist die Macht, von der ich vorhin gesprochen habe. Die Macht, einen anderen zu erregen. Du erregt mich schon, indem du mich nur anguckst. Stell dir vor, wie es erst sein wird, wenn du mich berührst.«

Sogleich strich Rena ihm mit der Hand über den Bauch. Sein Schwanz geriet in zuckende Bewegung. Als sie den Finger über seinen Schaft gleiten ließ, wurde er noch größer und steifer.

Und was jetzt? Wie sollte sie weitermachen? Sie spürte seinen Blick und drehte ihm den Kopf zu. »Streichel mich mit deiner Handfläche. Nur mit deiner Handfläche. So sanft, als würdest du ein Baby liebkosen.«

Sie tat, was er verlangte. Er atmete immer schneller. »Ja«, stöhnte er, »so ist es gut.«

Nach einer Weile streckte er die Hand aus, zog die Schublade des Nachttischs auf und nahm eine Flasche mit Gleitmittel heraus. »Mach dir was davon auf die Hand«, sagte er mit heiserer Stimme.

Rena drückte sich einen großen Klecks Gleitmittel auf die Handfläche und verschmierte ihn. Anschließend schlang sie die Finger um seinen Schwanz und ließ sie langsam auf und ab gleiten. »Fester«, sagte er, während seine Hüften sich auf und ab bewegten. »Nicht aufhören!« Bereits im nächsten Moment spritzte sein milchiger Samen hervor. Rena hatte noch nie einen Mann kommen sehen. Jetzt wurde ihr klar, was sie verpasst hatte. Es war die reinste Zauberei – und sie hatte das geschafft! »Bleib, wo du bist«, sagte sie, nachdem sie ihn losgelassen hatte. Im Bad wusch sie sich die Hände und ließ warmes Wasser über einen Waschlappen laufen. Dann kehrte sie ins Schlafzimmer zurück, um Alex mit langsamen, genussvollen Bewegungen den Bauch und den Schwanz zu säubern.

»Meine Güte, Rena«, sagte er lachend, »du lernst aber schnell. Nimm's mir bitte nicht übel, aber hast du schon mal daran gedacht, in unser Gewerbe einzusteigen?«

Rena riss entsetzt die Augen auf, stimmte dann aber in sein Lachen ein. Sie konnte einfach nicht anders. Ihr kam zu Bewusstsein, dass sie einen wunderbaren Abend mit unverbindlichem, aber lust- und liebevollem Sex verbracht hatte. »Du bist unmöglich«, sagte sie. »Auf dem College hab ich mal einen Creative-Writing-Kurs mitgemacht, und der Dozent hat uns immer eingeschärft: ›Ihr müsst zeigen, was ihr sagen wollt, nicht bloß Behauptungen aufstellen.‹ Also du hast es mir mit Sicherheit gezeigt.«

»Soll ich dir mal was gestehen?«, entgegnete er.

»Äh ... was denn?«

»Na ja, wir haben vorhin beide nicht viel gegessen, und jetzt hab ich Hunger. Was hältst du davon, noch mal essen zu gehen?«

Sie brach erneut in Lachen aus. Jetzt hatte sie auch Hunger. »Viel, aber erst muss ich mich duschen.« Sie grinste ihn verführerisch an. »Willst du vielleicht mit unter die Dusche kommen?«

»Na klar«, sagte er.

14. Kapitel

Nachdem Alex sie zum Apartment ihrer Mutter gebracht hatte, lag Rena noch lange wach, um in Erinnerungen an den wunderbaren Abend zu schwelgen. Im Anschluss an ihren zweiten Besuch beim Chinesen hatten sie sich noch einmal geliebt. Alex war nicht nur ein hinreißender Liebhaber, er brachte auch Seiten in ihr zum Klingen, von denen sie gar nicht gewusst hatte, dass sie existierten. Rena hatte sogar seinen Schwanz in den Mund genommen – etwas, was sie noch nie zuvor bei einem Mann gemacht hatte. Alles in allem hatte sie bisher geglaubt, diese Form der rein sexuellen Beziehung sei nichts für sie. Aber sie hatte sich getäuscht! Gegen drei Uhr schlief sie endlich ein – und zum ersten Mal seit dem Unfall ihrer Mutter schlief sie tief und fest.

»Rena, wie gut dass du kommst, wir haben schon versucht, dich anzurufen«, meinte Shara, als Rena am nächsten Morgen im Krankenhaus eintraf.

»Ist irgendwas mit meiner Mutter passiert?«, fragte Rena beunruhigt.

»Sie ist zu sich gekommen«, sagte Shara. »Brook und Stuart sind gerade bei ihr. Den Ärzten zufolge ist es erstaunlich, wie klar sie ist. Sie kann sich zwar überhaupt nicht daran erinnern, was am Freitag geschehen ist, und die Ärzte meinen, vielleicht wird sie das auch nie können. Aber sie ist nicht gelähmt und hat keinen bleibenden Schaden davongetragen. Sie ist noch ein bisschen verwirrt, erkennt uns aber alle. Es ist einfach wundervoll!«

Rena spürte, wie ihr die Tränen kamen. Sie konnte nicht einfach einen Schlussstrich unter die Vergangenheit ziehen, aber vielleicht würde es ihr ja gelingen, die Gegenwart besser zu verstehen. »Kann ich zu ihr?«

»Natürlich.«

Während sie den langen Krankenhausgang hinunterging, dachte sie noch einmal über all das nach, was sie in den letzten Tagen erfahren hatte. Vor allem ihr Erlebnis mit Alex hatte ihr die Augen geöffnet. Auch wenn von Liebe zwischen ihnen keine Rede sein konnte, waren sie doch liebevoll miteinander umgegangen. Ein ähnliches Verhältnis mussten die Leute von *Courtesans, Inc.* zu ihren Kunden haben. Und selbst wenn ihnen ihre Kunden völlig egal waren – was spielte das für eine Rolle? Sie bereiteten ihnen Lust, ohne dass es irgendjemandem geschadet hätte. War es wirklich richtig, dass sie versuchte, gegen *Courtesans, Inc.* vorzugehen?

Sie schob die Tür zum Zimmer ihrer Mutter auf, blieb jedoch in der Öffnung stehen. Brook und Stuart saßen an Erikas Bett und unterhielten sich leise mit ihr. »Ich hab mich um alles gekümmert«, berichtete Brook gerade. »Um das Geschäft brauchst du dir also keine Sorgen zu machen. Clay hat fast jeden Tag angerufen. Er fühlt sich irgendwie schuldig an dem Unfall.«

»Das braucht er doch nicht«, meinte Erika mit schwacher Stimme.

»Ist mir auch klar. Aber sobald du wieder auf den Beinen bist, solltest du ihn vielleicht anrufen und ihm das selbst sagen.«

Erika blickte verwirrt drein. »Ich kann mich überhaupt nicht mehr erinnern, was passiert ist.«

»Das ist völlig normal.« Brook stand auf und schnappte sich ihren Mantel von der Stuhllehne. »Aber jetzt sollten wir gehen. Du brauchst noch Ruhe.«

»Und wenn du wieder bei Kräften bist«, fügte Stuart hinzu, »muss ich etwas Wichtiges mit dir besprechen.«

In dem Moment erblickte Erika ihre Tochter in der Tür. »Rena?«, flüsterte sie.

»Hallo, Mutter«, sagte Rena und trat näher. »Wie schön, dass du wieder zu dir gekommen bist.« Sie fing völlig unkontrolliert an zu zittern. Tränen rannen ihr über die Wangen. Stuart erhob sich, um sie zu dem Stuhl zu führen, auf dem Brook bis eben gesessen hatte.

»Dass du hier bist«, brachte Erika mühsam hervor. Fragend sah sie Brook an.

»Sie weiß alles«, sagte Brook.

Erika ließ den Blick wieder zu Rena wandern und schwieg einen Moment, als müsse sie ihre Gedanken sammeln. »Oje.«

»Ist schon in Ordnung«, versicherte Rena. »Langsam fange ich an, die Dinge zu verstehen. Du hast etwas Spaß gebraucht, nachdem du und Daddy ...« Sie konnte nicht weitersprechen. Der Schmerz saß zu tief. Warum hatte sie ihren Vater überhaupt erwähnt? Warum mutete sie ihrer Mutter das jetzt zu? Jetzt, wo sie noch nicht einmal wieder richtig bei Kräften war?

»Hör mal, Rena«, sagte Brook. »Es steht mir zwar nicht zu, mich in eure Angelegenheiten einzumischen, aber ich glaube wirklich nicht, dass das hier der richtige Ort für eine Aussprache ist.«

»Doch«, widersprach Erika. Als Rena tränenerstickt den Kopf schüttelte, forderte Erika sie auf: »Sprich ruhig weiter.«

»Warum hast du mich nie geliebt?«, brach es aus Rena hervor.

»Ich habe dich immer geliebt.« Sie schloss kurz die Augen.

»Es war ein Fehler, dich nach Frankreich auf die Schule zu schicken. Aber ich habe dich immer geliebt.«

»Erika, das hat doch noch Zeit«, mischte sich Brook ein.

»Nein. Wir müssen das endlich hinter uns bringen«, entgegnete Erika.

»Warum hast du mich nie besucht?«, schluchzte Rena.

»Das hab ich doch«, sagte Erika, der jetzt ebenfalls die Tränen in den Augen standen.

»Du bist nur dieses eine Mal nach Frankreich gekommen. Heute weiß ich, dass ich mich damals schrecklich verhalten habe. Aber warum bist du trotzdem nicht noch einmal gekommen?«

Das Sprechen zehrte an Erikas Kräften. Beruhigend tätschelte Brook ihr die Hand. »Als sie damals zu dir gekommen ist, hast du ihr deutlich zu verstehen gegeben, dass du sie nicht sehen willst. Sie hat jede Woche angerufen und regelmäßig geschrieben, aber am Telefon hast du kaum ein Wort herausgebracht und auf ihre Briefe gar nicht erst geantwortet.« Brook wischte die Tränen fort, die auch ihr jetzt über die Wangen liefen. »Nach deinem Abitur hat sie es dann aufgegeben. Die Mauer, die sie einreißen wollte, war einfach zu stark.«

»Aber warum hat sie so lange mit einem Besuch gewartet, nachdem sie und Daddy sich getrennt hatten?«

»Ein Flug nach Europa ist teuer, und sie hatte kein Geld. Der Job bei der Versicherungsagentur reichte gerade für die laufenden Kosten.«

»Aber sie hat doch von Daddy jede Menge Geld bekommen!«

»Hat dir dein Vater das erzählt?«, fragte Stuart. Sie nickte. »Das stimmt nicht. Deine Mutter saß ohne einen Cent da. Ich war damals derjenige, der ihr wieder auf die Beine geholfen hat, nachdem dein Vater mit diesem Flittchen durchgebrannt war.«

»Stuart«, sagte Erika mit warnender Stimme.

»Tut mir Leid«, entgegnete er, »aber das ist die Wahrheit. Sandy hat sich einfach genommen, was sie haben wollte, deinen Vater nämlich, und ihn dann breitgeschlagen, mit ihr die Staaten zu verlassen.« Er sah Rena unverwandt an. »Reden wir doch mal Tacheles: Dein Vater hat sich eines Nachmittags ohne jede Vorankündigung aus dem Staub gemacht. Deine Mutter hat Todesängste um ihn ausgestanden, bis sein Anwalt sie dann anrief und ihr erklärte, was Sache war. Wo immer es möglich war, hatte er sämtliche gemeinsamen Vermögenswerte auf seinen Namen überschrieben. Erika hat er das Haus gelassen, auf dem eine Hypothek war, die Möbel und den Wagen.«

»Er hat sogar fast ihren gesamten Schmuck mitgenommen«, warf Brook ein.

»Das stimmt nicht. Außerdem hat er ihr Unterhalt gezahlt.«

»Er hatte die Staaten verlassen, und damit konnten die Gerichte nicht an ihn ran. Er hat ihr keinen Cent gezahlt.«

Schweigend saß Rena da und versuchte, das, was sie eben gehört hatte, zu verdauen. »Er hat mir immer gesagt, dass sie gut versorgt gewesen sei, als er sie verlassen hat.«

»Da hat er gelogen«, schnaubte Stuart.

Rena war völlig verwirrt. Ihre ganze Welt war auf Lügen aufgebaut, die ihr Vater ihr aufgetischt hatte! »Sie hat mir nie etwas davon gesagt.«

»Was hätte das gebracht?«, wollte Stuart wissen. »Dann hättest du niemanden mehr gehabt. So hattest du wenigstens deinen Vater.«

»Zumindest hätte sie sich einen richtigen Job suchen können!«

»Und was hätte sie machen sollen?«, fragte Brook mit harter Stimme. »Ich kann mich noch gut an die Zeit erinnern. Sie konnte damals noch nicht mal mit einem Computer umgehen. Nachdem sie das gelernt hatte, hat sie einen Job gefunden, mit dem sie gerade mal die Miete bezahlen konnte.«

Erika griff nach einem Taschentuch und tupfte sich die Augen ab. »Ich habe dich immer geliebt, Kleines.« Sie schwieg einen Moment, um sich zu konzentrieren. »Ich war damals jung und naiv.« Erneut machte sie eine Pause. »Ohne Stuart und Brook hätte ich es nicht geschafft.« Sie fasste nach Stuarts Hand. »Damals war ich noch nicht so stark wie jetzt.«

Als Erika eine Hand nach dem Wasserglas ausstreckte, reichte Brook es ihr. Während ihre Mutter trank, versuchte Rena, sich einen Reim auf die Dinge zu machen, die sie eben erfahren hatte. Ihr Vater hatte ihr immer erzählt, er habe gut für Erika gesorgt. Obwohl er es nie direkt ausgesprochen hatte, hatte er angedeutet, dass Erika sie nicht besuche, weil sie Besseres zu tun habe. Rena ging im Geiste das frühere Leben ihrer Mutter durch. Vor ihrer Ehe mit Rick hatte Erika bei ihren Eltern gelebt. Dann hatte er ihr Leben in die Hand genommen. Es musste schwer für sie gewesen sein, zum ersten Mal auf sich selbst gestellt zu sein.

»Bist du schwanger geworden, damit Daddy dich heiratet?«

Stuart atmete scharf aus, während Brook Erikas Hand ergriff und sagte: »Ich weiß, dass dein Vater dir das gesagt hat. Aber deine Mutter hat mir erzählt, was damals passiert ist.« Als Erika die Augen zumachte, fuhr Brook fort: »Es war das einzige Mal, dass sie ohne Kondom Liebe gemacht haben. Und zwar auf Drängen deines Vaters.«

Erika öffnete die Augen wieder. »Es war nicht nur seine Schuld. Ich habe ihn so sehr geliebt. Dann kamst du. Ich habe das nie bereut.« Sie atmete tief ein.

»Ich fürchte, all das ist im Moment noch zu viel für deine Mutter.«

»Nein, nein«, sagte Erika. »Was noch?«

Rena drückte die Schultern durch und stellte die Frage, die sie am meisten quälte. »Warum wolltest du mich nicht bei dir haben, nachdem Daddy dich verlassen hat?«

Stuart bedeutete Erika, dass er antworten würde. »Das war ja ihr größter Wunsch, aber dein Vater hat klipp und klar erklärt, er werde dir die Schule nur solange bezahlen, wie du in Frankreich bleibst. Wenn sie dich in die Staaten zurückgeholt hätte, hätte er keinen Cent mehr herausgerückt. Da sie nur dein Bestes wollte, hat sie dich in Frankreich gelassen.«

»Vielleicht war das ein Fehler«, sagte Erika. »Vielleicht hätten wir es auch so geschafft. Aber ich war so durcheinander und wusste einfach nicht, was ich sonst hätte tun sollen.«

»Und dann wurdest du eine ...«

»... Prostituierte.« Erika schluchzte leise.

»Erika«, sagte Brook. »Versuch, dich zu beruhigen. Ihr solltet über all das wirklich erst sprechen, wenn du wieder zu Kräften gekommen bist.«

Erika schluckte schwer. »Nein. Wir müssen das endlich hinter uns bringen.« Sie sah Rena an. »Ich habe viele Fehler gemacht. Kannst du mir trotzdem verzeihen?«

Rena presste die Stirn auf das kalte Bettzeug. »O Mama, ich würde jetzt liebend gern sagen, dass alles vergeben und vergessen ist, aber ich glaube, ich brauche noch ein Weilchen, um mit alldem fertig zu werden.« Sie hob den Kopf. »Ich denke, ich verstehe jetzt vieles besser als zuvor, und ich weiß, dass du mir nicht gleichgültig bist. Vielleicht ist die Vergangenheit ja tatsächlich nicht so wichtig. Schließlich machen wir alle Fehler.« Sie dachte an den Umschlag, den sie Sean gegeben hatte. Ich habe sogar einen gewaltigen gemacht!

Während Mutter und Tochter sich bei den Händen hielten, kam der Arzt herein, um das Ende der Besuchszeit zu verkünden. »Sie können alle heute Abend wiederkommen, aber jetzt braucht sie unbedingt Ruhe.« Nachdem sie sich von Erika verabschiedet hatten, gingen sie.

Während Stuart und Brook sich zu Shara in den Warteraum begaben, lief Rena im Gang auf und ab. Sie hatte sich schwer getäuscht. Sie hatte alles geglaubt, was ihr Vater ihr erzählt hatte. Gewiss, ihre Mutter hatte Fehler gemacht, doch je länger sie darüber nachdachte, desto öfter fragte sie sich, wie sie selbst sich in einer solchen Situation wohl verhalten hätte – ohne Geld, ohne Job und mit einer halbwüchsigen Tochter. Möglicherweise ja ganz ähnlich.

Und Sean? Sie wusste, dass sie jetzt nicht mehr zulassen durfte, dass er all die Informationen, die sie ihm gegeben hatte, veröffentlichte. Nachdem sie einen Münzfernsprecher ausfindig gemacht hatte, rief sie ihn auf seinem Handy an.

»Sean Fredericks.«

»Sean, hier ist Rena.«

»Wie schön. Haben Sie was Neues für mich?«

»Nein, und ich werde wohl auch nichts mehr für Sie haben. Meine Mutter hat das Bewusstsein wiedererlangt, und wir haben uns ausgesprochen. Ich habe mich in sehr vielen Dingen geirrt. Ich glaube, Sie sollten nichts über die Sachen schreiben, die ich Ihnen erzählt habe.«

»Das ist wirklich schade, Rena, dass Sie es sich anders überlegt haben. Sind Sie sicher, dass Sie nichts mehr dagegen unternehmen wollen, dass Ihre Mutter eine Hure ist?«

Ihre Mutter war keine Hure. Sie verhalf anderen Menschen zu ihrem Vergnügen, das war doch wohl nicht so schlimm. »Ich hätte gern das Material zurück, das ich Ihnen gegeben habe.«

»Im Moment brauche ich es noch, aber in einem Monat oder so werde ich mehrere sensationelle Artikel daraus machen.«

»Ich möchte nicht, dass Sie es verwerten.« Ihre Stimme

klang verzweifelt. »Ich werde alles leugnen. Shara und Mei ebenfalls.«

»Na und? Ich habe schon etliche Details überprüft. Passt alles bestens zusammen. Von mir aus können Sie leugnen, bis sie schwarz werden.« Nach kurzem Schweigen fügte er hinzu: »Danke für alles.« Dann legte er lachend auf.

Um fünf kreuzte Alex im Krankenhaus auf. Er setzte sich zu Rena und plauderte ein bisschen mit ihr. Plötzlich hielt Rena es nicht mehr aus. Sie musste einfach jemandem ihr Herz ausschütten. »Alex, ich habe etwas Schreckliches getan und fürchte, dass es sich nicht mehr rückgängig machen lässt.« Dann berichtete sie ihm unter Tränen die ganze Geschichte mit Sean. »Und warum hast du das gemacht?«, fragte Alex.

»Weil ich dachte, dass ich ihr einen Gefallen tue, wenn ich sie aus diesem unmoralischen Geschäft raushole. Und weil ich mit der Tatsache, dass meine Mutter Prostituierte ist, einfach nicht klargekommen bin.«

Alex schloss sie tröstend in die Arme. »Wir müssen Stuart und Brook alles erzählen. Und uns irgendwas einfallen lassen, um aus diesem Schlamassel rauszukommen.«

»O Gott, das tut mir alles so Leid. Alle werden stinksauer auf mich sein.«

Er seufzte. »Ich glaube eher, dass Sie Verständnis für dich haben werden. Hab ich ja auch, selbst wenn ich gleichzeitig ein bisschen wütend auf dich bin. Außerdem kann ich mir gut vorstellen, wie geschickt Sean dich eingewickelt hat.«

»Es wäre mir lieber, du würdest mich anbrüllen«, sagte Rena, während sie sich ein Papiertaschentuch aus der Handtasche angelte. »Ich habe mich einfach mies verhalten.«

»Ich finde dein Verhalten durchaus verständlich. Ob du dir verzeihen kannst, musst du allerdings selbst entscheiden.«

In dem Moment kamen Stuart und Brook in den Warteraum. »Wir müssen es ihnen sagen«, stellte Alex fest. Rena nickte. »Ich fürchte, wir haben ein ziemlich großes Problem am Hals«, sagte Alex und teilte den anderen mit wenigen Worten mit, was Rena getan hatte.

»Ich hätte vollstes Verständnis dafür, wenn ihr nie wieder ein Wort mit mir reden würdet«, sagte Rena.

Nachdem Brook einen Blick mit Stuart gewechselt hatte, sagte sie: »Ich muss gestehen, dass ich überrascht und enttäuscht bin, aber sicher war es ein großer Schock für dich, von *Courtesans, Inc.* zu erfahren. Wer weiß, was ich in einer solchen Situation alles angestellt hätte.«

»Ich an deiner Stelle wäre möglicherweise auch auf Seans Angebot eingegangen«, sagte Stuart.

Rena kamen von neuem die Tränen. »Verdammt noch mal! Hört auf, so nett zu mir zu sein«, sagte sie. »Ich bin ein Monster.«

»Kann schon sein«, erwiderte Brook augenzwinkernd, »aber du bist unser Monster, und wir lieben dich.«

»Ich selbst habe auch so manchen Fehler gemacht«, sagte Stuart. »Wenn ich bedenke, dass ich deinem Vater gesagt habe, seine kleinen Affären würden niemandem wehtun, solange er alles diskret handhabt ...«

»Das hast du ihm gesagt?«, fragte Rena.

»Ja, als er seinerzeit bei *Cadmire* anfing. Er war schon damals ein ziemlicher Weiberheld, aber das wurde von allen toleriert. Mir ist nie in den Sinn gekommen, was er dir und deiner Mutter damit antut.«

»Wir müssen Erika alles erzählen«, warf Brook ein. »Sie ist schließlich die Hauptbetroffene.«

»Dafür ist sie noch zu schwach«, widersprach Stuart. »Wir werden schon allein mit der Sache fertig werden.«

»Sie ist stärker, als wir glauben«, sagte Rena. »Schließlich hat sie auch all das verkraftet, was ich ihr im Laufe der Jahre angetan habe. Wir müssen einfach einen Ausweg aus dieser Sache finden. Warten wir noch einen Tag ab und erzählen es ihr dann.«

Am folgenden Tag kamen Rena, Brook und Stuart alle gleichzeitig im Krankenhaus an. Voller Freude stellten sie fest, dass Erika weitere Fortschritte gemacht hatte. Sie hatte sich sogar geschminkt und die marineblaue Bettjacke angezogen, die Brook ihr vor einigen Tagen mitgebracht hatte. Auch ihre Konzentrationsfähigkeit hatte inzwischen zugenommen.

Nach einer Weile trafen Alex, Mei und Shara ein. Als sich alle in Erikas Zimmer versammelt hatten, beichtete Rena ihrer Mutter die ganze Geschichte mit Sean. »O Gott, Mom, es tut mir wirklich entsetzlich Leid, was ich angerichtet habe. Dabei hab ich es doch bloß gut gemeint.«

»Wir machen alle Fehler, Kleines«, sagte Erika leise. »Ich habe vor Jahren dir gegenüber ja auch einen schrecklichen Fehler gemacht. Aber das werden wir schon in den Griff bekommen.«

Rena setzte sich neben ihre Mutter aufs Bett, und Erika legte den Arm um sie. »Ich dachte, ich wüsste, was am besten für dich ist«, sagte Rena, »genau wie du vor all den Jahren gedacht hast, du wüsstest, was am besten für mich ist.«

Erika drückte ihre Tochter an sich. »Wir haben uns beide angemaßt, entscheiden zu können, was gut für einen anderen ist«, sagte sie bedächtig. »Und nun lasst uns mal überlegen, wie wir die Sache mit Fredericks ausbügeln können.«

Als Rena einen Blick auf Shara, Mei und Alex warf, kam ihr zu Bewusstsein, dass ihre Heimtücke die drei wahrscheinlich um ihren Lebensunterhalt bringen und ihre Sicherheit gefährden würde. Sie seufzte. Sicher hassten sie sie alle, und das zu Recht, schließlich hatte sie sie hintergangen.

»Ich würde gern noch was sagen«, warf Rena ein. »Ich weiß, dass das, was ich gemacht habe, falsch war. Ich erwarte nicht von euch, dass ihr mir vergebt. Sobald wir diese Sache geklärt haben, fliege ich nach Chicago zurück und komme keinem von euch je wieder unter die Augen.«

»Hör auf, dir Asche aufs Haupt zu streuen«, sagte Brook. »Wir haben alle schon mal was gemacht, wofür wir uns schämen. Das Leben geht trotzdem weiter. Wenn wir schlau sind, lernen wir aus unseren Fehlern.«

Mei lächelte Rena zaghaft an. »Shara und ich sind ebenso schuld daran. Wir hätten dir das alles gar nicht erzählen dürfen.« Shara nickte zustimmend.

»Hört auf mit den Selbstvorwürfen«, sagte Brook. »Lasst uns lieber überlegen, wie wir die Sache aus der Welt schaffen können.«

»Ich fürchte, auf rechtlichem Wege lässt sich da nichts machen«, meldete sich Stuart zu Wort. »Er hat Rena zwar angelogen und ist ein mieser Dreckskerl, aber wenn das ein Verbrechen wäre, wäre kaum noch jemand auf freiem Fuß.«

»Das Material zurückzuverlangen wäre auch die reinste Zeitverschwendung. Das hab ich nämlich schon versucht«, sagte Rena.

»Freiwillig rückt er die Sachen auf keinen Fall heraus«, meinte Brook. »Ich hab mir zwar schon das Hirn zermartert, was wir unternehmen können, aber ohne Erfolg.«

Rena fiel ein, was sie beobachtet hatte, als sie in die Bar zurückgekehrt war, um ihren Schirm zu holen. »Ich glaube, er hat was für ziemlich junge Frauen übrig.« Dann erzählte sie, was sie gesehen hatte. »Außerdem habe ich den Eindruck, dass in seiner Ehe nicht alles zum Besten steht.«

»Der ist ja noch mieser, als ich gedacht habe«, sagte Mei. »Hat jemand von euch schon mal dieses Käseblatt gelesen?«

Ein wenig verlegen fuhr sie fort: »Nicht, dass ich es je kaufen würde, aber wenn ich im Supermarkt anstehen muss, werfe ich manchmal einen Blick rein. Er und seine Kollegen arbeiten mit den fiesesten Anspielungen und Gerüchten, mitunter sogar mit ausgemachten Lügen.«

»Verklagen die Leute das Blatt denn nicht, wenn Lügen über sie verbreitet werden?«, wollte Rena wissen.

»Du bist wirklich eine wunderbare Frau, Rena«, sagte Brook, »und wir haben dich alle sehr gern. Aber du bist leider auch ungeheuer naiv. Wenn du klagst, wird erst recht alles in den Medien breitgetreten. Außerdem sind die Aussichten, einen solchen Prozess zu gewinnen, nicht gerade berauschend. Da die Personen, über die er schreibt, im Licht der Öffentlichkeit stehen, können sie die Verletzung ihrer Privatsphäre nicht ohne weiteres geltend machen. Du musst handfeste Beweise vorbringen, dass er gelogen hat. Die Artikel sind aber so geschickt formuliert, dass du das kaum nachweisen kannst. Selbst wenn du vor Gericht gewinnst, legt die Zeitung immer wieder Berufung ein. Mit jedem neuen Prozess bist du dann wieder in allen Medien. Solltest du schließlich doch gewinnen, wird darüber irgendwo auf den letzten Seiten berichtet, in einem Artikel, der inmitten von Anzeigen und Inseraten völlig untergeht. In finanzieller Hinsicht gibt es außerdem sowieso nur einen Gewinner, und das sind die Anwälte.«

Rena ließ verzagt den Kopf hängen. »Was können wir denn nun tun?« Sie erzählte von der Garantieerklärung. »Ich dachte, das sei ein gewisser Schutz für euch.«

Erika drückte Renas Schulter. »Die könnte sich noch als nützlich erweisen«, sagte sie. »Am aussichtsreichsten erscheint mir aber Erpressung. Ich weiß nur noch nicht, wie wir das anstellen sollen.«

»Du hast Recht«, stimmte Stuart zu. »Wir bräuchten etwas, das er gegen die Informationen eintauschen würde, die Rena ihm gegeben hat.«

»Eintauschen wäre zu wenig. Wir brauchen etwas, mit dem wir ihm drohen könnten«, meinte Brook. »Mit dem wir an die Öffentlichkeit gehen würden, falls er seine Artikel bringt.«

»Wir könnten ihn doch auf eine wilde Sexparty locken und alles filmen«, schlug Shara vor.

»Das würde ihn nicht weiter beeindrucken«, vermutete Erika.

»Auch nicht, wenn wir ihm damit drohen, die Aufnahmen seiner Frau zu zeigen?«, fuhr Shara fort.

»Schon besser«, meinte Mei. »Aber trotzdem noch nicht genug. Er muss wirklich Angst haben, dass er etwas verliert, wenn wir den Film jemandem zeigen.«

»Ich glaube, ich habe eine Idee«, mischte sich Alex jetzt ein, um dann seinen Plan vorzutragen.

Brook und Erika wechselten einen Blick und nickten beide. »Ich glaube, daraus lässt sich etwas machen. Jetzt wollen wir mal überlegen, wie wir am besten vorgehen.«

Eine halbe Stunde lang quetschten sie Rena aus, um auch noch die kleinste Information, die sie über Mr. Fredericks hatte, aus ihr herauszubekommen. Auf dieser Grundlage heckten sie dann eine pikante Geschichte aus, in der es um einen erfundenen Richter aus Oregon ging. Die Einzelheiten waren so sensationell, dass Sean sofort anbeißen würde.

Anschließend fuhr Rena nach Hause, um die Endfassung der Geschichte zu tippen. Danach rief sie Sean an, um sich für den Anruf am Vortag zu entschuldigen. »Ich habe gedacht, ich könnte Frieden mit meiner Mutter schließen, aber da habe ich mich getäuscht«, sagte sie in erbittertem Ton. »Sie ist einfach unverbesserlich, und ich will nichts mehr mit ihr zu tun haben. An ihrem Krankenbett lungern nur Prostituierte herum – es ist widerlich.«

Sie hoffte, dass sie nicht zu dick aufgetragen hatte, doch Sean fragte bloß: »Und warum rufen Sie mich jetzt an?«

»Weil ich will, dass sie dieses widerwärtige Geschäft aufgibt. Danach kehre ich nach Chicago zurück, um sie ein für alle Mal zu vergessen. Ich bin an eine Geschichte gekommen, die das Schicksal von *Courtesans, Inc.* besiegeln dürfte. Ich muss aber erst noch ein paar Nachforschungen anstellen und alles aufschreiben. Können wir uns vielleicht morgen Abend treffen? In dieser Bar?«

Sean stimmte ohne zu zögern zu.

Als Rena am nächsten Abend die Bar betrat, erspähte sie Shara, die am anderen Ende der Theke saß und ein Glas Weißwein trank. Sie trug eine weizengelbe Seidenbluse, einen langen schwarzen Rock, der bis zum Schenkel geschlitzt war, und hochhackige schwarze Pumps, die ihre wohlgeformten Beine perfekt zur Geltung brachten. Sie sah verführerisch, aber nicht nuttig aus. Da Sean nach Renas Beobachtungen auf junge Frauen stand, hatte sich Shara so zurechtgemacht, dass sie sehr jugendlich wirkte. Als Rena sich nach Sean umsah, guckte Shara gerade auf die Uhr und winkte den Barkeeper heran.

Sean saß auf seinem Stammplatz im hinteren Teil der Bar. »Das ist der letzte Bericht«, sagte Rena, als sie sich zu ihm setzte. »Wenn das nicht der Todesstoß für *Courtesans, Inc.* ist, können wir die Sache aufgeben.« Ihre Angst, dass er ihr den neuerlichen Sinneswandel nicht abkaufen würde, war offenbar überflüssig, denn er konnte es kaum erwarten, den Bericht in die Hände zu bekommen.

»Wunderbar. Worum geht es denn?«

»Gesten Abend habe ich mit einer Angestellten meiner Mutter gesprochen.« Sie grinste höhnisch. »Mit Melinda St.

Ives. Bei so einem Namen kann man ja wohl bloß Nutte sein, was?« Sie schüttelte den Kopf. »Jedenfalls hat sie mir von einem Abend vor ein paar Wochen erzählt. Da sie sich über den Namen des Mannes hartnäckig ausgeschwiegen hat, habe ich zunächst gedacht, die Geschichte kommt für uns nicht in Frage.« Sie übergab Sean einen dicken Umschlag. »Dann ist ihr aber doch herausgerutscht, dass es sich um einen gewissen M. Scott handelt. Daraufhin habe ich ein paar Recherchen im Internet angestellt. Mark Scott Paulsen ist nicht nur ein bekannter Richter am Obersten Gerichtshof von Oregon, sondern steht den Gerüchten zufolge ganz oben auf der Berufungsliste für den Bundesgerichtshof.« Sie beugte sich etwas vor und senkte die Stimme. »Die Geschichte wird einschlagen wie ein Bombe. Offenbar hat er sich vor ein paar Wochen drei Frauen ins Penthouse vom Carlisle kommen lassen. Ecstasy war angeblich auch noch im Spiel.«

»Fakten«, sagte Sean. »Ich brauche Fakten, die ich überprüfen kann.«

»Ich weiß. Und die finden Sie hier drin. Zusammen mit allen Details, wer was mit wem gemacht hat. Und da gibt es einiges, inklusive einer Einlage im Swimmingpool des Hotels. Laut Melinda steht er auf Paddel. Sie hat mir beschrieben, wie er ausgestreckt auf ihren Schenkeln lag, während die anderen Frauen ... Na, sagen wir einfach, es war eine ziemlich heiße Sache.« Rena musste ein Grinsen unterdrücken, als sie sah, wie Sean bei ihrer Schilderung knallrot wurde. Sie tippte auf den Umschlag, der zwischen ihnen auf dem Tisch lag. »Steht alles hier drin.«

Sean räusperte sich. »Bin schon sehr gespannt«, sagte er. »Vielen Dank für das tolle Material.«

»War mir ein Vergnügen. Mir ist klar geworden, dass ich erst wieder ruhig schlafen kann, wenn meine Mutter aus diesem grässlichen Geschäft raus ist.«

Sean zwinkerte ihr zu. »Das kriegen wir schon hin, verlassen Sie sich drauf.«

»Aber jetzt will ich Sie nicht länger aufhalten«, meinte Rena, während sie sich erhob. »Geben Sie mir Bescheid, sobald etwas im Informer erscheint.«

»Damit können Sie zwar erst in ein paar Wochen rechnen, bringen werden wir die Geschichten aber auf jeden Fall.«

»Prima.« Sean holte bereits die Blätter aus dem Umschlag und vertiefte sich in die Lektüre. Rena ging zur Tür und hielt noch einmal Ausschau nach Shara, während sie ihre Jacke anzog. Diese saß noch immer am anderen Ende der Theke. Vom Barhocker neben ihr stieg gerade ein Mann herunter, den sie offenbar hatte abblitzen lassen. Bisher war alles glatt gegangen. In den nächsten fünf Minuten würde sich herausstellen, ob ihr Plan gelang. Als Rena die Bar verließ, blätterte Sean gerade gierig die Seite um.

15. Kapitel

Shara beobachtete, wie Rena die Bar verließ. Abwechselnd blickte sie immer wieder auf die Uhr und die Eingangstür. Aus den Augenwinkeln heraus verfolgte sie, wie Sean den Bericht las, den er von Rena erhalten hatte, zusammenfaltete und in den Umschlag zurücksteckte. Dann kam er auf die Theke zu und nahm in einiger Entfernung von ihr Platz. Als der Barkeeper ihm ein Bier hinstellte, sagte sie: »Für mich bitte noch einen Weißwein, Joe.«

»Kommt sofort«, erwiderte Joe.

»Bist du sicher, dass du K-Neun heute noch nicht gesehen hast?«, fragte sie.

»Bestimmt kommt er gleich«, sagte der Barkeeper in beschwichtigendem Ton. Offenbar war er es gewöhnt, mit nervösen Gästen umzugehen.

»So ein Mist«, sagte sie und stieß einen deutlich vernehmbaren Seufzer aus. Erneut sah sie auf die Uhr. »Das Spiel war um fünf aus. Er wollte sich nur schnell duschen und umziehen und dann herkommen.«

»Tut mir wirklich Leid«, versicherte der Barkeeper, während er sich an ihrem Anblick weidete.

Sie stieß einen weiteren lauten Seufzer aus. »Es ist nur so, dass er so selten nach New York kommt.«

Während des Gesprächs mit Joe hatte Shara registriert, wie es in Seans Kopf zu rattern anfing. Sie hatte den Spitznamen eines der Basketballspieler von den Golden State Warriors fallen lassen, die heute gegen die New York Knicks gespielt hatten. Ganz nach Plan setzte sich Sean jetzt auf den Stuhl neben ihr. »Ich habe zufällig mitbekommen, was Sie eben gesagt haben«, meinte er. »Warten Sie etwa auf Mark Cannady von den Golden States? Ich bin nämlich ein großer Fan von ihm.«

Sie ließ ihre dunkelbraunen Augen über seinen Körper wandern. »Ich warte auf ihn, ja. Die Frage ist nur, ob er auch kommt.«

»Ich heiße Sean. Ich verfolge die Karriere von K-Neun schon seit langem mit großem Interesse.«

»Hi, ich heiße Shara.« Sie streckte die langen schlanken Finger aus und schüttelte Sean die Hand.

»Wie lange kennst du ihn denn schon? Ich darf doch du sagen, oder?«

»Klar! Erst seit ein paar Monaten, seit dem letzten Spiel der Golden States hier in New York.«

»Und wo habt ihr euch kennen gelernt?«, wollte Sean wissen.

»In einer Bar in der Nähe des Stadions. Er ist einfach umwerfend. Als er sich zu mir gesetzt hat, habe ich kein Wort mehr herausgebracht.« Sie zwinkerte ihm zu. »Na ja, war eigentlich auch nicht nötig, was zu sagen.«

Shara sah, wie es in seinen Augen aufleuchtete. »Ist er außerhalb des Platzes auch so talentiert, wenn du verstehst, was ich meine?«

»Also, ich plaudere nun wirklich keine Liebesgeheimnisse aus«, meinte Shara, »aber drücken wir es mal so aus: Ich hatte keinen Grund zur Klage.«

»Er ist verheiratet, oder?«

»Weiß ich nicht und interessiert mich auch nicht«, sagte sie. »Er war einfach wunderbar. Jetzt hat er allerdings ziemlich verschissen bei mir.«

»Das tut mir Leid. Ist sicher nicht schön, so versetzt zu werden.«

»Ganz bestimmt nicht.« Sie deutete auf den Barhocker, auf dem Sean jetzt saß. »Obwohl ich heute dauernd von Männern angequatscht worden bin, habe ich den Platz da für ihn freigehalten.« Als Sean so tat, als wolle er aufstehen, sagte sie: »Bleib ruhig sitzen. Ich glaube nicht, dass er noch auftaucht.« Mit tränenverschleiertem Blick sah sie ihn an. »Manchmal ist er ein richtiger Dreckskerl. Letzte Woche hat er mich noch angerufen, um mich an unsere Verabredung zu erinnern. Als ob ich so was vergessen würde!«

»Ich würde dich bestimmt nicht versetzen, wenn ich mit dir verabredet wäre.«

Sie brachte ein wehmütiges Lächeln zustande, das sie wie eine Fünfzehnjährige aussehen ließ. »Glaub ich sofort.« Sie tätschelte ihm die Hand. »Dazu bist du viel zu nett.« Als sie seinen Ehering spürte, seufzte sie. »Aber leider bist du verheiratet.«

»Stimmt nicht, ich bin frisch geschieden. Hab den Ring nur noch nicht abgemacht.«

Du Lügner, dachte sie. »Das tut mir aber Leid. Da sind wir ja in gewisser Weise beide in einer ziemlich bescheidenen Situation.«

Nachdem sie sich etwa eine halbe Stunde unterhalten hatten, meinte Shara: »Ich hab echt keine Lust mehr, mir hier noch länger den Hintern platt zu sitzen. Der Typ taucht bestimmt nicht mehr auf.« Sie blickte Sean an. »Das hört sich jetzt vielleicht an, als wollte ich mich an dich ranschmeißen, aber mein Apartment ist nicht weit von hier entfernt. Mit dem Taxi wären wir ganz schnell da. Ich muss unbedingt aus diesen unbequemen Schuhen raus.« Sie streckte ein Bein aus und wackelte mit dem Fuß. »Warum wir Frauen solche Dinger tragen, ist mir ein Rätsel. Jedenfalls habe ich jetzt keine Lust, allein zu sein. Möchtest du nicht mitkommen? Wir könnten uns eine Pizza bestellen und einfach noch ein bisschen quatschen.«

Sie bemerkte die Gier, die in Seans Augen aufflackerte. »Gern. Auf mich wartet ja eh nur ein leeres Apartment.«

Mein Gott, dachte Shara, nicht zu fassen, dass sich überhaupt eine Frau mit dem einlässt. Ein leeres Apartment. Ich lach mich ja kaputt. Er schnappte sich sein Jackett, das über der Hockerlehne gehangen hatte. »Was ist denn das?«, fragte Shara und bückte sich nach dem Umschlag, der aus seiner Innentasche gefallen war.

»Arbeit«, sagte er schnell, während er Shara in den Ausschnitt schielte, als sie ihm dem Umschlag gab. Er nahm ihren langen Wollmantel vom Barhocker und hielt ihn ihr. Dabei strichen seine Finger über ihre Schultern. »Und heute Abend wollen wir doch nicht über Arbeit reden, wie?«, flüsterte er ihr ins Ohr.

»Natürlich nicht.«

Im Taxi saßen sie so eng nebeneinander, dass ihr Schenkel gegen seinen presste. Deutlicher hätte sie nicht zum Ausdruck bringen können, was sie von ihm wollte. Sobald sie Erikas altes Apartment betreten hatten, kam Sean zur Sache. Er zog sein Jackett aus und half ihr aus dem Mantel, warf beides auf das Sofa und schlang ihr die Arme um die Taille. Lächelnd sah sie ihn an. Dann küssten sie sich so leidenschaftlich, dass der Schritt seiner Hose nach einer Weile eine gewaltige Beule aufwies. »Ich will nur schnell aus meinen Schuhen schlüpfen«, sagte Shara und ging in Richtung Schlafzimmer. »Möchtest du mir vielleicht beim Ausziehen helfen?«

Am Nachmittag des folgenden Tages versammelten sich Stuart, Mei, Shara, Brook, Alex und Rena wieder an Erikas Bett.

Erika fühlte sich zwar ein wenig erschöpft, weil sie zum ersten Mal aufgestanden und bis zum Schwesternzimmer gelaufen war, war ansonsten aber guter Dinge. Die Ärzte waren sehr zufrieden mit ihr und hatten ihr versichert, dass sie bald entlassen werden könne.

»Kann losgehen«, sagte Alex, nachdem er einen kleinen Fernseher mit eingebautem Videorecorder angeschlossen hatte. Brook hatte unterdessen kleine Pappbecher mit ins Krankenhaus geschmuggeltem Champagner gefüllt. Während sie die Becher verteilte, legte Alex eine Kassette ein.

Erika warf einen Blick auf ihre Tochter, die neben ihr saß und ihre Hand hielt. Dieser Unfall hatte sich als Segen erwiesen, denn er hatte ihr Rena zurückgebracht. Natürlich war ihr klar, dass noch nicht alles wieder im Lot war, aber die ersten Schritte in die richtige Richtung waren gemacht.

»Also«, sagte Mei, »wir dachten, es würde euch Spaß machen zu sehen, was im Einzelnen passiert ist.«

»Hey«, protestierte Shara, »vergiss nicht, wer hier der Star ist. Ich hab zwar auf Wunsch meiner Kunden schon etliche Pornofilme gemacht, aber der hier ist bei weitem der beste.«

Nachdem alle Platz genommen hatten, drückte Alex auf eine Taste des Fernsehers. Die Kamera war, wie Rena erklärt hatte, durch einen Bewegungsmelder in Gang gesetzt worden. Sie hatten sie in der Ecke des Schlafzimmers hinter einer Topfpflanze versteckt und auf das Bett ausgerichtet. Der Ton war so eingestellt worden, dass selbst die leisesten Geräusche aufgenommen wurden.

»... verdammten Schuhe«, hörte man Shara sagen, die gerade das Schlafzimmer betrat und auf diese Weise die Kamera in Gang setzte. Sean kam ihr nach. Wie gebannt starrten alle auf den Bildschirm.

Shara ließ sich auf die Bettkante plumpsen und beugte sich

vor, um die Knöchelriemen ihrer Schuhe aufzumachen. »Warte, ich helfe dir«, sagte Sean und kniete sich vor sie. Nachdem er ihr die Schuhe ausgezogen hatte, küsste er ihr den Fuß und massierte ihr den Ballen.

»Hm«, schnurrte sie. »Das tut gut. Damit kannst du jetzt mindestens eine Stunde weitermachen.«

»Ohne Strümpfe wäre es noch besser«, sagte er.

»Kann ich mir zwar nicht vorstellen, aber wenn du willst, darfst du sie mir ausziehen.«

Mit zitternden Fingern glitten seine Hände ihren Schenkel hoch, bis er zu dem weichen Fleisch oberhalb des Strumpfs gelangte. »Aber werd jetzt nicht keck«, sagte sie kichernd.

»Warum nicht?«, fragte er, während er ihre Strumpfhalter aufmachte. »Hättest du was dagegen?«

»Eigentlich nicht«, antwortete sie, als seine Finger über ihre Innenschenkel strichen. »Ich hab's bloß nicht eilig.«

»Ich auch nicht«, behauptete er und zog ihr langsam den Strumpf vom Bein. Dann nahm er seine Fußmassage wieder auf. Nach einer Weile wandte er sich ihrem anderen Fuß zu. Sobald er ihr auch den anderen Schuh und Strumpf ausgezogen hatte, nahm er ihre Füße in die Hände. »Du hast wunderbare Füße.«

»Hast du ein Faible für Frauenfüße?«, fragte Shara.

»Mir gefallen alle Teile eines schönen Frauenkörpers gleichermaßen.«

Shara streckte das Bein aus, bis ihr Fuß die Ausbuchtung in seiner Hose berührte. »Hm«, schnurrte sie, »das merkt man.« Sie beugte sich vor und machte seinen Gürtel und seine Jeans auf. Dann betastete sie seinen Schwanz. »Nicht schlecht.«

In dem Moment schloss jemand die Wohnungstür auf. »Verdammt!«, sagte Shara. »Meine Mitbewohnerin wollte eigentlich erst morgen wiederkommen.«

»Hi, Shara, da bin ich wieder«, rief die Stimme von Mei. Dann spähte sie zur Schlafzimmertür herein. »Ach herrje. Tut mir Leid, wenn ich störe.«

»Das tust du in der Tat«, erwiderte Shara, um dann zu Sean zu sagen: »Lass mich mal schnell die Tür zumachen.«

»Mach ich schon.« Er stand auf und ging auf die Tür zu. Man merkte ihm deutlich an, wie sehr ihm die Störung gegen den Strich ging.

Shara hielt den Film an und wandte sich an Erika. »Ich muss dir schnell erklären, was er ihm Wohnzimmer zu sehen bekommen hat. Leider hatten wir nur die eine Kamera. Mei hatte ihren Mantel ausgezogen und stand in einem knallroten, hautengen Top und einem Paar sehr knapper weißer Shorts da.« Danach ließ sie den Film weiterlaufen.

»Oh«, war Meis Stimme zu hören. »Du bist ja gar nicht Mark Cannady.«

»Nein, bin ich nicht. Enttäuscht?«

»Na ja ...«

Shara sprang vom Bett hoch und ging zur Schlafzimmertür. »Du bist absichtlich zurückgekommen, du hinterhältiges Stück, weil du auf einen Dreier spekuliert hast. Leider muss ich dir sagen, dass Mark mich versetzt hat.«

»Du scheinst ja schon Ersatz gefunden zu haben«, sagte Mei, indem sie an Shara und Sean vorbei ins Schlafzimmer ging. Dann drehte sie sich Sean mit strahlendem Lächeln zu. »Hi, ich bin Sharas Mitbewohnerin und heiße Mei.«

»Ich heiße Sean. Wir waren gerade dabei ...«

Meis Blick wanderte zu Seans offener Hose. »Ich seh schon, wobei ihr gerade wart ... Darf ich mitmachen?«

»Kommt gar nicht in die Tüte«, empörte sich Shara.

»Komm schon, Shara, sei kein Frosch. Ich teile doch auch mit dir.«

»Ihr zwei habt das wohl schon öfter gemacht, wie?«, fragte Sean. »Euch einen Mann geteilt, meine ich.«

»Ein oder zwei Mal«, grinste Mei.

Shara kicherte. »Vielleicht auch schon öfter.«

»Habt ihr zwei das so arrangiert? Wolltet ihr einen Dreier mit K-Neun veranstalten?«

»Er ist so kräftig und so groß«, sagte Mei, »dass ich dachte, ich könnte auch was abbekommen.«

»Ich hätte jedenfalls nichts gegen einen Dreier einzuwenden«, sagte Sean, während er grinsend den einen Arm um Sharas, den anderen um Meis Schultern legte.

Shara presste ihre Lippen auf die seinen. Unterdessen zog Mei ihm die Tennisschuhe, die Socken und die Hosen aus. Sharas geschickte Finger knöpften ihm das Hemd auf, das die beiden Frauen ihm dann gemeinsam von den Armen zogen. Anschließend drängten sie seinen nackten Körper aufs Bett.

Sean schloss genüsslich die Augen, als die beiden Frauen sich rechts und links neben ihn legten und anfingen, ihn am ganzen Körper zu küssen, zu belecken und zu streicheln.

»Wollt ihr euch nicht auch ausziehen?«, stieß Sean mit heiserer Stimme hervor.

Rasch entledigten sich Shara und Mei ihrer Kleidung. Dann machten sie sich wieder über ihn her. »Da du ihn mitgebracht hast«, sagte Mei nach einer Weile, »darfst du als Erste.« Sie holte ein Kondom aus der Schublade des Nachttischs, das die beiden Frauen Sean dann langsam überstreiften. Anschließend setzte sich Shara rittlings auf ihn, wobei Mei unterdessen seinen Schwanz festhielt.

»O Gott«, stöhnte er, während Shara auf ihm ritt und Mei seine Eier liebkoste. Es dauerte nicht lange, bis er aufschrie und kam.

Während Sean keuchend dalag, war zu hören, wie sich die Wohnungstür öffnete und jemand durchs Wohnzimmer ging.

Dann tauchte Alex in der Schlafzimmertür auf. Sean zog sich rasch die Bettdecke über seinen nackten Körper. »Wer sind Sie denn?«, fragte Sean. »Was zum Teufel geht hier vor?«

»Ach, nichts weiter«, entgegnete Alex. »Ich wollte nur die Aufnahme rausholen und sicherheitshalber an mich nehmen.«

»Was für eine Aufnahme?« Sean blickte sich im Schlafzimmer um.

Dann kam Rena ins Zimmer: »Da staunen Sie, was, Sean?«, sagte sie. »Und jetzt hören Sie mir mal gut zu. Wir haben alles, was hier im Laufe des Abends passiert ist, gefilmt.«

Erika sah an seinem Gesichtsausdruck, dass ihm allmählich etwas schwante. »Das ist eine abgekartete Sache. Das sind Mädchen von *Courtesans, Inc.*«

»Frauen, aber ansonsten haben Sie Recht. Sie arbeiten alle für meine Mutter. Auch Alex, der hier ist, um sicherzustellen, dass Sie nicht gewalttätig werden.«

»Jetzt wird mir alles klar. Das hier haben Sie eingefädelt. Das Material, das Sie mir gegeben haben, war ein Fake, stimmt's?«

»Sie haben's erfasst. Ich will nicht, dass Sie die anderen Berichte verwerten, und ich glaube, dieser Film dürfte uns das garantieren.«

»Nun seien Sie mal realistisch«, sagte Sean. »Ich bin kein Kind mehr, und auch diese Ladys, die für Ihre Mutter arbeiten, sind erwachsen. Von Sex mit Kindern kann also keine Rede sein, so dass der Film absolut keinen Wert für Sie hat. Das Ganze könnte höchstens ein bisschen peinlich für mich sein. Aber welcher Mann würde denn nicht zugreifen, wenn sich ihm gleich zwei Frauen an den Hals werfen?«

»Wir könnten Fotos an den Informer weitergeben. Die Leserschaft wäre sicher begeistert, einen der Reporter mal bei richtig abgefahrenem Sex zu erleben.«

Seans Miene war völlig ausdruckslos. Bisher schienen ihn

die Drohungen nicht sehr zu beeindrucken. »Kann schon sein, aber warum sollte mir das was ausmachen? Morgen kräht da kein Hahn mehr nach.«

»Ach nein?«, fuhr Rena fort. »Nicht einmal, wenn es sich um einen verheirateten Mann handelt?«

Erika sah, dass ein besorgter Ausdruck über Seans Gesicht huschte. »Meine Frau weiß, dass ich gelegentlich über die Stränge schlage. Wollen Sie ihr diesen Film zeigen?«

»Vielleicht.«

»Sie weiß, wie gesagt, ohnehin, dass ich nicht hundertprozentig treu bin. Das macht ihr aber nichts aus, solange ich keine Frauen mit nach Hause bringe.«

»Nun, das geht nur Ihre Frau und Sie etwas an. Aber wir haben ohnehin nicht vor, diesen Film an sie oder an Ihre Zeitung weiterzuleiten.«

Jetzt verstand Sean gar nichts mehr. »Und was haben Sie bitte schön dann vor?«

Rena ließ sich in einen Sessel in der Ecke des Raums fallen. »Ich will das Material zurück, das ich Ihnen gegeben habe. Vollständig.«

»Sie können Ihre Berichte gern zurückbekommen«, versicherte Sean rasch.

»Und«, fuhr Rena fort, »Sie dürfen nichts davon veröffentlichen.«

»Das können Sie nun wirklich nicht verhindern. Selbst mit dem Film nicht.«

»Da bin ich anderer Ansicht«, sagte Rena. »Ich glaube nicht, dass Ihnen dieses Material Ihre Kinder wert ist.«

»Was zum Teufel haben denn meine Kinder damit zu tun? Lassen Sie die gefälligst aus dem Spiel.«

»Das würd ich ja gern. Es ist mir nämlich durchaus nicht gleichgültig, wenn ich mir vorstelle, wie traurig sie sein werden, weil sie auf ihren Daddy verzichten müssen. Andererseits wäre das vielleicht sogar besser für sie. Sie sind schließlich ein ausgemachter Mistkerl.«

Sean blickte jetzt recht zuversichtlich drein. »Warum sollten sie auf mich verzichten müssen? Das ist doch lächerlich! Wenn Sie meinen, Sie könnten mich mit diesen Aufnahmen ins Gefängnis bringen, dann sind sie gewaltig auf dem Holzweg. In dem Film ist nichts zu sehen, was irgendwie illegal wäre.«

Rena schüttelte seufzend den Kopf. »Sean, Sean, Sean. Was sind Sie doch begriffsstutzig! Was wir vorhaben, ist ganz einfach: Wir wissen, wie unglücklich Ihre Frau mit der jetzigen Situation ist und dass sie bereits an Scheidung denkt. Sollten Sie irgendwas von dem Material veröffentlichen, werden wir nicht nur den ausgemachten Schadensersatz von Ihnen fordern, sondern diesen Film auch dem Scheidungsanwalt Ihrer Frau zukommen lassen.«

Sean riss die Augen auf. »Das können Sie doch nicht machen.«

»Aber natürlich können wir das«, sagte Rena. »Vielleicht schicken wir Kopien des Films sowohl an Ihre Frau als auch an ihren Anwalt. Dann müssten Sie Unterhalt bezahlen und hätten kaum eine Chance, dass Ihre Frau Ihnen je gestattet, die Kinder zu sehen.«

»Aber der Film zeigt nichts, was wirklich verwerflich wäre!«

»Stimmt schon, aber Mei und Shara könnten durchaus noch minderjährig sein. Wie wollen Sie das Gegenteil beweisen? Wenn der Anwalt Ihrer Frau geschickt ist, kann er daraus sicher einiges machen.«

Seans Gesicht wurde aschfahl. Eine ganze Weile war es totenstill im Raum. »Also gut«, sagte er schließlich. »Geben Sie mir den Film, dann werde ich nichts von dem Material veröffentlichen, das Sie mir gegeben haben.«

»Aber ich bitte Sie, Sean«, sagte Rena mit spöttischem Lächeln, »halten Sie mich wirklich für so naiv? Wir werden den Film an einem sicheren Ort aufbewahren. Solange Sie sich an unsere Vereinbarung halten, haben Sie nichts zu befürchten. Mit anderen Worten: Sie können weiterhin Ihren Schund schreiben, bloß nichts über die Leute, von denen ich Ihnen erzählt habe. Ist das klar?«

Während Mei Sean seine Sachen gab, nickte er langsam.

Dann war noch einmal Alex zu sehen, der auf die Kamera zuging. Gleich darauf wurde der Bildschirm schwarz. Grinsend ließ Erika den Blick über die Menschen schweifen, die ihr so am Herzen lagen. »Das habt ihr gut gemacht! Bravo!«

»Nicht schlecht, was? Sean hat mir meine Berichte umgehend zugeschickt. Wir haben ihm eine Kopie des Films zukommen lassen, zur Erinnerung. Ich glaube nicht, dass wir noch jemals etwas von Mr. Fredericks hören werden.«

Nachdem sie sich alle zugeprostet hatten, mussten Shara und Mei gehen, versprachen aber, jeden Tag bei Erika vorbeizuschauen. »Die Ärzte sagen, dass du bereits in einer Woche entlassen wirst«, meinte Mei. »Vergiss nicht, wie sehr wir dich lieben.«

»Danke für alles«, sagte Erika. Alex gab Rena einen Kuss auf die Wange und verabschiedete sich mit den Worten: »Bis heute Abend.«

»Um sieben im Pagoda Palace«, bestätigte Rena.

»Hey, Kleines, seid ihr beide etwa ein Paar?«, fragte Erika Rena, nachdem Alex gegangen war.

»Nein, wir sind nur befreundet.«

Erika zog die Augenbrauen hoch. »Wie gut?«

»Die typische Frage einer Mutter«, sagte Rena, während sie Erika die Hand drückte. »Er hat mir eine Menge beigebracht. Über mich selbst und über *Courtesans, Inc.* Ein toller Mann.«

»Und ein Mann mit bewegter Vergangenheit«, sagte Erika, die nicht wusste, was sie davon halten sollte, dass ihre Tochter sich mit jemandem wie Alex eingelassen hatte. Sie lächelte in sich hinein. Jetzt verstand sie noch besser, wie Rena sich gefühlt haben musste, als sie herausgefunden hatte, was ihre Mutter beruflich machte.

»Hat er mir alles schon erzählt«, erwiderte Rena. »Du brauchst dir da wirklich keine Gedanken zu machen. Ich bin in den letzten Wochen wesentlich erwachsener und reifer geworden.«

Erika griff nach der Hand ihrer Tochter. »Weißt du, als du klein warst, wolltest du immer alle in den Arm nehmen und trösten, ob es nun ein verletztes Tier war oder eine Freundin, die sich das Knie aufgeschlagen hatte. Dieses Bedürfnis scheinst du immer noch zu haben.«

»Es ist wirklich verblüffend, an wie viele Dinge aus meiner Kindheit du dich erinnerst. Dabei habe ich immer gedacht, du hättest dir nie was aus mir gemacht.«

»Hab ich aber.«

»Das hab ich inzwischen begriffen.«

Rena schloss ihre Mutter fest in die Arme. »Ich werde dich vermissen«, sagte Erika.

»Ich dich auch«, entgegnete Rena, »aber ich spiele ernsthaft mit dem Gedanken, nach New York zu ziehen. Meine Arbeit kann ich überall machen, und wir haben einiges nachzuholen.«

Erika musste mehrere Male schwer schlucken und sich die Tränen aus den Augen wischen. »Das wäre natürlich sehr schön. Aber nimm dir Zeit, bevor du dich entschließt, hier herzukommen.«

»Hauptsache, du kommst«, sagte Brook.

Rena lachte und umarmte Erika noch einmal. »Ich schau später noch mal rein.«

»Bis dann«, sagte Erika mit warmem Lächeln.

Dann sah Erika ihre beste Freundin mit strahlendem Gesichtsausdruck an. »Wie ich gehört habe, bist du zusammen mit dem schnuckeligen Dr. Freed in der Cafeteria gesehen worden. Bahnt sich da was an?«

Brook wurde verlegen. »Schon möglich.« Sie fischte eine goldene Kette aus ihrer Handtasche und ließ sie in Erikas Hand gleiten. »Kannst du dich an die erinnern?«, fragte sie. »Die hast du am Abend des Unfalls getragen. Ich glaube, da hat Ira, ich meine, Dr. Freed schon Verdacht geschöpft. Inzwischen habe ich ihm von meinem Beruf erzählt. Er war zwar schockiert, aber wir treffen uns trotzdem weiter. Im Moment lässt sich noch nichts Genaues sagen, aber ...«

»Du kannst dir gar nicht vorstellen, wie sehr ich dir das wünschen würde.«

»Danke. Jetzt muss ich auch los. Pass auf dich auf«, sagte Brook.

»Du auch auf dich«, antwortete Erika, als sich die Tür hinter ihrer Freundin schloss.

Schließlich saß nur noch Stuart an Erikas Bett. Da sie ahnte, was er vorhatte, sagte sie: »Stuart, du weißt, dass ich dich liebe.«

»Ja. Und ich liebe dich auch. Deshalb wollte ich ...«

»Stuart, ich habe in der letzten Zeit viel über die Zukunft nachgedacht und einige Entschlüsse gefasst.« Als er etwas sagen wollte, griff Erika nach seiner Hand. »Stuart, ich kenne dich jetzt schon seit vielen Jahren, und ich glaube, wir stehen uns in mancher Hinsicht näher als ein altes Ehepaar. Du verstehst mich und lässt mir den Freiraum, den ich brauche. Den ich auch jetzt brauche. Deshalb würde ich es vorziehen, wenn ich dir im Moment noch keine Antwort geben müsste. Ich möchte erst mal abwarten, bis ich völlig wiederhergestellt bin.« Sie machte eine Pause und holte tief Luft. »Bist du bereit, dich noch ein bisschen zu gedulden?«

»Selbstverständlich. Solange, wie du willst. Aber ich werde dir jede Woche einen Heiratsantrag machen – bis du endlich ja sagst.«

Erika lachte. »Das Geschäft könnte ich aber nicht aufgeben, das ist dir hoffentlich klar. Es ist einfach zu sehr ein Teil von mir.«

»Ich weiß. Das würde ich auch gar nicht von dir verlangen.«

»Wenn du mir ein bisschen Zeit lässt, könnte ich mir vorstellen, dass ich dir die Antwort gebe, die du gern hören möchtest.«

Stuart zog ein Samtkästchen aus der Tasche und gab es Erika. »Das kannst du aber schon mal an dich nehmen.«

Das Kästchen enthielt einen Ring, der mit einem Saphir und sechs großen Diamanten besetzt war. Tränen schossen Erika in die Augen. Als sie den Ring ansteckte, sagte Stuart: »Ich dachte, du wolltest in Ruhe über alles nachdenken.«

Erika grinste. »Hab ich bereits.« Dann zog sie Stuart neben sich aufs Bett, bis sie Brust an Brust dalagen. »Ich liebe dich, Stuart.« Erika schloss die Augen und küsste ihn. Jetzt hatte sie alles, was sie brauchte.